현대시작법

현대시작법

1판 1쇄 1990년 9월 15일
1판 6쇄 1992년 11월 15일
2판 1쇄 1993년 9월 20일
2판 35쇄 2016년 2월 29일
3판 9쇄 2024년 3월 8일

지은이 오규원
펴낸이 이광호
펴낸곳 ㈜문학과지성사
등록번호 제1993-000098호
주소 04034 서울 마포구 잔다리로7길 18(서교동 377-20)
전화 02) 338-7224
팩스 02) 323-4180(편집) / 02) 338-7221(영업)
전자우편 moonji@moonji.com
홈페이지 www.moonji.com

ISBN 978-89-320-3003-6 03800

이 도서의 국립중앙도서관 출판예정도서목록(CIP)은 서지정보유통지원시스템 홈페이지(http://seoji.nl.go.kr)와
국가자료공동목록시스템(http://www.nl.go.kr/kolisnet)에서 이용하실 수 있습니다.
(CIP제어번호: CIP2017009557)

현대시작법

오규원 지음

문학과지성사

차례

개정판 책머리에

이 책은, 1990년 9월 초판이 발행된 이후, 지금까지 나의 상상을 훨씬 능가하는 호응을 받고 있다. 이러한 호응의 밑바닥에는 시를 사랑하는 우리나라 사람들의 삶이 가장 큰 몫을 차지하고 있으리라 생각한다. 그리고, 거기에 덧붙인다면, 다른 입문서(入門書)와는 달리, 시적 사고(詩的思考)와 시적 표현(詩的表現)을 이해 가능한 구조로 체계화하고, 그것을 사례 연구(事例硏究)를 통해 시와 시 창작의 이해에 도달하도록 노력한 점에 있다고 생각한다.

후의에 힘입어, 이번에, 그 개정판을 낸다. 그러나 이 책의 체계나 주요 내용에는 수정을 가하지 않았다. 수정을 한 부분은 「시적 표현의 이해」「대상과 인식 과정」「시와 화자」에서 약간의 보완과 삭제, 그리고 책 전체에 걸쳐 몇몇 용어와 표현의 수정이 그것들이다. 그리고 초판에 없던 「초보자를 위해 덧붙이는 글」을 넣었다. 원래, 이 책은 대학의 문예창작과에서 시를 전공하는 사람들을 위한 교재로 연구되고 또 출판되었으므로, 이 책의 서문(초판의 「책머리에」)도 가르치는 분들을 위한 안내의 성격이었다. 그러나 시를 사랑하는 많은 사람들이 읽는다는 사실을 알고서, 이번 기회에 그분들을 위한 간단한 안내의 글을 따로 첨가했다. 도움이 되었으면 한다.

거듭, 이 책이 나오도록 도와준 분들과 읽어준 분들께 감사한다.

1993. 정월, 저자

초보자를 위해 덧붙이는 글

이 책은, 초판의 「책머리에」에 밝혀놓은 바처럼, 시 창작(詩創作)을 돕기 위한 이론서(理論書)입니다. 이론서이기 때문에, 다음과 같은 점에 유의하면 도움이 될 듯합니다.

첫째, 시는 누구나 쓸 수 있다는 점입니다. 이 말은 조금도 과장되었거나 거짓이 아닙니다. 그럼에도 불구하고, 대부분의 사람들에게 그렇게 말하면 믿지를 않습니다. 시(詩)란 시적 재능이 있거나 또는 어떤 종류의 사람(시인)만이 쓸 수 있는 특별한 것으로 치부해버립니다. 통상적인 관점에서 적자면, 우리가 우리의 생각(보통 이것을 사상과 감정이라고 한다)을 나타낸 글 가운데 산문(줄글)이 아닌 운문(마디글)의 형태로 된 것이면 모두가 시입니다. 그리고 이런 형태의 글을 쓸 수 없는 사람은 아무도 없습니다. 그러니까 시는 누구나 쓸 수 있는 것입니다.

문제는 시에는 좋은(잘된) 시와 그렇지 못한 시가 있다는 데 있습니다. 그러니까 시를 쓸 줄 모른다는 말은, 더 정확하게 지적하자면, 좋은(잘된) 시를 쓸 줄 모른다는 말입니다. 시를 쓸 바에야 좋은 시, 잘된 시를 쓰고 싶은 것은 누구나 마찬가지입니다. 그러나 처음부터 그런 시를 쓴다는 일은 쉽게 될 성질의 것이 아닙니다. 생각해보십시오, 일정한 습작 기간을 거치지 않고도 좋은 그림을 그릴 수 있다고 판단이 되는가를. 바로 이것, 처음부터 좋은 시, 잘된 시를 써야겠다는 욕망이 문제입니다. 이 욕망, 이 과욕이 우리의 사고를 흐리게 하고, 우리의 재능을 잘못 낭비하게 하는 것입니다. 그러니까 창조하는 즐거움

보다 결과만 탐하게 되어, 남의 것을 모방하게 되고, 얻어들은 지식을 나열하게 되고, 자주 허황하게 꾸미게 되는 것입니다. 그러니까 좋은 시란 결과에 욕심을 두지 않는, 아는 체하거나 흉내 내지 않는 거짓 없이 쓴 글에서 나온다는 점을 망각하지 말아야 합니다.

둘째, 시는 소설이나 희곡 등등과는 다른 문학의 양식이라는 점입니다. 시·소설·희곡·평론 등등은 모두 문학적 담론(쉬운 말로 하자면 문학적 표현)이기는 합니다. 그러나 소설에는 소설적, 희곡에는 희곡적 표현의 특성이 있듯 시에도 시적 표현의 특성이 있습니다. 이런 특성 때문에 모두 문학적 담론임에도 불구하고 장르가 나누어져 있습니다. 그러니까 시를 창작하고자 하는 사람은 소설적 또는 희곡적 글쓰기가 아닌 시적 글쓰기를 해야 하고, 시적 글쓰기가 무엇을 요구하고 있는지를 아는 것이 중요합니다. 그래서 시적 사고(詩的思考)와 시적 표현(詩的表現)이 어떤 것인가를 알아야 하는 것입니다. 이 책은 바로 이런 것을 알아가는 과정을 서술한 것이며, 이 책의 가장 큰 미덕도 바로 여기에 있습니다.

셋째, 시에 관한 전문용어를 잘 안다고 해서 시를 잘 쓸 수 있는 것이 아니라는 사실입니다. 어떤 용어를 안다는 것은 그 개념을 안다는 것이므로, 그 용어가 뜻하는 바를 잘 활용할 수 있다는 것과는 다르기 때문입니다. 예를 들어 설명을 해볼까요? '직유'라는 용어가 있습니다. 이 용어의 개념이 "두 가지 사물 또는 관념을 같이·처럼·듯이·인 양·같은·만큼 등의 연결어로 결합하여 표현하는 비유법"인 것을 누구나 압니다. 위와 같이 구체적으로는 아니라고 해도 이 비유법의 대략적인 개념은 누구나 알고 있습니다. 그러나 그 비유법을 사용해서 시를 썼다고 시가 좋아진다는 보장이 없습니다.

(1) 絶望이란 오히려
나리는 눈처럼 포근하고나

(2) 솜털 같은 눈 내밀고 있는 버들가지 새로
군센 나무줄기만큼 빗줄기가 굵어졌고

보기의 두 시구는 모두 직유를 사용하고 있습니다. 그러나 (1)은 좋은 직유이며 (2)는 틀린 또는 서툰 직유입니다. 그 까닭은 이렇습니다. 인간에게는 상황에 따라 슬픔·고통·절망과 같은 비극적 감정이 역으로 느껴질 때가 있습니다. 너무 어이가 없을 때 웃음이 나오는 것과 같은 역설적인 정서가 그것이지요. 그러니까 (1)의 비유는 그런 심리를 눈(차면서도 포근하게 느껴지는)을 통해 적절히 표현한 것입니다. 그러나 (2)의 "솜털 같은 눈"은 눈이 솜털 같은 것이 아니라 바로 솜털이기 때문에 틀린 직유입니다. 그리고 "굳센 나무줄기"라면 그 굵기가 상당하기 때문에 빗줄기의 굵기로는 지나치게 과장되어 있어 우리에게 거부감을 주는 서툰 직유입니다. 만약 나무줄기가 아니라 나뭇가지였으면 그렇게 과장되게 느껴지지는 않았을 터입니다.

이와 같이, 어떤 용어를 개념적으로만 알고 있는 경우는 시 창작에 별다른 도움이 되지 않습니다. 이 책은, 바로 이런 개념적 인식을 실제적 인식으로 바꾸어놓는 형태로, 사례 연구의 형태로 서술되어 있습니다. 이 책에도 상당량의 전문적인 용어가 나옵니다만, 그러나 그 용어 하나하나에 지나치게 정신을 소비할 필요가 없습니다. 중요한 용어에는 충분한 설명이 되어 있고, 사례 연구를 통해 반복되므로 저절로 이해가 될 수 있습니다. 아니, 극단적으로 말한다면 이해가 되지 않는다고 해도 큰 문제가 될 것이 없습니다. 중요한 것은 보기로 든 작품의 이해이기 때문입니다.

넷째, 초보자의 경우, 이 책은, 다음과 같은 순서로 읽는 것이 좋습니다. 즉, 초판의 서문(책머리에)을 읽지 말고, 곧장 시적 언술과 대상에 대한 개괄적 검토(① 시적 표현의 이해 ② 대상과 인식 과정) → 시적 언술의 특성과 구조의 검토(③ 시적 묘사~⑥ 진술의 구조와 시점) → 의도와 실제, 과정의 검토(⑩ 의도적 의미와 실제)를 읽은 다음에, 시적 언술 속의 주요 요소의 검토(⑦ 시와 화자~⑨ 시의 구조와 행·연)를 읽는 것이 더 효과적일 수도 있습니다.

이런 순서대로, 비유적으로 말한다면, 소설처럼 한번 읽고, 그리고는 스스로 따지고 싶은 부분만을 검토해보시기 바랍니다.

1993. 정월, 저자

고 있는 점은 '하하하 호호호' 또는 '총총' '돌돌'이란 부사형 의성·의태어 사용과 닮았다. 그뿐만 아니라,

> 봉고 포니 그랜저 벤츠 프라이드 르망……

이라는 나열식의 표현도 '봉숭아, 맨드라미, 분꽃, 나팔꽃'과 같은 열거법과 다르지 않다.

> 파도는 밀려와서 바위에 부딪히고 부서져
> 물거품만 남기고 어이 사라져가는가
> 인생도 파도처럼 돌고 돌아 부딪치고 부서져
> 어디로 사라져가는 건가

라는 구절도,

> 우리는 앞뒤를 바라보며
> 지금 없는 것을 그리워하는 법
> 진심의 웃음에도
> 어떤 괴로움은 차 있고
> 가장 감미로운 노래는 가장 슬픈 생각을 전하는 노래
>
> — 셸리, 「종달새에게」[5]

와 같은 시구와 어딘가 일맥상통하고 있지 않은가.

---

5 P. B. Shelly, "To a Skylark", 『시인의 꿈』, 강대건 옮김, 민음사, 1974, p. 50. 워즈워드와 동시대의 사람인 셸리의 시는 낭만주의적 세계관을 표출하고 있다(그러나 그렇다고 해서 인용한 시와 같은 시가 그의 시 세계 전부는 아니다). 그러니까 그의 '초감각적 미(美)'의 세계는 그러한 시사(詩史)적 위상(位相)에서 이해해야지, 그의 세계를 시의 모범 답안과 같이 생각하면 곤란하다.

3. 외화성 언어와 피상적 인식

우리는 사전적 지식을 바탕으로 해서는 「도시의 여름」을 두고 아무런 비판을 할 수가 없다. 분명히 풍경이나 인사(人事)와 사물에 관한 감흥을 리듬을 갖춘 형식 속에 담고 있기 때문이다. 그러나 우리는 이렇게 질문을 해볼 수 있다. 그러한 모든 감흥은 다 시가 되는가. 분류상 '그렇다'고 우리는 일단 대답할 수가 있다. 그러나 그러한 모든 시가 "다 좋은 작품이 되는가"라는 질문에는 누구나 함부로 대답할 수가 없다. 가령 다음의 작품과 「도시의 여름」을 비교해보면 어떤가.

> 콸콸콸 철관에서 폐수의 폭포가 힘차게 쏟아지고, 부글부글 거품의 소용돌이에 죽은 시궁쥐가 뜬다. 대낮의 장엄한 소용돌이, 도시 한복판으로 검은 기관차가 무개차를 끌고 지나가고, 살아 남은 태아들이 철뚝길에 나와 깔깔깔거리며 놀고 있다. —최승호, 「대낮」[6]

이 「대낮」도 도시의 풍경이다. 그리고 '콸콸콸' '부글부글' '깔깔깔'과 같은 부사형 의성·의태어가 등장하고 있다. 그런데도 「도시의 여름」과는 전혀 다른 시적 공간, 즉 시로 형성된 하나의 세계를 보여주고 있다. 「도시의 여름」이 어느 날 창밖을 보고 눈에 띄는 대로 서술하고, 또 그것으로부터 연상된 막연한 의문을 표현하고 있는데 비해 「대낮」은 그렇지 않다. 의도적 또는 집중적 관찰에 의해 얻어진 시적 공간이다. 즉, 「도시의 여름」이 기계적·피상적 인식이라면 「대낮」은 구체적 인식의 세계이다. 글쓰기란, 글쓰기의 하나인 시작(詩作)이란 눈에 띄는 대로 생각되는 대로 적는 행위가 아니다.

그러니까 「도시의 여름」이 지니고 있는 첫번째 문제는 시작이란 '무엇에 대한 구체적 인식'이라는 의식이 없는 상태에서 쓰인 점이다. 즉 자기의 감흥에만 치우쳐 그 감흥에 따라 이루어진 시적 공간이다. 이와는 달리 앞서 예로

---

6 최승호, 『진흙소를 타고』, 민음사, 1987, p. 48.

든 어효선의 동시도 동시 나름의 무엇에 대한 인식이 있다. 「하늘」은 "파아란 도화지"며 꽃밭에는 꽃의 종류만큼 많은 웃음소리가 들린다는 미적 인식이 그것이다. 김소월이 「칠석」에서 "강변에는 물이 흘러"야 '돌돌'이라는 소리가 생긴다는 것도 마찬가지이다. 그러나 「도시의 여름」에는 이와 유사한 인식이 없다. 그냥 보이는 개략적 풍경(하이얀 구름·빌딩 숲·불볕·봉고·시멘트로 덮인 도로)과 "저곳에" "우리를 기다리고 있겠지"라는 막연한 느낌의 표현만 있다. 겉으로 보기에는 「꽃밭」과 「하늘」 또는 「칠석」과 「도시의 여름」은 차이가 없어 보인다. 시적 표현의 유사성이 두드러지기 때문이다. 즉 '하아얀' '파아란'과 같은 형용사의 꾸며 쓰기, '둥실둥실' '오락가락' '뜨겁게 뜨겁게'와 같은 의성·의태성 부사의 사용과 반복법, 그리고 '봉고 포니 그랜저 벤츠 프라이드 르망……'과 같은 열거법이 다른 시에서처럼 어우러져 있기 때문이다.

두번째 문제는 바로 여기에 있다. 미적 인식과 관계가 없이 사용되는 이런 언어들, 또는 꾸며 쓰기를 나는 외화성(外華性) 언어라고 부르는데, 이런 외화성 언어는 외관상으로는 그럴듯하게 보일지는 모르지만 사실은 공허한 말 또는 말놀이에 불과한 것이다. 동시(童詩)에 자주 등장하는 이런 종류의 수사는 그만한 이유가 있다. 즉, 어린이들의 시 짓기란 말놀이와 연관성이 많기 때문이다.

이런 종류의 관습적 인식에 시달리고 있는 사람들은 다음과 같은 작품을 주의 깊게 보아둘 필요가 있다.

> 물먹는 소 목덜미에
> 할머니 손이 얹혀졌다.
> 이 하루도
> 함께 지났다고,
> 서로 발잔등이 부었다고,
> 서로 적막하다고, —김종삼, 「墨畫」[7]

7 김종삼, 『십이음계』, 삼애사, 1969, p. 17.

處暑 지나고
저녁에 가랑비가 내린다.
泰山木 커다란 나뭇잎이 젖는다.
멀리 갔다가 혼자서 돌아오는
메아리처럼
한 번 멎었다가 가랑비는
한밤에 또 내린다.
泰山木 커다란 나뭇잎이
새로 한 번 젖는다.
새벽녘에는 할 수 없이
귀뚜라미 무릎도 젖는다. —김춘수「處暑 지나고」[8]

이 두 편의 시는 외화성 언어 또는 꾸며 쓰기가 없다. 그러나 두 편 모두 시로서 매우 아름다운 작품이다. 두 작품의 아름다움은 관찰의 섬세성과 그것을 언어로 가시화하는 묘사의 적절성에 있다.

「묵화」는 한 폭의 동양화를 보고 쓴 작품일 수도 있고, 또는 실제로 시인이 본 광경일 수도 있다. 어떻든 힘겹게 하루를 넘긴, 그래서 발등이 부은 할머니가 같은 처지에 있는 소잔등에 손을 얹고 있는 시의 세계는 가슴을 뭉클하게 한다. 더구나 "서로 적막하다고" 하는 구절에 오면 삶의 적막이라고 할까. 그러한 감정 속에 스민 그 따스한 사랑이 눈물겹기까지 하다.

「처서 지나고」는 "멀리 갔다가 혼자서 돌아오는/메아리처럼" 그렇게 "한 번 멎었다가" 내리는 가랑비에 관한 묘사는 시인의 눈이 아니고서는 우리가 찾아볼 수 없는 세계이다. 그 가랑비에 젖는 "귀뚜라미 무릎"도 마찬가지이다.

시에서의 미적 인식이란 앞의 두 편의 작품에서 볼 수 있듯이 일상적이고 기계적인 우리들의 삶 속에 파묻혀 있는 세계를 관찰하고 느끼고 그것을 언어

---

8 『김춘수전집 · 1』, 문장사, 1982, p. 278.

로 드러내는 일이다. 그리고 그것을 표현하는 데 적절한 언어만이 살아 있는 예술적 언어들이다. 도시의 음울한 삶을 보여주고 있는 「대낮」도 도시적 감수성을 수용한 결과 그 언어의 질은 다르지만 앞의 두 편과 같이 묘사라는 우리들의 언술 형식에 의존하고 있다.

4. 감정의 노출과 감정의 억제

다음의 인용을 비교해보자.

파아란 하늘이 가없이 펴져
검푸른 바다처럼 마음을 시원하게
넓고 넓은 저곳에 누가 살고 있을까
그것은 피안으로나마
우리를 기다리고 있겠지 —「도시의 여름」•

江바닥 모래알 스스로 도는
晋州 南江 물맑은 물같이는,
새로 생긴 혼이랴 반짝거리는
晋州 南江 물빛 밝은 물같이는,
사람은 애초부터 다 그렇게 흐를 수 없다. —박재삼, 「南江가에서」[9]

「도시의 여름」은 푸른 하늘을 보며 "저곳에 누가 살고 있을까"라는 상념에 사로잡혔다가 '누가 살고' 있지 않으면 "피안으로나마/우리를 기다리고 있겠지"라는 막연한 느낌을 그대로 적고 있다. 이와는 다르게 「남강가에서」는 「도시의 여름」과 유사하게 강물을 바라보며 우리들 인간의 삶에 대한 느낌을

9 박재삼, 『춘향이 마음』, 신구문화사, 1962, p. 46.

노래하고 있다. 그러나 그 느낌은 막연한 상념이 아니라 사람은 애초부터 진주 남강의 "물맑은 물같이는" "물빛 밝은 물같이는" 흐를 수 없다는 시인 나름대로의 깨달음을 보여주고 있다. 그 깨달음은 막연한 상태의 그것이 아니라 진주 남강의 그 '물맑은 물'같이는, '물빛 밝은 물'같이는 흐를 수 없다는 구체적이고 경험적인 사실을 동반한 그것이다. 그러니까 「도시의 여름」은 사전적 용어를 그대로 빌려 이야기하자면 감흥이긴 하되 혼잣소리 또는 푸념의 차원이며, 「남강가에서」는 삶에 대한 자각을, 진주 남강의 물을 차용해 표현한 작품인 것이다.

시란 감정의 단순한 표현이 아니라 세계가 숨기고 있는 모든 가치로운 것들을 감지하고 표현하는 예술 형식이다. 그런 까닭으로 시는 푸념이나 혼잣소리가 끼어들 틈이라고는 조금도 없는 그런 감정의 세계이다. 시란 "감정의 해방이 아니고 감정으로부터의 탈출"[10]이라는 엘리어트의 말을 이런 점에서도 귀담아둘 필요가 있다. 그러니까 「도시의 여름」은 미적 또는 시적 인식이란 어떤 것인가에 대한 질문 없이 관습적인 인식으로, 즉 동시 → 지난날 읽었던 몇 편의 시에서 본 외화성 수사 → 사전적 인식 → 시 쓰기로 이어진 결과이다. 만약 「도시의 여름」을 쓴 사람이 위와 같은 점을 한 번이라도 검토해보았다면 다음과 같이 썼을지도 모른다.

> 빌딩 사이로 흰 구름이 오락가락한다
> 불볕은 뜨겁고
> 아스팔트 위에는
> 봉고 포니 그랜저 벤츠 프라이드 르망이
> 줄을 잇는다
> 이글거리는 여름 한낮

이 정도만 되었어도 소박한 묘사형의 시는 되었으리라.

---

10 T. S. Eliot, *Selected Essays*, Faber and Faber Limited, 1980, p. 21.

5. 논리적 언어와 통상적 언어

공간 가득한 소리와 문자들이
가로가 되고 세로가 되어
틈을 채운다.
꼬리가 잘린 떠다니는 소리.
석유내 남아 있는 구겨진 문자가
틈을 비집을수록
내가 찾던 길은 보이지 않고
무게감만 더해진다.
어디선가 본 아득한 길을 찾아 두리번거리지만
또다시 다가서는 건 중량감뿐
가로를 긋기 위해
세로를 세우기 위해
틈이 갈라지고 틈이 흔들리고
길을 찾던 두 눈은 어지러운 무게에
하늘을 외면하고 있다. —「길」•

「길」과 같은 예의 작품도 처음 시를 쓰는 단계의 사람들이 많이 보여주는 유형에 속한다. 이런 유형의 작품이 어떤 문제를 지니고 있는가는 다음의 작품과 비교해보면 어렴풋이 드러난다.

어제를 동여맨 편지를 받았다.
늘 그대 뒤를 따르던
길 문득 사라지고
길 아닌 것들도 사라지고
여기저기서 어린 날
우리와 놀아 주던 돌들이

얼굴을 가리고 박혀 있다
사랑한다 사랑한다, 추위 가득한 저녁 하늘에
찬찬히 깨어진 금들이 보인다
성긴 눈 날린다
땅 어디에 내려앉지 못하고
눈 뜨고 떨며 한없이 떠다니는
몇 송이 눈. —황동규, 「조그만 사랑노래」[11]

좋은 시와 좋지 못한 시라는 구분을 떠나서, 이 두 작품은 우선 사용되고 있는 언어들의 성격에 큰 차이가 난다. 「조그만 사랑노래」에는 '어제·편지·돌·얼굴·저녁·길·하늘·금·눈·땅' 등의 명사들이 보이는데, 이 언어들은 지극히 우리와 친숙한 통상어들이다. 이에 비해서 「길」의 그것들은 '공간·소리·문자·가로·세로·틈·눈·석유내·길·무게감·중량감·무게·하늘' 등으로 '길·틈·석유·눈·하늘'을 제외하면 논리적 성향이 강한 전문어들로 구성되어 있다. 다시 말하면 이 작품은 논리적 성향이 강한 언어가 주축이 되어 있다.

이럴 경우, 시가 인간 정서의 표현이고, 또 아놀드의 말을 예로 들어서 "가장 완전한 표현 양식"이라고 할 때, 인간 정서의 가장 완전한 표현 양식에 이와 같은 논리적 성향의 언어가 과연 적합할 것인가를 우리는 질문해보아야 한다. 그렇다면 공간·문자·가로·세로·중량감 등과 같은 말은 인간 정서의 표현에 알맞은 기능을 하는 것일까를 살펴보자.

언어에는 정보 기능·표현 기능·지령 기능·미적 기능·친교 기능이 있다. 그렇다고 해서 언어의 어떤 부분이 순전히 정보 기능만을 한다든지 지령 기능만을 하지는 않는다. "나, 차 한잔하고 싶다"고 하는 말은 상황이 제대로 주어지면 동시에 정보적이고, 표현적이고, 지령적이다.[12] 이러한 언어 기능을 두고

11 황동규, 『풍장』, 나남, 1984, p. 153.

12 G. Reech, 『언어과학이란 무엇인가*Semantics and Society*』, 이정민 외 옮김, 문학과지성사, 1977, pp. 15~26 참조.

볼 때 시에서 중요시되는 것은 미적 기능이다. 이 미적 기능은 작가의 감정과 태도를 나타내는 표현 기능과도 밀접한 관계가 있고, 일반적으로 중립적인 개념을 전달하는 정보 기능과도 관계를 가진다. 그러나 시는 그 어느 쪽도 아닌 '전면적'으로 의사소통을 꿈꾸는 언어이다. 시는 작가의 감정과 태도만을 표현하는 언어 행위도 아니고 개념적 의미의 정보만을 전달하는 것도 아닌, 그 자체로 하나의 완성된 언어적 세계인 탓이다.

「길」의 가로·공간·틈이라는 말이 일반적으로 지니고 있는 개념적 의미와 감정적 의미를 도식화해보자.[13]

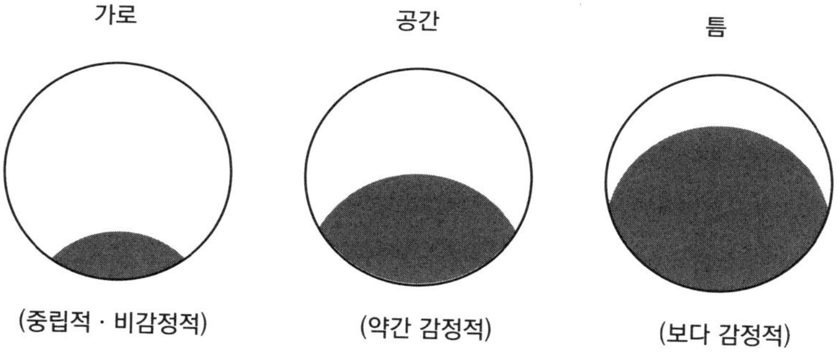

위의 그림은 흰 부분이 개념적 의미일 때 빗금친 부분이 감정적 의미의 비율임을 나타낸 것인데, 그 비율의 가정 근거는 대략 다음과 같다. '가로'란 말은 입체의 아래·위쪽이 되는 방향을 표시하는 기하학적 언어이다. 이 말은 감정이 거의 포함되어 있지 않은 중립적 개념이다. 이에 비해 '공간'은 기하학적 언어이고, 또한 철학적으로는 시간과 함께 물질의 존재를 성립시키는 기초적인 근본 조건이며, 대체로 모든 방향으로 퍼지는 끝없는 곳으로 직관되는 관념적 의미이다. 그러므로 이런 의미에서의 공간은 '중량감'과 마찬가지로 관념어이다. 동시에 '빈 곳'이라는 일반적인 개념적 의미도 있다. 그러므로 '빈 곳'이 주는 정서만큼은 감정이 개입한다. '틈'은 벌어져서 사이가 난 자리이다. 이

13 같은 책, p. 20 참조.

말 속에는 '세로'나 '공간'과 같은 논리적 의미가 없고 또 빈 곳과 같은 정도의 감정이 개입해 있다고 보인다. 그러니까 '가로'며 '공간'과 같은 언어는 특별한 의도한 바가 살아 있지 않을 때는 시인의 감정과 태도를 전달해주지 않는다. 그러니까 지나치게 감정이 드러나는 언어와 마찬가지로 그런 언어는 보편적으로 시에는 적절하지 못한 것이다. 이런 언어는 정보 전달을 주로 하는 설명이나 논증에 더 어울리게 되어 있다.

6. 추상어와 보편어

실제로 「길」이란 작품은 작품의 의미를 해독해낼 수 없게 되어 있다. 아니, 해독할 수 없는 것이 아니라 느낄 수 없게 되어 있다. 주로 '가로' '공간'과 같은 성질의 언어를 사용하고 있을 뿐만 아니라, 그 언어의 관념적인 면에 생명을 줄 수 있는 경험적 또는 구체적 삶의 측면이 배제되어 있는 탓이다. 예를 들어 1~3행을 보자.

> 공간 가득한 소리와 문자들이
> 가로가 되고 세로가 되어
> 틈을 채운다

우선 '공간'부터 보자. 이때의 공간은 개념적 의미만 전달되기 때문에 시인이 체험한 공간의 구체적 정황을 알 수가 없다. '소리'와 '문자'들도 개념만 있다. 다시 말하자면 추상적인 개념만 있고, 그 개념에 생명을 주는 구체적이고 실재적인 정황이나 시인의 체험 사실, 그리고 시인의 체험이 드러나는 감정과 태도는 어디에도 없다. 그러므로 이 작품은 "가로가 되고 세로가 되어/틈을 채"우는 "공간 가득한 소리와 문자들이" 있기는 하지만, 그 소리와 문자들은 추상적 형태이다.

언어는 그 성질상 구체어와 추상어, 일반어와 특수어로 나누어볼 수 있다.

「길」에 나오는 언어를 예로 들자면 '소리'는 추상어이고, 바람 소리·발자국 소리는 구체어이며, 구체적인 모든 소리를 개괄하는 '소리'는 일반어이고, 발자국 소리·바람 소리는 특수어이다. 이 관계를 더 자세히 도식화하면 이렇다.

A	B	C
소리 ——	바람소리	토끼의 발자국 소리
	발자국 소리 ——	사람의 발자국 소리
	기계 소리	바람의 발자국 소리

이 관계에서 B는 A와의 관계에서 구체어이며 C는 B와의 관계에서 구체어이다. 그리고 A는 일반적인 정보 기능을 담당하는 추상적 개념이다. 다음의 시를 보라.

목마른 코카콜라 빈 병, 땅에 꽂힌 채
풀과 함께 기울어져 있다, 먼지와 쇠조각들에 스치며
이지러진 알파벳 흙 속에 감추며.
바람 빈 병을 스쳐갈 때
병 속에서 울려오는 소리, 끊임없이
알아듣지 못할 말 중얼거리며,
휘파람처럼 풀들의 귀를 간지르며.
풀들 흘리는 땀으로 후줄그레한 들판에
바람도 코카콜라 병 근처에서는 목이 마르고. —이하석, 「버려진 병」[14]

인용을 보아 알 수 있듯이, 「버려진 병」에는 추상적 또는 관념적 성향을 가진 언어가 별로 없다. "코카콜라 빈 병"은 그 자체가 구체적이며, '땅'은 우주

14 이하석, 『투명한 속』, 문학과지성사, 1980, p. 22.

나 지구에 비해 구체어이기도 하지만, 풀과 코카콜라 빈 병이 꽂혀 있는 '땅'으로도 구체화되어 있다. '소리'도 그냥 추상어로서의 소리가 아니라 "병 속에서 울려오는 소리"이므로 개념적 의미가 아닌 구체적 소리가 되어 있다. 물론 시에서는 흔히 「길」에 나오는 그런 종류의 추상어를 사용한다. 그뿐만 아니라 관념어도 사용한다. 그러나 그때는 추상어나 관념어를 의인화하거나[15] 「버려진 병」에서처럼 구체화한다.

일반적으로 시어에는 추상어보다는 구체어를, 일반어보다는 특수어를 사용한다. 그것은 구체어와 특수어가 표현적 기능과 미적 기능을 살려주는 개념적 의미, 지시적 의미, 감정적 의미, 연상적 의미, 주제적 의미 등을 잘 함축하기 때문이다.[16] 「길」은 그러나 일반적으로 사용하는 통상어보다는 전문어를, 구체어보다 추상어 또는 관념어를 사용하고 있으므로 그만큼 시의 세계가 추상적이고 불투명하다.

7. 철학적 내용과 철학적 언어

「길」과 같은 유형의 작품을 쓰는 사람들은, 시란 시인의 철학이 언어로 구상화되어 있다는 식의 주장을, 시란 철학적으로 표현해야 하는 것으로 오해하고 있는 경우가 대부분이다. 시란 물론 시인의 철학을 포함하고 있지만, 반드시 시가 철학적으로 또는 철학적인 언어로 표현되는 것은 아니다. 오히려 시는 언어 예술인 만큼 철학적인 또는 전문적인 용어들이 지닌 개념적 의미나 추상성을 회피해야만 하는 것이다. 그럼에도 불구하고 「길」에서 주축을 이루고 있

---

15 관념 또는 사물에 인간적 요소를 부여하여 표현하는 비유법(「비유와 활용」의 활유 참조).
a) 관념의 예: "욕망이여 입을 열어라 그 속에서 사랑을 발견하겠다"(김수영의 「사랑의 변주곡」에서). 이 예는 욕망이라는 관념을 의인화에서 보고, 관념의 추상성을 구상화하여 표현한 것이다.
b) 사물의 예: "숲에서 인동초 하나가 불쑥 고개를 내밀었다가 잡종의 다리에 밟힌다"(오규원의 「달과 어둠」에서). 이 예는 인동초가 '고개를 내미는' 인간적 행위를 하는 식으로 비유되어 있다.

16 G. Reech, 앞의 책, p. 14 참조.

는 언어군과 유사한 전문어로 써야만 좋은 시가 된다는 착각 또는 오해에는 그 나름의 근거가 있기는 하다. 이른바 형이상학적 시meta-physical poem에 대한 잘못된 이해가 그것이다. 던John Donne을 비롯한 일군의 17세기 시인들이 "형이상학을 즐겨 사용한다"는 평가를 받은 시풍은, 엘리어트나 미국의 신비평가들에 의해 통합된 감수성을 가진 시의 모델로 재평가되면서, 현대시에 큰 영향을 끼친 바 있다. 형이상학파의 시가 어떤 면을 지니는가는 던과 동시대의 시인의 작품을 함께 고찰해보면 어느 정도 알 수 있다.

A) 우리의 영혼이 둘이라면, 한 데 붙은
콤파스의 다리가 둘인 뜻에서 둘이다.
당신의 영혼은 고정된 다리라서, 상대방 다리가 움직이면
움직임이 보이지 않으나 움직이는 것은 사실.

그리고 그것은 중심에 서 있으나,
상대방이 멀리 움직여 떠날 때엔
몸을 기울이고, 그쪽으로 귀 기울인다,
그리고서 그쪽이 돌아와야 곧게 일어선다.

당신은 나에게 그러하리다, 분명히.
서 있는 다리처럼 비스듬히 움직이겠지만,
당신이 굳게 서 있어야 내가 그리는 원이 바르고,
내가 시작한 곳으로 되돌아올 수 있으리라. —「이별—슬퍼하지 마라」[17]

B) 고운 水仙花여, 네가 그렇게 빨리
가버리는 것을 보니 슬프구나.
일찍 솟은 태양이 아직

---

17 이창배 옮김, 『영미명시선』, 동화출판공사, 1974, pp. 13~14.

午正에도 이르지 못했는데.
머물러라, 머물러라,
서두는 해가
달려서
저녁 기도 시간 될 때까지만이라도.
우리 같이 기도하고서
너와 함께 가련다. —「水仙花에게」[18]

A)는 던의 작품 일부이고, B)는 당시 왕당파(王黨派) 시인의 제1인자로 알려진 헤릭Robert Herrick의 작품 일부이다. B)는 꽃잎이 지는 수선화를 보며 그 짧은 영광의 순간을 안타까워하는 시인의 감정이 잘 드러나 있다. 잘 드러나 있다기보다 안타까워하는 감정 그 자체가 시적 내용의 핵심이다. 그러나 A)는 이별에 관한 감정의 직접적인 드러냄이 없이, 콤파스를 비유로 사용하여 사랑하는 사람의 영혼은 둘이면서도 함께 움직이는 하나라는 시적 인식을 보여준다. 사랑하는 두 사람의 영혼은 콤파스와 같다는 이러한 기지wit를 통한 대상의 새로운 인식은 「수선화에게」와 같은 작품에서는 볼 수 없는 형이상학적 세계이다. 이러한 형이상학적 작시법 또는 문체는 상징주의 이후 현대시에 큰 영향을 끼친 점은 사실이지만, 그렇다고 「길」과 같이 전문어나 어려운 단어를 필요로 하는 것은 아니다. 시 속의 언어가 철학적인 것과 시가 철학적인 것과는 무관하다. A)의 작품이 그것을 잘 말해주고 있지 않은가.

8. 형식과 리듬

한 가지만 더 검토하고 지나가도록 하자. 형태적 형식으로 본다면 시는 단어·구·행·연으로 되어 있다. 이런 구조를 갖춘 언술을 우리는 일단 시로 볼 수

18 같은 책, pp. 19~20.

있다. 그러나 다음과 같은 표현은 어떤가.

물은 수소와 산소의 화학물.
순수한 상태에서는 냄새는 없고
빛깔도 없고 맛이 없는 투명한 액체.

동물과 식물체의 70% 내지 90%를 차지하며,
생존하는 데 없어서는 안 된다.
온 지표 면적의 약 72%를 차지하고 [하략] —「물」

「물」은 국어사전의 낱말 풀이 일부분을 그대로 옮겨놓은 것이다. 다른 것이 있다면 시의 형태적 구조에 맞추어 운문화한 것이다. 보다 구체적으로 말하자면, 「물」은 과학적으로 탐구되고 실증된 사실을 근거로 하여 물의 속성소[H_2O]와 필요성, 그 존재 양태를 설명expositon이라는 언술 형식을 사용하여 정의한 것을 내용으로 하고 있다. 그러니까 위의 내용은 수사학적 언술 형식으로는 설명이며, 언어의 기능적 분류상으로는 의사 진술pseudostatement이라고 리차즈가 부르고 있는 정서적 표현emotiue utterance과 구분되는, 과학적 진술이다.[19] 과학적으로 진실이 실증된 이 정의를 두고 시로 느끼는 사람이 있다면, 우리는 그를 최소한 시적 진실에 둔감한 사람이거나 아니면 심리적·정서적 삶을 적극적으로 살아본 경험이 거의 없는 사람에 속한다고 단언할 수가 있다.

그러나 얼마나 오묘한가. 앞의 예문 내용이 과학적 진실이라는 사실에도 불구하고 이 예문을 담고 있는 구조적 형식 어디엔가 시의 울림이 있다. 그 울림은 예문 내용이 시적 진실이 아닌 과학적 진실이라는 사실을 알거나 모르거나 상관없이 울린다. 느낌의 차이는 앞의 사실을 아는 사람과 모르는 사람에게 각각 다를 수밖에 없겠지만, 울림을 의식한다는 점에서는 공통된다. 이 울림은 시라는 한 예술 양식 자체가 우리의 미적 감수성을 자극하는 요소를 저장하

19 L. A. Richards, *Poetries and Sciences*, Routledge and Kegan Paul, 1970, p. 58.

고 있기 때문이다. 양식의 구조는 그것이 아무리 시대에 뒤지고 상투화되었다고 해도, 한 양식의 탄생을 현실화시킨 예술적 에너지를 어떤 형태로든 최소한 지니고 있기 마련이다. 그러니까 「물」은 과학적 진실 때문이 아니라 시라는 한 양식이 지닌 본래의 생명 감각인 시행의 리듬[律語構造] 때문에 시적으로 울린다.[20]

시인은 이 생명 감각인 리듬을 사랑한다. 초보자의 대부분은, 그러나 이것 대신 외형적 그 형식에만 기댄다. 이 점을 알기까지만 해도 오랜 시간을 필요로 하는 것이지만, 행(行)이며 연(聯)이라는 형태적 형식은 시적 진실이 살아 움직여 생긴 율동감이 아닐 때, 그것은 한갓 기계적 울림 또는 관습적 울림일 뿐이다. 결국, 진정한 리듬은 시인이 발견한 시적 진실의 힘, 그 힘에 의하여 생명을 얻는 것이다.

---

20 「시의 구조와 행 · 연」 참조.

2

대상과 인식 과정

시적 표현과 더불어 염두에 두어야 할 문제들

대상과 인식 과정

시적 표현과 더불어 염두에 두어야 할 문제들

1. 시적 대상과 심리적 거리

시작(詩作)을 한다는 말부터 생각해보자. "시작을 한다"는 말을 보다 명확히 하면 "무엇에 관해 시작을 한다"는 뜻이다. 그리고 이 말은 "무엇에 관해 보고, 느끼고, 생각한 바를 시로 쓴다"는 뜻이며, 보다 더 구체적으로 적으면 "무엇에 관해 보고, 느끼고, 생각한 바를 시라는 형태로 글을 쓴다"는 뜻이 된다. 이때 시라는 형태로 글을 쓴다는 것은 소설·희곡·수필 등등의 다른 언어 예술 장르의 양식과는 다른 시적 언술을 선택하고 있다는 의미이다. 그러니까 시적 언술의 특성을 살리는 창조적 표현에 임한다는 의미이다. 무엇에 관해 보고, 느끼고, 생각한 바는 그 무엇에 관한 개개인의 정서이다. 이 정서는 그 무엇에 관한 정서라는 점에서 인식을 포함하는 정서이다. 그리고 이 무엇은 물론 시적 대상이다. 올드리치는 실천적이고 실용적인 국면으로부터 구별되는 시적 인식과 같은 미적 지각을 감지prehension[1]라고 부른다. 시적 대상은 실천적·실용적 국면에서 관찰되는 대상이 아니다. 이런 미적 지각을 어떤 사람은 대상에 대한 심리적 거리로부터 추출한 근거를 가지고 미적 태도aesthetic attitude[2]라고 부르고,

1 Virgil C. Aldrich, (1963), 『예술철학*Philosophy of Art*』, 오병남 옮김, 종로서적, 1983, p. 39.

2 Edward Bullough, *Aesthetics and the Philosophy of Criticism*, ed., M. Levich, Random House, New York, 1963, pp. 233~54. 여기서는 George Dickie, *Aesthetics*, Pegasus, New York, 1971, p. 47.

어떤 사람은 무관심적 주목disinterested attention[3]이라고 부르기도 한다. 그런 미적 지각을 어떤 다른 이름으로 부르든, 감지(感知)라고 부르든, 실용적·실천적 국면과는 구별되는 점에서 변함이 없다.

연극 『오셀로』의 공연을 관람하면서 자기 아내의 의심스러운 행동을 생각해내고는 질투심에 휘말리는 어느 남편이나, 전문적인 무대 장치에만 관심을 기울이는 어떤 사람은 모두 미적 태도로 대상(오셀로)을 보고 있는 것이 아니다. 그들은 실제적이고 실천적인 측면에서 대상을 보고 있는 것이다. 공원에 놀러간 사람이 한쪽 다리가 부서진 벤치를 보고 공원 당국의 관리 능력에 흥분을 한다거나 조경 양식을 연구하기 위해 공원을 관찰하는 따위도 마찬가지이다.

그리고 대상을 실용적·실천적 국면에서 벗어나 바라본다고 하더라도, 순수한 상태에서 바라볼 수 없는 미적 지각의 두 양상을 벌로프는 부족한 거리 조정under-distancing, 초과한 거리 조정over-distancing[4]이라고 말한다. 시적 대상을 앞에 둔 작가의 거리 조정도 이와 같은 초과와 부족 현상이 자주 나타난다.

1. 부족한 거리 조정

외치고 싶다.
바다를 향해
바그너의 악보처럼, 고흐의 붓끝처럼
봄으로 채색된 나의 필통 속에
이십 년을 잠자는 오직 하나의 펜으로
호반 아래 앙금처럼 가라앉은
우리의 오색 언어들이
땀과 눈물과 마지막 피 한방울에 섞여
하늘에 파도칠 때까지

3 Jerome Stolnitz, *Aesthetics and Philosophy of Art Criticism*, Houghton Miffin, 1960, pp. 34~35.
4 Edward Bullough, 앞의 책, p. 235.

막차 떠난 플랫포옴에서
첫차를 기다리는 마음으로
바다를 향해 노래하고 싶다. —「詩作」•

부족한 거리 조정의 보기이다. 위의 보기는 대상이 욕망에 가려지고 감정에 휩싸인 형태이다. 그러니까 대상과 인식 주체 사이에 적당한 거리를 유지하지 못한 것이다. "바그너의 악보처럼, 고호의 붓끝처럼" 외치고 싶다는 것은 욕망의 감정적 표현이다. 그 욕망의 감정을 "오색 언어"나 "땀과 눈물과 마지막 피 한방울"로 노래할 때, 그 노래가 어떤 양상을 보여줄지를 생각해보라. 그 노래는 욕망과 감정의 극치일 뿐이 아니겠는가. 대상과의 심리적 거리가 이렇게 감정적으로 밀착되어 있을 경우는 위와 같이 피상적인 인식의 세계만 보여주는 게 통례이다.

II. 초과한 거리 조정

그녀가
물 속으로 자맥질해 들어가고부터는
파문이 일지 않았습니다.

그녀는 따가운 햇살이 어색하다면서
물 속으로 들어갔습니다.

나는 그녀가 물 속에서 얼마나 있다가
나오는지는 전혀 알 수 없습니다.

그러나 그녀가 언젠가는 물 속에서
나와야 한다는 것을 알고 있습니다. —「자위」•

앞의 작품과는 반대로, 초과한 거리 조정의 한 보기이다. 외견상으로 이 작품은 대상(그녀의 자맥질)을 담담하게 그려놓고 있는 인상을 받는다. 그러나 "따가운 햇살이 어색하다면서/물 속으로 들어"간 핵심적 정황에 대해 아무런 명시적·암시적 표현을 하고 있지 않다. 이 작품에서는 이 시구가 유일하게 대상과 인식 주체 사이에 정서적 교감이 있는 정황이다. 그러나 작가는 그런 사실조차 감지하지 못한다. 그런 결과 "얼마나 있다가/나오는지" 알 수 없지만 "나와야 한다는 것"을 알고 있다는 당연한 말만 옮겨놓고 있다.

대상을 사실적으로 묘사하려는 인식 태도와, 「자위」와 같은 대상에 대한 기계적이고 형식적인 관찰과는 전혀 다르다. 사실적 인식 태도는 배제를 통한, 선택을 통한 대상을 지각하기 위한 의도적 행위이지만, 형식적 관찰은 정서의 결핍에 의한 대상과 작가 사이의 이완 현상이다. 이런 대상과의 이완 현상은 논리적 경사가 심한 작품의 형태로도 나타난다.

깜박이며 승강하고
어쩌면 하강하기도 하는
익명의 오늘은
교각을 마저 삼키며 밤새 자란
모호한 안개처럼 엄습해
거듭 승하강의 편대에 둥둥 매달려
언제나 수직으로만 맞춘 키로
타협의 뿌리를 내리고
어느덧 선진 도시형으로 단련된
연약한 서정의 자취로
견고한 철문에 유폐되어
땡, 땡, 땡,
지상에서 가장 낮은 곳으로 내린
금속성의 완공되지 못할 추억을 조립식으로 잉태할 때
우리들의 눈빛과 이웃의 꿈들은

충무로에서 종로에서
자동화 문명의 마그네틱 선에 검게 가려
새벽의 창을 열고 별조차 볼 수 없는
청맹과니로 숙련되어 간다.
엘리베이터의 문은 오늘도 화알짝 열린 채. —「모년 모일의 엘리베이터」•

이 시는, '오늘'은 승하강만 되풀이하는 엘리베이터와 같고, 그 속의 우리도 그런 속성의 청맹과니로 되어간다는 문명 비판적 의식을 근간으로 하고 있다. 우리의 오늘, 또는 우리의 의식이 일정한 곳까지 기계적인 승하강만 되풀이하는 엘리베이터와 같다는 유추는 그 나름의 설득력이 있다. 문제는 그런 유추가 현학적·논리적 구조로 기술되고 있다는 점이다. 즉 "깜박이며 승강하고/어쩌면 하강하기도 하는" 오늘은 "교각을 마저 삼키며 밤새 자란/모호한 안개처럼 엄습해" 온 존재이다. 그런 오늘의 우리는 "거듭 승하강의 편대에 둥둥 매달려/언제나 수직으로만 맞춘 키로/타협의 뿌리를 내리"는 존재가 되었기 때문에 "어느덧 선진 도시형으로 단련된/연약한 서정의 자취로/견고한 철문에 유폐되"었다. 그런 결과의 하나로, 무슨 뜻인지 잘 알 수 없으나, 좌우간 "지상에서 가장 낮은 곳으로 내린/금속성의 완공되지 못할 추억을 조립식으로 잉태"하고 있으며, 우리들의 꿈들은 "자동화 문명의 마그네틱 선에 검게 가려"져 있으며, 우리를 "별조차 볼 수 없는/청맹과니로" 만든다고 주장하고 있다.

이런 시적 내용을 읽고 있으면, 마치 문학취를 풍기는 서툰 논설문을 대하는 느낌이 강하다. 이러한 현학적·장식적인 논리는 오늘을 추상적으로 개괄하고 있으므로, 오늘의 실체가 논리 뒤로 밀려나고, 논리 뒤에 숨겨지고 가려져 오히려 모호해진다. 이 논리적 사고가 대상을 너무 멀리 두게 하고 개괄하는 위치까지 밀어내어 초과한 거리 조정이 되도록 하는 근거가 되는 셈이다. 시에도 물론 논리가 있다. 그러나 그 논리는 "내재적 요소의 어울림에 의한 긴장"[5]이나 시점이 드러내는 일관성 뒤에 숨어 있는 구조적 기반일 뿐이다. 시는 감지한 사

5 Theodor Adorno, *Aesthetic Theory*, Routledge and Kegan Paul, London, 1984, p. 197.

실의 형상화이지 감지한 사실을 논리화하는 공간은 아니다. 이 현학적·논리적 수사는 감지한 사실을 정서적 언어로 표현하지 못하고 대상을 논리적 탐구의 대상으로 바꾸어놓는다. 논리는 대상과 심리적 거리가 가장 먼 표현이다. 유추적 논리를, 현학적 용어를 동원해 줄기차게 펼친다는 사실은 시적 대상과의 거리 조정이 초과해 있다는 증거가 된다.

2. 국면과 관점

일정한 시각을 가진 한 사람 앞에 존재하는 시적 대상은 우선 하나이다. 그 하나인 대상은 동시에 하나의 세계로서의 하나이기도 하다. 사물이든 관념이든 그 대상은 각각 의미의 세계, 의미의 우주인 까닭이다. 특정한 대상, 즉 특정한 시적 대상이 하나의 세계라는 사실은 그 대상이 많은 부분으로 이루어진 전제, 많은 국면aspect으로 어우러진 하나라는 점을 시사한다. 그렇기 때문에 그 대상을 보고, 느끼고, 생각하는 시각에 따라 다양하고도 극심한 차이가 있을 수밖에 없다.[6]

시적 대상을 보다 바로 이해하기 위해 그 다양성을 축소하여 도식화해보자. W라는 대상을 공원이라고 해보자. 그럴 때, 일차적으로 공원은 하나이다. 그러나 개념상으로 하나인 공원은 넓은 땅을 공원이게 하는 수많은 공원적 사물로 가득 차 있으며, 그럴 뿐만 아니라 하나의 공원은 수많은 다른 공원적 요소와 분위기로 가득 찬 부분 부분(w의 1~8)으로 이루어져 있다. 시적 대상을 개념상으로 볼 때는 하나(W)이지만 하나의 세계로 볼 때는 많은 것을 포함한

6 시적 대상과의 심리적 거리가 미적 지각에 필요한 작가의 적절한 태도의 문제라면, 시적 대상과 관점과의 문제는 감지의 시각angle of vision과 관련되어 있다. 미적 인식이 그 무엇에 관한 정서의 형식화된 표현이라면, 모든 시에는—좋은 시이든 그렇지 못한 시이든 구별 없이—어떤 형태의 정서가 개별적 편차를 보여주며 나타나게 되어 있다. 이 개별적 편차 속에는 일정한 양의 작품들이 공통으로 숨기고 있는 관점상의 패턴이 있다. 그것은 대상에 대한 인식 주체의 감각의 깊이와 넓이 그리고 그것을 드러내는 언어 표현 행위의 적절성과 깊은 관계를 가지고 있지만, 무엇보다도 먼저 시각의 차이에서 연유한다.

하나(1~8을 포함한 W)인 것을 알 수 있다. 일차적으로 공원(W)은 개념적인 존재이다. 그 공원(W)을 누군가 인식의 대상으로 삼을 때 비로소 하나의 세계인 것(w)으로 그 실상을 드러낸다. 비유적으로 말한다면, 우리가 살고 있는 이 우주가 큰 공원이라면 지구는 그 큰 공원(W)의 한 장소(w1~8 가운데 하나)일 것이다. 그리고 지구를 큰 공원으로 본다면 서울·뉴욕·도쿄·베이징 등등은 그 큰 공원(W)의 제각기 다른 한 장소(w1~8 가운데 하나)일 것이다.

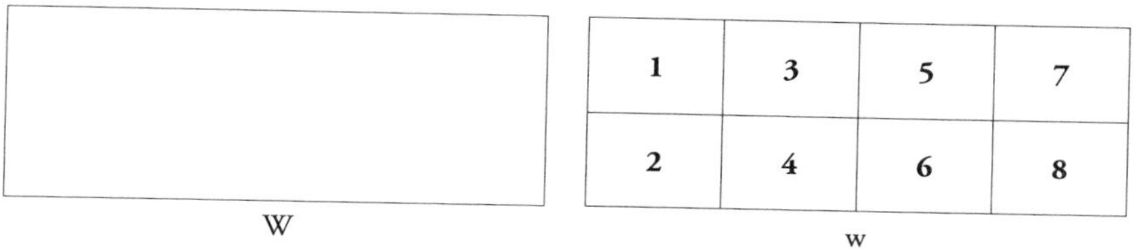

어떻든 그 세계를 인식의 대상으로 삼는 순간 그 세계는 우리가 지각해야 할 국면으로 다가온다(이때의 지각은 물론 미적 지각이다). 그 국면 앞에 선 인식 주체는 대체로 두 가지 관점으로 양분된다. 하나는 관념적 관점, 다른 하나는 실재적 관점이 그것이다. 관념적 관점은 구체적 현상을 사상시키고 개괄적인 입장에서 대상을 그 나름대로 인식하고자 하는 태도이고, 실재적 관점은 구체적 현상을 통해 전체를 파악하고자 하는 태도이다. 도표로 예를 든다면, w의 1~8이라는 부분 또는 사실을 사상하고 W의 세계를 추론의 형태로 파악하는 것이 관념적 관점이며, w의 1~8 가운데 어느 부분 또는 1~8의 개별적·구체적 현상을 극대화함으로써 W의 세계를 표현하는 것이 실재적 관점이다.

이것은 소리없는 아우성.
저 푸른 海原을 向하여 흔드는
永遠한 노스탈쟈의 손수건.
純情은 물결같이 바람에 나부끼고
오로지 맑고 곧은 理念의 標ㅅ대 끝에
哀愁는 白鷺처럼 날개를 펴다.

아아 누구던가.
이렇게 슬프고도 애달픈 마음을
맨 처음 공중에 달 줄을 안 그는 —유치환, 「旗ㅅ발」[7]

개구리 울음만 들리던 마을에
굵은 빗방울 성큼성큼 내리는 밤……

머얼리 山턱에 등불 두셋 외롭구나.

이윽고 홀딱 지나간 번갯불에
능수버들이 선 개천가를 달리는 사나이가 어렸다.

논뚝이라도 끊어져 달려가는 길이나 아닐까.

번갯불이 스러지자
마을은 비내리는 속에 개구리 울음만 들렸다. —박남수, 「밤길」[8]

두 작품 가운데 「기ㅅ발」이 관념적 관점, 「밤길」이 실재적 관점이다. 「기ㅅ발」은, 작품을 보아 알 수 있듯, 그 깃발이 어떤 종류의 것이며, 어떤 장소에 꽂혀 있으며, 어떤 모양을 하고 있는 것인가 등등에 대한 구체적 사실을 사상하고 깃발이 어떤 의미의 존재인가를 밝히려 하고 있다. 이와 달리 「밤길」은 밤길의 의미를 추구하지 않고, 어느 특정한 날("개구리 울음만 들리던 마을에/굵은 빗방울 성큼성큼 내리는 밤")의 현상적 사실을 선택적으로 가시화하여 밤길에 대한 우리의 정서를 증폭시킨다.

---

7 정한모 · 김용직 편, 『한국현대시 요람』, 박영사, 1982, p. 472.
8 같은 책, p. 714.

3. 관점[9]과 미적 지각의 유형

어느 관점에 의해서든, 그 관점에서 서서 대상을 수용하기만 하면 시가 되는 것은 아니다.

대상을 시적 공간(작품)에 수용하는 과정이란 언어로 표현하는 행위이므로, 언어로 표현해놓은 다음에야 그것이 어떤 내용인지 알 수 있기 때문이다. 즉, 시인 → 시적 대상 → 시적 인식 → 시적 언술 → 시 작품이라는 과정의 결과를 보아야 알 수 있는 것이다. 이런 창작 과정 속에서, 우리는 대상을 지각하는 몇 가지 유형을 추출해볼 수 있다. 이 지각의 각도, 즉 관점 속에 흔히 나타나는 몇 가지 미적 지각의 유형을 보자.[10]

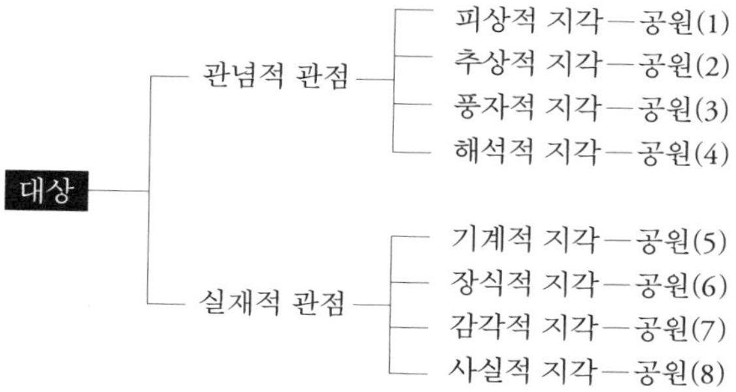

이 유형은, 물론, 창작 과정에서 흔히 보이는 형태를 그 나름으로 정리한 것이다. 이것을 검토해보면 대상을 어떤 시각에서 접근하면 바람직한 것인지를 쉽게 이해할 수 있다.

---

9 여기에서 관점은 ‘a view’의 의미이다. 그러니까 인생관a view on life, 세계관a view of the world처럼 하나의 관(觀)을 암시한다. 이와 달리 시점은 ‘point of view’의 의미이다. 그러니까 관점 속의 시각들이다.

10 이 미적 지각의 유형은 시점과는 다르다. 묘사나 진술에 나오는 시점은 수사적 측면(표현)의 분류 개념이고, 여기에 나오는 미적 지각의 유형은 인식적 측면(사고)의 분류 개념이기 때문이다.

1. 피상적 지각과 기계적 지각

다음은 공원을 공통으로 시적 대상으로 하고 있는 작품들이다. 이 작품 속에 드러나는 위의 8가지 유형을 비교 검토해보자.

공원은 모두의 안식처

가난한 사람도
부자도 어린 아이도
누구나 찾아와
때묻은 영혼을 맑은 공기에
씻는다.
끝없이 무거운 나날의 짐을 내려놓고
고통을 잊으며
새로운 출발을 위해
이곳을 찾는다.

다가올 내일을 위해. —「공원·1」•

「공원·1」은 '공원은 모두의 안식처'라는 식의 관념적 해석을 보여주고 있으나, 상식의 나열과 그 설명이라는 점에서 피상적 지각이다. 상식이란 누구나 알고 있는 흔한 지식이다. 그런 점에서 상식은 거죽 지식에 불과하고, 그 거죽 지식을 나열하고 있다는 점에서 이 작품은 피상적인 것이다. 피상(皮相)이란 낱말의 뜻이 거죽·겉모양·겉면이라는 점을 상기해보면 더욱 분명해질 것이다.

작품 속에 나타나는 상식과 사실은 전혀 다르다. 특수한 경우(예를 들면 반어법)를 제외하고는, 작품 속의 상식은 작품 밖에 있을 때와 다름없는 거죽 지식이지만, 사실은 느낌feeling을 구체화하는 존재이다. 그렇기 때문에 작품 속의 사실적 존재는 사실 그 자체가 아니라 작가의 미적 지각의 등가물이다. 다음을 보라.

a) 꽃은 아름답고 예술은 영원하다.
b) 꽃이 피어 있다.
두어 송이

a)는 상식, 즉 거죽 지식의 나열이다. b)는 그런 피상적 지식 대신 사실적으로 사물 현상을 가시화한다. 그 형상화된 사물 현상은 개개의 작품 공간에 어울리는 각각 다른 정서와 의미를 구성한다.

b-1) 해가 지는 서산
새들의 그림자가 설핏 기운다.
그곳에도
꽃이 피고 있다
두어 송이.

b-2) 꽃이 피고 있다.
두어 송이
새들이 날고 있다
서넛
봄 아지랑이 속.

b-1)의 꽃은, 닥쳐오는 어둠의 세계(해가 지는 서산, 기우는 새들의 그림자)와 대립하는 밝음의 세계(꽃)를 암시하는 존재이다. 그 꽃이 b-2)에서는 단순히 봄의 활기(날고 있는 새, 아지랑이) 중의 하나가 되어 있다.

작품 속의 사실적 존재나 현상은, 그것들이 이미 허구인 예술 작품 속으로 공간 이동을 한 만큼, 사실 그 자체가 아니라 작가가 말하고자 하는 것을 구체화하는 형상적 존재들이다. 작가는 이런 형상, 이런 형상화를 통해 말한다.[11] 상

---

11 Theodor Adorno, 앞의 책, p. 216.

식의 나열과 부연 설명은 사고의 피상성과 상투성stereotype의 본보기이다.

혼자서 공원에 갔다.
나무들은 바람 따라 잎을 흔들고
잔디는 파란색으로
넓게 깔려 있었다.

사진사가 큰 소리로
'사진 한 장 찍으시오' 했지만
모른 척했다.

벤치에는 가끔 누워서
잠자는 사람들도 있었다.
아무도 없는 벤치에 앉아
담배를 피울 때
비가 후두둑 떨어졌다.
날씨가 춥지 않아 다행이었다. —「공원·5」•

관념적 관점의 「공원·1」과 함께 생각해보아야 할 작품이 실재적 관점의 「공원·5」이다. 「공원·5」는 기계적 지각의 좋은 보기이기 때문이다. 이 작품은 대상을 관찰하고 탐구하려는 흔적을 보여주지 않는다. 즉 사고의 흔적이 없다. 실재하는 풍경을 작품에 표현해놓기는 했지만, 그것은 탐구나 의도적 선택이 아닌 기계적인 옮겨놓기이다. 아래 작품과 비교하면 그 점이 더 분명해진다.

땅 위에 내려
조알을 세고 있는 새
손바닥만한 땅 위
조알을 하나씩

부리로 세고 있다
몇 개 조알의 힘으로
새는 하늘로 떠오르고
새를 따라 조알들은
허공에 흩어진다 —권혁진, 「遠景」[12]

이 시는 짧지만 많은 것을 말하고 있다. 그것은, "손바닥만한 땅"과 그 땅 위에서 날기 위한 조알 몇 개를 쪼고 있는 새와, 새가 날 때 흩어져버리는 조알들이 무엇을 이야기하고 있는가를 생각해보면 알 수 있다. 특히 "몇 개 조알의 힘으로/새는 하늘로 떠오"른다는 표현은 얼마나 놀라운가! 또 조알의 힘으로 새가 날 때, 나는 새들과 달리 남은 조알들이 허공에 흩어진다는 사실도 그냥 스쳐 지나가버릴 것이 아니다. 좁은 땅·새·조알, 이 셋은 무작위적 옮겨놓기가 아니라 적극적인 탐구의 흔적이다. 그러나 「공원·5」는 거축 지식과 마찬가지로 기계적으로 옮겨놓은, 죽은 사고이다.

II. 추상적 지각과 장식적 지각

잔디 위 곳곳에 뿌리박고
물결치는 영혼의 잎들이
넓은 우주를 유영하고

바람을 가르는 비상의 존재들
다투어 여기저기
꽃으로 날린다

꿈을 쫓는 발자국들은

12 권혁진, 『프리지아꽃을 들고』, 문학과지성사, 1987, p. 68.

그늘 속에서 하늘과 눈맞추고
싱그러운 향기는
그들을 감싼다 —「공원·2」•

「공원·2」는 추상적이다. 사실적인 측면에서 보면 "잔디 위 곳곳에 뿌리박"은 것은 나무들이다. 그 나무들은 '영혼'으로, 또 새들을 "비상의 존재"로, 공원을 거니는 사람들을 "꿈을 쫓는 발자국"으로 추상화시켜놓았을 뿐이다. 그러니까 이 작품을 사실적 지각에서 고쳐놓으면 다음과 같이 된다.

잔디 위 곳곳에 뿌리박고
물결치는 나무의 잎들이
넓은 하늘을 떠다니고
바람을 가르는 새들은
다투어 여기저기
꽃으로 날린다
꽃을 쫓는 사람들은
그늘에서 하늘과 눈맞추고
싱그러운 향기는
그들을 감싼다

작품으로 따진다면 이 사실적 지각의 것이 훨씬 설득력이 있다. 구체적인 사물이나 현상을 추상화시킨다고 해서 결코 깊이 있는 작품이 될 수가 없다. 이러한 말 바꾸기, 즉 나무 → 영혼, 하늘 → 우주, 비상의 존재 → 새 등과 같은 추상화란 일종의 현학적 말놀이puzzle에 불과하기 때문이다.

이와 다른 측면에서 유사한 것이 「공원·6」이다.

초록빛 물든 잎들이
태양을 향해 손을 흔들고

꿈처럼 싱그러운 바람이
벤치에 앉은 사람의
부드러운 머리칼을 날린다.

잔디는 파도처럼
햇빛 속에 물결치고

나란히 걷는 연인들의 발걸음이
정답다. —「공원·6」•

「공원·2」가 아는 체하는 말놀이라면,「공원·6」은 장식적 말놀이이다. 그러니까 장식적 지각의 산물이다.

초록빛 물든 — 잎들
꿈처럼 싱그러운 — 바람
부드러운 — 머리칼
파도처럼 물결치는 — 잔디
발걸음이 정다운 — 연인

위에서 보는 바와 같이, 일정한 사물 앞에 현상을 드러내는 수식어·수식구가 붙어 있지만, 모두가 상투화된 표현들cliché이다. 이런 낡은 표현들을 제외하면 남는 것이 거의 없다.「공원·2」가 구체적 현상을 아는 체하고 추상화한 까닭으로 사실적인 측면조차 모호해지고 있다면,「공원·6」은 구체적 사실을 단순히 장식한 까닭으로 공허해져 있다. 시적 언술, 즉 시적 표현은 장식하는 데 있지 않고 가려져 있거나 벗어나 있거나 왜곡되어 있는 사물의 본질과 현상을 드러내는 데 있다. 러시아 형식주의자들이 말하는 '낯설게 하기'란 바로 관습과 왜곡을 벗겨내기 위한 시각 확보와 다르지 않다. 장식적 지각이란 대상에 또 하나의 외피를 덧씌우거나 화장을 하는 일밖에 되지 않는다.

III. 감각적 지각과 사실적 지각

나무들 사이로
한 무리의 비둘기가 외출에서 돌아와
새로 돋은 풀 냄새를 쫓는다.

겨우 걸음마를 배운 아이 하나
나비 따라 길을 혼자 아장거리고
공원 사진사가 스냅사진 한 장처럼
나무 아래 서 있다. —「공원·7」•

「공원·7」은 감각적 지각에 입각해 있다. 장식적 지각과 감각적 지각의 차이는, 전자가 대상을 인식의 대상으로 삼기보다 장식하는 대상으로 보고 있는 데 반해, 후자는 지배적인 인상을 통한 대상의 파악이라는 점이다. 그런 감각적 인식은 "한 무리의 비둘기가 외출에서 돌아와/새로 돋은 풀 냄새를 쫓는다"든지 "공원 사진사가 스냅사진 한 장처럼/나무 아래 서 있다"는 등의 표현에서 찾아볼 수 있다. 이렇게 감각화된 인식은 우리의 정신 속에 '관념화된 감각ideated sensation'[13]으로 인각된다. 다음을 비교해보라.

a-1) 한 무리의 비둘기가 내려와
풀밭을 거닌다
a-2) 한 무리의 비둘기가 외출에서 돌아와
새로 돋은 풀 냄새를 쫓는다
b-1) 공원 사진사가 나무 아래 서 있다

---

13 Virgil C. Aldrich, 앞의 책, p. 33.

b-2) 공원 사진사가 스냅사진 한 장처럼
　　나무 아래 서 있다

a-1)과 a-2), b-1)과 b-2)의 차이는 단순히 축어적 묘사와 비유적 묘사라는 수사적 차이만이 아니다. 그 차이는 언어를 매개로 '관념화된 감각'인가 아닌가, 다른 말로 하면 '형식화된 감정'[14]인가 아닌가 하는 엄청난 차이이다. 그 형식화된 감정이란 무의식적 충동과 감정 그 자체가 아니라, 예술적 표현 속에 살아 있는 객관화된 사고의 구체적 모습이다.

구겨진 신문지 한 장
벤치의 다리를 감고 있다.
바람도 아니 부는데
어디서 토사물의 냄새가
공원의 잔디 위로 몰려오고
껌팔이 아주머니의 굽은 등 뒤
길 잃은 아이의 울음 소리가
내 귀를 후려친다.
내 몸 위로 덮치는 나무들을
후려친다.　　—「공원·8」•

「공원·8」은 물론 사실대로 쓴 것이 아니다. 우리들은 사실을 완벽하게 기술할 수는 없다. 우리들 그 누구도, 그 누구의 세계관도 세계 속의 모든 것을 포괄할 만큼 그렇게 큰 폭을 지니고 있지 못하다. 그렇기 때문에 사실을 잘못 해석하지 않았다고 하더라도 사실을 다 기술할 수는 없는 것이다.[15] 작품 속의 사실은 그러므로 배제와 선택의 사실이며, 그것도 사실대로가 아니라 사실적

14 G. T. Wright, 『시인의 얼굴 *The Poet in the Poem*』, 김준오 옮김, 이우사, 1984, p. 281.
15 같은 책, p. 265.

으로 묘사한 것이다. 배제와 선택 그 자체가 인식인 것은 이와 같은 연유에서이다. 「공원·8」은 그런 의미에서의 사실적 지각이다.

「공원·8」의 선택된 사실들은 공원 속에서 드러나는 부정적 측면의 것들이다. 긍정적인 측면이 전적으로 배제되고 있다는 점이 그것을 예증한다. 사실적 지각의 작가는 선택과 제시를 통해 그 사실적 국면이 직접 말하도록 한다.

Ⅳ. 풍자적 지각과 해석적 지각

공원의 잔디 위에는 집 나온
한 마리 개의 곤한 꿈이 자고
벤치 위에는 서울에서 돈 벌겠다고
시골에서 상경한
여관비가 떨어진 청년의 몸이 자고
발로 뛰다 지친 월부장수의
건수가 자고
뒷골목에서 쫓겨 나온
바람의 혼이 잔다
그 옆에서
아무도 숙박비를 요구하지 않았다 —「공원·3」•

「공원·3」은 사실적 지각과 닮은 구석이 있다. 공원의 잔디 위에서 자는 개, 벤치에서 자는 시골 청년, 월부 장수, 그리고 바람, 이 모두가 사실적 존재들이다. 그러나 이 작품에서 그러한 사실적 존재들은 관념화되어 있다. 즉 한 마리 개는 "한 마리 개의 곤한 꿈"으로, 청년은 "청년의 몸"(이때의 몸이란 표현 속에는 마음은 깨어 있다는 숨은 의미가 내포되어 있다)으로, 월부 장수는 "월부장수의/건수"로, 바람은 "바람의 혼"으로 각각 관념의 감각화된 형태로 바뀌어 있다. 그런 만큼 사실적 지각과는 다르다.

설령 이렇게 감각화된 관념들로 바뀌어 있지 않다고 하더라도, 즉 그냥 그대로 '한 마리의 개' 또는 '월부장수' 등으로 되어 있다고 하더라도, 이 작품 속의 사실적 존재들은 「공원·8」의 그것과는 다르다. 사실화된 관념이기 때문이다. 이 작품을 좌우하는 결정적인 표현은 "아무도 숙박비를 요구하지 않았다"이다. 이 구절은 금전만능주의의, 돈이 없으면 죽기도 겁이 나는 현실의 단면을 간접적으로 풍자하고 있다. 풍자는 사실적 지각에 의한 직접적인 제시의 세계가 아니라 기지·반어·냉소·조롱의 방법적 수용에 의해 빗대어 공격하는 정신의 세계이다. 이 풍자의 세계에 들어온 사실적 존재들은 풍자를 구성하는 풍자적 또는 우화적 요소(사실적 요소가 아닌)로 변모하여 사실적인 가면을 쓴 관념이 된다.

혼자 있는 자가
아름다운 순간이 있다.
서두르지 않는 발자국이
그림자를 환하게 밝히고
길과
벤치에
침묵이 솜사탕처럼 달콤할 때.

오라 혼자인 영혼이여
구하는 자는
혼자일 때
그림자도 넉넉하리니. —「공원·4」•

「공원·4」는 처음부터 관념적으로 접근한다. 공원을 구체적 실체로 보지 않고 우리에게 그것은 어떤 의미인가를 탐구한다. 같은 관념적 관점의 「공원·1」, 「공원·2」와 다르게, 즉 상식적이고 아는 체하는 현학취로 대상을 파악하여 불투명하게 하고 있지 않다. 이 작품 속의 공원은 구하는 자는 마땅히 혼자 있는 것을 두려워해서는 안 되며, 오히려 그것을 반가워해야 하며, 그러한 혼자 있을 수 있는 공간의 하나로 공원을 노래한다. 그런 점은 공원을 "서두르지 않는 발자국이/그림자를 환하게 밝히고/길과/벤치에/침묵이 솜사탕처럼 달콤"한 곳의 하나로 해석해놓은 구절만 보아도 알 수 있다. 이러한 의미의 공간은 본래 공원이 전적으로 그러한 것이 아니라 작가가 공원의 그러한 국면을 추출해내고 해석한 것이다. 다음을 살펴보라.

a-1) 공원의 여기저기
혼자 앉아 있는 사람들
a-2) 혼자 있는 자가
아름다운 순간이 있다
b-1) 긴 그림자를 끌고가는
서두르지 않는 발자국
b-2) 서두르지 않는 발자국이
그림자를 환하게 밝힌다

a-1), b-1)은 사실적 지각이며, a-2), b-2)는 해석적 지각이다. 사실적 지각은 사물과 현상을 구체적으로 형상화하는 데 초점이 모아져 있지만, 해석적 지각은 사물과 현상의 의미를 파악하는 데 집중되어 있다. 이것이 두 지각의 극적 차이이다.

4. 통합적 관점

관념적 관점과 실재적 관점 사이에는 미적 지각의 차이만큼 다양한 세계의 작품이 보인다. 몇 가지로 추출해본 유형 가운데 피상적·추상적·기계적·장식적 지각의 작품은 인식 부족의 소산이고, 또 그만큼 덜 형상화된 작품의 형태를 보여준다. 그러나 사실적·감각적·풍자적·해석적 유형은 각각 그 나름의 아름다운 미적 인식을 보여준다. 그런 만큼 후자의 유형에 속한다면, 그 유형이 어떤 것이건 그 유형으로부터 발생하는 우열은 없다고 보아야 한다. 유형은 사고의 깊이와 넓이의 문제가 아니라 인식 태도의 문제이기 때문이다.

관념적 관점과 실재적 관점 사이에 통합적 관점이 있다.

南쪽에선
果樹園의 林檎이 익는 냄새,
西쪽에선 노을이 타는 내음……

산 위에 마른 풀의 향기,
들가엔 장미들이 시드는 향기……

당신에겐 떠나는 향기,
내게는 눈물과 같은 술의 향기

모든 肉體는 가고 말아도,
풍성한 향기의 이름으로 남는
傷하고 아름다운 것들이여,
높고 깊은 하늘과 같은 것들이여……

— 김현승, 「가을의 香氣」[16]

이 작품의 1·2연은 실재적 관점의 사실적 묘사이고 3·4연은 1·2연에 근거한 관념적 관점의 해석이다. 이것을 간단하게 분석적 구조로 바꾸어보자.

가을의 향기 —
- 과수원의 임금이 익는 냄새
- 노을이 타는 냄새
- 마른 풀의 향기
- 장미 시드는 향기

— 구체적인 현상

16 『김현승시전집』, 관동출판사, 1974, pp. 142~43.

1차 해석 (상대적 의미)	당신 — 떠나는 향기 나 — 눈물과 같은 술의 향기	관념적인 면
2차 해석 (본질적 의미)	상하고 아름다운 것 높고 깊은 하늘과 같은 것	관념적인 면

위에서 볼 수 있는 바처럼 1·2연은 1차 해석과 2차 해석의 구체적 정황이 되고 있다. 그 두 번의 해석은 아름답다. 당신(가을 또는 시간, 또는 가을의 입장에서 향기를 보는 존재)에게는 떠나면서 남기는 내음이지만, 나에게는 "눈물과 같은 술의 향기"이다. 그냥 술의 향기가 아닌 눈물과 같은 술의 향기! 이 표현 속에는 고통과 환희가 버무려진, 상(傷)하면서까지 아름다운 향기를 만드는 그 가을을 아는 사람의 영혼이 내장되어 있다. 그런 향기란 시인에게는 언제나 "높고 깊은 하늘과 같은" 존재로 느껴진다. 이와 같이 이 작품은 실재적(1·2연) 현상을 수용함으로써 관념적인 해석(3·4연)을 더욱 효과적이게 하고 있다.

이 통합적 관점은, 다른 면에서 고찰해보면, 관점 상호 간의 어울림, 지각 상호 간의 넘나듦이라고도 할 수 있다.

낡은 小學校 건물이
외톨로 서 있었다.

텅 빈 運動場엔
壯丁들만한 풀죽은
햇살들이
희끗희끗 어깨와 어깨를 맞대고
서 있을 뿐

징집 당해 간
보이지 않는

時代.

녹슨 철봉대 밑에
소경이 된 앉은방이 꽃이
제 속을 끓여
설움을 녹이고 있었다.

저 앞의 먼 바다에서
말 없는 하루가
아람드리로
넘어가고 있었다. —노향림, 「1950년」[17]

이 시는 감각적 지각을 축으로 하여 이루어져 있다. 그러나 "징집 당해 간/보이지 않는/시대"라는 관념의 의인화 "아람드리로/넘어가"는 하루라는 관념의 의물화, "제 속을 끓여/설움을 녹이"는 꽃이라는 사물의 의인화 속에 포함되어 있는 해석만큼, 그만큼의 관념적 관점이 녹아 있다.

전라도나 경상도
여기저기 이곳저곳
산굽이 돌고 논밭두렁 돌아
헤어지고 만나며 아하,
그 그리운 얼굴들이
그리움에 목말라
애타는 손짓으로 불러
저렇게 다 만나고 모여들어
굽이쳐 흘러

17 노향림, 『연습기를 띄우고』, 연희, 1980, pp. 116~17.

18 이렇게 시퍼런 그리움으로
어라 둥둥 만나
얼싸절싸 어우러지며
가슴 벅찬 출렁임으로 차오르나니
어화 어화 숨차
어화 숨막히는 저 물결
어화 어기여차
저 시퍼런 하동 포구 —김용택, 「하동포구」[18]

이 시의 '하동 포구 물결'은 그리움에 시달리며 여기저기 떠돌다 만나는 사람들을 상징하고 있다. 그러니까 이 작품에서의 물결은 실재적 존재인 동시에 상징화된 사물이다. 이때의 시점은 실재(물결)와 관념(사람들)이 상징이라는 수법을 통해 완전히 겹쳐 있다.

18 김용택, 『섬진강』, 창작과비평사, 1985, p. 27.

3

시적 묘사

1. 묘사의 특성
2. 설명적 묘사와 암시적 묘사
3. 주관적 묘사와 객관적 묘사
4. 묘사의 어울림
5. 묘사와 언어의 절제
6. 묘사 속의 설명
7. 묘사와 장식적 수사

시적 묘사[1]

1. 묘사의 특성

시를 쓰는 사람이 만약 묘사description의 중요성을 모른다면, 그것은 마치 그림을 그리는 사람이 데생이 미술에서 어떤 의미를 지니는지 모르는 것과 유사하다. 그만큼 묘사를 아는 것은 중요하다.

조금 복잡하지만 수사학적 이야기를 잠깐 하고 넘어가자. 묘사란 물론 수사학에서 말하는 언술 형식forms of discourse의 하나이다. 한 이론가는 수사학에서 언술 형식을 네 가지로 나누고 있다.[2] 설명(說明)·논증(論證)·묘사(描寫)·서사(敍事)가 그것인데, 이것들은 각각 독자적인 성질을 가지며 서로 관련된다. 설명은 비교·대조·실례·분류·정의·분석 등을 통하여 주제를 밝히는 형식이며, 논증은 증거에 의한 객관적 논리로 우리를 확인시키는 형식이다. 설명과 논증 사이에 설득(說得)이 있는데, 이는 우리들의 태도·감정·정서의 공통적인 바탕에 호소하여 발화자의 의도를 현실화시키는 형식이다. 위의 세 가지 언술 형식상의

---

1 시적 묘사는 다른 유형의 언술 행위에 나타나는 묘사와 그 성격이 다소 차이가 난다. 설명이라는 언술 형식이 묘사를 차용하면 설명적 묘사expositional description가 되고, 서사가 차용하면 서사적 묘사narrative description가 되어, 설명이나 서사적 언술 형식의 특성에 종속되듯, 시적 묘사poetical description는 시의 장르적 특성상 심상적 특질을 드러낸다. 시에서 묘사가 갖는 중요성을 주목한 글로는 김주연, 「시의 인식의 문제」, 『상황과 인간』(박우사, 1969)이 있다.

2 C. Brooks and R. P. Warren, *Modern Rhetoric*, Harcourt Brace Jovanovich, 1979, pp. 39~216 참조.

차이는 설명은 설득이 아닌 이해가 그 목표이며, 설득은 감정적인 호소로, 논증은 논리적인 호소로 어떤 주장이나 진리를 궁극적으로 자신의 의도대로 현실화하는 것을 목표로 한다(논증에 보다 접근해 있는 이 설득을 독립시킨다면 다섯 가지의 언술 형식이 되는 셈이다). 우리들의 일상적인 언술은 그러므로 대체로 설명의 형식이고, 신문의 논설은 설득이며, 어떤 명제를 논리적으로 실증하고자 하는 모든 종류의 언술이 논증에 속하는 셈이다.

묘사와 서사는 위의 형식들과는 좀 다른 성질을 지닌다. 묘사란 사물이나 현상이 지닌 성질, 인상을 감각적으로 표현하는 언술 형식이며, 서사는 사건의 의미 있는 시간적 과정을 제시하는 형식이다. 설명·설득·논증이 이론적 성향의 언술인 데 비해, 묘사와 서사는 감각적·암시적 성향이다. 시가 묘사를, 소설이 서사를 그 주된 표현 형식으로 차용하고 있는 것도 이들 언술과 문학 양식의 특성이 깊게 연관되어 있기 때문이다.[3]

시란 사물이나 현상에 대한 느낌feeling을 직접 제시하는 언술 양식이고, 소설이란 느낌을 스토리로 제시하는 양식이다. 느낌을 직접 제시하는 시는 필연적으로 지배적인 인상dominant impression을 표현하는 데 적절한 묘사를 적극 수용하게 되고, 스토리를 제시하는 소설은 인물과 행위와 시간적 과정을 구성적으로 제시하는 서사와 만난다. 그렇기 때문에 시를 지배적 인상의 구체적 모습인 이미지image라고 하기도 하고, 소설을 서사적 허구narrative fiction라고 부르기도 한다(그러니까 스토리는 'narrated event'이다).[4]

드물게 묘사의 중요성을 강조하고 있는 김주연의 「시의 인식의 문제」[5]에 보면 "시는 묘사되는 것Geschreibende"이라는 파이퍼의 주장을 인용하고 있다.

---

3 언술과 표현: 이 책에서의 '언술'은 의사 표현 행위로서의 말하기discourse를 총칭할 때 사용된다. 그리고 그런 말하기의 종류를 구분할 때도 사용된다. 이와 달리 '표현'은 수사적 측면이 강조될 때 사용된다. 그러니까 '시적 언술'이라고 할 때는 다른 언술(설명 · 논증 등)과 형식상의 차이를 드러내려는 의도를 깔고 있으며, '시적 표현'이라고 할 때는 다른 언술 형식과는 구분되는 수사적(묘사 · 비유 등) 특성을 강조하고자 하는 의도가 있다.

4 S. Rimmon-Kenan, , 『소설의 시학*Narrative Fiction: Contemporury Poetics*』, 최상규 옮김, 문학과지성사, 1985, p. 11.

5 김주연, 앞의 책, pp. 12~26.

시가 힘을 가지게 되는 근원을 "추상적인 상상이 아닌 구체적으로 그려진 본질"에 있다고 한다면, 그 구체적으로 그려진 본질은 묘사에 의해 획득된다. 이 묘사에 관한 인식 부족이 시에 자주 나타나는 비시적 표현의 근간을 이룬다.

2. 설명적 묘사와 암시적 묘사

A) [……] 네 번째, 큰 지리적 사실은 이 군도(群島)가 두 개의 큰 호형(弧形: 활모양)으로 나누어지게 되는데, 바깥쪽은 석회석의 호형이고, 안쪽은 화산석의 그것이다. 석회석의 지역은 낮고, 화산석의 지역은 비교적 높거나 매우 높다. 몇몇 섬은 석회석과 화산석의 두 가지 모양을 다 갖고 있다. —스미스, 필립, 「北美」[6]

B) B-1) 그는 한 손으로 담배를 흔들면서, **굵은 반지가 끼여 있는 가운데 손가락 밑의 살갗이 엷게 변해 있는,** 다른 쪽 손바닥을 편 채, 호레이스의 얼굴 앞으로 내밀었다. 호레이스는 그 손을 잡고 흔든 다음 놓아주었다. "옥스포드에서 기차를 탈 때 알았습니다만, 좌우간 좀 앉을까요?" 하고 말하는 그의 다리는 이미 호레이스의 무릎과 닿고 있었다. 그는 외투—**푸르스름한 재생 모직에다 기름기가 번지르한 벨벳깃이 달린**—를 좌석 위에 벗어던지고 앉았다. 그러자 기차가 멈추었다. "그럼요, 나는 언제나 친구와 만나기를 좋아하지요. 언제나……" 그는 호레이스의 맞은편에서 허리를 굽혀 창밖을 응시했다. B-2) **규모가 작고 지저분한 정거장, 게시판에 백묵으로 무엇인가 씌어져 있었으나 알 수 없었다. 화물차 안에 쓸쓸해 보이는 철망 닭장 속의 두 마리 닭, 작업복을 걸친 사나이 서넛이 벽에 기대어 껌을 씹으며 시름없이 앉아 있었다.** "물론 선생께서야 우리 고장에 더 있지 않겠지만, 한번 사귄 사람은 언제나 친구인 법이

---

6 J. R. Smith, M. O. Phillips, "North America," *Modern Rhetoric*, p. 166에서 재인용.

지요. 어디에 투표하든 말입니다. 친구는 친구니까 그가 나를 위해 무엇을 할 수 있든 없든 말입니다." 그는 불을 붙이지 않은 담배를 손가락 사이에 끼고, 몸을 뒤로 젖혔다. —W. 포크너, 「聖所」[7]

A)는 지리적 특성을 열거하여 일정한 대상에 관한 정보를 전달하고자 하는 설명적 묘사expositional description이다. B)는 A)와는 또 다르다. B)는 포크너의 소설의 한 토막이지만 고딕체로 된 부분은 묘사문이고, 나머지는 서사문이다. 그러나 B)의 고딕체로 된 묘사문도 그 성격이 다르다. B-1)은 서사, 즉 이야기의 전개를 돕는 설명적 묘사이고, B-2)는 서사에 묶여 있지만 B-1)과는 또 다른 암시적 묘사suggestive description의 특성을 발휘하는 부분이다. B-2)는 차가 멈춘 정거장에 대한 정보 제공이 목적이라기보다 정거장에 관한 지배적 인상의 표현이기 때문이다. 이러한 지배적 인상은 대상의 성질을 암시한다.

규모가 작고
지저분한 정거장
게시판에 백묵으로
무엇인가 씌어져 있었으나
알 수가 없었다.
화물차 안에 쓸쓸해 보이는
철망 닭장 속의 두 마리 닭,
작업복을 걸친 사나이 서넛
벽에 기대어 껌을 씹으며
시름없이 앉아 있었다.

그러므로 이렇게 다른 형식으로 적으면 분명히 드러나듯이, 이 소설의 한 부분은 한적한 어느 시골 정거장의 풍경을 그린 시로 바뀐다. (시는 이런 것이

---

7 W. Faulkner, "Sanctuary," *Modern Rhetoric*, p. 171에서 재인용.

아니라 전혀 다르고, 또 다른 곳에 있다는 식의 사고는 관습적 인식의 하나이다. 작품이 좋든 그렇지 않든 그건 나중의 문제이지만, 시의 형식을 빌려 표현하면 그것은 모두 시이고, 이 소설 속의 한 토막도 담백한 풍경시이다.) 그것은 B-2)가 지닌 암시적 묘사의 성격 때문이다. 즉 규모가 작고 지저분한 정거장, 게시판에 쓰인 백묵 글씨, 화물차 안의 철망 닭장 속의 닭 두 마리, 무료하게 껌을 씹으며 일감을 기다리는 작업복 차림의 사내, 이들은 이 초라한 정거장 뒤에 숨겨진 삶을 암시하는 특정한 의미의 정황(情況)[8]인 것이다. 시가 주로 사용하는 것은 물론 암시적 묘사이다.

3. 주관적 묘사와 객관적 묘사

작가의 심리가 투영되고 있는가 아닌가에 따라 우리는 암시적 묘사도 주관적 묘사와 객관적 묘사로 나누어 고찰해볼 수 있다.

> A) 전당포에 고물상이 지저분하게 늘어슨 골목에는 가로등도 켜지는 않었다. 죄금 높드란 鋪道도 깔리우지는 않었다. 죄금 말쑥한 집과 죄금 허름한 집은 모조리 충충하여서 바짝바짝 친밀하게는 늘어서 있다.

---

8 situation: 이 용어는 설명이 필요하다. 시의 분석을 위해 필자가 임의로 사용하는 용어이기 때문이다. 다음과 같은 김춘수의 시를 보자.

a) 한 아이가 나비를 쫓는다.
b) 나비는 잡히지 않고
나비를 쫓는 그 아이의 손이
하늘의 저 透明한 깊이를 헤집고 있다.
c) 아침 햇살이 라일락꽃잎을
홍건히 적시고 있다. —「라일락 꽃잎」

이 시를 하나의 국면aspect으로 볼 때, 이 시의 국면은, a, b, c라는 3개의 시적 정황으로 이루어져 있다. 한 편의 작품이라는 큰 구조 속의 작은 구조들인 이것들은, 그 구조를 살피고 그 특징들을 분명히 하는 분석의 적용에 도움이 된다.

구멍 뚫린 속내의를 팔러 온 사람, 구멍 뚫린 속내의를 사러 온 사람. 충충한 길목으로는 검은 망토를 두른 주정꾼이 비틀거리고, 인력거 위에선 車와 함께 이미 하반신이 썩어가는 기녀들이 비단 내음새를 풍기어가며 가느른 어깨를 흔들거렸다. —오장환, 「古典」[9]

B) 毛髮을 날리며 오랜만에
바다를 바라보고 섰다.
눈보라도 걷히고
저 멀리 물거품 속에서
제일 아름다운 人間의 女子가
誕生하는 것을 본다. —김춘수, 「봄바다」[10]

A)는 "전당포에 고물상이 지저분하게 늘어슨 골목"의 풍경이다. 이 풍경을 시인은 사실적인 정황들만을 의도적으로 드러내려 한다. 그러니까 객관적 묘사이다. 위의 작품에서 그 풍경은 켜지지 않은 가로등, 조금 높다란 포도, 조금 말쑥하거나 허름한 집, 구멍 뚫린 속내의를 팔러 온 사람과 사러 온 사람, 검은 망토를 두른 주정꾼, 썩어가는 하반신 위에 걸친 비단 냄새를 풍기며 인력거를 타고 가는 기녀로 구성되어 있다. 그만큼 황폐한 삶의 한 현장인 골목 풍경이다. 시인은 선택한 한 국면(이 국면 선택 자체가 바로 세계에 대한 시인의 해석이다)의 객관적 묘사를 통해 현장성 또는 사실성reality으로 말하고자 하는 점을 제시하는 것이다.

A)가 객관적 묘사라면 B)는 주관적 묘사이다. 표면에 드러나 있지 않지만, 숨은 시적 화자(詩的話者)[11]인 '나'는 오랜만에 모발을 날리며 바다를 바라보고 서 있다. 그 바다는 "눈보라도 걷히고", 그러니까 시야가 트이고 '저 멀리' 하

---

9 최두석 편, 『오장환전집 · 1』, 창작과비평사, 1989, p. 24.
10 『김춘수 전집 · 1』, 문장사, 1982, p. 190.
11 작품 속에서 말하고 있는 화자. 「시와 화자」 참조.

얗게 부서지는 '물거품'이 보인다. 여기까지는 시적 화자 또는 시인의 심리가 투영되어 있지 않은 객관적 정경이다. 그러나, 그 '물거품' 속에서 "제일 아름다운 인간의 여자가/탄생하는 것을" 보는 것은 어디까지나 시인의 심리적 세계에서이다. 그뿐만 아니라 "제일 아름다운 인간의 여자"는 시인만이 본 심리적 영상이므로 이른바 개인적 상징[12]이기도 하다.

B)에서 본 바처럼 모든 작품이 전적으로 객관적이거나 전적으로 주관적인 형태를 보여주지는 않는다. 대체적으로 B)와 같이 복합적이라고 해야 옳다. 주관적 묘사든 객관적 묘사든 그 묘사의 정신은 감정과 설명을 배제하고 대상의 지배적 인상을 구체적으로 표현하고자 하는 데 있다. 그러나 작가가 현장과 사실을 그 바탕으로 하여 표현한다고 할 때는 객관적 묘사가 적극적으로 요구되고, 심리적 또는 감각적 대상 파악이 그 기조를 이룰 때는 주관적 묘사의 중요성이 강조될 수밖에 없다.

a-1) 전철 안에서
누군가 잠이 들었다

아무도 그를 깨우지 않았다.
눈을 뜨면 그는 종점에서 허둥댔다.
처음엔 늦게 집으로 향하고
어느 날은 아무렇게나 잠이 들었다.

나는 집으로 향할 때마다
깡통을 찼다 —「집으로 가는 길」•

객관적 묘사라 할 수 있는 예의 하나이다.「집으로 가는 길」에서도 작가는

12 비유법의 하나인 상징의 한 종류, 원형적 상징, 공중적 상징과는 달리 개개의 시인이 독자적으로 사용하는 상징.「비유와 활용」 참조.

감정의 개입을 억제하고 시적 정황(詩的情況)을 심리적으로 왜곡하지도 않고 축어적으로 그리고 있다. 그런데도 불투명하다. 왜 그럴까? 그 불투명성의 가장 큰 이유는 끝까지 나를 객관화시키지 못한 데 있다. 조심스럽게 읽어본 사람은 알겠지만 1연의 '누구,' 2연의 '그,' 3연의 '나'는 같은 인물이다. 그러니까 '나'의 다른 명칭들이다. 만약 위의 시적 정황을 객관적으로 묘사하려는 분명한 의도가 있었다면 다음과 같이 되어야 바람직하다.

전철 안에서
그는 잠이 들었다

아무도 그를 깨우지 않았다
눈을 뜨면 그는 종점에서 허둥댔다
처음엔 늦게 집으로 향하고
어느 날은 아무렇게나 잠이 들었다

그는 집으로 향할 때마다
깡통을 찼다

혹은 마지막 연을,

나는 집으로 향할 때마다
깡통을 찼다

라고 해도 좋으리라. 이때 3연의 '나'는 1·2연의 '그'를 나로 해독하게 하는 역할을 한다. 그러니까 1·2·3연을 '그'로 표현할 경우는 '집으로 가는 길'의 '그'가 다른 사람일 수도 있고 3인칭화된 '나'일 수도 있지만, 3연의 '그'를 '나'로 할 경우는 '나' 아닌 다른 사람일 수는 없다. 그러나, 보는 바처럼, 고쳤다고 해도 이 작품은 큰 감동은 없다. 그것은 「집으로 가는 길」이라는 작품이 싸안고 있는 세계가 지친 삶이라는 단순성만 드러나 있는 까닭이다.

정황의 핵인 3연이 지친 삶의 한 단면을 보여주고, 1·2연을 새로운 시각에서 바라보게 하는 3연이라기보다 자조적 행위 이상을 보여주지 않기 때문이다.

a-2) 비듬낀
중년남자 몇이서
꾸려가는 복덕방

그 앞 도로에는
"공사중 출입금지"라는
표지판 붙어 있고,

그 사이를 비집고
질퍽한 진흙을
묻히며 들어가는
사람들

삼원색으로
썬팅된 출입문
곁에 세워둔 자전거
바퀴에도
세상때처럼 진흙이 묻어 있고,

깃발처럼 창가에 걸려 있는
매매, 전세 시세표
다세대
단독
아파트……

그 맨 마지막 줄에
빨간색으로 써 있는
삯월세방 시세표
누군가의 손에
잡혀져서
말없이 삭제되고 있다 ―「복덕방 풍경」•

이 작품도 객관적 묘사로 된 작품이다. 그러나 앞의 「집으로 가는 길」보다는 깊이가 있다. 그 이유는 선택되고 묘사된 정황들이 우리들 삶의 그늘진 한 단면을 잘 보여주는 것들이기 때문이다. 그러니까 객관적 묘사로 된 작품들은 그 작품이 수용하고 있는 한 국면을 구성하고 있는 정황들이 얼마나 깊이를 드러낼 수 있는 구체적 정황들로 이루어져 있는가가 중요하다. 구체적 정황들이라고 하더라도 오히려 그 국면을 흐리게 하는 사소한 것들을 선택한다면 작품은 산만하게 되고 깊이도 물론 훼손된다.

이 작품에서는 '비듬낀' '그 앞 도로' '그 사이' '세상때' '그 맨 마지막'이라는 표현에 문제가 있다.

첫째, '비듬낀'은 청결 상태를 나타내는 단순한 수식어이다. 그런 까닭에 그 뒤이어 나오는 '중년남자'의 외모를 밝혀주는 정도의 의미밖에 없다. 만약 이 '비듬낀'을 '느슨하게 옷을 걸친'이라고 바꾸어보라. 그럴 경우에는 외모 이외에는 느슨하게 살아가는 사람의 마음의 형상을 첨가하게 된다.

둘째, '그 앞 도로' '그 사이' '그 맨 마지막'에서 보여지듯 지시관형사 '그'의 남용이다. 이 작품에서는 '그 사이'를 제외한다면 구태여 '그'라는 표현이 필요하지가 않다.

셋째, "세상때처럼 진흙이 묻어 있"다는 직유의 표현은 너무 상투적이다. 그리고 '복덕방'이 있는 그곳 변두리의 삶을 나타내는 데는 그렇게 적절해보이지 않는다. 가령 '변두리의 하루하루처럼'이라는 직유로 비유해보라.[13] 그리

13 「비유와 활용」에 나오는 '직유' 참조.

고, 개작한 시를,

느슨하게 옷을 걸친 중년남자 몇이서
꾸려가는 복덕방

앞 도로에는 "공사중 출입금지"라는
표지판이 붙어 있고

그 사이를 비집고 질퍽한 진흙을 묻히며
들어가는 사람들

삼원색으로 썬팅된 출입문
곁에 세워둔 자전거 바퀴에도
변두리의 하루하루처럼 진흙이 묻어 있고

깃발처럼 창가에 걸려 있는
매매, 전세 시세표
다세대, 단독, 아파트……

맨 마지막 줄에 빨간색으로 써 있는
삯월세방 시세표
누군가의 손에 잡혀져서 말없이 삭제되고 있다

라고 행갈이를 바꾸어보라. 원작과 다른 느낌과 의미로 다가올 것이다. 원작은 지각 대상(중년남자·복덕방·표지판 등등)이나 현상(꾸려가는·질퍽한·묻히며·썬팅된 등등)을 각각 강조하고 있는 형태의 행갈이여서 그 개별적인 이미지는 강조되나 국면이 전체적으로 다소 흐려져 있다. 그러나 개작은 이와 반대로 개별적인 지각 대상이나 현상은 다소 약화되어 있지만 국면은 전체적으로 강화되어 있다. 어느 쪽의 행갈이를 선택하느냐는 개개인의 취향 문제이다.

b-1) 아침에 구두를 닦는다
종각에서 묻은 먼지
봉천동 산동네를 오르며 묻은 먼지
먼지 속에서 구석 먼지를 털며
윤을 만든다

비틀거리며 길 위에서
돌멩이에 채이고
재수없는 날에는
만원버스 속 발에 밟혀
구두부리가 흠이 나
패어진 곳마다 구두약을 바른다
상처가 아물 때까지 오래 문지르고
햇볕에 말리기도 하고
닳아진 시간을 꿰매기도 하면서　　—「구두닦기」•

위의 「구두닦기」는 마지막 행 "닳아진 시간을 꿰매기도 하면서"가 주관적 묘사이다. 이 시구는 실재의 그것이 아니라 마음속에서 이루어지고 있는 어떤 심리 상태를 묘사한 것이기 때문이다. 그 이외에는 어떤 행위(구두 닦기)의 객관적 묘사이다. 그러니까 객관적 묘사와 주관적 묘사가 어울려 있는 보기이다.

그러나 2연에 비해 1연이 지나치게 요약되어 있다는 인상을 즉시 받는다. 다시 말하자면 2연에 비해 시적 정황이 단조롭다. 2연의 흠이나 상처를 관찰하고 묘사하는 것만큼의 배려를 1연에서는 하지 않고 있는 셈이다. 그 결과 1·2연은 균형이 깨어지고 작품의 구도가 약해져 있다.

아침에 구두를 닦는다

출근길의 광화문 네거리에서
종각에서
퇴근길의 봉천동 산동네를 오르며
묻은 먼지를 닦는다
어제 닦을 때 보지 못한
구석의 먼지까지 닦는다
윤을 낸다

정도만 되었다고 하더라도 원작과 같은 느낌을 받지는 않으리라. 이 개작에서 가장 중요한 시구는 물론 "어제 닦을 때 보지 못한"이다.

b-2) 하룻밤을 꼬박 새우고
물 한모금 먹고
집 한 채 지었습니다.
또 하룻밤을 지새우고 보니
지붕이 휑하니
날아가버려
하늘 보기 좋습디다
밤새 하늘이 뭉쳐지고
터진 지붕으로
비가 옵니다
빗물 따라 한참을 흘러가서
집 한 채 짓습니다
그리움 기둥삼아 집 한 채 짓습니다 —「불면증」•

이 작품은 위에서 살펴본 보기들과는 다르다. 현실적으로 또는 사실적으로 볼 때 "하룻밤을 꼬박 새우고/물 한모금 먹고/집 한 채 지었습니다"라는 행위는 불가능하다. 그렇게 볼 때, 그런 행위의 묘사로 된 이 시는 억지스럽다.

그러나 이 작품이 묘사하고 있는 것이 현실적 또는 사실적 세계가 아니라 심상의 그것이라면 가능하다. 실제로 이 작품이 그리고 있는 것은 심상의 세계이다. "하룻밤을 꼬박 새우고/물 한모금 먹고/집 한 채 지었습니다"라는 표현에서 '집 한 채'를 '꿈 하나' '희망 하나' '생각 하나'쯤으로 읽으면 그것을 즉시 알 수 있다. 즉 이 작품 속의 '집'은 '꿈' 또는 그와 유사한 생각을 상징적으로 표현한 것이다. 그러므로 '집'을 꿈으로, '지붕'을 꿈의 지붕으로, 비를 그 '꿈'을 씻어버리는 어떤 존재로 읽을 수 있게 된다. 그렇게 읽도록 작가가 충분히 고려하여 써놓은 것이다.

마음속에서 일어났다 사라져버리는 어떤 꿈 하나를 집·지붕·빗물 등을 동원하여 구상화(具象化)해놓고 있지만, 그것은 어디까지나 심상이다. 심상의 한 국면을 실재하는 사물 현상을 빌려 시적으로 조립해놓았으므로 이 작품도 주관적 묘사에 속한다.

4. 묘사의 어울림

객관적 묘사나 주관적 묘사의 형태로 각각 다르게 분류되는 작품도 있지만 대부분의 묘사 형태로 된 시에는 이 두 가지 묘사 형태가 섞여 있는 게 보통이다. 특별히 의도된 방법론이나 미적 효과를 예외로 한다면 어느 한쪽만을 선택할 이유가 없는 탓이다.

> 싸리울 밖 지는 해가 있었다.
> 보리 바심 끝마당
> 허드렛군이 모여
> 허드렛불을 지르고 있었다.
> 푸슷푸슷 튀는 연기 속에
> 지는 해가 있었다.
> 빼꾸기 소리

징소리

도리깨 꼭지에 지는 해가 또 하나 있었다. —「點描」

객관적 묘사이다. 작가는 한 자리에 서서 싸리울 밖, 보리 바심 끝 마당의 허드렛불, 도리깨꼭지를 보면서 그곳마다 있는 '지는 해'를 발견하는 놀라운 관찰력을 보여준다. 이와 같이 작가가 눈을 고정해놓고 관찰한 대상을 하나의 시적 공간에 구조화하는 시점을 고정 시점fixed point of view[14]이라고 한다. 그러니까 이 작품의 아름다움은 보리타작을 하는 농촌이면 어디에서나 볼 수 있는 저녁 풍경을 뻐꾸기 소리며 징 소리 속에서 '싸리울 밖'에 있는 지는 해, '도리깨 꼭지'에 지는 해, 이렇게 하나의 해가 다른 현상 속에 다른 모습으로 있음을 보여줌으로써 전혀 새로운 경험—마치 한 번도 본 일이 없는 그런 미적 공간—을 우리에게 안겨주는 데 있다. 이 객관적 묘사가 주관적 묘사의 도움을 받을 때 어떻게 변용되는가를 보자.

싸리울 밖 지는 해가 올올이 풀리고 있었다.
보리 바심 끝마당
허드렛군이 모여
허드렛불을 지르고 있었다.
푸슷푸슷 튀는 연기 속에
지는 해가 二重으로 풀리고 있었다.
허드레,
허드레로 우는 뻐꾸기 소리
징소리
도리깨 꼭지에 지는 해가 또 하나 올올이 풀리고 있었다.

—박용래, 「點描」[15]

---

14 「묘사의 구조와 시점」 참조.

15 박용래, 『먼 바다』, 창작과비평사, 1984, p. 183.

위의 인용이 앞서 인용한「점묘」의 원작 전문이다. 비로소 알 수 있겠지만, 앞의 것은 임의로 원작에서 주관적 심리가 투영된 부분을 삭제한 것이다. '지는 해'가 '올올이 풀리고' 있다든지, 연기 속에 '이중으로 풀리고' 있다든지, '허드레,/허드레로 우는 뻐꾸기'라든지 하는 것은 객관적으로 관찰될 수 있는 사실이 아니라 작가의 심상에 그렇게 느껴졌다는 것이다. 그 심상이 구체화되어 있기 때문에 마치 객관적 사실처럼 보일 뿐이다. 이것이 바로 주관적 묘사가 획득한, 개개인의 작가가 도달한 감각의 깊이에 따라 달라질 수 있는 심상세계의 놀라운 깊이이다. 어째서 작가는 지는 해가 '올올이 풀리고' 있다고 느끼는가. 이 점은 '지는 해'가 싸리 울타리에 걸려 있다고 상상해보라. 그렇다면 싸리나무 울타리에 마치 실 뭉치가 걸려 풀리듯이 '지는 해'의 빛이 올올이 풀리지 않겠는가! 도리깨꼭지에서도 마찬가지리라. 그러니까 작가는 '또 하나'라고 적고 있다. 이러한 연상 심리를 읽고 나면 연기 속에 '이중으로 풀리고' 있다는 묘사도 쉽게 이해하게 된다. 그러나,

> 허드레,
> 허드레로 우는 뻐꾸기 소리

는 좀 다르다. 이 끔찍하리만큼 아름다운 이미지image[16]는 '허드레'라는 우리말이 저녁에 쓸쓸히 들리는 뻐꾸기 소리와 서로 어울려 일으키는 정서적 충격이다. '허드레'란 허름하고 낡아 함부로 쓸 수 있는 그렇고 그런 것을 지칭한다. 허드렛물, 허드렛일이라는 말을 연상해보면 더 구체적 감각을 가질 수 있으리

---

16 첫째, 心象: image, 心象群: imagery.
둘째, 이 용어의 3용법은「이미지와 행 · 연」 참조.
셋째, 이미지와 단순한 수사와의 비교.
① 허드레로 우는 뻐꾸기 소리 → 이미지(본문 설명 참조)
② 뒷산에서 우는 뻐꾸기 소리 → 사실적 표현
③ 눈물 흘리며 우는 뻐꾸기 소리 → 감상적 표현
④ 눈을 굴리며 입을 동그랗게 하고 우는 뻐꾸기 소리 → 설명적 표현

라. 지는 해가 싸리울타리에 걸려 올올이 풀리고, 허드렛불의 연기가 오르는 이른 저녁에 허드렛일을 하듯 울었다니, 그 '빼꾸기 소리'는 어떠했을까. 그 소리는 결국 '허드렛일'에 관한 우리들 개개인의 경험의 폭과 깊이에 따라, '허드레'라는 말의 내포를 우리 삶에서 찾아 읽어내는 능력에 따라 다를 수밖에 없지만, 그러나 그 소리는 결코 단순하지 않고 「점묘」의 세계와 어울려 깊고 미묘하게 울린다는 데 이 이미지의 아름다움이 있는 것이다.

이 "허드레로 우는 빼꾸기 소리"의 '허드레로 우는'은 설명이 아니라 비유이다. 그뿐만 아니라 "허드레,/허드레로 우는"이라는 반복을 통한 리듬까지 동반한 비유이다. 대체로 시를 처음 쓰는 단계에 있는 사람들이 작품을 제대로 작품답게 쓰지 못하는 데는 이런 비유적 표현을 설명과 구분하지 못하고 있기 때문이다.

허드레로	우는	빼꾸기 소리
A	B	C

라고 할 때, 새로운 감각적 의미의 발생 근거는 A와 B의 결합이 빚어내는 상호작용에서 오며, 그 의미 확산은 A → B → A×B → C(A×B)로 이행된다. 이때, 이 비유 구조의 의미를 결정짓는 비유의 핵은 '허드레'이다. 이 허드레는 추상어나 전문용어가 아니다. 그런 만큼 '언어 공동체의 구성원들이 지닌 공유 자산'인 보편적 의미로 풀어본다면 다음 면의 도표와 같이 연상되는 '상투적인 의미 체계'를 가지고 있다.

이상과 같은 상투적 의미 체계를 갖고 있는 '허드레'는 '운다'라는 말의 의미 체계와는 유사성이 거의 없는 말이다. 그런 만큼 상호 충격적이고 역동성을 창출하는 비유의 세계가 된다. 이른 저녁 보리타작을 대충 마무리할 무렵에 드문드문 우는 빼꾸기 소리를 만약 '허드레'라는 이 하나의 말 대신 설명으로 대치한다고 상상해보라.

허드레		개념적 의미 체계	연상적 의미 체계
	사전적 의미	허름하여 함부로 쓸 수 있고 그다지 중요하지 않은 사물	낡았다. 보잘것없다. 아무렇게나 취급해도 괜찮다. 익숙하다. 많이 있다. 자주 망각한다.
	파생어	허드레꾼: 잡역부 허드렛물: 허드레로 쓰는 물 허드레 심부름: 대수롭지 않은 심부름 허드렛일: 잡일	보잘것없다. 긴요하지 않지만 언제나 필요하다. 누구나 할 수 있다. 귀찮지만 하긴 해야 한다. 여유를 가지고 할 수 있다. 대개 마무리 단계에 많다. 자주 망각한다.

얼마나 많은 말을 낭비해야 하겠는가.

5. 묘사와 언어의 절제

다음의 인용을 보자.

a) 엄지손가락만한 땡감나무에도
감꽃이 하얗게 피곤 했다.
새색시 치맛자락처럼
돌담 위로 하얗게 피어오르던 감꽃.

b) 비가 내리면 떨어진 감꽃을
옆집 아이가 살에 꿰어 목에 걸고 다니면
하얀 이가 더 희게 빛나던 것을,
머리에 하얀 감꽃을 꽂고 다니다
할머니께 혼나던 것까지도
나는 부러워했다.

c) 뾰족하게 솟아오르는 작은 땡감을 보면
누렇게 꽃잎이 바래 져버리던 감꽃이 아쉽곤 했다. —「감꽃」•

a)와 c)는 과거의 경험 사실을 객관적으로 묘사하고 있다. 이에 비해 b)는 1~5행이 6행의 '나는 부러워했다'는 그 부러움의 내용을 세세히 설명하고 있다. 그러니까 b)는 전체가 설명적인 성격인 만큼 시행이 느슨하고 긴장감이 없다. 묘사형의 시는 그것이 서경적 구조건 서사적 구조건 또는 심상적 구조[17]를 가졌든 간에 절제된 감정과 언어가 빚어내는 가시화된 이미지를 생명으로 한다.

이 작품의 결정적인 흠은 a) b) c)에서 b)의 설명적 문맥에 있다. 그 밖에도 동일 의미의 형용사의 무절제한 사용 등, 언어가 낭비되는 문제가 있다. 이 작품에서 보이는 시로서의 약점을 다시 정리해보면 다음과 같다.

첫째, '하얗게' '희게' '하얀'이라는 같은 뜻의 형용사가 낭비되고 있다.

둘째, "새색시 치마처럼~하얗게 피어오르던 감꽃"에서 '새색시 치마'와 '하얗게'라는 표현 사이에는 괴리감이 있다. 즉 새색시 치마(새색시 치마는 화려한 연상을 불러일으킨다)가 '하얗다'라는 연상을 잘 떠올려주지 않는다.

셋째, "돌담 위로 하얗게 피어오르던 감꽃"에서의 '하얗게'는 정황을 풍부하게 전해주기보다 앞서의 '하얗게'에 이어 나오므로 단조롭게 하고 있다.

넷째, 5~10행, 즉 2연 전체가 설명문이다.

다섯째, 마지막 행의 "누렇게 꽃잎이 바래"는 군더더기 같은 설명이라는 느낌을 준다.

퇴고된 아래의 작품을 보면 초고와는 다르게 시 속에서 언어들이 어떻게 절제되고, 설명으로 된 시행이 묘사로 바뀌고 있는지를 한눈에 알 수 있다.

a) 엄지손가락만한 땡감나무에도
감꽃이 하얗게 피곤 했다.

---

17 「묘사의 구조와 시점」 참조.

봄날 치맛자락처럼
잘도 바람에 떠오르며
돌담 위로 수북하게 피어오르던 감꽃.

b) 감꽃 목걸이를 달랑거리며
가지런하기만 하던 앞니를 내놓고
달빛처럼 웃던
옆집 아이의 머리 위에 꽂혀서도 피던 감꽃.

c) 뾰족하게 솟아오르는 작은 땡감을 보면
져버리던 감꽃이 아쉽곤 했다.

첫째, '하얗다'는 의미의 형용사가 초고에서는 5번이나 사용되었지만 고쳐진 작품에서는 한 번뿐이다. 즉 4행의 '하얗게'는 '수북하게'라는 표현으로 바뀌고, 7행의 '하얀' '희게'와 8행의 '하얀'은 삭제되었다. 그 대신 3행의 '치맛자락' 앞의 '새색시'를 '봄날'로 고쳐 가볍다는 의미의 연상을 다음 행의 감꽃에까지 미치도록 하고 있다. 또 '희게 빛나던' 그 하얀 이는 '가지런하기만 하던 앞니'와 '달빛처럼 웃던'이라는 작가의 심상이 깃든 묘사를 통해 '흰 이'를 간접적으로 드러내주고 있다.

둘째, "잘도 바람에 떠오르며"는 돌담 위에서 흔들리는 감꽃 더미가 '치맛자락'이라는 표현과 잘 어울리며, 그 정경을 보다 구체적으로 가시화하고 있는 부분이 '수북하게'이다.

셋째, 5~10행의 설명을 모두 주관적 묘사로 바꾸고 있다. "비가 내리면 떨어진 감꽃을/옆집 아이가 실에 꿰어 목에 걸고"는 감꽃 목걸이를 만들어 목에 걸기까지의 경과를 설명한 것이다. 이와 같은 경과는 시에서는 특별한 의미를 지닌 서사가 아니다. 그러므로 비에 떨어졌든 바람에 떨어졌든 감꽃 목걸이를 목에 걸고 달랑거리며 행복해하는 정경만 묘사하면 의도하는 바가 달성된다고 보아야 한다. 감꽃을 꽂고 다니는 것까지 부러워한 사실의 고백은 지나치게 감상적이다. 그러한 경험 사실의 객관화가 그런 부러움을 어느 정도 숨기고 있다고 보아야 하며, 또한 그 부러움의 강조는 시적 대상인 감꽃에 관한 작가의 글쓰기 초점을 흐리게 하기도 한다는 데 유의해야 한다.

그러나 다음과 같은 객관적 묘사와 설명은 구별해야 한다.

자전거포도 순대국집도 문을 닫았다 (1)
사람들은 모두 장거리로 나와
주먹을 흔들고 발을 굴렀다 (2)
젊은이들은 징과 꽹과리를 치고 (3)
처녀애들은 그 뒤를 따르며 노래를 했다 (4)
솜뭉치에 석유불이 당겨지고 (5)
학교마당에서는 철 아닌 씨름판이 벌어졌다 (6)
그러다 갑자기 겨울이 와서
먹구름이 끼더니 진눈깨비가 쳤다 (7)
노인과 여자들만 비실대며 잔기침을 했다 (8)
그 겨우내 우리는 두려워서 떨었다 (9)
자전거포도 순대국집도 끝내 문을 열지 않았다 (10)

—신경림, 「폭풍」[18]

이 작품에 나오는 (1)~(10)까지의 정황은 설명이 아니라 서사(사건)의 객관적 점묘이다. 좀더 자세히 얘기하면 "자전거포도 순대국집도 장사가 안 된다고 투덜대며 일찌감치 찌그러진 문짝을 옮겨 문을 닫았다"고 할 때 사건의 시간적 경과에 따라 일어난 사소한 부분(윗점 친 곳)까지 서술하는 것이 설명이다.

18 신경림, 『농무』, 월간문학사, 1973, pp. 44~45.

6. 묘사 속의 설명

묘사에 끼어든 설명이 어떤 형태로 나타나는지 조금 더 복잡한 예를 보자.

내 일곱 살 그루터기에 오르면 트럭이 한 대 지나간다.
시커먼 미군과 혀가 유난히 긴 군견.
내 일곱 살 10개월은
그 군용도로를 오가며 뿌려진다.
계란꽃 질긴 줄기 힘들여 꺾어
가슴털 껄끄러운 미군에게 주던 언니도
미군 카메라 앞에서 초콜렛 꼭 쥐고 사진 찍히던 동생도
내겐 단지 구경거리였다.
난 일곱 살이었으니까.
군용도로 밑으로 동네가 번쩍거리던 그때
그 길 따라서 숨어버린 언니가
내겐 더 이상 구경거리가 아니었다.
난 이미 영어단어 몇 개쯤 알고 있었으니까
내 일곱 살 그루터기에 앉아 있으면
저만치 앞의 내가 군견에게 쫓겨
달려오며, 아마도 울고 있는가 보다.

—「길」•

유년의 체험을 작가가 객관적으로 묘사하려고 한 작품이다. 위와 같은 예는 묘사와 설명이 섞이는, 시를 쓴 지 얼마 안 되는 사람에게서 가장 빈번하게 보이는 유형이다. 문제점을 중심으로 이 작품에서 눈에 띄는 점을 적어보자.

첫째, 1~4행과 14~16행의 현재 시제는 8~13행의 과거 시제와 구분되고 있다.

둘째, 8~9행과 12~13행은 시적 화자인 '나'의 직접적인 심정 토로이다.

셋째, 4행의 '뿌려진다', 10행의 '번쩍거리던 그때', 11행의 '숨어버린'은 불투명하다.

넷째, 16행의 '달려오며'와 '아마도 울고 있는가 보다'는 정상적인 구문이 아니다.

이런 점들을 염두에 두고 하나씩 검토해보자.

첫째, 1~4, 14~16행의 현재 시제와 그 밖의 과거 시제의 차이는 심정적 편차이다. 즉 지나가는 트럭 한 대며 미군과 군견 모두가 현재의 사실처럼 회상 속에 존재한다는 의미이다. 그런 사실로부터 연상적으로 5~13행의 내용이 과거 사실로 떠오르고, 다시 14~16행에서 현재로 되돌아와 있는 자신을 나타낸다고 보인다.

이와 관련된 '뿌려진다'는 비유적 표현에 관해서 말해보자. 이 '뿌려진다'는 표현은 두 가지 관점에서 살펴볼 수 있다. 그 하나는 현재 시제 그대로의 표현에서이다.

> 내 일곱 살 10개월은
> 그 군용도로를 오가며 뿌려진다.

이 표현에서 보듯 '뿌려진다'는 피동형은 시적 화자인 '나'의 일곱 살 10개월이 무엇인가에 의해, 또는 누군가에 의해 그 군용도로를 오가며 버려졌다는 의미를 강하게 풍긴다. 그럴 때, 그 '뿌려진다'는 강요된 삶 또는 버려진 삶을 말하고자 한다고도 할 수 있다. 그러나 다른 관점에서 관찰해보면 군용도로에 뿌려진 유년의 대략적인 내용이 8~13행에 구체화되어 있다. 바로 이 구체화되어 있는 시적 내용을 요약한 시행이 3~4행이고, '뿌려진다'는 그 유년이 계속 떠오른다는 강조의 표현으로 읽힌다. 앞의 관점에서 본다면, 즉 버려진 유년이라면

> 내 일곱 살 10개월은
> 그 군용도로를 오고 갔다

라는 식의 과거 시제가 자연스럽다. 뒤의 관점, 즉 회상의 관점에서라면,

> 내 일곱 살 10개월이
> 그 군용도로를 오간다.

정도가 어울린다. '뿌려진다'는 동사적 비유는 수동 형태에서 다른 능동형의 동사가 갖는 질서를 파괴하고 있다.

둘째, 8~9행, 12~13행을 살펴보자. 이 시행들은 둘 모두 앞서 나오는 5~7행과 10~11행과 이어져 있다.

> ———
> ———도
> ———도
> 내겐 단지 구경거리였다.
> 난 일곱살이었으니까.

에서 보아 알 수 있듯, 5~7행의 묘사는 8~9행의 설명에 얽매여 있다. 그러니까 5~7행은 설명의 구체적인 경험적 내용인 셈이다. 일곱 살이었으니까 '~도 ~도' 구경거리일 수밖에 없었던 객관적 이유를 첨가한 형태이다. 12~13행도 마찬가지이다. 다음과 비교해보자.

> a) 계란꽃 질긴 줄기 힘들여 꺾어
> b) 가슴털 껄끄러운 미군에게 주던 언니
> c) 미군 카메라 앞에서 초콜렛 꼭 쥐고 사진 찍히던 동생
> d) 나는 멀찍이 서서 구경했다.

위에서 a) b) c)는 경험적 내용의 개관적인 병치 묘사, d)는 '나'라는 시적

화자가 스스로를 a) b) c)와 같은 경험 사실의 하나로서 객관화해서 묘사한 것이다. "내겐 단지 구경거리였다./난 일곱 살이었으니까"는 객관화된 '나'가 아니라 시적 화자의 직접적 설명이다. 10~13행 사이에 끼어든 설명도 마찬가지의 형태로 객관화하거나 삭제해야 거부감이 없으리라.

셋째, "군용도로 밑으로 동네가 번쩍거리던 그때"를 읽으면 '왜?'라는 의문이 동시에 떠오른다. 다시 말하자면 무엇 때문에 동네가 '번쩍거'렸는지가 나타나 있지 않다.

> 군용도로 밑으로 동네가 이상한 간판으로 번쩍거리던 그때

정도의 암시적 표현이라도 제시되어야 한다.

넷째, 16행의 비정상적인 구문 연결은 의도적이라기보다 부주의의 산물로 보인다. 의도적이라면 그 시행에서 독특한 효과를 발견할 수 있어야 되지만 그렇게 보이지는 않다.

> 내 일곱 살 그루터기에 앉아 있으면
> 저만치 앞의 내가 군견에게 쫓겨 달려온다
> 아마 울고 있는가 보다

이렇게 정상적인 구문으로 바꾸어놓아도 같은 효과라면 재고해봄직하다. 지금까지의 검토 사항을 토대로 하여 이 작품을 정리해보면,

> 내 일곱 살 그루터기에 오르면 트럭이 한 대 지나간다.
> 시커먼 미군과 혀가 유난히 긴 군견.
> 내 일곱 살 10개월이
> 그 군용도로를 오간다.
> 계란꽃 질긴 줄기 힘들여 꺾어
> 가슴털 껄끄러운 미군에게 주던 언니

미군 카메라 앞에서 초콜렛 꼭 쥐고 사진 찍히던 동생
나는 멀찍이 서서 구경했다.
군용도로 밑으로 동네가 이상한 간판으로 번쩍거리던 그때
그 길 따라서 숨어버린 언니
내 일곱 살 그루터기에 앉으면
저만치 앞의 내가 군견에 쫓겨 달려온다.
아마도 울고 있는가 보다.

시에서의 토씨 하나(여기에서는 -도, -도, -가)조차 작품 전체에 영향을 끼친다는 점을 유의해야 한다.

7. 묘사와 장식적 수사

다음의 예를 보자.

패어진 가슴 복판, 바늘로 박혀 있는 유년을 털어낸다. 담배 한 개비 연소처럼 푸르게 부서지는 기억 끄트머리. 아우성으로 달려오는 어린 시절. 흔들리는 싸리꽃으로 살던 식구들. 희망동 산2번지. 합성수지 피막, 타버린 구리선처럼 골목마다 그을음으로 붙어 있던 배고픔. 중모리 가위소리로 겨웁게 하루를 끌고 다니던 아버지. 밤마다 기름종이 지붕 사이로 보던 별, 빈 병 가득한 아버지 손수레 꿈에 보며 헤아리던 소원빌기. 여섯 살 기억 한가운데로 나비처럼 계고장 날아들던 날. 숨막히도록 안아주던 어머니 가슴, 희미하게 묻어나오던 눈깔사탕 내음. 볼우물 패이도록 담배 빨던 아버지. 뒷산 아카시아 배부르게 따먹고 내려오던 동네 언저리. 쓰러진 집 앞에서 울던 어머니. 뒹구는 구들 들어 흔들면 폭포로 쏟아질 싸리꽃 웃음. 그날따라 무섭던 아랫동네 예배당 소리 높던 찬송가. —「기억털기」•

일종의 내적 독백으로, 즉 마음속의 어떤 것, 심리적 정황을 마치 객관적 대상을 보듯 표현한 주관적 묘사이다. 실제적 경험 사실과 심리적 경험 사실 모두가 구체화되어 있다. 그러나 이 작품에는 몇가지 취약점이 있다. 이러한 취약점을 노출한 근본적인 이유는 지나치게 시적이려고 하는 수사(修辭)에 매달린 결과로 보인다. 즉 부분 부분의 시적인 표현이 작품 전체와 조화를 이루지 못하고 오히려 작품의 구조를 허약하게 하는 결과를 낳았다고 볼 수 있다.

가) 패어진 가슴 복판, 바늘로 박혀 있는 유년을 털어낸다. 담배 한 개비 연소처럼 푸르게 부서지는 기억 끄트머리. 아우성으로 달려오는 어린 시절.

이 부분을 다시 심리적 정황 단위로 분절해보면 다음과 같이 된다.

가-1) 패어진 가슴 복판, 바늘로 박혀 있는 유년을 털어낸다.
가-2) 담배 한 개비 연소처럼 푸르게 부서지는 기억 끄트머리.
가-3) 아우성으로 달려오는 어린 시절.

이렇게 심리적 정황 단위 또는 정황의 심리적 시간 단위 경과로 시행을 분절해놓고 보면 더 명확히 알 수 있다. 작품 속의 '유년'은 가슴 복판에 '바늘'로 박혀 있다. 그런 만큼 그 유년은 살아 있는 한 나(이 작품 속에서는 시적 화자인 '나'가 숨어서 말하고 있다)의 환부의 하나일 수밖에 없다. 즉 '바늘'을 뽑아버리지 않는 한 통증은 계속될 것이기 때문이다. 가-1)에서 우리가 유의해야 할 점은 바로 이것이다. 그래서 우리는 다음과 같이 임의로 고쳐놓고 의미의 변화를 읽어볼 필요가 있다.

1) 바늘처럼 박혀 있는 유년을 털어낸다.
2) 바늘로 박혀 있는 유년을 털어낸다.

1)의 '유년'은 바늘처럼 박혀 있지만, 바늘 그 자체는 아니다. 그러니까 바늘이 박힌 것처럼 아픈 유년이다. 그러나 2)의 '유년'은 바늘로 박혀 있는 존재이다. 바늘처럼 박혀 있는 듯한 통증을 동반하는 유년은 심리적 환부이다. 그러나 '바늘로 박혀 있는' 유년은 심리적인 동시에 육체적 환부를 분명히 가진 구체적 통증인 만큼 전반적이다. 그러니까 심리적 통증 및 육체적 통증을 동시에 동반하는 형태가 '바늘로' 박혀 있는 유년이다. 그것을 시인은 '털어낸다'고 적고 있다. 그러나 육체적 통증을 제외하더라도 심리적인 통증은 다른 심리적인 아픔들과 마찬가지로 '털어'낼 수 있는 것이 아니라 '뽑아'내야만 가능하다. 그런데도 불구하고 시적 화자인 나는 '유년을 털어낸다'고 적고 있다. 그것은 결국 박혀 있는 바늘을 자극함으로써 통증을 더 강하게 하고 환부를 재확인하는 행위의 다름 아니다(상상해보라, 몸에 박힌 바늘이나 가시를 건드릴 때를).

그렇다고 할 때 가-2)의 '담배 한 개비 연소처럼'은 어떤가? 물론 '담배 한 개비 연소처럼'은 다음에 오는 '부서지는'에 걸려 있다. 이 구절 하나만 보아도 '연소'라는 물리적 상태의 변화 형태와 '부서지는' 물리적 상태의 변화(연소와 파손은 다 같이 물리적 형태의 변화를 초래하지만, 그 변화의 양상은 전혀 다르다) 사이에는 이질감이 있어 적절한 직유도 아니고, 또 가-1)의 아픔과 가-3)의 '아우성으로 달려오는' 심리적 정황을 이어주는 데도 큰 괴리감을 주는 단순 이미지이다. 그러니까 말만 화려한, 즉 빈사이다. 시적 수사로서 효과가 없는 이러한 장식적 수사는 이 작품의 다른 곳에서도 발견된다.

1) 합성수지 피막, 타버린 구리선처럼 골목마다 그을음으로 붙어 있던 배고픔
2) 중모리 가위 소리로 겨웁게 하루를 끌고 다니던 아버지
3) 나비처럼 계고장 날아들던 날
4) 희미하게 묻어나오던 눈깔사탕 내음
5) 손수레 꿈에 보며 헤아리던 소원빌기

1)의 '그을음으로'는 앞서 나오는 '구리선처럼'을 약화시킨다. "구리선처

럼 붙어 있던 배고픔"이라는 표현 사이에 끼어들어 혼란만 가중시키기 때문이다. 그리고 또한 2)의 '중모리' 3)의 '나비처럼'은 지나치게 멋 부려 수식한 것이며, 4)의 '희미하게'는 '묻어나오던'이라는 말과, 5)의 '헤아리던'은 '소원빌기'라는 말의 정감을 흩뜨린다.

이외에도 내적 독백을 객관화하려고 할 때 자주 보이는 혼란을 이 작품도 보여준다.

> 6) 여섯 살 기억 한가운데는
> 7) 뒹구는 구들 들어 흔들면 폭포로 쏟아질 싸리꽃 웃음

6)은 시적 화자의 시점 혼돈이 가져온 부분이다. 이 작품은 전체가 유년의 기억을 재구성한 것이다. 그런데 작품 가운데 다시 '기억'이란 표현을 사용함으로써 기억의 기억이라는 다른 시점을 첨가하여 혼란을 일으키고 있다. 작품 자체가 바로 기억의 더미이기 때문이다.

> 가) 여섯 살 기억 한가운데로
> 나) 여섯 살 한가운데로

앞의 가) 나)의 차이에서 볼 수 있듯, '기억'이 끼어듦으로 해서 작품 속의 다른 기억과 다른 시점을 조성하고 있다.

7)은 "뒹구는 구들 들어 흔들면"이라는 조건적 표현과 그 결과로 드러나는 "폭포로 쏟아질 싸리꽃 웃음" 사이에 아무런 필연성이 없다. 주관적 체험의 내용이 객관화되지 못한 예에 속한다. 제3자인 우리는 알 수 없으나 작자는 알 수 있는 경험(그것이 주관적 체험의 내용이다)이 이 표현 속에 내재해 있겠지만, 우리로서는 어째서 뒹구는 구들(돌)을 들어 흔들면 '싸리꽃 웃음'이 폭포로 쏟아지는지 추측할 수 있는 작자와 공유할 경험[19]이 없다.

---

19 공유한 경험, 또는 공유할 수 있는 경험에 대한 인식은 중요하다. 이런 인식이 없이 시를 쓸 때,

장식적 수사, 시점의 혼란, 주관적 경험 세계의 불투명성을 이루는 부분을 괄호 속에 넣어 제외해보면 다음과 같이 된다.

> 패어진 가슴 복판 바늘로 박혀 있는 유년을 털어낸다. (담배 한 개비 연소처럼) 푸르게 부서지는 기억의 끄트머리. (아우성으로 달려오는 어린 시절.) 흔들리는 싸리꽃으로 살던 식구들. 희망동 산2번지. 합성수지 피막, 타버린 구리선처럼 골목마다 (그을음으로) 붙어 있던 배고픔. (중모리) 가위 소리로 겨웁게 하루를 끌고 다니던 아버지. 밤마다 기름종이 지붕새로 보던 별, 빈 병 가득한 아버지 손수레 꿈에 보며 (헤아리던) 소원 빌기. 여섯 살 (기억) 한가운데로 (나비처럼) 계고장 날아들던 날 숨막히도록 안아주던 어머니 가슴, 희미하게 묻어나오던 눈깔사탕 내음. 볼우물 패이도록 담배 빨던 아버지. 뒷산 아카시아 배부르게 따먹고 내려오던 동네 언저리. 쓰러진 집 앞에서 울던 어머니. (뒹구는 구들 들어 흔들면 폭포로 쏟아질 싸리꽃 웃음.) 그날따라 무섭던 아랫동네 예배당 소리 높던 찬송가.

최소한 괄호 속을 제외한 정도의 표현으로 되어야만 우리가 읽을 수 있는 작품이 된다.

그 작품은 주관적 폐쇄성에 빠지기 쉽다. 우리가 비유를 사용할 때, 차이성 속의 유사성을 근거로 하여 비유를 사용하듯, 경험 사실을 작품 속에 삽입할 때는 최소한 공유할 수 있게 구체화시켜 표현하든지 공유할 수 있는 경험 사실을 사용해야 할 필요가 있다.

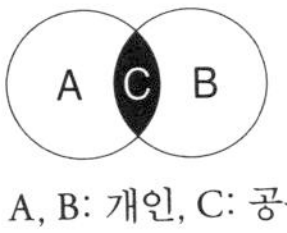

A, B: 개인, C: 공유할 수 있는 경험 사실들
예: "하늘은 파란 도화지이다"라는 비유가 있다면 하늘과 파란 도화지는 A, B라는 각각 다른 개별적 존재들이지만, 비유를 가능하게 하는 '하늘'과 '도화지'가 공유하고 있는 어떤 속성 C가 있다.

4

묘사의 구조와 시점

묘사의 구조와 시점

시적 묘사가 대상의 지배적인 인상dominant impression을 형상화하는 언술 행위라고 하더라도, 그 대상의 특성·시점에 따라 달라질 수밖에 없다. 가시적 공간의 서경(敍景)·서사(敍事)와 비가시적 공간에 속하는 심리적 대상인 심상(心象)을 표현하는 묘사가 각각 객관적·주관적 양상을 나타낸다거나, 시적 인식의 주체, 즉 시작(詩作)을 하는 사람이 대상을 감지하는 시각에 따라 다양한 시점의 형태가 나타나는 것도 그 때문이다.

묘사가 해석보다 현시(顯示)를 축으로 하는 언술 형식이므로 형상화된 모든 대상의 세계는 언제나 회화성을 공통으로 갖고 있다. 그 회화성을 대상의 특성에 따라 분류해보면 대체로 서경·서사·심상의 구조로 드러난다.

1. 서경적 구조와 시점

이 가운데 서경적 구조(敍景的 構造)의 작품은, 서경이라는 말의 사전적 의미가 암시해주듯, 언어로 그려진 풍경화의 형태이다. 그리고 그 풍경화적인 공간은 일반적으로 고정 시점fixed point of view, 이동 시점moving point of view, 회전 시점panoramic view 및 영상 조립 시점frame image 등으로 구축된다.[1]

---

1 C. Brooks and R. P. Warren, *Modern Rhetoric*, Harcourt Brace, Jovanovich, New York, 1979, pp.

A) 統營장 낫대들었다•

갓 한닢 쓰고 건시•• 한 접 사고 홍공단단기••• 한 감 끊고 술 한 병 받어들고

화륜선 만져보려 선창 갔다

오다 가수내 들어가는 주막 앞에
문둥이 품바타령 듣다가

열이레 달이 올라서
나룻배 타고 판데목•••• 지나간다 간다 —白石,「統營」[2]

B) 順伊 버레 우는 古風한 뜰에
달빛이 밀물처럼 밀려왔구나.

달은 나의 뜰에 고요히 앉아 있다.
달은 과일보다 향그럽다.

東海바다 물처럼
푸른

180~84, 208~12 참조; 문덕수, 『문장강의』, 시문학사, 1985, pp. 158~63 참조.

2 이동순 편, 『백석시전집』, 창작사, 1987, p. 60.
• 낫대들다: 맞서서 들려들 듯이 곧장 앞으로 나아가다.
•• 건시: 곶감.
••• 홍공단단기: 붉은 공단청으로 만든 댕기.
•••• 판데목: 충무시(통영시의 전 이름) 앞바다의 충무운하(통영운하의 전 이름) 뚫린 어름의 수로.

가을
밤.

葡萄는 달빛이 스며 고웁다.
葡萄는 달빛을 머금고 익는다.

順伊 葡萄넝쿨 밑에 어린 잎새들이
달빛에 젖어 호젓하구나. —장만영, 「달·葡萄·잎사귀」[3]

C) 落葉은 포-란드 亡命政府의 紙幣
砲火에 이지러진
도룬市의 가을 하늘을 생각케 한다.
길은 외줄기 꾸겨진 넥타이처럼 풀어져
日光의 폭포 속으로 사라지고
조그만 담배 연기를 내어뿜으며
새로 두시의 急行車가 들을 달린다.

포프라나무의 筋骨 사이로
工場의 지붕은 흰 이빨을 드러내인 채
한 가닥 꾸부러진 鐵柵이 바람에 나부끼고
그 위에 세로팡紙로 만든 구름이 하나
자욱-한 풀벌레 소리 발길로 차며
호을로 荒凉한 생각 버릴 곳 없어
허공에 띄우는 돌팔매 하나.
기울어진 風景의 帳幕 저쪽에

3 정한모 · 김용직 편, 『한국현대시 요람』, 박영사, 1982, pp. 525~26.

고독한 半圓을 긋고 잠기어 간다. —김광균, 「秋日抒情」[4]

A), B), C)는 각각 이동 시점·고정 시점·회전 시점의 패턴으로 되어 있다. A)는 대상이 되고 있는 특정한 공간(통영)의 경험적 사실을 중심으로 재구성하고 있다. 그 재구성은 경험의 경로라 할 수 있는 장 → 물건 사기 → 선창 → 판데목, 이렇게 이동하면서 점묘의 형태를 취한다. B)의 「달·포도·잎사귀」는 이런 이동이 없다. 작가의 시선은 '고풍한 뜰'이라는 한 공간에 고정되어 있다. 이 고정 시점을 통하여 달빛과 뜰과 포도나무로 어울린 한 폭의 그림을 감각적으로 형상화한다. C)의 「추일서정」은 B)와 유사하게 작가가 한곳에서 일정한 공간을 보고 있으나, 집중되어 있지 않고 눈에 닿는 대로 한 바퀴 둘러보며 언어화한 형태이다. 그렇기 때문에 낙엽이며, 하늘이며, 길이며, 급행차며, 공장의 지붕이며, 철책, 구름, 나아가서는 작품 뒤에 숨어서 이 모든 것을 보고 말하는, 시적 화자가 던진 돌팔매까지 모두 볼 수 있게 되어 있다. 회전 시점이다. 그러나 다음의 작품을 보라.

D) 푸른 불 시그낼이 꿈처럼 어리는
거기 조그마한 驛이 있다

빈 待合室에는
의지할 椅子 하나 없고
이따금
急行列車 어지럽게 警笛을 울리며
지나간다

눈이 오고
비가 오고……

4 같은 책, pp. 516~17.

아득한 線路 위에
없는 듯 있는 듯
거기 조그마한 驛처럼 내가 있다 ―한성기, 「驛」[5]

이 작품은 앞서의 세 편과는 다른 면이 있다. 역이 있는 곳은 "푸른 불 시그낼이 꿈처럼 어리는/거기"이다. 이 표현은 과거에 경험한 바 있기는 하지만, 작가가 새삼 머릿속에서 재생시켜보고 있다는 점을 알려준다. 앞서의 세 편은 본 것, 느낀 것을 직접 제시하고 있지만, 「역」은 마음속에 떠오르는 풍경이라는 점을 위의 시구를 통해서 명시하고 있는 셈이다. 작가가 표현하고 싶은 것은 본 것이 아니라 마음에 떠오르고 있는 그 어떤 장면이며, 그러므로 작품 속의 풍경은 사실적이라고 하더라도 관찰에 의한 묘사가 아니라 의식 속에 자리 잡고 있는 영상을 현재 시점에서 재구성한 풍경이다. 영상 조립 시점은 서경화된 심상이라는 점에서 다른 서경적 구조와 구별된다.

누군가 연 문
누군가 닫은 문
누군가 앉은 의자
누군가 쓰다듬은 고양이
누군가 깨문 과일
누군가 읽은 편지
누군가 넘어뜨린 여자
누군가 연 문
누군가 아직 달리고 있는 길
누군가 건너지르는 숲
누군가 몸을 던지는 강물

5 같은 책, pp. 937~38.

누군가 죽은 병원 —프레베르, 「메시지」[6]

이 시는 앞서의 세 편과도 다르고 「역」과도 다르다. 앞서의 세 편은 작가가 일정한 공간에서 직접 관찰할 수 있는 풍경이다. 「역」은 과거의 경험 사실 위에 현재 겹쳐지는 심상을 함께 서경화한 공간이다. 그러나 「메시지」의 한 행 한 행이 어떤 지점에서의 직접적인 관찰의 소산이라고 할 때는 회전 시점이 된다. 예를 들면, 거리에서, 또는 음식점의 창을 통해서 본 것들이라면 그렇다. 그러나, 그렇지 않고 작가가 머릿속에 떠오르는 물상—문·여자·고양이·과일·편지·길·숲·강물·병원—을 초현실적인 수법으로 연결한 구조로 볼 때는 이 작품은 서경적 구조에 속하지 않고 다음에 검토 할 심상적 구조(심상적 영상 조립 시점)에 속하는 것이다.

위와 같은 점들을 고려하면서 다음의 작품을 고찰해보자.

a) 장마비에 씻겨 몇 군데 다시 떼를 입힌
무덤
나무 그늘 밑 잔디는 웃자라고
죽은 나무 자리에는 새 나무가 심겨져 있습니다.

화장품 섞인 땀으로 눈은 벌써 따갑습니다.
그대들의 체액 섞인 산 밑의 물을 길어다
여름 국화 한 다발 꽂고
땜질한 잔디 위에 나머지 물을 붓습니다.

땀이 줄줄 흐릅니다.

이제 큰 공원 같은 묘원

---

6 Jacqus Prévert, 『절망이 벤치 위에 앉아 있다』, 김화영 옮김, 열화당, 1985, p. 63.

여치며 메뚜기 살아서 뛰고
옆 개울 또랑히 들리는 물소리
그대 생일날
그대 아들들 그대가 부르던 찬송 부릅니다.

패랭이꽃 눈빛이 붉어지고
쑥대는 퍼렇게 채찍처럼 다가섭니다.
햇빛이 따갑습니다.

애써 퍼지며 자라는 잔디처럼
그대 묻은 세월도 어렵사리 계절을 겪으며
자리잡아갑니까.

영혼을 바라보며 청개구리 한 마리 팔딱이는
개울을 지나
달라뵈는 거리로 울컥울컥 돌아갑니다.

땀이 흐릅니다.
그대가 땀 쏟던 여러 일들, 사람들……
이제 어디에
내 땀 흘릴 날들만 얼마쯤 남았나 봅니다.

매끄럽게 포장된 길 옆을
강물이 함께 돌며 흐르다
어느 길목에서 헤어졌습니다.
어느새
점점 더러워진 넓고 깊은 한강 물가
빌딩 숲들이 보입니다.

검은 모래들 파올리는 포크레인
흰 물새 두 마리 날으고 있습니다. ―「성묘」•

이 작품은 따지고 보면, 두 개의 시점이 연결되어 있다. 1~6연까지는 고정 시점, 7~9연까지는 이동 시점이 그것이다. 1~6연은 '장마비'에 씻겨 몇 군데 흠집이 생긴 무덤에 새로 떼를 입히고, 물을 주고, 헌화를 하고, 찬송을 하고 난 뒤, 한 발 물러서서 '그대 묻은 세월'도 잔디처럼 자리를 잡아가고 있다는 느낌을 객관적으로 묘사하고 있다. 그러니까 여기까지는 성묘 과정에서 또는 무덤 근처에서 볼 수 있는, 느낄 수 있는 공간이다. 그다음 7~9연은 성묘를 끝낸 뒤 집으로 돌아오는 과정에서 보고 느낀 것이다. 그런 까닭에, 8연을 제외하면, 개울—거리—한강—빌딩—포클레인—물새와 같은, 귀가 과정에서 본 사물들이 점묘된다. 결국 이 작품은 1~6연, 7~9연이라는 각각 다른 공간(성묘와 돌아오는 길)과 각각 다른 시점(고정 시점과 이동 시점)이 6연과 7연을 경계로 하여 이루어져 있다. 한 편의 시 속에 두 개의 시적 구조가 무리하게 묶여 있는 셈이다. 7연 이하를 삭제하든지 독립시켜 다시 써야 할 그런 약점을 가지고 있다.

b) 아이들은
이미 죽은 무명시인의
마당에 떨어져 뒹구는
엽서처럼 뛰놀다
낙엽에 고개를 밟으며
오전에서 오후로 걸어가서
저녁 나절 해를 따라갔다.

반달은
이즈러진 白光에 등불 켜들고
달 아래 숱한 별들을 차며
바람에 날리어

표류에 돛 달 때
아이들이 버린 시이소는
반 평면의 모퉁이에
엇갈린 서너 개의 시선을
그어놓았다. —「分校」•

시점이 시골 초등학교(분교)에 고정되어 있다. 그러니까 고정 시점이 작품 구조의 축을 이루고 있다. 즉,

아이들은
(이미 죽은 무명시인의)
마당에 떨어져 뒹구는
엽서처럼 뛰놀다

에서 ( ) 속의 비유적 수사나,

반달은
이즈러진 (白光에) 등불을 켜들고
달 아래 숱한 별들을 차며
바람에 날리어
(표류에) 돛 달 때

에서 ( ) 속의 장식적인, 또는 어려운 말들을 제외(그러니까 이런 표현들은 하지 않는 것이 좋다)한다면, 이 작품은 분교를 중심으로 한, 한곳에서 바라본 고정 시점의 객관적 묘사이다. 그러나 공간적으로는 분교에 고정되어 있으나, 시간적으로는 아침부터 저녁까지를 포괄하는 긴 이동이 있다.

c) 석양에 단근질한 하늘

한입 베어물면
자욱마다 가득 고인 어둠
별양동의 한시와 두시 사이
마른 가지 끝에 걸려 있고
까마귀 한 마리
깍 깍 까악
납빛 주검 쪼아댄다
잘게 부서진 어둠
유리창이나 벽, 철대문이나 손목시계 위에
낙진처럼 들러붙어
고층 아파트 집요하게 허물고
무너져내린 바람
황폐한 아스팔트에 낮게 엎드려
술사내의 질긴 울음 운다 —「별양동의 한시와 두시 사이」•

위의 작품은 회전 시점이 축이다. 작가가 본 것은 별양동이라는 공간 속의 풍경이다. 그러나 이 시는 새벽 1시와 2시라는 특정 시간 속에 묶여 있다는 점에 유의해야 한다. 이 특정 시간이라는 제약 때문에 다음의 두 구절이 문제점으로 등장하고, 또 시의 구조를 약화시킨다.

가) 석양에 단근질한 하늘
　한입 베어물면
　자욱마다 가득 고인 어둠
나) 까마귀 한 마리
　깍 깍 까악
　납빛 주검을 쪼아댄다

우선, 가)의 "석양에 단근질한 하늘"이라는 표현은, 새벽 1시와 2시 사이의 풍경을 점묘하는 이 작품의 국면과는 시간상의 거리가 너무 먼 사물 현상(석양)이라는 점이다. 예를 들어 '별빛이 단근질한 하늘' '달빛이 단근질한 하늘' '가등이 단근질한 하늘'이라는 표현과 비교해보라. 별빛·달빛·가등은 시간의 제약을 석양보다 덜 받는다. 즉 1~2시 사이라고 해도, 그것들은 이질감이 없지만, 석양은 저녁을 연상시켜 특정 시간(새벽 1시~2시)의 정서를 파괴한다. 그러므로 석양이라는 이미지가 필요한 경우에도, '어제의 석양이 단근질한 하늘'이라는 식으로 시간의 경과를 명시해주는 게 새벽과 저녁의 정서적 충돌을 막아준다. 둘째, "한입 베어물면"이라는 한정적 표현이다. "석양이 단근질한 하늘"이면 이미 그곳에는 어둠이 고여 있음직하다. 이런 한정적·조건적 표현은 지나치게 작위적이므로 조심해서 사용해야 한다. (그러니까 '한입 베어물지' 않으면, 그곳 하늘에 '어둠이 가득 고여 있을 수 없다'는 말일까라고 질문해보라. 그러면 한정적·조건적 표현의 어색함이 드러날 것이다.)

나)의 까마귀가 "깍 깍 까악" 주검을 쪼아댄다는 표현도 무리가 있다. 통상적으로 까마귀도 그 시간에는 잠들어 울지 않기 때문이다. 이럴 경우, 까마귀에게 특정 정황을 부여하고 있지 않을 경우는 지나친 조작으로 부자연스럽게 된다. 다음의 시구를 보자.

바람에 놀라 깬 까마귀 한 마리
시간을 잊고
납빛 주검을 쪼아댄다

이때의 까마귀는 통상적인 삶 또는 시간의 질서를 벗어난 존재이다. 즉 "바람에 놀라 깬" 상태의 특정 정황 속에 있으므로 1~2시 사이에도 납빛 주검(새벽의 허공)을 쪼아댈 수가 있다.

이 작품에서는 또 한 가지 인식상의 문제가 있다. "잘게 부서진 어둠/유리창이나 벽, 철대문이나 손목시계 위에/낙진처럼 들러붙어"라는 시구에서 '손목시계'가 그것이다.

첫째, 현재 이 회전 시점을 가진 작가는 거리에서 혹은 창가라는 공간에서 별양동의 1~2시 사이의 새벽 풍경을 묘사하고 있다. 그럴 때, 유리창·벽·철대문 등등과 달리 유독 손목시계만이 비풍경적인 존재이다. 그런데, 이 '손목시계'가 구태여 끼어들 적절한 까닭을 알수 없다는 점이 문제이다.

서경적 회전 시점은 물리적 공간에서의 관찰을 축으로 하고 있으므로 가시권 안에 있거나 있을 수 있는 것만 묘사가 가능하다. 이 점이 영상 조립 시점과의 차이이다. 만약 이 작품이 처음부터 영상 조립 시점으로 구축되었다면 지금과 같은 부적절한 양상을 띠지는 않는다. 다음의 예를 보라.

> 나는 본다
> 석양이 단근질했던 하늘
> 까맣게 고인 어둠
> 담벽 위에 철 지난 부고
> 나는 본다
> 별양동 한시와 두시 사이
> 마른 나뭇가지에서 졸다 깬 까마귀
> 한 마리가 쪼아대는 납빛 주검
> 티브이, 솥뚜껑, 망가진 칫솔
> 유리 항아리, 벽, 철대문
> 냉장고, 식탁, 손목시계 위의 낙진
> 어디쯤에서 허물어지고 있는 고층 아파트를 타고
> 무너져내리는 바람
> 나는 본다
> 황폐한 아스팔트에 엎드려
> 질기게 우는 술 취한 사내의
> 벗겨진 한쪽 구두

위의 작품은 영상 조립 시점을 축으로 한 개작이다. 즉 마음에 떠오르는 것들을 묶어 재구성한 것이므로 가시권 사물과 비가시권 사물이 섞여 있을 수 있다. 그러나 서경 구조의 회전 시점은 그렇게 할 경우 어색해진다.

둘째, 원작에서의 손목시계가 가시권에 있는 나(시적 화자)의 손목시계라고 볼 때도 어색하다. 유리창·벽·철대문 등에 붙어 있는 어둠은 "고층 아파트(를) 집요하게 허"무는 존재이다. 그럴 때 유리창·벽·철대문은 아파트를 허무는 데 일익을 담당할 수 있는 사물들이지만, 손목시계는 그런 것과 거리가 먼 사물인 탓이다. 이런 점들을 고려한 후, 이 작품을 원래의 회전 시점 범위 안에서 정리해본다면 다음과 같이 될 수도 있다.

어제의 석양이 단근질했던 하늘
자국마다 까맣게 고인 어둠
별양동 한시와 두시 사이
마른 가지 끝마다 걸려 있고
졸다 깬 까마귀 한 마리
새벽의 납빛 주검을 쪼아댄다
그때마다 잘게 부서지는 어둠
유리창이나 벽, 철대문 위에
낙진처럼 들러붙어 고층 아파트를
집요하게 허물고 무너져내리는 바람
황폐한 아스팔트에 낮게 엎드려
술 취한 사내 질긴 울음 소리를 낸다.

다음에 인용하는 작품은 영상 조립 시점으로 되어 있다.

a) 늘
솔밭에서 놀지만
솔잎 속엔 없다

참새 주둥이를 닦아주다

몹시
화가 나면
미류나무에 걸터앉는다

아침이면
늦잠 자는
옥수수 수염을 흔들고
개울 건너
벼이삭을 깨우는 것도 재미있다

술잔보다 먼저 오기도 하고
분내보다 먼저 가기도 한다
늘

치마통은 데불지만
치마 속엔
없다 —「바람」•

얼핏 보면 회전 시점 같지만, 사실은 바람의 흔적을 기억 속에서 찾아내어 구성한 것이다. 그런 증거는 특히 "술잔보다 먼저 오기도 하고/분내보다 먼저 가기도 한다"는, 다른 시구의 서경적 요소와는 전혀 이질적인 시적 정황이 삽입되어 있는 모습에서 드러난다. 바로 이 부분, 다른 시구의 정황과 어울리기 어려운 이 시구가 전체의 구조를 파괴한다. 다른 시구가 서경적 요소인 데 비해, 그 구절만은 관념적 요소이기 때문이다. 즉 술잔과 분내는 자연 현상으로서의 그것으로 표현되어 있는 것이 아니라, 남자와 여자의 바람기를 암시하는 표현이기 때문이다. 전체 5연 가운데 유독 4연만 그런 관념적 내용을 거느리고 있는 탓으로, 하나의 작품 세계가 구축하고 있는 통일성·유기성(이 작품에서는 자연 현상으로서의 바람의 흔적)이 파괴되어 있는 것이다. 다음을 비교해보라.

가) 술잔보다 먼저 오기도 하고
　　분내보다 먼저 가기도 한다
나) 막일 나간 아버지의 술추렴 뒤를 따라 천천히 오기도 하고
　　이웃 새댁의 분내보다 가볍게 담을 넘기도 한다

가)의 술잔이나 분내는 시간의 경과를 나타내기에 적합한 말들이 아니다. 즉, '먼저 오기도 하고' '먼저 가기도' 하는 바람의 감각적 이동 형태나 또는 시간적 경과 과정을 나타낼 수 있는 요소를 술잔이나 분내는 지니고 있지 않은 것이다. 그렇기 때문에 우리의 통상적인 의미 체계 속에서 인간의 바람기라는 의미가 작용하게 되는 것이다. 그러나 나)는 시간적 경과 과정 또는 감각적 이동 과정을 아버지의 행동과 분내의 존재를 통해 보여주고 있으므로 관념적인 가)와 달리 풍물 속의 바람의 흔적이 된다. 이 작품은, 그러니까 1·2·3·5연에 나타난 바람을 형상화하는 데 초점을 두든지, 4연과 같은 인간의 바람기에 초점을 두든지, 어느 쪽이든 한쪽으로 시각을 맞추어야 작품의 구조가 유기적으로 강화된다.

2. 심상적 구조와 시점

심상적 구조(心象的 構造)의 작품 세계는 그 성격상 주관적 묘사의 형태를 가진다. 그 세계가 가시적인 물리적 공간에서 감지한 것이 아니라 어디까지나 심리적이라는 비가시적인 공간인 탓이다.

가) 과수원에서 사과 한 알
　　뚝 떨어진다.
나) 과수원에서 썩은 시간처럼 사과 한 알
　　뚝 떨어진다.

다) 영혼의 뜰에서 사과 한 알
　　뚝 떨어진다.

가)는 물리적 공간에서 관찰할 수 있는 사물 현상이다. 물리적 현상의 하나를 축어적 형태로, 그리고 객관적으로 묘사한 것이다. 나)는 축어적 형태의 객관적 묘사에 비유적 수사가 가미된 형태이다. 즉,

썩은 시간 처럼
↓
과수원에서 사과 한 알 뚝 떨어진다.

에서처럼, 사과 한 알=썩은 시간이라는 직유 때문에 단순 사물 현상이 작가의 해석(썩은 시간)으로, 다른 의미로 변용되어 있다. 그러나 객관적으로 묘사하고 있다는 점에서는 변함이 없다. 단지 사물 현상에 작가 나름의 인식이 첨가되어 있다는 점만 다를 뿐이다. 그러나 다)는 전혀 다르다. '영혼의 뜰'은 물리적 공간에 실재하는 세계가 아니라 우리의 의식 속에서만 존재하는 세계이기 때문이다. 그 세계는 우리가 언어로 형상화함으로써 비로소 가시화되고 현실화된다.

A) 내 마음의 어딘 듯 한편에 끝없는
　　강물이 흐르네
돋쳐오르는 아침 날빛이 빤질한
　　은결을 도도네
가슴엔 듯 눈엔 듯 핏줄엔 듯
마음에 도른도른 숨어 있는 곳
내 마음의 어딘 듯 한편에 끝없는
　　강물이 흐르네　—김영랑, 「끝없는 강물이 흐르네」[7]

7　정한모 · 김용직 편, 앞의 책, p. 328.

B) 여기저기서 단풍잎 같은 슬픈 가을이 뚝뚝 떨어진다. 단풍잎 떨어져 나온 자리마다 봄을 마련해놓고 나뭇가지 우에 하늘이 펼쳐 있다. 가만히 하늘을 드려다보려면 눈섭에 파란 물감이 든다. 두 손으로 따뜻한 볼을 씻어보면 손바닥에는 파란 물감이 묻어난다. 다시 손바닥을 드려다본다. 손금에는 파란 강물이 흐르고, 맑은 강물이 흐르고, 강물 속에는 사랑처럼 슬픈 얼골—아름다운 順伊의 얼골이 어린다. 少年은 황홀히 눈을 감아본다. 그래도 맑은 강물이 흘러 사랑처럼 슬픈 얼골—아름다운 順伊의 얼골이 어린다. —윤동주, 「少年」[8]

C) 꽃이보이지않는다.꽃이香기롭다.香氣가滿開한다.나는거기서墓穴을판다.墓穴도보이지않는다.보이지않는墓穴속에나는들어앉는다.나는눕는다.또꽃이香기롭다.꽃은보이지않는다.香氣가滿開한다.나는잊어버리고再처거기墓穴을판다.墓穴은보이지않는다.보이지않는墓穴로나는꽃을깜빡잊어버리고들어간다.나는정말눕는다.아아.꽃이또香기롭다.보이지않는꽃이—보이지도않는꽃이. —이상, 「絶壁」[9]

김영랑의 「끝없는 강물이 흐르네」는 물리적 공간의 고정 시점의 경우와 마찬가지로 "내 마음의 어딘 듯 한편"이라는 심리적 공간에 시각이 고정되어 있다. 그러니까 '심상적 고정 시점'이라 할 수 있다. 그 심리적 공간은 작품에 나타나 있는 그대로 "가슴엔 듯 눈엔 듯 핏줄엔 듯" 그 어디인 듯 "마음에 도른도른 숨어 있는" 그곳이다. 시인은 그곳에 시각을 고정하고 그곳의 "끝없이 흐르는 강물"과 그 강물의 '도도는 은결'을 묘사한다. 그러므로 당연히 실재하는 강물이 아니라 마음속에서 느끼는 강물 같은 그 무엇이다. 더 자세히 적자면 마음속에서 '도도는 은결'로 반짝이며 흐르는 어떤 정서를 실재하는 강물처럼

8 윤동주, 『하늘과 바람과 별과 시』, 정음사, 1955, p. 8.

9 『이상시전집』, 갑인출판사, 1978, p. 129.

형상화해 묘사한 것이다.

윤동주의 「소년」은 연상이 그 골격을 이루고 있다. 연상이란 하나의 관념 또는 대상으로 인해 다른 관념이나 대상이 연속적으로 떠오르는 심리적 현상이다. 그러니까 심리적 이동 현상이 일어나므로 '심상적 이동 시점'이라 할 수 있다. 서경적 공간의 이동 시점은 실재적인 공간 이동의 결과이지만, 위와 같은 심리적 이동은 연상 작용의 결과이다. 「소년」을 보자. 여기저기 뚝뚝 떨어지는 단풍잎 → 단풍잎 떨어진 자리 위에 펼쳐 있는 하늘 → 파란 하늘을 들여다보는 눈썹에 드는 파란 물감 → 볼에도 흘러넘쳐 파란 물감이 드는 손바닥 → 손바닥의 손금에 흐르는 파란 물감 → 강물 → 강물 속에 어리는 순이의 얼굴, 이러한 연상의 흐름으로 작품은 구성되어 있다. 이러한 연상은 기본적으로 파란 가을 하늘 → 파란 물 → 강물 → 순이의 얼굴이라는 연상 구조에 기초하고 있다. 따지고 보면, "~나뭇가지 우에 펼쳐 있는 하늘"까지는 물리적 공간이다. 이 사실적인 국면으로부터 심리적인 국면으로의 점진적인 이동은 작품 속의 연상 세계를 마치 사실적인 세계처럼 감각하게 하는 효과를 보여주고 있다.

이상의 「절벽」은 의식(그러니까 심리적 공간) 속의 자기 행위를 묘사한 것이다. 이때 의식 속의 행위자(묘혈을 파는 나)는 시적 대상이고, 그것을 자각하고 있는 또 다른 나는 시적 화자인 셈이다. 원칙적으로 '시적 대상인 나'를 또 하나의 나인 '시적 화자인 나'가 기록하는 것이므로, 시적 화자는 원한다면 모든 것을 다 볼 수 있다. 그러니까 이와 같이 형태를 '심상적 회전 시점'이라 할 수 있다.

이 시 속의, 그러니까 '나'의 의식이 어떻게 묘사되어 있는지 살펴보자. 일차적으로 "꽃이보이지않는다"와 "꽃이향기롭다.꽃이만개한다"를 실재적 관점에서 읽으면 서로 모순된다. 보이지 않는 꽃을 두고 "꽃이만개한다"고 하는 묘사는 어불성설이기 때문이다. 여기까지 읽으면서 느끼는 곤혹감을 그대로 지니고 "나는거기묘혈을판다"까지 오면, 우리는 비로소 이 시가 전혀 사실적인 공간으로부터 출발하고 있지 않음을 알게 된다. 그 순간, "꽃이보이지않는다"는 '실제로 보려고 하면 보이지 않는 꽃'이지만 의식 속에서는 '향기롭고 만개하는 꽃', 그 꽃을 말하고 있다는 사실을 깨닫게 된다. 그러니까 그 꽃은 관념적인 존재, 머릿속에서만 존재하는 꽃인 것이다. '나'는 그 관념적인 존재인 꽃 속에 묘혈을 파는 것이다. 이와 같은 읽기가 가능한 다음에야 우리는 다음과 같은 패턴으로 작가의 의식이 규칙적으로 바뀌고 있음을 알게 된다.

> 의식 1)—꽃이 보이지 않는다
> 의식 2)—꽃이 향기롭다, 꽃이 만개한다, 나는 거기 묘혈을 판다
> 의식 1)—묘혈도 보이지 않는다
> 의식 2)—보이지 않는 묘혈 속에 나는 들어간다, 나는 눕는다, 또 꽃이 향기롭다
> 의식 1)—꽃은 보이지 않는다
> 의식 2)—향기가 만개한다, 나는 잊어버리고(앞서 판 모혈) 재처 거기서 묘혈을 판다
> 의식 1)—묘혈은 보이지 않는다
> 의식 2)—보이지 않는 묘혈로 나는 꽃을 깜빡 잊어버리고 들어간다, 나는 정말 눕는다, 아아, 꽃이 향기롭다
> 의식 1)—보이지 않는 꽃이—보이지도 않는 꽃이

의식 1)은 시인의 현실적 또는 반성적 인식이고, 의식 2)는 시인의 무의식적 또는 심리적 인식이다. 그러니까 실재로는 존재하지 않지만 관념적으로는 분명히 보이고 느껴지는 '향기롭고 만개한' 꽃으로 상징되는 그런 세계에 이끌려 그곳에 무덤까지 파고들어 눕곤 하는 작가 자신의 심리적 드라마인 셈이다. 한편(의식 1)으로는 '꽃이 보이지 않는다'고 반복하면서도, 자기가 판 '묘혈이 보이지 않는다'고 하면서도, 다른 한편(의식 2)으로는 그 꽃(그 세계)의 향기에 매료되어 계속 묘혈을 팔 수밖에 없는 욕망, 이 두 의식의 처절한 대립이 비극적이고도 아름다운 예술적 공간이게 하는 것이다. 이 작품의 제목이 어째서 「절벽」인지도 이와 같은 해석적 인식 후에야 분명해진다. 그러니까 그 '절벽'은 의식 세계의 절벽인 것이다.

a) 낙엽처럼, 내 마음 흩어져
내린다.
이제 모든 것이
스러져가고 있는 지금,
흩어진 내 마음 조각
주워담아 모아
다음 가을을 위한
준비를 하고 싶다 —「가을」•

이 작품은 심상적 고정 시점이라 할 만하다. '낙엽처럼 흩어져 내리는' 마음을 '주워담아'야겠다는 심리적 세계이기 때문이다. 그러나 너무 단순한 바람의 노래이다. 그 단순함은 낙엽처럼 흩어져 내리는 마음을 느끼자마자 곧장 다음 가을을 위해 '주워 모아'야겠다는 결심으로 이어져 있는 탓이다. 즉 낙엽처럼 떨어져 내리는 마음의 상태와 그 변화가 어떠한가를 전혀 보고 있지 못한 탓이다. 앞서 살펴본 김영랑의 작품을 다시 한 번 예로 들어 이야기한다면, "내 마음의 어딘 듯 한편에 끝없는/강물"은 "돋쳐오르는 아침 날빛이 빤질한/은결을 도"돌고, 그 은결을 도도는 강물이 흐르는 것은 "가슴엔 듯 눈엔 듯 핏줄엔 듯/마음에 도른도른 숨어 있는 곳"이라는 시적 인식, 즉 시인 나름의 관찰과 탐구가 시 속에 있지만,「가을」에는 그런 구석이 없다. 그러니까 단순할 수밖에 없다. 다음을 보라.

낙엽처럼, 내 마음 흩어져내린다
낙엽처럼, 내 마음
내 마음의 나뭇가지에서 흩어져내린다
중심을 잃고 내린다
시간을 잃고 내린다
이제, 바람이 불고, 눈이 내리리니
중심을 찾아

잃어버린 시간을 찾아 흩어져
낙엽처럼, 내 마음
내 마음의 뿌리 곁에 모이리라

개작한 「가을」은, 첫째 낙엽처럼 흩어져 내리는 내 마음의 정황이 어느 정도 가시화되어 있다. 그것은 '중심을 잃고 시간을 잃고'와 같은 정서적 특성에 의해 드러나 있다. 둘째 '다음 가을을 위한 준비를 하고 싶다'는 직설적인 고백이 '이제 바람이 불고~마음의 뿌리 곁에 모이리라'는 구체적 표현 속에 암시적으로 나타나 있다. 앞부분과 뒷부분의 유사 구문을 통한 변주는 원작에서보다 강한 통일성을 부여하는 역할을 하기도 한다.

b-1) 내 얼굴에 자꾸만 돋아난다 무언가
아침마다 일어나 두 손 가득한
정열로 닦아내고 밤마다 다시 또
두 손 넘치는 증오로 얼굴을 움켜도
무언가 자꾸 돋아나오는 건 깨끗할 수 없다
남들이 힐끗거린다 내 얼굴에 돋아난
주홍빛 기만 때문에
남들이 날 힐끗거린다
거짓
세균
고통
너와 나
배반
처절
화려
참혹
남들이 날 힐끗거린다 내 얼굴에

돋아나는 무언가 그 무엇 때문에
남들이 날 —「절망」●

이 작품은 윤동주의 「소년」과 같이 연상이라는 심상적 이동 시점을 보여주고 있다. 얼굴에 돋아난 그 무엇 → 주홍빛 기만 → 거짓 → 세균 → 고통 → 너와 나 → 배반 → 처절 → 화려 → 참혹으로 이어지는 자학적 궤적이 그것이다. 그러나 이 작품 속의 연상 체계는 무리가 많다. 주홍빛 기만이 거짓을 떠올려준다고는 하더라도, 동의 반복의 느낌이며, 거짓은 세균, 세균은 고통을 곧장 떠올려주지를 않고, 상호 깊은 연관 속에 자리 잡고 있지도 않기 때문이다. 너와 나·배반·화려·참혹도 마찬가지이다. 결과적으로 주관적이고 무리한 연상 구조가 작품을 생경하게 하는 것이다. '내 얼굴에 자꾸 돋아나는' 그것은 내가 숨기고 싶은 치부이지만, 작품에서는 그것을 드러내고자 하는 의도가 분명하다. 그런 의도일 경우에, 고통·세균·배반·화려·참혹과 같은 막연한 관념보다는 치부다운 관념을 적극 수용해야 한다. 그리고 그것을 감추려고 하는 행위조차도 표현의 대상으로 삼아야 그 치부가 극적으로 드러난다.

내 얼굴에 자꾸 무언가 돋아난다 무언가
아침마다 닦아도 약을 발라도
고개를 쳐든다 화장을 해도
숨길 수 없다 고개를 쑥 내민다.
주홍빛 나의

기만
허위
허세
참혹

남들이 날 힐끗거린다 내 얼굴에

돈아나는 무언가 그 무엇 때문에
남들이 날

위의 개작과 비교해보면 앞서 검토한 점(무리한 연상)들이 다소 분명해지리라 생각한다.

b-2) 막내에게
그림을 그리라고
하얀 도화지를 주면
이내
우리 작은 방은
가득히
푸른 물이 넘실댄다.

작은 손에서
흘러나오는 꿈, 꿈.

그 파란 소망들이
강을 이루고
바다를 채운다.

내 귀엔
끼룩끼룩 갈매기 울고
지난 여름
사랑을 노래하던 바다는
4절 모조지 위에
일렁인다.

그 꿈이 크면 클수록
그 추억이 진하면 진한 대로
푸른 몸짓으로
채워도 채워도
넉넉한 공간.

어디서 비롯되는 빛일까
어디서 흘러내린 푸르름일까
작은 눈망울엔
파도가 넘실대고
고사리 손엔
갯내음이 물씬.

우리집 막내가
빚어내는 바다.

어느새 방안 가득
해조음이 들리고
파란 종이 위엔
푸득푸득
갈매기가 난다. —「바다」•

이 작품도 연상이라는 심상적 이동 시점을 축으로 하고 있다. 막내의 바다 그림 → 파도 → 갈매기 → 넓은 바다로 이어지는 연상 체계가 그것이다. 이 「바다」처럼 그림이라든가 노래라든가 이야기라든가 하는 것에서 이어지는 연상 형태는 시에서 흔히 나타나는 유형이다. 문제는 그 연상이 이룩해놓은 시적 공간, 즉 묘파된 정황이 어떤 가치를 지니고 있느냐가 중요하다. 「소년」에서는 그 감각적 인식이 놀라울 정도로 신선하다. 그 신선함은 사물과 현상을 깊고 날카롭게 감지하는 인식의 깊이로부터 나온다. 그런 인식, 즉 "가만히 하늘을 드려다보려면 눈섭에 파란 물감이 든다"라든지, "손바닥에도 파란 물감이 묻어난다"라든지, "손금에는 파란 강물이 흐르고" 그 강물 위에 "순이의 얼골이 어린다"든지 하는, 우리가 좀처럼 상상하기 힘든 연상 구조에 의해 구체화되고 있기 때문이다. 그러나 「바다」에서는 그림에서 파도를 연상해낸 다음부터는 흔히 짐작할 수 있는 상식적인 세계밖에 보여주지를 않는다. 이 작품이, 연상 체계에는 무리가 없지만 큰 감동을 안겨주지 못하는 이유는 이 상식적인 연상 구조 때문이다. 거기다가 이 작품은 연상을 그대로 살려두지 않고 그 연상을 설명하려 하고 있다. "작은 손에서/흘러나오는 꿈"이라든지 "그 파란 소망들이/강을 이루고/바다를 채운다"든지 하는 구절이 그런 부분에 속한다. 연상으로 이루어지는 세계의 아름다움은 연상의 구체화이지 연상의 근거를 구차스런 구절로 설명하는 데 있지 않다. 이 작품에서 그런 구차스런 구절을 모두 지적하자면 2·3연, 5연의 1·2행, 6·7연이 여기에 속한다. 이런 구절을 모두 삭제하고 정리한다면 지금보다는 좋은 시가 될 것이다.

c) 벼랑 끝에 섰다
회색의 바닥이 추락을 유혹한다.
무지와 무능으로 이미 죽은 지 오랜
얼굴에 핏빛을 피어 감추고
수없는 만남을 죽이는 것이
나 서는 길인 양
오만의 미소를 지었다.
어제를 죽이며
비상을 위해 숨차게 뛰어
오늘 선 곳은
검게 웃으며 추락을 기대하는
벼랑 끝.
나의 날개는

도도새모양 퇴화되고
바둥거리며 뒷걸음칠 줄만 아는
엉성한 두 다리로 벼랑 끝에 섰다.
벼랑 끝 저 바닥에서
이브의 뱀이 웃음을 흘린다. —「낭떠러지」•

이 「낭떠러지」는 이상의 「절벽」과 마찬가지로 막다른 곳에 선 자의식(自意識)의 세계를 그 대상으로 하고 있다. 그러니까 '심리적 회전 시점'이라 할 수 있다. 시적 화자인 '나'는 '벼랑 끝'에 서 있고, 그 벼랑 밑으로 보이는 "회색의 바닥이 추락을 유혹"하는 절망의 순간에 직면하고 있다. 이 자의식의 세계에서 작가가 무엇을 보고 있는지를 살펴보자.

1) 무지와 무능으로 이미 죽인 지(퇴색한 지) 오랜 얼굴—(그 얼굴에) 핏빛을 띠어(가장하여) 감추고
2) 수없는 만남을 죽이는 것(회피하는 것)—(그것이) 나 서는 길(사는 길)인 양—오만의 미소(가장) 짓고
3) 어제를 죽이며(잊으며) 비상을 위해—숨차게 뛰어 오늘 선 곳—검게 웃으며 추락을 기대(유혹)하는 벼랑 끝
4) 도도새모양 퇴화된 나의 날개—바둥거리며 뒷걸음칠 줄만 아는 엉성한 두 다리[의 나]
5) 벼랑 끝 저 바닥에서 웃음을 흘리는(유혹하는) 이브의 뱀

이것이 작가가 기술한 자의식의 내용별 정황이다. 이 내용별 정황을 더 쉽게 요약하면 다음과 같다.

1) 나는 무지와 무능을 감추어왔다
2) 나는 [무지와 무능이 탄로날까 두려워] 사람을 회피하고 오만을 가장해왔다

3) 새로운 삶(비상)을 위해 마지막 결심(벼랑)을 해야 할 곳에 왔다
4) 정신적인 힘(날개)도 육체적인 힘(두 다리)도 뒷걸음친다
5) 죽고 싶은 충동을 느낀다

위에서 보는 바와 같이, 이 작품은 무지·무능·오만·비상·추락·퇴화·이브의 뱀과 같은 어려운 말로 장식되고 추상화되어 있기는 하지만, 간단히 요약하면 '무지와 무능 때문에 죽고 싶은 충동을 느낀다'는 극히 사적(私的)인 고백이다. 이상의 「절벽」은 꽃과 향기로 상징되는 세계로 이끌리는 의식의 운동을 정교하게 조직하고 있지만, 「낭떠러지」는 삶의 방향 감각과 욕망을 잃어버린 개인의 사사로운 고백이다.

많은 사람들이, 특히 습작기에 있는 많은 사람들이 「낭떠러지」와 유사하게 사사로운 일을 장식적이고 현학적인 말로 미화하는 형태로 시를 쓰고 있다. 하지만 우리가 읽고 싶어 하고 또 언어예술인 시가 요구하는 것은 사담(私談)도, 사담적인 내용을 어려운 말로 미화하는 솜씨도 아닌 시적 인식이다. 시적 인식이란 그 양상이 어떻든 누구나 듣고 싶어 하고(사담은 개개인에게는 중요하지만 모든 사람들이 듣고 싶어 하는 그런 것은 아니다), 알고 싶어 하고, 깨닫고 싶어 하는 세계에 대한 새롭고도 구체적인 깨달음이다. 언어로 표현하기 이전에는 현실적으로 존재하지 않았던, 그렇기 때문에 시인의 표현 행위의 결과로 현실적으로 비로소 존재하게 된 그리고 형상화된 세계이다.

많은 시인의 시에 나타나는 사담적 측면은 사담적 형식만 차용하고 있는 것이지, 사담적 이야기를 하고 있는 것이 아니다. 이상의 「절벽」도 외형상으로는 사담적 성격을 보여준다. 그러나 그것은 어디까지나 사담적 형식을 빌려 비사담적인 인식을 친근한 사담적 형식으로 표현하는 데 이용하고 있을 뿐이다. 흔히 작품 속의 시적 화자가 '나'라는 형태일 때 사담적 형태로 보이나, 그것은 외형적인 것일 뿐이다. 시적 공간은 체험과 상상을 통한 재구성·재창조의 공간이지 사담처럼 말하고 싶은 모든 것을 무분별하게 쏟아놓는 고백의 공간은 아니다.

이런 사담적 요소 이외에도 「낭떠러지」에는, 무지·무능·오만·추락·비

상·퇴화와 같은 장식적이고 현학적인 말을 함부로 사용하는 경향뿐만 아니라 비유 또한 극단적으로 사용하는 성향도 있다.

1) 무지와 무능으로 이미 '죽은 지' 오랜 얼굴
2) 수없이 만남을 '죽이는 것'
3) 어제를 '죽이며' 비상을 위해

표현되어 있는 문맥상으로 본다면 1)의 '죽은 지'는 퇴색한 지, 창백해진 지, 사색이 된 지 정도의 의미이며, 2)는 회피하는, 3)은 잊고, 버리고 정도의 의미를 감정적으로 극단화한 비유이다. 과장법hyperbole도 비유의 하나임에는 틀림없지만, 그것의 사용은 감정적으로 할 성질이 아니라 이성에 의해야 할 그런 것이다. 관념 용어의 남발, 무분별한 과장법의 사용, 이 두 가지만 보아도 이 작품을 쓴 사람은 자신의 의식 세계를 객관적으로 바라볼 정신적 힘이 부족하다는 점을 그대로 보여주고 있다.

3. 서사적 구조와 시점

서사물(敍事物)이란 그 어느 쪽도 다른 한쪽의 필수 전제이거나 당연한 귀결이 아닌 최소한 두 개의 현실 또는 허구의 사건 및 상황들을, 하나의 시간 연속을 통해 표현한 것이다.[10] 쉽게 말하면 이야기story의 구조를 가지고 있는 것이다.[11] 시 속의 서사적 구조가 어떤 형태로 나타나는지 다음의 예를 보면 즉시 알 수 있다.

A) 니제르의 한 젊은 귀부인,

---

10 G. Prince, 『서사학*Narratology*』, 최상규 옮김, 문학과지성사, 1988, pp. 12~16.

11 Brooks and Warren, 앞의 책, p. 262.

미소를 띠며 호랑이를 타고 나갔다.
한 바퀴 돌고 돌아왔을 때,
귀부인은 뱃속에 들어가 있었고
호랑이 얼굴엔 미소가 떠 있었다.

B) 장미는 붉고
오랑캐꽃은 푸르고
설탕은 달콤하다
당신도 마찬가지.[12]

A)에는 최소한 두 개 이상의 사건 및 상황이 있고, 그 사건과 정황은 하나의 시간 연속a time sequence 속에 표현되고 있다. 그러나 이와 달리 B)에는 상황은 있으나 시간 연속이 없다. 그러니까 각각 비연속적 시간 체계 속의 정황인 셈이다(이런 차이를 드러내기 위해 나는 시 속에 있는 서사와 다른 상황을 정황이라 따로 부른다). 서사적 구조의 시는 A)와 같은 이야기 구조를 가지고 있다. 그러나 시 속의 서사는 어디까지나 서사 구조의 시적 수용이라는 형태이다. 즉 사실적인 또는 극적인 인식을 강조하기 위한, 사건 및 상황이 있는 국면aspect의 기술적인 수용이다.

A) 조선총독부가 있을 때
청계川邊 十錢均一床밥집 문턱엔
거지 소녀가 거지 장님 어버이를
이끌고 와 서 있었다
주인 영감이 소리를 질렀으나
태연하였다
어린 소녀는 어버이의 생일이라고

12 Rimmon-Kenan, 『소설의 시학*Narrative Fiction*』, 최상규 옮김, 문학과지성사, 1985, pp. 11~12.

10전짜리 두 개를 보였다. —김종삼, 「掌篇·2」[13]

B) 그는 아버지의 다리를 잡고 개새끼 건방진 자식 하며
비틀거리며 아버지의 샤쓰를 찢어발기고 아버지는 주먹을
휘둘러 그의 얼굴을 내리쳤지만 나는 보고만 있었다
그는 또 눈알을 부라리며 이 씨발놈아 비겁한 놈아 하며
아버지의 팔을 꺾었고 아버지는 겨우 그의 모가지를
문 밖으로 밀쳐냈다 나는 보고만 있었다 그는 신발 신은 채
마루로 다시 기어 올라 술병을 치켜들고 아버지를 내리
찍으려 할 때 어머니와 큰누나와 작은누나의 비명,
나는 앞으로 걸어 나갔다 그의 땀냄새와 술냄새를 맡으며
그를 똑바로 쳐다보면서 소리 질렀다 죽여 버릴 테야
法도 모르는 놈 나는 개처럼 울부짖었다 죽여 버릴 테야
별은 안 보이고 갸웃이 열린 문틈으로 사람들의 얼굴이
라일락꽃처럼 반짝였다 나는 또 한번 소리 질렀다
이 동네는 法도 없는 동네냐 法도 없어 法도 그러나
나의 팔은 罪 짓기 싫어 가볍게 떨었다 근처 市場에서
바람이 비린내를 몰아왔다 門 열어 두어라 되돌아올
때까지 톡, 톡 물듣는 소리를 지우며 아버지는 말했다

—이성복, 「어떤 싸움의 記錄」[14]

두 편 모두 서사적 구조가 작품 속에 들어 있다. 이러한 형태는 사건과 상황으로 얽힌 국면이 있기 때문이며, 그리고 그것은 대체로 작가가 사실적 인식에 깊은 관심을 기울일 때 나타난다. 그와 같은 경향은 위에 든 두 편에서도 어느 정도 감지할 수 있다. 「장편·2」와 「어떤 싸움의 기록」을 서사에서 흔히 분

13 김종삼, 『북치는 소년』, 민음사, 1979, p. 84.
14 이성복, 『뒹구는 돌은 언제 잠 깨는가』, 문학과지성사, 1980, p. 55.

석의 틀로 사용하곤 하는 인칭 시점이라는 점에서 본다면, 전자는 3인칭 시점 third person point of view이고, 후자는 1인칭 시점first person point of view이다. 그러나 시적 묘사라는 특정한 수사적 차원에서 볼 때, 보다 중요한 문제는 서사적 국면의 수용 형태이다.[15] 즉 김종삼의 「장편·2」는 개괄 묘사(槪括描寫) 형태이고, 「어떤 싸움의 기록」은 세밀 묘사(細密描寫) 형태이다. 「장편·2」에서 볼 수 있는 개괄 묘사는 시적 공간을 마모된 신화나 설화처럼 사건과 상황을 단순화시켜 행간과 행간 사이에 숨겨진 의미를 독자로 하여금 상상으로 복원하도록 한다. 상밥집에서 어버이의 생일이라고 10전짜리 두 개를 내미는 거지 소녀의 태연하고, 당당하고, 효성스럽고, 비극적이기도 하고, 희극적이기도 한, 이 모든 정서적 충격은 개괄 묘사의 독특한 행간의 여백 사이의 울림인 것이다. 이와 반대로 세밀 묘사는 가능한 한 국면의 정황을 구체화하여 국면의 뒤에 가려지거나 숨겨질 수 있는 모든 것을 가시화한다. 구체적 정황은 리얼리티로 우리를 설득하는 것이다.

두 편의 작품은 언술 형식(객관적 묘사)·구조(서사적 구조)·시점(고정 시점)면에서 동일하나 묘사의 형태(개괄·세밀)만 다르다. 그러니까 형태상으로 보자면 묘사의 종류라는 하나의 차이가 이렇게 엄청나게 다른 세계를 보여주는 것이다. 그러나 다른 측면에서 한번 생각해보라. 즉, 드러내고자 하는 세계에 대한 인식, 그 의식이 형식을 결정하는 것이다.

a) 종일 꾸역꾸역 비가 왔다
TV도 나오지 않은 월요일 내내
애인도 찾아오지 않고
장사치만 두엇 왔다
소리 질렀더니 신경질을 냈다

---

15 시에서의 인칭 시점은 시적 화자의 '가면persona'의 이론에서 더 유용하므로 생략한다. 시적 화자와 페르소나의 이론에 관심이 깊은 이론가는 김준오이며, 이 문제에 대해서는 김준오, 『가면의 해석학』(이우사, 1985)과 이 책의 「시와 화자」 참조.

어제 신문을 다시 보고
창밖을 우두커니 보다가
장수라면을 끓여 먹었다 —「라면」•

b) 느그 아부지는 학이 되었다
홀로 키운 아들의 묘 위로
학 한 마리 늘상
맴을 돈다고
새벽마다 할무니는
수숫대 같은 손마디에
개구리를 꿰어
축축한 풀잎강 휘적휘적
....
아들 찾아간다 —「무제」•

위의 두 작품은 개괄 묘사이다. 「라면」에 비해 「무제」가 훨씬 감동을 주는 까닭은 개괄 묘사 자체가 잘 되었다는 수사상(修辭上)의 차이가 아니다. 사물 또는 세계를 보는 깊이의 차이이다. 「라면」도 수사적 측면에서 본다면 나무랄 데 없다. 그러나 「라면」은 무료한 일상의 하루를 그대로 시적 공간에 옮겨놓고 있다. 그러니까 그 시적 공간은 무료함을 나타내는 그것, 단지 그것뿐이다.

「무제」는 어머니의 사랑을 볼 수 있는 특정 정황을 개괄 묘사로 가시화한다. 아들의 묘 위를 맴도는 학 한 마리를 아들로 믿고, 개구리를 잡아 꿰어 들고 젖은 풀밭을 질러가는 어머니, 그것은 바로 사랑의 실체, 그것의 가시화이다. 이와 같은 사실의 감지 또는 분별 능력이 얼마나 있느냐가, 아니 얼마를 체득하고 있느냐가 개괄 묘사의 성공 여부와 깊은 관련이 있다. 그것은 곧 사물에 대한 통찰 능력을 말해주기 때문이다.

c) 장마, 잠깐 비 개인 뒤,

느닷없이 화곡동 형님이 차를 몰고 오셨다. 자네 머릴 식혀야 해. 박석고개 구파발을 지나 쓱쓱 통일로로 진입. 요즘 장사 어떤가. 벽제를 뚫고 달려 장흥 쪽으로 양쪽의 순토종 엎어진 사발, 야트막한 야산이 장마비에 얼마나 닦였는지, 싱싱하게 젊어져서, 내 머리가 시릴 정도이다. 형님 말씀대로 어질어질 내 골을 타고 흐르는 흙물을, 숲이 먹다 남긴 물기에 섞어 뒤로뒤로 흘러보내며. 장흥, 오두막(음식점 이름)에 [일단] 앉아 잠시 쉬고 [서운하지만], 너댓 팀의 산보객을 뒤로 남기고.

형님, 오늘중으로 유약처리 할 것이 있다며, 되달려올 때. 앞에서 알짱거리는 픽업. 거 왜 못 가나 빵빵. 나 바쁜 줄 아나 빵빵. 한바탕 기세를 폈다. 늦추었다. 벽제갈비 간판(오오, 저게 그 [유명한] 높으신 분들이 [인분 냄새에 취해] 왔다갔다 한다는 벽제갈비로구나)을 지나고, 저기가 화장터야. 형님 손가락 끝, 싯푸른 토종야산 속으로 숨는 하얀 길 하나. [(오오, 아까부터 어쩐지 드문드문 보이는 장례차가 수상하더라.)] 원당을 빠져나오다가. 길옆에 선 경찰 아저씨, 손전등 같은 것을 번쩍. [이크 찍혔다.] 동시에 급브레이크 밟고 다시 크러치 악셀 밟고 달려갈 때. 백미러로 경찰 아저씨, 씽긋 윙크 사라지고. [그게 뭐죠. 딱총. 전자 레이다. 주행 속도 위반이면 넘버가 찍혀서, 쪽지 한 장 집으로 날아들어.] 달리면서. 야단났다. 달리면서. 길옆 도로 시속 60K 푯말. 불 켠 형님 망막에 오버랩. 됐다. 속도 위반 땡. 휴, 한숨 한 번 쉬고.

바쁘구나 바빠. 손쉬운 세상. 즐거운 세상.
어질어질 아무래도 나에게는 어지러운 세상

—「장마, 잠깐 비 개인 뒤」•([ ]는 필자)

이 작품은 세밀 묘사의 형태에 속한다. 동생의 '머리를 식혀'주려고 차를 몰고 온 형님의 차를 타고 박석고개-구파발-벽제-장흥을 오가며, 보고 겪은 자연 경관, 수도권 변두리의 풍물, 그리고 속도위반으로 나타나는 세태를, 차의 진행과 동시에 펼쳐놓고 있다. 얼핏 보면 무질서하게 보이고(사실 그런 구석도 있다), 무의미해 보이는 일상의 한 단면이지만, 바로 이 무질서와 무의미 그 자체를 질서(차의 진행과 함께)화하고 있다는 점이 재미있다. 그런 재미 속에 드러나는 것은 '바쁘고, 손쉽고, 즐거운 세상'에 동화될 수 있는 형님과 동화될 수 없는 동생(나)의 대비이다. 그러니까 일종의 세태 풍자이다.

「어떤 싸움의 기록」은 이보다 훨신 튼튼한 구조를 갖추고 있다. 싸움 속의 그, 동네 사람들, 식구들, 아버지, 그리고 나의 태도가 서로 대비되고 있고 그러한 대비는 '법도 없는 곳'의 싸움이라는 국면 위에 설정되고 있다. 이에 비해 「장마, 잠깐 비 개인 뒤」는 오로지 숨어 있는 질서(차의 이동)와 마지막 2행이 전체의 서사를 묶고 해석하는 구조로 되어 있다. 그만큼 구조가 느슨하지만, 이 느슨한 구조도 그 나름대로 살아 있다. 그러나 모든 사건과 정황이 엄격한 선택적 결과의 소산이라기보다는 다분히 직정적이다. 그렇기 때문에 특정한 정황(속도위반)에 관한 지루한 설명과 [ ] 속에 있는 표현이 말해주는 바와 같은 감상적이고 상투적인 측면을 노출하고 있는 것이다. [ ] 속의 표현을 제외하고 읽어보면 그 차이를 알 수 있으리라 여겨진다. 시 속의 서사적 구조란 어디까지나 시적 인식을 형상화하기 위한 한 방법이다. 그런 만큼 그것은 외형상의 보기와는 달리, 함부로 기술하거나 할 수 있는 방만한 형태가 아니다.

4. 시점의 가치

시점에 관한 여러 이론과 유형 가운데 가장 일반적이라 생각되는 것을 중심으로 하여 몇 가지를 살펴보았다. 여기에서는 간단히 몇 가지만 살펴보았지만, 당연히 시점은 논자들이 분류한 유형에만 있지 않다. 그 유형은 어디까지나 기존의 작품을 대상으로 추출해낸 것이고, 또 분류 가능한 것이고, 지금까지의 것이다. 그러니까 작품에 나타나는 시점의 유형은 분류된 유형보다 많을 수 있고, 혹은 적을 수 있고, 또 창안될 수 있다. 문제는 그 시점이 시적 대상을 인식하고 드러내는 데 유익한가 아닌가에 있다. 특히 지나친 나열식의 분류는 혼란을 유발할 수도 있다는 점에도 관심을 가져야 한다.

작품 속의 시점은 한 사람의 시인이 대상을 구조화하는 일정한 체계이고,

그 체계는 시적 구조의 일관성·유기성·통일성을 유지해주는 역동적인 틀이므로, 시점의 혼란은 시적 대상, 시적 국면을 흐리게 하고 이해의 통로를 가로막는다. 그러므로 시를 창작하는 사람은 유의해두어야 할 문제이다. 그러나 시점의 유형상의 차이가 작품의 수준을 결정하거나 절대적인 영향을 끼친다고 할 수는 없다.

5

시적 진술

1. 시적 진술과 설명
2. 진술의 특성
3. 진술의 종류
4. 넋두리와 독백적 진술
5. 피상적 주장과 권유적 진술
6. 자기중심적 사고와 해석적 진술
7. 진술과 묘사의 어울림

시적 진술

1. 시적 진술과 설명

다음의 작품을 보자.

복사꽃 피고, 복사꽃 지고, 뱀이 눈 뜨고, 초록 제비 묻혀 오는 하늬바람 위에 혼령 있는
하늘이여. 피가 잘 돌아…… 아무 病 없으면
가시내야. 슬픈 일좀, 슬픈 일좀 있어야겠다. —서정주, 「봄」[1]

이 시는 앞서 보아온 묘사형의 시와는 다른 데가 있다. "피가 잘돌아…… 아무 병 없으면/가시내야. 슬픈 일좀, 슬픈 일좀 있어야겠다"는 시행의 언술 형태의 특성 때문이다. 얼핏 보아 묘사형의 작품 속에 끼어드는 설명과 유사해 보이지만, 설명과는 아주 다른 것이다. 이른바 내가 시적 진술(詩的陳述)이라고, 시적 묘사(詩的描寫)와 더불어 시적 언술의 특징을 드러내는 큰 두 갈래 중의 하나로 구분하는 것인데, 외형상 드러난 모양으로는 독백이다. 그러나 이 독백은 의미 있는 깨달음을 바닥에 깔고 있어 정서적 호소력이 큰 표현이다. 이 시적 진술과 설명 또는 묘사와의 차이를 명확하게 하기 위해 이 작품의 언술 형태를

1 서정주, 『서정주시선』, 민음사, 1974, p. 29.

분석 검토해보자.

복사꽃 피고, 복사꽃 지고, 뱀이 눈 뜨고, 초록 제비 묻혀 오는 하늬바람 위에 혼령 있는/하늘(이여)

여기까지는 봄날과 하늘을 주관적·객관적으로 묘사한 부분이다. 주관적이라고 함은 '혼령 있는 → 하늘'로 하여, 하늘에 특정한 의미가 부여되어 있기 때문이며, 나머지는 모두 봄날에 있을 수 있는 객관적 사실의 열거이다. 그러니까,

하늘이여

의 윗점 찍은 부분은 묘사 형태의 구문에서 흔히 탈각될 수도 있는 작가의 감정을 덧붙이기 위해 사용한 영탄법(詠嘆法)의 구사이다.

피가 잘 돌아…… 아무 병 없으면
가시내야. 슬픈 일좀, 슬픈 일좀 있어야겠다.

위의 시행 가운데 좀 느닷없이 삽입된 '가시내야'는 일정한 대상을 두고 표현한 것이 아니다. 앞과 뒤의 시행을 보다 효과적으로 강조하고, 마치 누구에겐가 속삭이듯, 부르짖듯, 탄원하듯 하는 정서적 효과를 갖도록 하는 돈호법(頓呼法)[2]이다. 그러므로 이 시행에서 돈호법이나 반복법을 제외하면 아래와 같이 된다.

피가 잘 돌아…… 아무 병 없으면
슬픈 일좀 있어야겠다.

---

2 돈호법은 「비유와 활용」 참조.

이 구절을 앞에서 설명적이라고 지적한 것과 비교해보자.

계란꽃 질긴 줄기 힘들여 꺾어
가슴털 껄끄러운 미군에게 주던 언니도
미군 카메라 앞에서 초콜렛 꼭 쥐고 사진 찍히던 동생도
내겐 단지 구경거리였다.
난 일곱 살이었으니까.

묘사된 경험적 사실들이 그 자체로 독립해 있는 것이 아니라 '단지 구경거리'라는 시적 화자인 '나'의 설명에 구체성을 부여하는 열거 자료로 되어 있다. 그러니까,

———
———언니
———동생

으로만 묘사될 때는 경험적 사실의 객관적 정황으로 독립해 있게 되지만,

———
———도
———도
내겐 단지 구경거리였다.
난 일곱 살이었으니까.

라고 했을 때는 경험적 사실이 설명의 내용으로 바뀐다. 즉 "내겐 …… 일곱 살이었으니까"라는 표현이 5행을 모두 설명의 구체적 내용으로 흡수하는 역할을 하는 것이다.

그러나 "피가 잘 돌아……" "슬픈 일좀 있어야겠다"는 설명하고자 하는 의지가 없는 독특한 독백이다. 다시 말하면 작가가 심리를 객관적으로 묘사하려 하지 않고 직접 토로하는 형식이다. 그러므로 이런 시적 진술은 시적 묘사와 다른 형태를 띠게 된다.

다음의 예를 보라.

A) 배꽃가지
반쯤 가리고
달이 가네.

경주군 내동면
혹은 외동면
佛國寺 터를 잡은
그 언저리로

배꽃가지
반쯤 가리고
달이 가네. —박목월, 「달」[3]

B) 해야 솟아라. 해야 솟아라. 말갛게 씻은 얼굴 고운 해야 솟아라. 산 너머 산 너머서 어둠을 살라먹고, 산 너머서 밤새도록 어둠을 살라먹고, 이글이글 애띤 얼굴 고운 해야 솟아라.

달밤이 싫여, 달밤이 싫여, 눈물 같은 골짜기에 달밤이 싫여, 아무도 없는 뜰에 달밤이 싫여……

3 박목월, 『박목월시전집』, 서문당, 1984, p. 35.

해야, 고운 해야 늬가 오면 늬가사 오면, 나는 나는 청산이 좋아라. 훨훨훨 깃을 치는 청산이 좋아라. 청산이 있으면 홀로래도 좋아라.

사슴을 따라, 사슴을 따라, 양지로 양지로 사슴을 따라, 사슴을 만나면 사슴과 놀고,

칡범을 따라 칡범을 따라 칡범을 만나면 칡범과 놀고……

해야 고운 해야, 해야 솟아라 꿈이 아니래도 너를 만나면, 꽃도 새도 짐승도 한자리 앉아, 워어이 워어이 모두 불러 한자리 앉아 애띠고 고운 날을 누려보리라. —박두진, 「해」[4]

A)와 B)는 시적 묘사와 시적 진술이 보여주는 전형적인 차이이다. 그러니까 시적 묘사는 근본적으로 언어를 회화적인 방향으로 가시화하고, 시적 진술은 독백의 양상으로 가청화한다. 시적 진술은 시각적 인식과 맞닿아 있는 묘사와는 달리 청각을 통한 설득과 깊은 관련을 지니고 있다. 따지고 보면 "피가 잘 돌아……" "슬픈 일좀 있어야겠다"가 돈호법이나 반복법을 차용하고 있음도 그러한 까닭에서이다. 그뿐만 아니라 이 시구는 근본적으로 역설paradox[5]의 구조 위에 있다. 일반적인 의미에서 '피가 잘 돌고' '아무 병' 없는 봄날이면 당연히 기쁜 일 좀 있을 만하다. 그러나 우리들 삶이 늘 그렇듯, 현실은 그와 다

---

4 정한모 · 김용직 편, 『한국현대시 요람』, 박영사, 1982, pp. 642~43.

5 역설: 표현된 문맥 자체가 외견상 모순처럼 보이나, 그 속에 진실을 숨기고 있는 수사법, 「비유와 활용」 참조.

a) 표층적 역설paradox of surface: 이것은 소리 없는 아우성
(가) (나)

(가), (나)처럼 수식어와 피수식어가 서로 모순되는 언어로 구성되어 있는 어법을 모순어법oxymoron이라고 하며, 이 모순어법으로 된 역설.

b) 심층적 역설paradox of depth: 종교적 진리나 신비스럽고 초월적인 진리를 나타낼 때 자주 보인다. 예를 들면 "도를 도라 하면 도가 아니다" 등(김준오, 『시론』, p. 189 참조).

르다. 그보다 더 큰 문제는 기쁜 일 좀 있기는커녕 슬픈 일조차 없는 날의 절망이다. 그 절망적 깨달음의 표현이 바로 "슬픈 일좀 있어야겠다"이다.

2. 진술의 특성

문학예술에서 진술이라는 용어는 (1) 선언적 성격의 언술이나, (2) 주제, 기본적 사상, 작가의 의도를 명백하고 생생하게 드러내주고 있는 작품 또는 작품의 어떤 부분·국면이나, (3) 예술적 언술의 특성 자체를 포괄적으로 지적할 때 사용한다. 이와 같은 용례의 일반적 성격을 받아들여 시적 언술의 큰 두 갈래의 하나로서 그 용어를 차용한 것이다.

> A) 門을암만잡아다녀도안열리는것은안에生活이모자라는까닭이다.
>
> —이상, 「家庭」[6]

> B) 누구한테 머리를 숙일까
> 사람이 아닌 평범한 것에
> 많이는 아니고 조금
> 벼를 터는 마당에서 바람도 안 부는데
> 옥수수 잎이 흔들리듯 그렇게 조금 —김수영, 「꽃잎·1」[7]

A), B)의 인용에서 B)의 마지막 두 행을 제외하면 두 인용구들 속에는 묘사성(描寫性)이 발견되지 않는다. 그러나 시에서는 이와 같은 표현들이 얼마든지 있다. 그러니까, 시적 묘사가 가시적(可視的)·제시적(提示的)·감각적(感覺的)이라면 시적 진술은 가청적(可聽的)·고백적(告白的)·해석적(解釋的) 성향이다.

---

6 『이상시전집』, 갑인출판사, 1978, p. 06.

7 김수영, 『김수영전집 1』, 민음사, 1981, p. 276.

A)를 얼핏 보면 설명 같다. 그러나 "문을암만잡아다녀도안열리는 것"은 안쪽에 문고리가 잠겨서가 아니라 '생활' 때문이다. 이때의 안(가정)의 '생활'은 귀가를 망설이게 하고, 함부로 얼굴을 안에 내놓기가 두려운 어떤 결핍(그리고 그 결핍으로 형성된 '문' 안의 결핍까지 합친)의 다른 이름이다. 그러므로 그곳에는 이미 진정한 의미에서의 생활은 없는 상태이다. 이런 '생활'을 안에 가지고 있는 문을 열려고 하는 것도, 문을 잠근(잠기지 않은 문을 의식상으로 잠겨 있다고 느끼는) 것도 화자인 나이다. 이 사실을 나는 알고 있다. 그러므로 "암만잡아다녀도"는 '잡아당기기조차 두려운'의 반어적 표현이다.

B)는 극히 일상적인 언술의 형태를 가지고 있다. 표현의 평이성에도 불구하고 시적 진실의 파장은 그와 다르다. "누구한테 머리를 숙일까"라는 수사적 의문법은 그다음에 이어지는 "사람이 아닌 평범한 것에"라는 대상의 구체화를 통해 그 어법이 즉각 풍자satire라는 사실을 우리가 깨닫도록 한다. 즉 "사람이 아닌 평범한 것에"라도 머리를 숙이고 싶을 만큼, 그만큼 머리 숙일 만한 사람이 없다는 자각과 통탄이다.

이 가청적·고백적·해석적인 시적 진술은 관찰을 통한 감지라기보다 관조를 통한 감지 쪽이다.

3. 진술의 종류

시적 진술은 크게 세 가지로 나누어볼 수 있다. 독백적 진술, 권유적 진술, 해석적 진술이 그것이다. 독백적 진술은 스스로가 시적 대상이 되어 반성하고 기원하는 형태이며, 권유적 진술은 자기의 주장을 불특정 개인 또는 다수에게 적극 동조를 요청하는 형태이고, 해석적 진술은 일정한 시적 대상에 대한 시인 나름의 해석과 비판의 형태로 나타난다. 그러므로 독백적 진술은 진술하는 주체 중심(主體中心)의 회고와 반성과 기원이 주를 이루며, 권유적 진술은 동조와 참여를 청하는 주체의 주장 중심(主張中心)의 언술이 된다. 독백적 진술이 자기 반성적 성향을 지녔다면 권유적 진술은 타인에게 반성을 촉구하는 성향을 지니고 있다. 해석적 진술은 객체 중심(客體中心)의 탐구와 비판이라는 성향을 갖고 있다. 그 어느 것이든 작가의 깨달음을 토로하는 형태이므로 내성적(內省的) 자각의 성격을 띤다.

1. 독백적 진술

우선 독백적 진술의 예를 보자.

눈이 부시게 푸르른 날은
그리운 사람을 그리워하자.

저기 저기 저 가을 꽃자리
초록이 지쳐 단풍 드는데

눈이 내리면 어이하리야,
봄이 또 오면 어이하리야.

내가 죽고서 네가 산다면?
네가 죽고서 내가 산다면!

눈이 부시게 푸르른 날은
그리운 사람을 그리워하자. —서정주, 「푸르른 날」[8]

시적 진술은 묘사처럼 객관화 또는 가시화된 시행의 구조를 기초로 하고 있지 않으므로, 극도로 절제된 표현이 숨기고 있는 시적 인식 내용이 무엇인가를 파악하기가 어려운 경우가 허다하다. 내성적 자각의 진술은 대부분 논증이나 설명과 같이 논거를 명시적으로 드러내놓지 않기 때문이다.

---

8 서정주, 『서정주시선』, 민음사, 1974, p. 37.

"눈이 부시게 푸르른 날은/그리운 사람을 그리워하자"가 그 좋은 예이다. 설명의 문장이었다면, '눈이 부시게 푸르른 날'은 '……하니' 그리운 사람을 그리워하자고 했을 터이다. 논거를 명시해야 할 부분을 독자의 상상력에 맡겨두고 있다. 뒤집어 말한다면 명시적으로 논거를 제시하거나 설명할 경우 그 명시적 표현의 한계 안에 갇히게 될 상상력을, 그런 표현을 생략함으로써 오히려 자유롭게 증폭시키는 역할을 한다고도 말할 수 있다. 묘사형의 작품에서보다 진술형의 시에서는 훨씬 객관적이지 못한 주관적 심리학에 속하는 해석적 오류를 범할 소지가 많다. 그뿐만 아니라 이런 해석적 오류 혹은 주관적 인식을 바탕으로 하여 쓰인 좋지 못한 시가 또한 많다. 시적 진술은, 그러므로 묘사 못지않게, 우리들 정서의 밑바닥에 자리 잡고 있는 상투적인 의미 체계에 새로운 충격을 줄 수 있는 깨달음을 동반하는 표현이어야 한다. 앞의 예에서 본다면 그 증폭 작용은 "눈이 부시게 푸르른 날"과 "그리운 사람을 그리워하자"라는 각각 서로 무관해 보이는 두 시구가 직접 맞물리면서 일으키는 연상과 정서적 파동에 의해서이다. 다음의 예를 보라.

가) 차고 어두운 겨울 저녁은 →
나) 눈이 부시게 푸르른 날은 →
다) 그리운 사람을 그리워하자

가)는 외로움이란 정서를 떠올리는 단순한 이미지이지만, 나)는 젊음이라는 보다 역동적이고 다양한 정서를 함유한 이미지이다. 그리므로 '가)+다)'와 '나)+다)'는 전혀 다른 정서적 충격의 자장을 마련한다. 나)가 역동적이고 다양한 정서를 함유하고 있는 것은 그 비유적 표현의 미묘함 때문이다.

눈이 부시게 푸르른 날
(가) (나)

문법적 구조로 본다면 (가)는 (나)를 꾸미는 형용사구 역할을 하고 있다. 그런데 '날'은 ①밤낮의 동안, 곧 자정에서 다음 자정까지의 동안, ②하루의 낮

동안, ③날씨, ④날짜, ⑤'경우'의 뜻을 나타내는 말, ⑥'때·시기·시절'의 뜻을 나타내는 추상명사이다. 그렇다면 다른 날도 아닌, 하필이면 "눈이 부시게 푸르른 날"인가. 그것은

그리운 사람을　그리워하자
(가)　　　　　(나)

가 단순한 유사 의미의 반복적 표현이 아니라는 점에 유의해보면 알 수 있다. 얼마나 많은 우리들이 '그리운 사람'을 정작 '그리워'하지 못하고 살고 있는지 한번 생각해보라. 그러니까, 다른 날은 그렇지 못하더라도 '눈이 부시게' 푸른, 우리의 영혼이 더 맑아지는 듯하게 '푸르른' 날만이라도 '그리움'을 '그리움'답게 맞아들이자는 것이다. 이 시구와 같은 미묘한 정서의 울림은 그렇게 '그리워'하지 못하고 사는 우리들의 현실을 일깨우기 때문이다.

1연 : 기원·반성 — 청유형 독백
2연 : 흐르는 시간(여름·가을) 암시 — 묘사형 진술
3연 : 닥쳐올 시간(겨울·봄) 암시 — 영탄법·대조법
4연 : 유한한 삶(삶·죽음) 암시 — 영탄법·대조법
5연 : 1연 반복 — 청유형 독백

1연에서 독백처럼 울려오던 시구는 5연에 오면 청유형으로 울려올 만큼 2·3·4연에서 시간 또는 젊음·삶의 덧없음이 서정적으로 진술되고 있다.

II. 권유적 진술

타인의 각성을 요청하는 권유적 진술의 예를 보자. 이런 진술은 물론 자기반성이 있은 다음, 그 반성의 기초 위에서 행해지기 마련이지만, 자기반성적 지향보다는 제3자의 각성을 요구하는 성향을 지니고 있다.

눈은 살아 있다
떨어진 눈은 살아 있다
마당 위에 떨어진 눈은 살아 있다

기침을 하자
젊은 詩人이여 기침을 하자
눈 위에 대고 기침을 하자
눈더러 보라고 마음놓고 마음놓고
기침을 하자

눈은 살아 있다
죽음을 잊어버린 靈魂과 肉體를 위하여
눈은 새벽이 지나도록 살아 있다

기침을 하자
젊은 詩人이여 기침을 하자
눈을 바라보며
밤새도록 고인 가슴의 가래라도
마음껏 뱉자 ―김수영, 「눈」[9]

이 작품은, 보아서 알 수 있듯, '젊은 시인'에게 '기침'을 하자고 적극 권유하고 있다. 이때의 '젊은 시인'은 불특정 개인인 동시에 다수이다. 여기에서의 젊은 시인은 특정한 개인을 지칭하는 표현이 아닌 탓이다. 그리고 시인이 권유하는 '기침'은 알 수 있다시피 생리적 현상의 그것이 아니다. 그 '기침'은 살아 있음을 주장하는 소리로서의 그것이다.

작품 속의 '눈'은 '살아 있다'. 단순히 살아 있는 것이 아니라, "죽음을 잊

9 김수영, 『김수영전집 1』, 민음사, 1981, p. 97.

어버린 영혼과 육체를 위하여" "새벽이 지나도록 살아 있"는 존재이다. 그것은 '가슴에 가래'가 고인 존재가 아니라 순결한 생명체이다. 그 살아 있는 순결한 존재 앞에서 "밤새도록 고인 가슴의 가래를 마음껏 뱉자"는 말은, 참된 의미에서의 삶을 회복하자는 주장이다.

1연의 3행이 보여주듯, "눈은 살아 있다"는 반복되는 시행 속에 이미 자기 반성과 자기 확인이 끝나 있음을 알 수 있다. 그런 의식 위에서 '젊은 시인'에게 자기의 주장을 2연에서 펼치고, 다시 3연에서 살아 있는 '눈'의 의미를 확인시키며, 4연에서 '눈'과 대비되는 '가래'를 뱉자고 한 번 더 권유한다.

앞서 독백적 진술의 예로 든 「푸르른 날」도 권유적 진술의 일면을 갖고 있다. 그러나 그 작품의 2 · 3 · 4연의 표현이 지닌 자문자답의 성향은 자기반성적 지향임을 나타낸다. 그뿐만 아니라 작품의 어느 시구에도 타인의 동조를 강력히 요구하는 내용이 없다. 그러므로 작품 속의 청유형 시구(그리운 사람을 그리워하자)는 다른 사람에게 던져지고 있다기보다 스스로에게 향하고 있다고 보이고, 독백의 형태로 보이는 것이다.

III. 해석적 진술

다음은 해석적 진술의 예이다.

> 더러는
> 沃土에 떨어지는 작은 生命이고저……
> 흠도 티도,
> 금가지 않은
> 나의 全體는 오직 이뿐!
>
> 더욱 값진 것으로
> 드리라 하올 제,
>
> 나의 가장 나중 지니인 것도 오직 이뿐!

아름다운 나무의 꽃이 시듦을 보시고
열매를 맺게 하신 당신은,

나의 웃음을
만드신 후에
새로이 나의 눈물을 지어 주시다. —김현승, 「눈물」[10]

이 작품은 또 다른 형태의 진술이다. 즉 '눈물'이라는 일정한 시적 대상에 대한 시인 나름의 의미 탐구이다. 그러니까 대상에 대한 해석 형태의 진술이다. 해석의 형태를 띠기 때문에 가시적 이미지를 이루지 않고 가청적 이미지를 이룬다. 이 작품의 시적 내용, 즉 '눈물'에 부여된 의미를 간략히 도식화해보면 다음과 같이 된다.

1연 : 눈물 → 옥토에 떨어지는 작은 생명이고자 하는 것
2연 : 눈물 → 내가 가진 것 가운데 흠도 티도 없고 금 가지 않은 온전한 것
3 · 4연 : 눈물 → 내가 드릴 수 있는 값진 것 가운데 가장 마지막의 것
5 · 6연 : 눈물 → 꽃이 시듦을 보고 열매를 맺도록 하신 당신이, 마치 그렇게 하신 것처럼, 나의 웃음을 만드신 후에 만드신 것

그러므로 이 시 속의 눈물은 당신으로 지칭되는 존재가 시적 화자인 '나'에게 준 것 가운데 아직도 온전하게 지니고 있는 것이며, 가장 값진 것으로 나타난다.

이처럼 「눈물」은 「푸르른 날」의 반성과 기원 형태의 독백과 달리, 또 주장 중심의 「눈」과 달리, 일정한 대상에 대한 시인 나름의 깨달음을 명시적으로 들려주는 형태를 띠고 있다. 명시적으로 드러난 깨달음 하나하나는 눈물에 대한

10 『김현승시전집』, 관동출판사, 1974, p. 68.

새로운 의미로 나타나고, 그 새로운 의미 하나하나는 시인의 세계(사물과 관념으로 어우러진)에 대한 해석으로 우리에게 다가오는 것이다.

4. 넋두리와 독백적 진술

진술형의 작품 가운데 흔히 발견되는 유형 중의 하나는 넋두리 형태의 표현이다. 독백적 진술을 잘못 이해한, 자기감정의 적나라한 표현이 그것인데, 다음의 예를 보자.

영원히 치료되지 않아도 좋다.
이 아픔—

내 가슴에 그어진 한 획의 칼자국이
오늘은 폭포 되어
내 심장 한복판을
무섭게도 후려친다.

한걸음 내디딜 때마다
터져 쏟아지는 선홍색의 피, 피……
내 그림자는
어느새
피에 젖어 흐느적대는 나그네.

이 상처,
누가 내 가슴에 아픔을 주었냐고 묻기엔
난 너무도 깊은 내 무덤을 파고 있었고,
아프다고 소리치며 울기엔

난 너무도 많은 나이를 먹어버렸고……

아!
영원히, 영원히 치료되지 않아도 좋다. —「상처」•

보는 바와 같이, 「상처」는 어떤 문제를 제기하고 해결에 참여하기를 권유하는 그런 내용이거나 난삽한 시적 표현을 하고 있는 경우는 아니다. 그러나 위와 같은 작품을 읽었을 때 우리는 어떤 거부감을 느낀다. 그 거부감은, 어째서 우리는 남의 넋두리를 들어야 하느냐 하는 것이고, 그와 함께 시란 시인이 감정을 발산하는 장소인가 하는 것이다.

이럴 때 가장 적절한 지적은 "시는 감정의 표현이 아니라 감정으로부터의 도피"라는 엘리어트의 말이다. 시도 그 나름대로 세계를 인식하는 한 양식이다. 그런 만큼 그 속에서 우리는 인식의 내용을 요구한다. 다시 말하면 독자인 우리로서는 인식하지 못했으나 시인이 인식한 어떤 것, 또는 다른 시인이 인식하지 못한 어떤 것이 그 속에 함유되어 있기를 희망한다. 다음의 작품을 보라.

바람 부는 날
바람에 빨래 펄럭이는 날
나는 걸레가 되고 싶고
비굴하지 않게 걸레가 되고 싶구나
우리나라 오욕과 오염
그 얼마냐고 묻지 않겠다
오로지 걸레가 되어
단 한 군데라도 겸허하게 닦고 싶구나

걸레가 되어 내 감방 닦던 시절
그 시절 잊어버리지 말자
나는 걸레가 되고 싶구나

걸레가 되어
내 더러운 한평생 닦고 싶구나

닦은 뒤 더러운 걸레
몇 번이라도
몇 번이라도
못 견디도록 헹구어지고 싶구나
새로운 나라 새로운 걸레로 태어나고 싶구나 —고은, 「걸레」[11]

위의 「걸레」도 독백적 진술을 주로 한 작품이지만, "한 군데라도 겸허하게 닦고 싶"고, "내 더러운 한평생 닦고 싶"고, 그리고는 "헹구어지고 싶"은 자각과 반성의 소산이고, 그것에 초점이 맞추어져 있다. 그러므로 「걸레」는 일방적이거나 피상적이 아니다.

'걸레'가 마루에 놓여 있다. 그것을 보는 순간, 걸레가 마루와 방을 깨끗하게 닦을 수 있듯, 나도 '내 더러운 한평생'을 닦을 수 있는 존재로 새롭게 인식된다. 그러한 인식의 바탕 때문에 우리도 걸레처럼 "단 한 군데라도 겸허하게 닦고 싶"어지고, 닦은 뒤에는 '헹구어져' 깨끗한 걸레가 되고 싶다는 욕망이 생겨난다. 그럴 때, 우리는 더러운 걸레가 되고 싶고, 더러운 걸레 같은 존재가 되어야 부끄럽지 않다. 부끄럽기는커녕 오히려, 걸레같이 되어야 "단 한 군데라도 겸허하게 닦"는 가치적 존재가 될 수 있음을 자각하는, 자기와 걸레를 다시 의식하는 순간을 갖게 된다.

그러나 「상처」에는 「걸레」와 같은 자각과 반성으로 점철된 새로운 깨달음이 없다. 그래서 넋두리에 머물고 있다. 「상처」의 작가는 가슴속에 응어리진 감정을 모두 다 쏟아내었으므로 가슴이 후련할지도 모른다. 그러나 읽는 독자인 우리는 기대한 새로운 깨달음과 만날 수 없으므로 실망하게 되고, 과연 이러한 감정적 표현도 시인가라는 질문 속에 빠진다. 분명히 시의 양식을 갖추고

11 고은, 『나의 파도소리』, 나남, 1987, p. 184.

있으므로 시이긴 하지만, 그러나 시적 인식을 보여주지 못하는, 좋지 못한 작품으로 평가하게 된다.

치료되지 않아도 좋다
내 가슴에 그어진 한 획의 칼자국

걸음을 내디딜 때마다
도지는 상처의 피—

내 그림자도 어느새
피에 젖는다

무덤에 갈 때까지 나도
함께 젖으리라 그림자여

위의 개작된 작품을 참고하길 바란다. 이 개작에는 '영원히'라든지, "오늘은 폭포 되어/내 심장 한복판을/무섭게 후려친다"든지, "한 걸음 내디딜 때마다/터져 쏟아지는 선홍색의 피, 피……" 등의 어색하고 과장된 표현이 없다. 그리고 "누가 내 가슴에 아픔을 주었냐고 묻기엔/난 너무도 깊은 내 무덤을 파고 있었"다든지, "아프다고 소리치며 울기엔/난 너무도 많은 나이를 먹"었다든지 하는 넋두리가 빠져나가고 없다. 그만큼 감정과 언어가 절제되어 있고, 그 절제된 언어 속에 강한 의지가 "무덤에 갈 때까지 나도/함께 젖으리라 그림자여"라는 표현 속에 살아 있으므로 감동을 준다.

5. 피상적 주장과 권유적 진술

다음의 작품을 보자. 습작기에 흔히 보이는 좋지 못한 권유적 형태의 진술가운데 하나이다.

얼어붙은 도시의 골짜기 같은
우리들의 서툰 가슴에
연두빛의 싹이 돋아나
우리 서로 나눌 기쁨의 날을 위하여
이름 없는 생명 같은 씨를 뿌리자.

산속 깊은 곳의 샘물과 같은
우리들의 보이지 않는 속살에도
버티고 선 벚나무를 잘라내고
우리들의 입김으로,
우리들의 몸으로,
색깔색깔 터질 듯한 결실의 믿음이
솟아나 가슴에 닿을 날을 위하여
동네 어귀마다 우리 그대로의 우리의 씨를 뿌리자.

잠자는 개구리 잡아 보약 만들고
깊은 땅속 꿈을 꾸는 뱀을 잡아 노리개 삼아
오늘이 살아 숨쉬는 거리에 진열될 때
우리의 깊은 몸으로 피어날
핏줄의 끝없음을 위하여
하늘의 복이 없는
형제 같은 그 땅에도
우리들이 이름지어 같은 꽃을 피울 씨를 뿌리자. —「우리들에게」•

우리 모두에게 반성과 자각을 촉구하는 내용을 함유한 권유적 전술이다. 읽어보아서 알겠지만, 어딘가 난삽한, 많은 말을 하고 있지만 정작 읽고 나서는 별다른 감흥이 없는 진술로 가득 찬 그런 종류의 작품이다. 어째서 난삽한 것으로 다가올까? 우선 이 점부터 살펴보자.

1연을 편리한 방식으로 도식화해보면 아래와 같은 구조를 발견할 수 있다.

[문제] 주어진 현실	얼어붙은 도시의 골짜기 같은 우리들의 서툰 가슴에
[해결] 와야 할 미래	(그런 가슴에) 연두빛의 싹이 돋아나 우리 서로 나눌 기쁨의 날을 위하여
[방법]	이름 없는 생명 같은 씨를 뿌리자

약간의 변화가 있긴 하지만, 2·3연도 위와 같은 구조로 되어 있다. 예로 든 1연을 요약하면 '얼어붙은 우리의 가슴에 연두빛 싹이 돋아나는 기쁨의 날을 위하여 씨를 뿌리자'라는 것이다. 즉 주어진 문제로서 현실이 있고, 그 문제가 해결되었을 때의 미래가 제시되고, 그 문제를 해결하고 미래를 맞이하기 위하여 우리가 해야 할 방법으로서의 일까지 적고 있다. 시적 내용이 이처럼 극히 단순 명확함에도 불구하고 난삽하다는 느낌을 주는 것은 진술의 구조 때문이다. 구체적인 예를 보자. "얼어붙은 도시의 골짜기 같은/우리들의 서툰"은 '가슴'을 수식한다. 그래서 1·2행은

> a) 얼어붙은 도시의 골짜기 같은 → '가슴'에
> 우리들의 서툰 → '가슴'에

이렇게 읽히기도 하고

> b) 얼어붙은 도시의 골짜기 같은 우리들의 서툰 가슴에
> (가) ————→ (나)

로 읽히기도 한다. a)는 각각 다른 연상적 의미를 떠올리는 '가슴'이 병치된 형

태이지만, b)는 (나)를 수식하는 (가)의 형태로 다가온다. 어느 쪽이든 "얼어붙은 도시의 골짜기 같은" 가슴과 '서툰' 가슴은 서로 어울리기 어려운 의미라는 점이다. '서툰'이라는 형용사는 미숙성을 드러내고 "얼어붙은 도시의 골짜기"는 황량함과 메마름을 그 연상적 의미로 가지고 있다. 그럴 경우 얼어붙음·메마름은 황량함이라는 비극적 정서를 동반하는데, 미숙성은 미소함·안타까움에 가까운 희극적 정서를 동반한다. 그러니까 서로 모순되는 정서로 '가슴'을 수식하고 있는 형태이다.

이름 없는 생명 같은 씨를 뿌리자

'이름 없는'도 상투적인 표현이지만, '씨'는 그 자체로 생명인데도 '생명 같은 씨'라고 수식하고 있다.

이런 난삽한 표현과 함께 생각해보아야 할 것이 있다. 또 주어진 현실의 문제를 지나치게 단순하게 그리고 단정적으로 바라보는 시각이다. 그것은 문제 제기에서 즉시 해결로 이어지는 직선적인 사고의 흔적이며, '우리' 모두를 싸잡아 "얼어붙은 도시의 골짜기 같은" 가슴 또는 '서툰' 가슴이라고 단정하는 데서부터 찾아볼 수 있다. '우리' 모두가 "얼어붙은 도시의 골짜기 같은" 가슴이라면 그곳에는 '씨'를 뿌려도 싹은 나지 않으리라. "연두빛의 싹이 돋아나/우리 서로 나눌 기쁨의 날"은커녕 성급하고 무모한 행위의 참담한 결과가 기다리고 있으리라. 의도와는 다른 이러한 표현의 결과는 문제를 개괄적으로 또 피상적으로밖에 보지 못하는 단순한 의식 때문이다. 그렇기 때문에 쉽게 장밋빛 미래를 말할 수 있기도 하다.

이런 작품을 낳는 근본적인 이유는 대개 자신의 주장을 성급하게 남 앞에 내보이고 싶은 과시욕에 있다. 주어진 문제를 탐구하기보다 주어진 문제를 이용하여 자기를 앞세우고 싶은 욕망의 결과가 이렇게 되는 것이다. 물론 "얼어붙은 도시의 골짜기 같은" 가슴을 가진 우리도 있다. 그러나 우리 '모두'가 그런 것은 아니다. 그 가운데는 활화산 같은 가슴을 가진 '우리'도, 탐욕에 불타는 가슴을 가진 '우리'도 있다. 비둘기 같은 가슴을 가진 '우리'도 있다. 그것이 현실인 것이다. 그렇다면 만약 어느 작가가 "얼어붙은 도시의 골짜기 같은" 가슴을 가진 '우리'를 보았다면, 그런 '우리'의 세계부터 탐구해야 마땅하다. 그런 '우리'의 세계가 어디에 어떻게 있으며, 그런 '우리'는 다른 '우리'와 어떤 관계에 있으며, 그런 '우리'가 우리의 삶을 어떻게 황폐하게 하는가 등등에 관한 탐구가 선행되어야 하고, 그런 세계를 단순한 주장이 아닌 깨달음으로 보여주어야 한다. 깨달음으로 보여주는 그것이 바로 진정한 '씨뿌리기'이다. 그렇지 못하고 성급한 해결을 앞세울 때, 시적 언술은 성급한 만큼 난삽해지고, 시의 세계는 일방적이고 피상적이며, 또는 모순까지 포함하고 있는 주의·주장이 된다. 「푸르른 날」은 "그리운 사람을 그리워하자"고 했지, 그 이상의 비판을 앞세우지 않고 있다. "눈이 부시게 푸르른 날"에 "그리운 사람을 그리워하"지 않을 경우, 그런 순간이 다시 오지 않음을 반성하는 데 초점이 맞추어져 있음을 상기해볼 필요가 있다. 그리고 「눈」은 "밤새도록 고인 가슴의 가래"와 새벽까지 순결한 그대로 '살아 있는' 눈을 대비해 보여주며 말했을 뿐이라는 점도 기억해야 한다.

2·3연도 적절하지 못한, 자각과 반성이 없는, 난삽한 표현과 일반적인 주장이 계속된다.

1) 산속 깊은 곳의 샘물과 같은
우리들의 보이지 않는 속살

2) 색깔색깔 터질 듯한 결실의 믿음

3) 잠자는 개구리 잡아 보약 만들고
깊은 땅속 꿈을 꾸는 뱀을 잡아 노리개 삼아

4) 우리의 깊은 몸으로 피어날
핏줄의 끝없음

5) 하늘의 복이 없는
형제 같은 그 땅

6) 우리들이 이름지어 같은 꽃을 피울 씨

1) 2) 4) 5)는 적절하지 못한 표현, 2) 3) 4) 5) 6)은 일방적인 장밋빛 미래에 관한 주장들이다.

1)은 비유적 표현에 문제가 있다. "산속 깊은 곳의 샘물"과 "우리들의 보이지 않는 속살"은 둘 모두 우리 눈이 잘 닿지 않는 곳에 있다는 위치적 특성은 유사하지만, 전혀 다른 내포와 크기를 갖는 말이다. '샘물'은 깊은 곳에 감추어져 있는 생명의 원천이라는 내포적 의미를 가지고 있다. 그러므로 '감추어져 있는 생명의 원천 같은 속살'이라는 연상으로 이어지게 된다. 이때 '속살'은 결코 생명의 원천 같은 큰 내포를 수용할 능력을 갖추지 못한다. 생명의 감추어진 일부분에 불과한 의미밖에 그것이 함유하지 못하기 때문이다.

2)의 '색깔색깔'은 다양성보다 화려함을 나타내는 외화성이 짙은 용어이다. '결실의 믿음'이라는 관념연합[12]도 추상적이지만, '결실'이라는 단어가 주는 연상적 의미인 내실(內實)이 '색깔색깔'의 수식을 받아 그 내실조차 약화되어 있다.

3)의 '잠자는 개구리'를 잡아 '보약'을 만들고, '뱀'을 잡아 '노리개'로 삼자는 주장은 무슨 뜻일까? 알 듯도 모를 듯도 하다. 어떻든 '잠자는 개구리'가 무엇이든 '보약'으로 만들고, '뱀'을 노리개로 삼자는 주장 속에 스민 잔인성은 섬뜩하기조차 하다.

4)의 '우리의 깊은 몸'이라는 비유는 '깊은 몸'이라는 표현이 애매해서 사실적으로 읽어도, 비유나 상징으로 읽어도 알 길이 막연하다. 사실적으로 볼 때 '깊은 몸'은 있을 수 없다. 몸에는 큰 몸 작은 몸은 있을 수 있으나 '얕은 몸'이니 '깊은 몸'이 있을 수 없으므로 해석의 줄이 끊어져버린다.

---

12 두 명사를 조사 '의'로 연결하여 새로운 의미를 창출하는 은유. 예: 희망의 날개, 절망의 꿈 등.

5)의 '형제 같은 땅'은 '같은'이 아니라 '형제의 땅'이다. 2연의 '벚나무'가 식민지의 잔재를 드러내기 위한 것이라면, '하늘의 복이 없는' 그 땅은 북한이어야 하기 때문이다.

6)의 "우리들이 이름지어 같은 꽃"을 피우자고 할 때, 무슨 이름을 짓는다는 말일까? 아마도 국가명(國家名)이리라. 그렇다면 '같은 꽃'은 국가가 된다. 일방적인 1연에 이어 2·3연으로 이어지는 일방적인 판단과 주장을 읽고 있으면, 마치 열정적인 구호, 그러니까 열정적일 뿐 전혀 지적인 구석이 없는, 시의 형식을 빌린 공허한 연설을 듣는 느낌이다.

진술형의 작품에는 어딘가에 연설적인 구석이 있다. 그것은 진술형의 시가 '눈'을 중심으로 펼쳐지는 세계가 아니라 '귀'를 중심으로 펼쳐지는 세계를 가지고 있기 때문이다. 그러나 진술형의 시가 장식적 수사를 많이 동원하여 청중을 설득하려는 연설문이나, 자극적 수사를 펼쳐 청중을 유인하려는 선전문과는 다르다. 시는 어디까지나 절제된 언어로 된 세계이다. 시가 비유와 상징을 적극적으로 차용하는 것도 절제된 언어로 세계를 인식하려는 양식상의 미덕을 기초로 하고 있는 탓이다.

6. 자기중심적 사고와 해석적 진술

해석적 진술에 속하는 습작기의 작품 가운데는 다음과 같은 유형이 가장 많다.

> 우리들의 웃음
> 피에로의 이야기
>
> 울음짓는 건
> 마음일까
> 눈빛일까

오직 아픔으로 가득차는 것은
몇 센티 안 되는
우리들의
살덩어리

부대낌만이 순수라면 그건
먼동이 터오는 태양에의
불면의 반항

말없이 알고 있는
너와 나는
그저
공허한 상념의 줄다리기 —「너와 나」•

이 작품은 극히 산만한 자기중심적인 사고에 착색되어 있다. 찬찬히 읽어 보자.

첫째 연 '우리들의 웃음'은 '피에로의 이야기'라고 해석하고 있다. 그렇게 의미 부여가 되어 있다. 분명히 우리들의 웃음 속에는 그런 속성이 깃들 경우가 있다. 그러나 우리들의 웃음이 언제나 그런 것은 아니다. 그렇기보다 오히려 깊은 의미의 말을 전할 때가 더욱 많다. '우리들의 웃음'에서 피에로적 속성을 드러내고자 할 때는, 그런 특정한 삶의 국면이 함께 있어야 설득력이 있다. 그런데 그 점이 이 작품에는 없다. 다음을 보자.

죽은 아버지의 시체를 곁에 놓고
늦은 밤
문상 온 친구와 상주가
문상객을 품평하며 웃는다

아, 무서워라 우리들 속에 사는
피에로

라고 한다면, 우리들 삶의 국면 속에 있는 위와 같은 특정 정황이 그런 일면을 일깨워준다. 그러므로 그때의 '우리들의 웃음'은 피에로가 갖고 있는 어떤 속성을 보여준다. 그러나 「너와 나」라는 작품에는 그냥 웃고 울고 하는 막연한 삶밖에 없다. 우리들 삶의 우스꽝스러움, 그것에 대한 막연한 느낌을 우리가 익히 아는 상식적 표현으로 적고 있다는 낌새가 짙다. 그런 느낌은 이 작품 전체에 걸쳐 있기도 하다.

둘째 연, "울음짓는 건 마음일까 눈빛일까"라는 의문형 수사는 우리가 웃을 때, 다른 한편에서 우는 것은 '마음'일까 '눈빛'일까라는 표현이다. 앞에서도 얘기했지만, 이런 의문은 피에로적 국면이 전개되지 않는 상황에서 불쑥 던져진 표현이라서 당혹스럽다.

셋째 연, "오직 아픔으로 가득차는 것은" 과연 "우리들의/살덩어리"일까? 오히려 피에로적 삶의 국면에서 우리가 아프다면, 아픈 곳은 영혼이라고 불러도 좋을 우리들 정신의 어떤 곳이 아닐까?

넷째 연, 어째서 "부대낌만이 순수"라고 할 수 있을까, 과연 그렇게 말해도 될까? 이런 의문을 따라 이 시를 읽다 보면, 이 시는 작품의 표현 그대로, 정말 "공허한 상념의 줄다리기"라는 사실에 놀라게 된다.

이쯤에서 우리는 김현승의 「눈물」을 다시 꼼꼼하게 읽어봄이 좋을 듯하다. 그 「눈물」은 "더러는 옥토에 떨어지는 작은 생명이고"자 하는 존재이다. 왜냐하면 그 눈물은 시적 화자인 '나' 속에 있는 "흠도 티도" 없는, "금가지 않은" 온전한 존재이며 당신이 "꽃이 시듦을 보시고/열매를 맺게 하신" 그런 깊은 사랑으로 준 귀한 것이기 때문이다. 그리고 "옥토에 떨어지는 작은 생명이고"자 할 때 비로소 당신의 뜻을 이루게 됨을 알기 때문이다. 그러므로 이 작품 속의 '눈물'은 깨닫는 자의 눈물 → 그 눈물의 순수함과 온전함 → 새 생명의 탄생과 같은 의미를 갖는, 새로운 출발의 징표로서의 눈물(그것은 "꽃이 시듦을 보시고/열매를 맺게 하신 당신"이 주신 것이라는 표현이 명징하게 말해준다)이라는 해석 내용을 갖고 있다. 「너와 나」는 이러한 해석의 내용도 없고, 해석한 의미는 공허한 상념의 나열이다.

이 "공허한 상념의 줄다리기" 상태를 시적 차원으로 끌어올리기 위해서는 무엇보다 먼저 작품을 쓰는 사람 스스로가 '지금 나는 시를 쓰고 있다'라는 바른 의식을 갖고 있어야 한다. '시를 쓰고 있다'는 의식은 공허한 상념의 줄다리기를 해서는 안 된다는 깊은 반성 위에 위치하기 때문이다. 그런 다음에라야 「너와 나」에 나타나 있는 바로 그 상념(말뜻 그대로 마음속에 오고 가는 여러 가지 생각이므로) 하나하나가 각각 다른 시적 대상이 될 수 있음을 알게 될 터이다. 가령 이렇게 질문해보면 어떨까.

1) 오늘 그 순간의 나는 너무나 피에로적이 아니었던가!
2) 오늘 내가 본 그 광경은 어째서 나를 슬픔 속에 몰아넣었는가?
3) 우리가 울 때, 정말 우는 것은 육체일까, 마음일까?
4) 혹시 눈물에 젖는 것은 뺨이 아니라 마음이 아닐까?
5) 나는 왜 부대낌이 순수하다고 생각했을까?
6) 나는 다른 순수함을 잊고 있지는 않는가?

등등과 같은 질문도 도움이 될 것이다. 이러한 질문 속에서 자기가 깨달은 의미를 시로 각각 적으면 된다. 다음에 보기로 든 작품은 앞의 질문 가운데 2) 4) 6)의 관점에서 이루어진 작품이다.

죽은 아비의 시체를 곁에 놓고
늦은 밤
문상 온 친구와 상주가
문상객을 품평하며 웃는다
아, 무서워라 우리들 속에
살고 있는 피에로

죽은 친구의 시체를 곁에 놓고
늦은 밤
문상 온 사람들이 술 마시고
화투치며 단돈 오백 원 때문에
멱살을 쥐고 싸운다
아, 무서워라 우리들 속에서
웃으며 우리를 보고 있는 피에로

죽은 아비의 시체를 곁에 놓고
부의금을 헤아리며
문상 온 사람을 뒤로 하고
상주가 모여 함께 웃는다
아, 무서워라 우리들 속에서
웃고 있는 피에로　　—「너와 나 · 2」

내 마음은 눈 밑에
있는가
눈 밑 주름 속에
혹은 눈썹 속에 숨어 있는가
우는 것은 내 눈인데
젖는 것은 내 마음이다

내 마음은 몸 밖에
있는가
옷 속에 있는가
바람 속에 있는가
말해보라

우는 것은 내 눈인데
젖은 빨래처럼
축축하게
내 앞에 접혀지는 마음이여 —「너와 나·4」

너는 숲 속에 숨어 있는
바람에게 부대껴 보았느냐
숲 속에 버티고 선
한 줄기 햇볕에게
웅얼거리는 외진 산기슭에게
부대껴보았느냐
사람에게 부대끼듯
그렇게 그런 것들에게 —「너와 나·6」

「너와 나·2」는 상갓집에서 느낀 것을 축으로 하여 이루어진 것이며,「너와 나·4」는 눈물을 흘릴 때의 정서의 미묘한 변화,「너와 나·6」은 인간이 아닌 다른 순수한 의식의 부대낌을 의문형 구문으로서 구축한 시적 공간이다(단「너와 나·2」의 1연 1~4행, 2연 1~5행, 3연 1~3행은 묘사적 진술, 즉 묘사를 빌려서 하는 진술이다). 공허한 상념을 보기처럼 시적 공간으로 이룩하기 위해서는 어떤 노력이 필요한가를 위에서 어느 정도 확인했으리라 믿는다.

7. 진술과 묘사의 어울림

진술형의 시에도 묘사가 사용된다. 시적 진술을 이끌어나가는 과정에 서경적 요소나 서사적 요소가 필요할 때나 또는 대상을 구체화하여 들려주고 싶을 때는 묘사가 필요하기 때문이다

A) 저기, 바다는 묘지처럼 배를 부풀리고
해변의 떼찔레꽃은 바닷새처럼 떨어진다.

그대, 바다로 오라
누구나 바다에 닿지는 못하지만
옷 벗은 사람을 만나리라. —오규원, 「바다에 닿지는 못하지만」[13]

B) 내 마음아 아직도 기억하니
[우리 함께 개를 끌고 玉山에 갈 때
짝짝인 신발 벗어 들고 산을 오르던 사내]
내 마음아 너도 보았니 [한 쪽 신발 벗어
하늘 높이 던지던 사내] 내 마음아 너도 들었니
[인플레가 민들레처럼 피던 시절
민들레 꽃씨처럼 가볍던 그의 웃음 소리]

우우우, [어디에도 닿지 않는 길 갑자기 넓어지고]
우우, 내 마음아 아직도 너는 기억하니

[오른손에 맞은 오른빰이 왼빰을 그리워하고
머뭇대던 왼손이 오른빰을 서러워하던 시절]
내 마음아 아직도 기억하니 [우리 함께 개를 끌고
玉山에 갈 때 민들레 꽃씨처럼 가볍던 그의 웃음 소리]
내 마음아 아직도 너는 그리워하니 [우리 함께
술에 밥 말아 먹어도 취하지 않던 시절]을
—이성복, 「내 마음아 아직도 너는 기억하니」[14] ([ ]표시는 필자)

---

13 오규원, 『길 밖의 세상』, 나남, 1987, p. 77.
14 이성복, 『남해금산』, 문학과지성사, 1986, p. 36.

위의 작품 중 A)는 1연이 묘사이고, B)는 [ ]속에 묶어놓은 부분이 묘사이다. A)는 1연의 관찰을 바탕으로 한 묘사의 공간 속에서 2연의 진술을 끌어내고, B)는 과거의 경험 사실을 경험 단위별로 구체화하고, 그것을 청유형의 표현인 "내 마음아 아직도 기억하니" "보았니"라는 진술로 연결하고 있다. 시적 묘사와 진술을 효과적으로 묶고 있는 경우이다.

C) 사람은 사람을 기쁘게 하기 위해
이 세상에 왔다
부처란 무엇이냐
자기 안의 기쁨을 발견하는 자의 고통스런 미소 아닌가

초록아 눈을 떠라
내가 너희를 날선 칼로 버히겠다
[천지가 흰 뜨물뿐인 눈부신 이 세상]에

— 이시영, 「法」[15] ([]표시는 필자)

위 작품에서는 2연 모두가 진술이다. B)의 "우리 함께/술에 밥 말아 먹어도 취하지 않던 시절"이 묘사이고, C)의 "천지가 흰 뜨물뿐인 눈부신 이 세상"이 진술인 것은, B)의 '시절'은 경험의 한 순간을 드러내기 위한 표현이고, C)의 '세상은 이 세상에 대한 작가 나름의 해석을 하기 위한 지각 대상(관념)이기 때문이다.

15 이시영, 『길은 멀다 친구여』, 실천문학사, 1988, p. 80.

6

시적 진술의 구조와 시점

1. 독백적 진술
   회고적 시점
   기원적 시점

2. 권유적 진술
   관행적 시점
   비관행적 시점

3. 해석적 진술
   관조적 시점
   풍자적 시점

시적 진술의 구조와 시점

시적 진술의 구조는 시적 묘사와는 다른 측면을 가지고 있다. 시적 진술의 구조를 쉽게 이해하기 위해 시적 묘사의 구조를 다시 한 번 요약해보자.

시적 묘사의 구조는 대체로 두 가지 요인에 의해 결정된다. 첫째 시적 묘사는 대상에 대한 관찰을 축으로 하고 있으므로 관찰의 시각이 일차적으로 작품의 구조를 결정한다. 그렇기 때문에 고정 시점·이동 시점·회전 시점·영상 조립 시점 등이 작품의 구조로 나타난다. 둘째 관찰하는 대상이 어떤 성질의 것이냐에 따라 구조가 달라진다. 즉 서경적 대상이냐 서사적 대상이냐, 아니면 심상적 대상이냐에 따라 달라진다.

그리고 시적 진술은 관찰이 작품의 축이 아니라 해명이 작품의 축이다. 그 해명이 독백의 형태를 하고 있거나, 권유의 형태나 해석의 형태를 하고 있거나, 어떻든 이 모두는 자성(自省)이라는 깨달음을 핵으로 갖고 있다. 그 깨달음은 가시적이고 감각적인 형태의 어떤 것이 아니라 관념적인 형태의 어떤 것이다. 보여줄 수 있기보다 들려줄 수 있는 어떤 것이다.

그러므로 시적 진술은 일차적으로 들려주고 싶은 것을 어떤 형태로 말하고 있는가에 따라 그 구조가 결정된다. 그리고 관찰의 각도에 따라 달라지는 묘사의 시점과는 달리, 진술은 자성과 해명의 직접적 표현이므로 그 시점은 의식이 흐르는 방향에 따라 결정된다. 이런 차이를 근거로 하여 시적 진술의 구조와 시점을 살펴보자.

1. 독백적 진술

앞의 장에서 시적 진술을 독백적 진술, 권유적 진술, 그리고 해석적 진술, 이렇게 크게 세 가지로 나눈 적이 있다. 그리고 인식 주체(시인)가 스스로 대상이 되어 반성하고 기원하는 형태가 독백적 진술이고, 자각을 기초로 한 타자 지향적 주장이 권유적 진술, 일정한 대상에 대한 인식 주체가 그 나름의 해석을 하는 형태가 해석적 진술이라고 설명한 바 있다.[1]

이 가운데 독백적 진술의 구조를 살펴보면 대체로 두 가지의 시점이 발견된다. 회고적 시점과 기원적 시점이 그것이다. 회고적 시점이 과거를 통한 현재의 반성 형태라면, 기원적 시점은 과거와 현재의 반성을 토대로 한 미래의 삶에 대한 희구 형태이다.

행위의 측면에서 보자면, 독백monologue은 "큰 소리를 내거나 그렇지 않거나 간에 어떻든 스스로에게 말하는" 형태이다.[2] 기본적으로는 화자도 청자도 자기 자신인 그런 형태이다(예외도 있다). 그러나 시라는 양식 속에 들어온 독백은 어디까지나 그런 형태를 차용한 문학적 표현일 뿐이다. 다시 말하면 표현하고자 하는 시적 내용을 수용하는 데 있어서, 독백의 형식이 가장 적절하리라는 판단 후에 행해지는 의도적인 차용이다. 의도적인 만큼 일상적인 독백과는 달리 독백의 형태를 빌리는 시점에 따라 그것은 각각 다른 모습으로 형식화된다.

I. 회고적 시점

우선 회고적 시점의 예를 보자.

A) 어제 내가 본 건
　그럼 뭐더라?

---

1 「시적 진술」 참조.

2 M. H. Abrams, *A Glossary Literary Terms*, p. 180.

해변도 아니고
마을도 아니고
개도 아니고
개도 아니고
교회도 아니고
교회의 첨탑은 더욱 아니고
아니고
아니고
아니고

그럼 뭐더라?
꿈이런가?
어제 내가 본 건
어제밤 내가
벚꽃이 비바람에 떨어지던
학교 뒤뜰에서 본 건
그럼 누가 본 건가?

파르르 떨리던
가슴이 본 건가?
이 가슴이
이 둔한 머리가
이 둔한 상상력이
어제 본 건
벌써 옛날에 본 건가?
벌써 옛날에 모조리 본 건가?
뭐라고 말을 하기엔
너무 늦어버린

귀신 같은 건가?
시 같은 거
시 같은 건가?
아니 지겨운 지겨운
이 고독 같은 건가?
이다지도 못살게 하는
어떤 마음이런가? —이승훈, 「어제 내가 본 건」[3]

B) 허공에 매달린 외줄이
우리들 밥 멕이는 밥줄이요 밥줄.
줄광대 한평생 뼛골만 쑤셔
마디마디 삭아버린 삭신
죽어 송장 염도 못 할 거요.
그냥 이대로 화장터에 불살라서
한줌 가루
고향으로 보내주면
쓰것소 잉. —이성부, 「줄광대 金氏」[4]

A)는 시인이 어제 본 것에 대한 자문자답, B)는 줄광대의 고백이다. 그러니까 A)는 진술자의 직접적 회고의 형태, B)는 줄광대 김씨의 회고를 차용한 간접적 회고의 형태이다. 실제로 모든 시는 독백의 성질을 지니고 있다. 시라는 문학 양식이 시인의 체험 그 자체를 형식화한 것이기 때문이다.[5] 그렇기 때문에 대부분의 시는 독백의 양상을 띤다. 다음을 보라.

---

3 이승훈, 『사물들』, 고려원, 1983, p. 16.

4 이성부, 『전야』, 창작과비평사, 1981, p. 76.

5 P. Dixon, *Mills Essays on Literature and Society*, New York, 1965, p. 109; 강대건 옮김, 『수사법』, 서울대학교 출판부, 1979, p. 100에서 재인용.

C) 내가 국어를 가르쳤던 그 아이 혼혈아인
엄마를 닮아 얼굴만 희었던
그 아이는 지금 대전 어디서
다방 레지를 하고 있는지 몰라 연애를 하고
퇴학을 맞아 고아원을 뛰쳐나가더니
지금도 기억할까 그때 교내 웅변대회에서
우리 모두를 함께 울게 하던 그 한 마디 말
하늘 아래 나를 버린 엄마보다는
나는 돈 많은 나라 아메리카로 가야 된대요

일곱 살 때 원장의 姓을 받아 비로소 李가든가 金가든가
朴가면 어떻고 브라운이면 또 어떻고 그 말이
아직도 늦은 밤 내 귀가길을 때린다
기교도 없이 새소리도 없이 가라고
내 詩를 때린다 우리 모두 태어나 욕된 세상을

이 强辯의 세상 헛된 강변만이
오로지 진실이고 너의 진실은
우리들이 매길 수도 없는 어느 채점표 밖에서
얼마만큼의 거짓으로나 매겨지는지
몸을 던져 세상 끝끝까지 웅크리고 가며
외롭기야 우리 모두 마찬가지고
그래서 더욱 괴로운 너의 모습 너의 말

그래 너는 아메리카로 갔어야 했다
국어로는 아름다운 나라 미국 네 모습이 주눅들 리 없는 合衆國이고
우리들은 제 상처에도 아플 줄 모르는 단일 민족
이 피가름 억센 단군의 한 핏줄 바보같이

가시같이 어째서 너는 남아 우리들의 상처를
함부로 쑤시느냐 몸을 팔면서
침을 뱉느냐 더러운 그리움으로
배고픔 많다던 동두천 그런 둘레나 아직도 맴도느냐
혼혈아야 내가 국어를 가르쳤던 아이야 —김명인, 「東豆川·IV」[6]

보는 바처럼, 이 작품도 직접적 회고의 형태이다. 그럼에도 불구하고 그 어조tone나 문체나 경험적 사실의 수용 형태가 서로 퍽 다르다. 이런 차이가 바로 시인의 개성이다.

위의 시 3편은 모두 회고적 독백이라는 형태를 빌고 있지만, A)는 "어제 내가 본 건" 무엇인가 하는 질문을 통해, 회상되는 사물의 혼란스런 병치를 통해 심리적 갈등의 현상을 그대로 시적 공간에 묶는다. 이 갈등의 현상을 그 자체로 독립된 공간 속에 나타내기 위해 시인은 독백의 형태를 차용한다. B)는 줄광대의 독백을 그대로 차용하는 형식을 빌려, 줄광대의 삶을 우리의 전면(前面)에 보여준다. C)는 시적 화자인 '내'가 가르쳤던 한 혼혈아의 버려진 삶을 둘러싸고 있는 황폐한 현실과 그 속에서 우리들이 버리지 못한 삶의 그 "더러운 그리움"의 실체를 독백의 형태로 노래한다.

회고적 형태의 독백으로 된 습작기의 작품을 보자.

하나를 갖고 있으면서
하나를 더 가지려고
손을 벌려보았더니
다른 하나는 오지 않고
손 안에 들려 있던 하나가
떨어져나갔다.

---

6 김명인, 『동두천』, 문학과지성사, 1979, pp. 39~40.

내 빈 손에 어쩔 줄 몰라
고개를 쳐들고 사방을 둘러보지만
사람의 불빛은 보이지 않고
어둠의 탈을 쓴
절망의 그림자가
나를 덮쳤다.

그래서 다시 한번
하나를 가지려고
두 팔을 벌려보지만
하나는 나를 원망하고
다른 하나는 나를 비웃을 뿐.

후회라는 화살은
과녁을 정확히 관통했고,
나는 허망한 욕심에
거덜이 나버린
갈 데 없는 걸인이 되어 있었다. ―「후회」•

이 작품은 반성적 회고의 독백이다. 그리고 직접적 회고의 형태이다.

먼저 이 작품의 시적 내용에 관해서 살펴보자. 시 속의 '나'는 하나를 가지고 있으면서 하나를 더 가지려는 욕망 때문에 결과적으로 다 잃어버린 심경을 고백하고 있다. 그런데 이 작품을 읽고 나면 어디선가 들은 듯하고, 익히 알고 있는 어떤 것을 마주 대한 느낌을 먼저 받게 된다. 이른바 우리들 인간이 흔히 갖고 있는 허욕(虛慾)에 관한 진술이 이 작품의 시적 내용이다. 그럴 때 우리는, 반드시 적절한 대비는 아니겠지만, 이솝의 「까마귀와 여우」라는 우화라든가 「젊어지는 샘물」과 같은 전래 동화, 또는 안데르센의 「벌거숭이 임금님」 같은 동화 등등을 떠올려볼 수 있다.

가장 간단한「까마귀와 여우」를 다시 한 번 상기해보라. 까마귀의 입장에서 본다면 여우의 거짓 칭찬에 넘어가 입에 물고 있던 고기를 잃게 되었고, 그것을 깨달은 순간엔 이미 때가 늦어 있었다. 까마귀의 입장에서 이 테마를 노래하면 어떻게 될까?

a) 맛있는 고기를 나는
입에 물고 있었네
싱싱한 그 고기를 입에 물고
나무 위에 앉은 나는 행복했네

지나가던 여우가 칭찬했네
나의 아름다운 목소리를
황홀했네 나는 남의 칭찬에
내가 가졌다는 아름다운 목소리에

나는 노래했네
남들이 부러워하는 그 목소리로
하늘을 보며
한껏 목소리를 가다듬어

노래를 끝낸 후 자랑스럽게
나무 아래를 내려다보았네
부러운 눈을 하고
앉아 있으려니 한 여우
그러나 그곳에 없었네

한참 후에야 알았네
입에 물고 있던 고기가

없어진 것을
한참 후에야 알았네
그 고기를 누가 가져갔는지를

b) 귀중한 것을 하나 입 속에
가지고 있으면서
하나를 더 가지려고
입을 벌렸더니
다른 하나는 오지를 않고
입 안에 들어 있던 하나가
떨어져나갔네

내 빈 입 속을 어쩔 줄 몰라
고개를 쳐들고 사방을 둘러보았지만
나를 유혹한 자는 보이지 않고
어둠의 탈을 쓴
절망의 그림자가
나를 덮쳤네

그래도 다시 한번
하나를 찾으려고
두 날개를 벌려 찾아보지만
없어진 하나는 나를 원망하고
가지려 한 하나는 나를 비웃을 뿐

후회라는 화살은
과녁을 정확히 관통했고
나는 허망한 욕심에

거덜이 나버린
갈 데 없는 걸인이 되어 있었네

위의 두 편 가운데, 보는 바처럼 b)는 「후회」를 모방한 것이다. 같은 테마를 노래한 이 두 편의 차이는 무엇일까?

1) a)에는 입에 물고 있던 것이 나타나 있으나, b)에는 나타나 있지 않다
2) a)에는 허욕의 근거(아름다운 목소리와 여우의 꼬임)가 모두 나타나 있으나, b)에는 나타나 있지 않다.
3) a)에는 고기를 가졌을 때, 노래를 부를 때, 여우와 고기가 없어졌을 때의 심리적 정황이 나타나 있으나, b)에는 없어진 것을 찾으려는 욕망과 절망만 드러나 있다.

결국 이와 같은 점을 종합하면, a)에는 허욕이 있는 삶의 구체적인 국면이 있으나 b)에는 그것이 없음을 알 수 있다. 다시 말하면 a)는 어떤 삶의 국면에서 허욕이 일어났고, 그 허욕의 구체적인 양상이 어떠했는가를 알 수 있다. 그러나 b)는 하나를 가지고 있으면서 하나를 더 가지려고 했다가 다 잃었다는 개괄적인 언술에 불과하다. 그러니까 무엇을 가지고 있었으며 무엇을 어떻게 잃어버리게 되었는지 알 수 없으므로 추상적이다.

이번에는 표현의 측면에서 살펴보자.

가) 한참 후에야 알았네
입에 물고 있던 고기가
없어진 것을
한참 후에야 알았네
그 고기를 누가 가져갔는지를

나) 후회라는 화살은

과녁을 정확히 관통했고
나는 허망한 욕심에
거덜이 나버린
갈 데 없는 걸인이 되어 있었네

위의 보기에서 나)의 "후회라는 화살은/과녁을 정확히 관통했"다는 내용을 간단히 표현하면 '정말 후회했다'이다. 그다음 "나는~되어 있었네"는 '다 잃었다'는 표현이다. 그러나 가)의 시구는 줄일 수가 없다. 체험적 사실의 예시적 진술이므로, 이런 진술을 줄이면 시적 내용 자체가 없어진다. 줄일 수 있다면 두 번째 나오는 "한참 후에야 알았네" 정도인데, 이 반복되는 시구는 시적 인식을 강조하면서 시의 리듬을 조절하는 부분이므로, 있는 쪽이 없는 쪽보다 훨씬 효과적이다. 그러니까 나)의 시구는 간단히 표현할 수 있는 시적 내용을 어렵게 만들어놓은 것에 불과하다. 이럴 경우,

나는 후회했네
다 잃었네

가 차라리 나)보다 나은 표현이라는 점을 알아야 한다. 「까마귀와 여우」를 b)처럼 썼다고 가정해보라. 우리가 무엇을 읽어낼 수 있겠는가. 그러므로 「후회」와 같은 작품은 구체적인 삶의 국면이 밝혀지지 않는 한, 우리가 읽을 수 있는 것은 우리가 익히 아는 허욕의 한 낡은 테마라는 점뿐이다.

나는 잃었네
내가 손에 쥐고 있던 것을
하나를 더 쥐려다가
그만 놓쳤네

내 손 안에 쥐어져 있던

꽃 한 송이
다른 꽃을 쥐려다가
그만 떨어뜨렸네

가을 들판에서 우연히
마주쳤던 그 꽃
구름을 머리에 감고
바람을 허리에 감고 있던 그 꽃

다른 꽃을 쥐려다가
그 꽃을 잃었네
홀로 서서도 가을 들판 가득하던 —「꽃 한 송이」•

이 작품과 「후회」를 비교해보기 바란다. 이때의 '꽃 한 송이'는 잃어버린 그 어떤 것을 상징적으로 말해주는 존재이다. 그 '꽃'은 가을 들판에서 만난 존재이며, "구름을 머리에 감고/바람을 허리에 감고 있던" 꽃이며, "홀로 서서도 가을 들판 가득하던" 그런 존재이다. 그러므로 그 '꽃'은 사실적 존재인 동시에 그 꽃으로 상징되는 다른 어떤 정서를 보여주는 것이다.

II. 기원적 시점

회고를 통한 반성적 시점과는 좀 다른 기원적 독백을 보자.

A) 목마른 긴 밤과
未明의 새벽길을 지나며
싹이 트는 씨앗에게 인사합니다
사랑이 눈물 흐르게 하듯이
생명들도 그러하기에
일일이 인사합니다

주님,
아직도 제게 주실
허락이 남았다면
주님께 한 여자가 해드렸듯이
눈물과 香油와 미끈거리는 검은 毛髮로써
저도 한 사람의 발을
말없이 오래오래
닦아주고 싶습니다

오늘 아침엔
이 한 가지 소원으로
기도드립니다 —김남조, 「아침 祈禱」[7]

B) 우리집 김장날 내가 맡은 일은 항아리를 비워내는 일이었다 열동이 씩이나 물을 길었다 말끔히 말끔히 가셔내었다 손이 시렸다 어디서나 내가 하는 일이란 비워내는 일이었다 채우는 일은 어느 다른 분이 하셔도 좋았다 잘하는 짓이라고 神께서 칭찬하셨다 요즘 생각으론 집이나 백 채쯤 비워내어 그 비인 집에 가장 추운 분들이 마음대로 들어가 사시게 했으면 좋겠다 이 겨울을 따뜻하게 나셨으면 좋겠다 —정진규, 「비워내기」[8]

C) 내 죽으면 한 개 바위가 되리라.
아예 愛憐에 물들지 않고
喜怒에 움직이지 않고
비와 바람에 깎이는 대로

7 김남조, 『눈물과 땀과 향유』, 열음사, 1984, p. 156.

8 정진규, 『따뜻한 상징』, 나남, 1987, p. 200.

億年 非情의 緘默에
안으로 안으로만 채찍질하여
드디어 生命도 忘却하고
흐르는 구름.
머언 遠雷
꿈 꾸어도 노래하지 않고
두 쪽으로 깨뜨려져도
소리하지 않는 바위가 되리라. —유치환, 「바위」[9]

A)는 기도의 형식을 직접 차용한 형태, B)는 기도의 형식을 간접으로 차용한 형태, C)는 그런 형식을 차용하지 않은 순수한 기원적 시점의 진술이다. 그러니까 A), B)는 종교적 기원의 형식을 직간접으로 차용하고 있고, C)는 일반적 기원의 형태이다.

어떻든 이들 작품은 첫째로 희구하는 그 무엇인가를 각각 가지고 있다. 시 속의 표현을 그대로 옮기면, A)는 "한 사람의 발을/말없이 오래오래/닦아주고 싶"은 소망, B)는 "추운 분들이 [……] 이 겨울을 따뜻하게 나셨으면" 하는 소망, C)는 "꿈 꾸어도 노래하지 않고/두쪽으로 깨뜨려져도/소리하지 않는 바위가 되"고 싶은 소망이 그것이다. 이 희구, 이 소망은 과거와 현재라는 시간 속의 삶에 대한 반성을 그 밑바닥에 깔고 있기는 하지만, 반성에 그 진술의 초점이 모아져 있는 것이 아니라 언젠가 그렇게 되기를 간절히 희망하는 기원에 초점이 모아져 있다. 회고적 독백과 다른 점이 바로 이것이다. 둘째 외형상으로는 자기 자신에게 말하는 것이 아니라 제3자(신 또는 구 누구)에게 진술하는 형태이다. 그러나 기도하는 형식이 말해주듯, 신이나 부처 또는 그 누구를 향해 하는 기원은 사실상 종교적 형식을 차용한 독백에 불과하다(이 종교적 형식을 차용한 형태가 독백의 예외에 속한다. 즉 화자도 청자도 자기 자신인 독백이 자기 자신이 아닌 청자[신·부처 등]에 빌고 있는 형태이기 때문이다). 그 소망은 자기

9 『청마시선』, 민음사, 1974, p. 32.

자신에 의해서 이루어질 수밖에 없는 것이라는 사실을 상기해보면 그 점이 더욱 분명해진다. 그러니까 회고적 독백은 반성, 기원적 독백은 소망에 각각 그 초점이 놓여 있는 진술인 셈이다.

다음의 작품을 보라.

검게 타다 남은 하늘이
아직도 겨울 속에 잠들어 있다.

바람은 싹을 매달고
고요는,
이른 봄 위대한 작업을 위하여
저토록 짙어가는 것일까?

꽃은 왜 피지 않는가!

강 언덕에 발길 모두어
기다림을 보듯
세상을 보면

포옥 안긴 땅은
아직도 빈 손.

걸음을 멈춘 그늘엔
떨리는 기도가 있다.

꽃을 피워주소서!
꽃을 피게 하소서! —「새벽을 위한 기도」•

제목에서부터 기도라는 형식을 빌렸다는 점을 밝혀놓아 기원적 진술임을 쉽게 알 수 있다. 소망하는 바는 "꽃을 피게 하소서!"에 잘 밝혀져 있다. 그런데 어째서 이 작품은 모호한가. 그리고 감동이 없는가.

우선 이 작품의 전체적인 구조를 보자. 3연에 나오는 "꽃은 왜 피지 않는가!"라는 질문이 아주 생경하다. 그래서 작품 전체를 산만하게 한다. 이 작품에 나타나 있는 사실로만 말하더라도 1연에 보면 "하늘이/아직도 겨울 속"에 있다. 다시 말하면 아직도 겨울이 완연히 가지 않고 있다. 그러니까 꽃이 피지 않는 것은 당연하다. 2연에도 "이른 봄 위대한 작업을 위하여" "바람은 싹을 매달고", 고요는 "저토록 짙어가"고 있다. 이 표현대로라면 꽃을 피우기 위한 준비가 한창인 셈이다. 꽃을 피우기 위한 준비가 한창인데,

꽃은 왜 피지 않는가!

라는 말은 얼마나 우스꽝스러운가. 그 질문에 대한 대답은 의문의 여지없이 "필 준비를 하고 있다" "아직 필 때가 아니다"이다. 그러므로 이런 질문은 하나 마나 한 것이다. 대답이 이미 나와 있는 것이기 때문이다. "꽃은 왜 피지 않는가!"라는 질문이 질문답기 위해서는 꽃이 필 시기가 되었는데도 피지 않을 때이다. 즉 꽃이 피지 못하게 하는 요인이 따로 있어야 하는 것이다. 그러나 이 작품 속에는 그런 특별한 정황이 나타나 있지 않다. 나타나 있는 것은 정상적인 자연 질서이다. 즉 아직 이른 봄이라는 점이다. 그런 까닭으로 "꽃은 왜 피지 않는가!"라는 질문이 우스꽝스럽게 보이는 것이다. 이 3연을 제외하고 읽으면 비로소 작자의 소망이 다소 자연스럽게 시구 속에 담겨 있다는 느낌을 받게 된다.

이번에는 시구의 수사적인 면을 보자. 1연의 시구는 무슨 말일까. 이 시구가 이른 봄의 새벽하늘을 표현하고 있다는 사실을 알기에는 한참 걸린다. 그 까닭은 "검게 타다 남은" 하늘이라는 수식 때문이다. 어둠이 채 가시지 않은 하늘, 아직도 어둠이 "검게 타나 남은" 그 무엇처럼 남아 있는 하늘, 이런 하늘에 대한 표현 때문이다.

그러나 좀더 섬세하게 생각해보라.

외관상, 즉 어느 순간 보이는 상태로서는 이른 새벽의 하늘이 검게 타다 남은 것처럼 보일 수 있다. 아직도 남아 있는 어둠 때문이다. 그러나 하늘 자체가 검게 타다 남은 것은 아니다.

> 가) 검게 타다 남은 하늘
> 나) 타다 남은 어둠이 깔린 하늘

이 작품에서 사실상 의도한 의미는 나)로 보이나, 가)와 나)는 전혀 다른 이미지이다. 가)의 하늘은 아침이 되어도 회복 불능인 하늘이다. 검게 타다 남은 것이므로, 탄 이후로는 타다 남은 상태가 지속된다(타다 남은 종이를 상상해보라).

2연도 다시 생각해봄직하다.

> 고요는
> 이른 봄 위대한 작업을 위하여
> 저토록 짙어가는 것일까?

에서, 중간 행의 상투적인 시구를 생략하면 다음과 같이 된다.

> 가) 고요는, 이른 봄을 위하여
> 　　저토록 짙어가는 것일까

이 시구를 아래의 것과 비교해보라.

> 나) 고요는, 이른 봄을 위하여
> 　　저토록 짙은가?

가)는 '짙어가는 것'이므로 앞으로 더욱 고요해야 하는 어떤 상황의 흐름이다. 나)는 '짙은 것'이므로 현재 그렇다는 것이다. 그렇다면 가)의 고요는 이른 새벽에서 아침으로 이어지면서 더욱 짙어가는 어떤 흐름이어야 마땅하다. 과연 그럴까? 만약 매일매일의 새벽의 '고요'를 생각했다면 그 경우는 또 다른, 다음과 같은 표현이 절절하지 않겠는가?

> 고요는, 매일 이른 봄을 위하여
> 저토록 짙어가는 것일까?

4연도 어색한 구석이 있다. 이 4연을 5연과 함께 고찰해보면 더 분명해진다.

> 가) 강 언덕에 발길 모두어
> 기다림을 보듯
> 세상을 보면
>
> 포옥 안긴 땅은
> 아직도 빈 손.

> 나) 강 언덕에 발길 모두어
> 기다림을 안 듯
> 들을 껴안으면
>
> 포옥 안긴 땅은
> 아직도 빈 손.

가)의 '보듯'은 '포옥 안긴 땅'과 어울리지 않는다. 보는 행위 속의 땅은 안겼다기보다 비치는 범주를 넘기 어렵기 때문에 전혀 다른 정서를 유발한다. 6연도 생각해볼 여지가 있다.

걸음을 멈춘 그늘엔
떨리는 기도가 있다

이때의 '그늘'은 무엇의 그늘일까? 어둠이 채 가시지 않은 새벽이라면 일반적으로 사실적인 그림자는 그 형체가 명확하지 않다. 그렇다면 이 시구 속의 그늘은 그것이 무엇의 그늘이든지 간에 심리적으로 느끼는 그늘일 터이다. 그렇다면,

가) 걸음을 멈춘 그곳
흐린 강 언덕의 그늘엔
떨리는 나의 기도가 있다

나) 걸음을 멈춘 나의 흐린
그림자 속엔
떨리는 나의 기도가 있다

와 같은 그늘이든 그림자이든, 그 어느 쪽이든 명시적일수록 시적 화자인 '나'의 심리적 소망이 강하게 드러나리라 본다.

이상과 같은 모호한 부분, 적절하지 못한 시구를 개작한 대로 다시 옮겨 보자.

타다 남은 어둠이 깔린 하늘이
아직도 겨울 속에 잠들어 있다.

바람은 싹을 매달고
고요는, 이른 봄을 위하여
저토록 짙은가?

강 언덕에 발길 모두어
기다림을 안 듯
들을 껴안으면

포옥 안긴 땅은
아직도 빈 손.

걸음을 멈춘 나의 흐린 그림자 속엔
떨리는 나의 기도가 있다.

꽃을 피워주소서!
꽃을 피게 하소서!

회고적 독백이든 기원적 독백이든, 일상적인 행위 속의 독백은 모호하든 산만하든 상관없이 그저 자기 자신만 알아들을 수 있는 그런 형태이다. 그러나 시 속의 독백은 시적 내용을 효과적으로 전달하기 위한 방법적 차용이다. 그러므로 그 방법적 차용은 엄격할수록 좋다.

2. 권유적 진술

권유적 진술은 진술자가 자신의 주장을 남에게 설득하는 내용을 갖는다. 그러므로 그 구조는 진술자로서는 이미 깨달은 사실이지만 다른 사람이 모르고 있거나 알면서도 무시한다는 전제를 그 밑바닥에 깔고 있는 형태이다. 독백적 진술이 종국적으로 자기 자신에게 돌아가는 언술의 내용을 갖는 데 비해, 권유적 진술은 자기가 아닌 다른 사람의 각성을 유도하는 언술의 내용을 갖는 셈이다.

1. 관행적 시점

이 권유적 진술에는 관행적 형태의 권유와 비관행적 형태의 권유가 있다. 관행적 형태의 권유로는 어떤 단체나 행사의 기념시가 그 전형적인 보기이다.

靑坡여,
북적북적 왁작왁작 왁자지껄
눈이 시리도록

청파여
가슴이 시리도록
더 푸르러라 더 푸르러라
청파 언론이여.

푸르지 않는 나무 꽃도 못 피우나니
푸르지 않는 이파리
때가 되어도 단풍을 못 들이나니
청파여
북적북적 왁작왁작 왁자지껄
더 푸르러라 더 푸르러라
청파 언론이여 청파 가시내들이여.

[……]

오늘 하늘이 조금 궂은들 어떠리
궂은 하늘 아니면 천둥소리 못 내고
궂은 구름 아니면 번개도 못 치고
단비도 뿌리지 못하나니

푸른 잎새 적시지 못하나니
청파여,
청파 언론이여,
청파 꽃봉오리여,
긴긴 세월 목마름으로 버틴 지혜로
궂은 하늘, 궂은 구름 열어 젖히고
그 너머 영원한 하늘 우러러
더 푸르러 더 푸르러라
청파의 심장이여!
젊음이여!　　—조태일, 「靑坡여 더 푸르러라」[10]

이 작품은 한 대학신문의 창간 20주년을 기념하는 축시이다. 앞에서 보는 바처럼, 관행적 형태의 권유는 일정한 단체나 행사가 지향하는 이상이나 목적을 염두에 둔 권유이다. 그러므로 진술자의 주장은 단체나 행사가 지향하는 이상과 합치되는 방향에서 전개된다. 보기의 시에서, "북적북적 왁작왁작 왁자지껄/눈이 시리도록"이라든지 "청파 가시내들이여"라고 할 수 있는 것은 청파가 여자대학의 신문이라는 특성 때문에 어울리는 표현이며, "더 푸르러라"고 주장할 수 있는 근거도 거기에 있다. 그런 만큼 관행적 형태의 권유에는 한계가 있다.

II. 비관행적 시점

다음은 비관행적 형태의 권유이다. 이 형태에서는 아무런 구속이 없는 자유로운 주장이 가능하다.

A) 우리 모두 화살이 되어
　온몸으로 가자

10　조태일, 『가거도』, 창작과비평사, 1983, pp. 124~27.

허공 뚫고
온몸으로 가자
가서는 돌아오지 말자
박혀서
박힌 아픔과 함께 썩어서 돌아오지 말자

우리 모두 숨 끊고 활시위를 떠나자
몇십 년 동안 가진 것
몇십 년 동안 누린 것
몇십 년 동안 쌓은 것
행복이라던가
뭣이라던가
그런 것 다 넝마로 버리고
화살이 되어 온몸으로 가자

허공이 소리친다
허공을 뚫고
온몸으로 가자
저 캄캄한 대낮 과녁이 달려온다
이윽고 과녁이 피 뿜으며 쓰러질 때
단 한 번
우리 모두 화살로 피를 흘리자
돌아오지 말자
돌아오지 말자
오 화살 조국의 화살이여 전사여 영령이여 —고은, 「화살」[11]

11 고은, 『나의 파도소리』, 나남, 1987, pp. 155~56.

B) 나뭇가지에 걸려 있는 女子를
보아라
종이처럼 그 女子 오늘 구겨짐을
보아라
구겨지며 늘 비 흐름을
비 흐르며 그 女子 길 밖으로 떠나감을
보아라
모든 길 밖에 흐르는 길동무들을
보아라
언제나 싸우고 있는 길의 밤꿈을
보아라
正午엔 많은 바람으로 펄럭이다가
사라지는 그 女子의 꿈 속
모든 가을 길은 멀어서
마지막엔 그대도 보이지 않는 걸
보아라 —강은교, 「가을의 書」[12]

위의 두 작품은 모두 비관행적 형태의 권유이다. 그렇지만 A)는 구어체(口語體), B)는 문어체(文語體)의 권유적 진술이라는 특성을 갖고 있다. A)는 "우리 모두 화살이 되어/온몸으로 가자"고 권유하고 있다. 권유의 대상은 '조국의 화살'이며 '전사'이며 '영령'들이다. 이런 주장의 밑바닥에는 '피 뿜으며' 쓰러져야 할 "캄캄한 대낮 과녁"이 달려오고 있다는 진술자의 인식이 깔려 있다. 그렇기 때문에 "단 한 번/우리 모두 화살로 피를 흘리자"고 요청할 수 있는 것이다.

구어체의 권유는 그 특질상 항상 웅변투의 반복되는 시구와 리듬을 갖는다. 그런 특질을 잘 살린 것이 「화살」이다. 이와 달리 「가을의 서」는 섬세하게 듣거나 읽어야 한다. "나뭇가지에 걸려 있는 여자" "구겨지며 늘 비 흐름" "비

12 강은교, 『순례자의 꿈』, 나남, 1988, p. 156.

흐르며 그 여자 길 밖으로 떠나감" "모든 길 밖에 흐르는 길동무" "모든 가을 길은 멀어서"와 같은 시구가 일상적인 구어투가 아닌 정교하게 다듬은 문어체의 이미지들로 되어 있기 때문이다. 그러니까 이 작품은 상당 부분이 심상을 주관적으로 묘사한 묘사 시구를 차용하고 있는 셈이다. 앞서 따옴표 속에 인용한 시구 모두가 그런 것들인데, 주관적 묘사를, 권유적 진술로 유도하는 '보아라'라는 표현을 반복 사용하는 청유형 구문 속에 잘 조화시킨 작품이다.

아래의 작품을 한번 검토해보자.

머리를 안 감았으면
그냥 긁죠.
모기에게 물려도
긁어요.
엄마는 아빠에게 바가지를 긁고
술이 목구멍으로 넘어가려면
혀를 긁어요.
달을 그냥 보기가 답답하면
긁어서 구멍을 내요.

긁어요.
자꾸.
긁다가 긁다가 긁히지 않을 때까지
하루종일.

껍데기는 아깝지 않아요.
단단하고 센 알맹이만 남기고
모두 긁어버려야 해요.

긁으면

당신의 심장이 보여요.
당신의 피가 보여요.
피 속에 출렁이는 사랑도.

어때요, 긁어보니 시원하지 않은가요? —「긁어보기」•

이 작품은 비관행적 형태의 권유적 진술이다. 1연은 대체로 자신의 긁기를 시적 내용으로 하는 독백적 진술이고, 그것을 기초로 한 주장이 2·3·4연이며, 5연은 결과를 물어보는 수사적 의문법을 사용하고 있다.

이 작품에는 어떤 문제점이 있는가 보자. 우선 1연의 긁기와 2·3·4연의 긁기는 그 성질이 다른 긁기이다. 1연에 나타나 있는 긁기의 내용을 간추려보자.

1) 머리를 안 감았을 때	가려움
2) 모기에게 물렸을 때	가려움
3) 엄마의 바가지	불만
4) 술이 목구멍으로 넘어갈 때	알콜의 독기
5) 달 보며 답답하면 구멍내기	짜증(?)

보는 바처럼, 1연의 '긁기'에는 일상생활의 있을 수 있는 모든 가려움·불만·짜증이 망라되어 있다. 때문에 이러한 1연의 '긁기'는 불만과 짜증스러운 일상사에 대한 정서적 반응이다. 그리고 그 정서적 반응은 신경질적이다.

2연은 다른 사람에게도 자신처럼 "긁어요. 자꾸"라고 권유하는 시구이다. 그러므로 그때 "긁어요"라는 말은 1연과 같은 일상사에 대한 신경질적 정서 반응을 요청하는 것으로 들린다.

3연에 나타나 있는 '긁기'의 대상은 1연과 전혀 다르다. 3연의 그것은 일상적 불만이 아니라 "단단하고 센 알맹이지만" 남기기 위한 껍데기 긁기이다. 이처럼 1연과는 다른 긁기이기 때문에 "피 속에 출렁이는 사랑"이 보인다. 1연의 일상적 긁기는 이와는 전혀 다른 것이다. 그러므로,

1연의 긁기 ———— 일상사에 대한 신경질적 반응
3연의 긁기 ———— 알맹이만 남기기 위한 긁기
4연의 긁기 ———— 피 속에 사랑을 볼 수 있는 긁기

와 같이 된다. 3·4연은 서로 연관성이 있지만, 1연의 긁기는 전혀 다르다. 이렇게 볼 때, 3·4연의 '긁기'는 긁기라기보다 껍질 벗기기, 알맹이 찾기와 같은 의미이다. 이 차이는 엄청난 것인데도 작자는 간과하고 있다. 5연의 "어때요, 긁어보니 시원하지 않은가요?"는 1연과 차라리 어울리는 표현이다. 껍질 벗기기, 알맹이 찾기의 결과는 '시원하다'는 정서가 아니라 '행복하다' '기쁘다'와 어울리는 정서인 탓이다.

다시 이 작품의 문제점을 정리해보자.

1) 1연의 '긁기'는 3 · 4연의 '긁기'와 다르다.
2) 1연 때문에 2연의 권유 또는 주장이 우습게 들린다.
3) 5연의 표현은 1연과는 어울리지만 3 · 4연의 긁기에는 어울리지 않는다.

이상과 같이 문제점을 정리해보아서 알겠지만, 첫째 1연과 같은 '긁기'는 시적 내용이 되기에는 지나치게 우스꽝스럽다. 신경질적인 긁기를 요청한다는 것은 아무래도 이상하기 때문이다. 둘째 3·4연의 '긁기'는 긁기라는 말보다 다른 말(예를 들면 껍질 벗기기 등)을 찾아 표현하는 쪽이 좋을 듯하다, '긁기'라는 말은 가려움에 어울리는 정서를 동반하는 탓이다. 셋째 5연의 의문법 속의 표현도 바꾸어야 바람직하다.

껍데기를 벗기세요, 계속해서
벗길 것이 없을 때까지
남아 있는 것이 없을 때까지

껍데기는 껍데기에게 주고
껍데기의 세계는 껍데기에게 주고
단단하고 센 알맹이만 남기고

알맹이의 심장이 보일 때까지
심장이 뛰고 피가 뛰는 모습이 보일 때까지
피 속의 출렁이는 사랑이 보일 때까지　　—「껍데기 벗기기」

이 개작 후의 작품과 「긁어보기」를 다시 비교해보면, 권유적 진술도 얼마만큼 장인적 노력이 필요한 것인가를 새삼 느끼게 될 터이다.

3. 해석적 진술

해석적 진술은 시적 대상에 대한 그 나름의 이해와 비판을 토로하는 형태이다. 시적 대상에 대한 감각적 인식을 가시적으로 제시하는 것(가시화)이 아니라 직접 토로하는 것(가청화)이라는 점에서 묘사와 구분되고, 심정적 토로가 아닌 일정한 시적 대상에 대한 해석의 토로라는 점에서 스스로가 대상이 되어 자기반성을 진술하는 독백적 진술과 구분되며, 또 대상에 대한 그 나름의 이해와 비판을 들려준다는 점에서 자기의 주장을 제3자에게 관찰시키려 하는 권유적 진술과 구분된다.

이런 점을 보다 선명히 하기 위하여 진술의 유형을 도표화해보면 다음과 같이 된다.

	형태	화자	청자	메시지	지향성
독백적 진술	회고적 독백	나	나	반성	자기반성
	기원적 독백	나	나(또는 대리자)	소망	자기 성취

	형태	화자	청자	메시지	지향성
권유적 진술	관행적 권유	나	불특정 다수	단체 또는 행사의 이상과 나의 주장	단체 또는 행사 참여자의 각성
	비관행적 권유	나	불특정 다수	나의 주장	다른 사람의 각성
해석적 진술	관조적 해석	나	제3자	해석 내용	대상 이해
	풍자적 해석	나	제3자	풍자 내용	대상 논평

그러므로 해석적 진술이 갖는 특성은 대상(세계)에 대한 보다 객관적인 시적 인식이라는 데 있다.

1. 관조적 시점

해석적 진술도 그 시점을 두 가지로 나누어볼 수 있다. 위의 도표에서 본 것처럼 관조적 시점의 진술과 풍자적 시점의 진술이 그것이다. 관조적인 시점의 해석은 대상에 대한 이해를 지향하고, 풍자적인 시점의 해석은 대상의 논평을 지향한다. 관조적 해석은 그 양상은 다양하지만, 일반적으로 존재와 의미의 탐구를 통한 세계에 대한 새로운 인식과 이해를 보여준다.

A) 사람들 사이에 섬이 있다
그 섬에 가고 싶다 —정현종, 「섬」[13]

B) 나는 서투른 畫家여요.
잠 아니 오는 잠자리에 누어서 손가락을 가슴에 대하고 당신의 코와 입과 두 볼에 새암 파지는 것까지 그렸읍니다.
그러나 언제든지 작은 웃음이 떠도는 당신의 눈자위는 그리다가 백 번이나 지었읍니다.

13 정현종, 『나는 별아저씨』, 문학과지성사, 1978, p. 65.

나는 파겁 못 한 聲樂家여요.

이웃 사람도 돌아가고 버러지 소리도 끊쳤는데 당신이 가리쳐 주시던 노래를 부르랴다가 조는 고양이가 부끄러워서 부르지 못하얐읍니다.

그래서 가는 바람이 문풍지를 슬칠 때에 가만히 合唱하얐읍니다.

나는 敍情詩人이 되기에는 너머도 素質이 없나버요.

'질거움'이니 '슬픔'이니 '사랑'이니 그런 것은 쓰기 싫여요.

당신의 얼골과 소리와 걸음걸이와를 그대로 쓰고 싶읍니다.

그러고 당신의 집과 寢臺와 꽃밭에 있는 적은 돌도 쓰겄읍니다.

— 한용운, 「藝術家」[14]

A)는 격언적(格言的)인 해석, B)는 정의적(定義的)인 해석의 양상을 보여준다.

A)에서, "사람들 사이에 섬이 있다"에는 어째서 사람들 사이에 섬이 있는지 이해를 도와주는 시적 표현이 작품 어디에도 없다. 그러나 흔히 알려진 격언이나 금언이나 잠언이 그러하듯, 체험에서 우러나온 단 한 줄의 시구 속에 숨은 뜻을 우리는 제 나름으로 간파한다. 사람들 사이에 있는 '섬'이므로 그 섬은 실재의 것이 아닌, 인간과 인간 사이에 떠도는 관념적인 어떤 것이다. 그것을 사랑으로 느끼든 혹은 유토피아로 느끼든, 아니면 또 다른 어떤 것으로 느끼든 그것은 독자의 몫이다.

B)의 「예술가」는 설명문에서 흔히 보는 정의하는 형태의 구문과 많이 닮아 있다. 알다시피 정의는 말(개념)의 내용을 밝혀 다른 말(개념)과 구별하여 뜻을 결정하는 언술 형태이다. 가장 흔한 예로 "사람은 이성적인 동물이다"가 그 하나이다. 사람과 동물의 같음(동물: 유개념)과 다름(이성적: 종차)을 빌려 정의하고 있다. 「예술가」도 이런 형태를 지니고 있다. 즉 1·2·3연의 첫 시구가 정의의 형태를 띠고 있다.

---

14 『한용운시집』, 지식산업사, 1981, p. 21.

나 (예술가) → 서투른 화가
나 (예술가) → 파겁 못 한 성악가
나 (예술가) → 소질이 없는 것 같은 서정 시인

이 그것이다. 그러한 시구와 이어져서 그런 의미를 구체화해주는 사실적(1·2연)인 정황과 심정적(3연)인 정황이 각각 부각되어 있다. 그러니까 다음과 같은 구조가 그것이다.

1연) 정의 — 서투른 화가
구체화하는 사실적 정황 — 그린 것과 그리지 못한 것
2연) 정의 — 파겁 못 한 성악가
구체화하는 사실적 정황 — 노래를 부르지 못한 순간과 부른 순간
3연) 정의 — 소질이 없는 것 같은 서정 시인
구체화하는 심정적 정황 — 쓰기 싫은 것과 쓰고 싶은 것

다른 측면에서 보면 이 작품은 고백적 진술이다. 그러니까 「예술가」는 고백적 진술과 해석적 진술이 배합된 표현인 셈이다. 물론 「예술가」와 달리 정의 형태로만 표현된 작품도 있다.

a-1) 아버지의 노랫가락이
자유라면
술은 거짓 민주주의다 —「공포심」•

b-1) 설움이다
젖어도
말라도
그저 설움이다

탱탱한 나일론 줄
집게에 매달린
체념 한 자락이다

목메어
울어 울어도
이 땅의 아픔이야
이 찌든 얼룩이야
모다 씻겨질까

표백 아니 되는 설움이다
비벼도
비벼도
지워지지 않는
묵은 아픔이다. —「빨래」•

「공포심」은 격언적, 「빨래」는 정의적인 형태의 해석적 진술을 보여준다. 문제는 이와 같은 해석적 진술이 얼마나 우리의 공감과 감동을 얻어낼 수 있느냐이다. "서정시는 어떤 진술도 당장 진리가 되는 그런 영역이다"[15]라는 말이 있다. 이 말은 '아침은 새로운 시작'이라고 해도 틀리지 않으며 '아침은 어제의 계속'이라고 반대의 관점에서 해석해도 틀리지 않는다는 의미이다. 즉 과학적 진리와는 다르게 하나의 정답 위에 세워져 있는 논리가 아니라, 증명할 수는 없지만 공감할 수 있는 우리의 정서를 그 바탕으로 발해지는 언술이라는 것이다. 그러므로 우리의 공감을 얻지 못할 때, 그 진술은 힘을 잃는다.

「공포심」과 「빨래」는 공감에 앞서 머리를 갸웃거리게 한다. 그렇다면 어떤

15 Milan Kundera, 『생은 다른 곳에』, 까치, 1988, p. 232.

요인 때문에 그러한가. 「공포심」부터 살펴보자.

> 가) 아버지의 노랫가락이 자유라면
> 나) 술은 거짓 민주주의다

라고 우선 가) 나)로 나누어놓고 보자. 가)를 다시 '아버지의 노랫가락'은 '자유'이다라고 풀어놓고 보면 알 수 있듯, 이 시구는 언술 형태상으로 보면 정의적 진술의 모양을 하고 있으며, 비유법상으로 보면 A(아버지의 노랫가락)=B(자유)라는 은유 구조로 되어 있다. 그러므로 원관념(A)에 새로운 해석적 의미를 부여하는 보조관념(B)이 '자유'이다. 이 '자유'가 바로 이 시구를 추상화시키는 요인이다. 자유라는 말은 그 의미의 망이 아주 큰 관념어이므로 '아버지의 노랫가락'이라는 원관념조차 모호한 것으로 만들고 있는 것이다. 나) 또한 마찬가지이다. 원관념(A)인 '술'은 보조관념(B)인 '거짓 민주주의'의 해석을 받고 있어, 민주주의라는 큰 관념의 소용돌이 속에 빠져 추상화되고 모호해져버린 것이다. 노래는 자유이다, 꽃은 자유이다라는 식의 정의적 진술은 틀렸다기보다는 모호한 것이다. 그러한 결과 때문에 대조법으로 표현되어 있는 가) 나)는 더욱 모호해져 있다.

> 예술은 길고
> 인생은 짧다

고 했을 때 '예술/인생' '긴 것/짧은 것'이라는 대조가 대비되어 있어 그 대조법의 구문은 즉각적인 공감을 일으킨다. 그러나 가), 나)의 대비는 '모호/모호' 또는 '추상적/추상적'이라는 양상이어서 주관적 해석(쓴 사람만이 알 수 있는)에 불과하다(그러나 제목 「공포심」이 암시하는 바에 따라 추측해보자면, '아버지의 노랫가락'이 작자에게 부정적인 존재로 작용하고 있었다는 심리적인 그늘만은 찾아볼 수 있다. 이런 점은 술은 '거짓 민주주의'라는 구절에서도 어느 정도 드러난다. 그 술은 아버지를 노래하게 하는 존재이기 때문이다).

「빨래」를 보자. 첫째 외형상 보면 1·2·4연은 빨래에 대한 정의적인 해석이다. 그런데 무엇보다 먼저 읽은 사람을 난감하게 하는 점은 'A=B이다'라고 할 때, 원관념 A에 해당하는 것이 '빨래'라는 사실이다. 그러니까,

> 빨래는 1) 설움이다
> 2) 젖어도 말라도 그저 설움이다
> 3) 집게에 매달린 체념 한 자락이다
> 4) 표백 아니 되는 설움이다
> 5) 비벼도 지워지지 않는 묵은 아픔이다

와 같이 '빨래'를 제 나름으로 해석해놓은 보조관념 B가 다섯이나 있는데, 정작 '빨래'는 그러한 해석을 하기가 곤란한 원관념이다. 즉 빨래는 국어사전의 정의를 그대로 옮기면 "때묻은 옷이나 피륙 같은 것을 물에 빠는 일"이다. 그러므로 그 일은 "젖어도/말라도/그저 설움"이라든지, "집게에 매달린/체념 한 자락"이라든지, "표백 아니되는 설움"이라든지, "비벼도/지워지지 않는/묵은 아픔"이라는 비유와는 전혀 어울리지 않는다. 오히려 위의 다섯 가지 보조관념에 어울리는 존재는 '빨래'가 아니라 '빨랫감'이라는 사실이다.

둘째, 가령 이 작품의 제목이 '빨랫감'이라고 하자. 그러면 빨랫감이 원관념이 된다. 그럴 경우 모든 빨랫감은 "젖어도 말라도 그저 설움"일 수 있을까라는 의문이 생긴다. "비벼도/비벼도/지워지지 않는/묵은 아픔"일 수 있을까, "체념 한 자락"일 수 있을까라는 의문도 생긴다.

아마 이 같은 정조(情調)의 이미지에 어울리는 빨랫감은 한국적 한이 스며있다고 느껴지는 '한복' 또는 '치마'나 '저고리' 또는 가난이 스민 '찌든 옷들'일 터이다. 제목을 '낡은 치마' 또는 '치마'라고 고쳐놓고 읽어보라. 그러면 이 작품의 작가가 진술하고 있는 시구들이 울려올 것이다. 시적 대상에 대한 개념적인 파악이 이루어지지 않았기 때문에 이런 우스꽝스러운 결과를 낳고 있다.

그다음은 이 작품의 3연의 1·2행이 문제가 된다. 빨랫감을 앞에 놓고 '목메어 울어도' 당연히 '찌든 얼룩'은 씻기지 않는다. 그러니까 '목메어~모다 씻

겨질까'는 난센스가 된다. 빨랫감 속에 스민 '이 땅의 아픔'을 표현하고자 의도했다면,

올올이 스민
속속들이 스민
이 땅의 아픔
이 찌든 얼룩이야
씻는다고
모다 씻겨질까

라는 정도, 또는 더 적절한 표현을 해야 마땅하다. 제목과 3연을 고쳐놓고 다시 한 번 읽어보기 바란다.

II. 풍자적 시점

풍자적인 시점의 해석적 진술은 일종의 시적 논평(詩的論評)이다. 관조적인 형태가 비판보다 대상에 대한 의미론적 또는 존재론적 탐구를 통한 세계의 이해에 적극적인 태도를 보여준다면, 풍자적인 형태는 대상 그 자체에 대한 탐구보다 그것에 대한 '인간의 태도'[16]에 보다 관심이 있다. 그러므로 풍자적인 형태의 진술은 보다 사회적이고, 또 윤리적인 해석을 주로 한다. '진리의 방패'[17]라는 포프의 주장이 풍자가의 이상을 대변하는 말로 자주 인용되는 까닭도 그런 연유에서이다.

이와 같은 풍자적 형태의 진술도 그 양상이 다양하다. 몇 가지의 유형을 보자.

A) 한 줄의 詩는커녕
　단 한 권의 소설도 읽은 바 없이

16 A. Pollard, 『풍자Satire』, 송낙헌 옮김, 서울대학교 출판부, 1979, p. 29.

17 Pope, 앞의 책, p. 7에서 재인용.

그는 한평생을 행복하게 살며
많은 돈을 벌었고
높은 자리에 올라
이처럼 훌륭한 비석을 남겼다
그리고 어느 유명한 문인이
그를 기리는 묘비명을 여기에 썼다
비록 이 세상이 잿더미가 된다 해도
불의 뜨거움 굳굳이 견디며
이 묘비는 살아 남아
귀중한 史料가 될 것이니
역사는 도대체 무엇을 기록하며
詩人은 어디에 무덤을 남길 것이냐 —김광규, 「墓碑銘」[18]

B) 옛날옛날에 덫과 올가미가 살았습니다. 덫은 올가미를 노리고 올가미는 덫을 노리고 있었습니다.

생명 있는 건 돌뿐이었습니다
생명 있는 건 쇠뿐이었습니다
우리야 돌 속의 돌이요 쇠 속의 쇠였습니다

덫이 올가미를 덮치는 순간 그야 올가미는 덫을 얽었습니다.
아, 덫과 올가미는 함정에 빠졌습니다. —정현종, 「痛史抄」[19]

A)는 사실적(史實的)인 풍자, B)는 우화적(寓話的)인 풍자의 양상을 보여준다. 「묘비명」을 보자. 이 작품에 나오는 사실적 예화들은 모두 우리가 지향하

---

18 김광규, 『우리를 적시는 마지막 꿈』, 문학과지성사, 1979, p. 34.
19 정현종, 『달아 달아 밝은 달아』, 지식산업사, 1982, p. 104.

는 바나 이상에 반하는 일들이다. 즉 "한 줄의 시는커녕/단 한 권의 소설도 읽은 바 없"는 사람이 돈의 힘으로 '높은 자리'에 올랐다는 사실이나, 그런 사람을 위해 유명한 문인이 '묘비명'을 썼다는 사실이나, 진실에 반하는 그런 묘비명이 '사료'가 될 역사적 상황은 있어서는 안 되는 일들이다. 그러나 그런 일들이 현실적으로 일어나고 있음을 사실적인 예화로 이 시는 들려준다. 그러니까 사실적인 예화 그 하나하나가 풍자가 되고, 풍자적 해석을 위해 선택된 구체적 정황들이다.

「묘비명」이 보다 사회적인 풍자의 성격을 띠고 있다면 다음과 같은 작품은 이와 달리, 관념적인 풍자의 성격을 보여준다.

나날이 다가와서
우리를 깨우고
연습시킨다
이렇게 죽는 방법이 있지
일어나 기지개켜다가 이렇게
이렇게 배불리 먹고 배가 터져서
이렇게 희희낙락하다가 숨이 억 막혀서
이렇게 절망적인 대화를
나누다 말이 끊어짐과 동시에
맥을 놓으면서
이렇게 죽는 방법도 있지
나날이 다가와서
우리를 잠들게 하고
또 연습시킨다
그렇게 흑심을 감춘 채
축복의 말을 중얼거리다…… —김혜순, 「연습」[20]

---

20 김혜순, 『어느 별의 지옥』, 청하, 1988, p. 59.

이 작품은 보는 바처럼 우리들 인간이 어떻게 죽어가는가를 구체적 사실을 통해 들려준다. 그러니까 일차적으로 이 작품은 죽음 또는 죽음에 대한 우리의 고정관념이 얼마나 허황한가를 간접적으로 풍자하고 있다.

그 풍자적 정조를 시인은 '이렇게' 또는 '그렇게'라는 표현을 사용하여 적절히 강조한다. 그러나 다시 한 번 생각해보라. 이러한 것이 우리의 삶인 것을, 우리의 삶이란 그러한 죽기의 '연습'이라는 사실을 희화적(戱畫的)으로 말하고 있지 않은가.

다음의 작품을 한번 읽어보자.

내 집에서 보면 아홉 개의 교회가 보입니다.
아니 형체는 잘 보이지 않습니다만 그러니까
전구꽃들이 무질서하게 내 집 창틀에 놓인 선인장
화분의 모래알만큼이나 많이 피어나는 늘
이 시간이면 수은을 입힌 십자가 아홉 개가
보인다고 하는 것이 더 정확한 표현일 겝니다
난 늘 저녁상을 물린 후면 왼종일 갇혀 있는
터질 듯이 달아오른 방안을 벗어납니다 작은
의자를 가지고 내 집 앞에 나옵니다.
조금이라도 교회 가까이에 의자를 놓고 일단
앉고 나면 난 바빠집니다 아홉 개나 되는 또
보이지 않는 곳에 있을 더 많은 수의 교회를 상상
하는 것은 참으로 많은 시간이 필요합니다.
고개를 이리저리 돌리면서 아홉 개의 교회를
모두 쳐다봅니다. 이래서 언제부터인지
내 집 앞에는 아홉 분의 하느님이 계십니다.
내 집 앞에서는 하느님을 아홉 분 정확하게
아홉 분을 상상할 수 있습니다. 그런데

내게는 언제나 의문이 하나 있습니다
언제나 아홉 개의 교회를 확인하고 또 아홉 분의
하느님을 믿고 있는데 지금까지 한 분의
하느님도 만나질 못합니다.
이런 생각을 하노라면 난 곧 싫증을 내게
됩니다. 아무리 교회를 쳐다보아도
아홉 분의 하느님을 믿고 있어서 하느님을
한 분도 만날 수가 없으니 화가 나는 겁니다. 그래도
아홉 분 모두가 외출중이신가 보다 하고 생각을
끝맺습니다. 내 집 앞 아홉 분의 하느님을 다시
한번 믿어 봅니다. 이러면 내 눈은
차도를 향하게 됩니다. 내 집 앞 허름한
한옥집 봉창으로 돌아옵니다. 난 언제나
내 집 앞에 그대로였습니다. —「아홉 분의 하느님」•(윗점은 필자)

이 작품은 「묘비명」이 '진실/허위'의 실체를 극적으로 드러내듯, 명징하게 교회의 난립에 대해 풍자하고 있다. 그만큼 풍자의 의도가 확실하고 설득력도 있다. 그러나 불필요한 설명(중언부언)이 많아 풍자의 효과를 감소시킨다. 윗점 찍은 부분을 삭제하고 읽어보라. 아니 옮겨 적고 정리해보라. 그러면 시란, 그 언술 형태가 어떻든, 시점이 어떻든, 말의 낭비가 얼마나 치명적인가를 알 수 있을 터이다.

다음과 같은 작품은 어떤가.

찌그러진 바람을 헤집고 나간다
퇴계로, 명동, 을지로, 광화문
부속품과 인간들의 속살거림
포장된 꽃다발에 구겨진 장갑
유리관에서 허득이는 자수정

구석을 이용한 인스턴트 스포츠
누런 종이장판 같은 검은
터진 가방에서 튄 술병이 놀란다
빨간 구두 한 짝이 새까만 다리를 보고 웃는다
비행 불가능의 대리석 굴을 기어간다
굴 속엔 구멍 뚫린 바구니에 生을 맡긴
어린이
동전? 경멸? 모르겠다
색깔의 차이겠지
발자국 없는 포도가 너무 좋다
방향 화살표가 누워 있다
그러나 몸짓은 지그재그　　—「항해」•

이 작품을 읽어보면 전체적으로 풍자적인 시각에서 썼음을 즉각 감지할 수 있다. "부속품과 인간들의 속살거림" "포장된 꽃다발에 구겨진 장갑" "유리관에서 허득이는 자수정" "구석을 이용한 인스턴트 스포츠" "누런 종이 장판 같은" 터진 가방에서 '놀라는 술병', 새까만 다리를 보고 있는 '빨간 구두', "비행 불가능의 대리석 굴", 굴 속에 "생을 맡긴/어린이" 등이 현실의 부정적인 면을 말하고 있기 때문이다. 그러니까 사실적인 양상의 풍자적 진술이다.

그럼에도 불구하고 이 「항해」라는 제목의 시는 어딘가 산만하고 풍자성이 약해져 있다. 그 첫째 요인은 작가가 무엇을 풍자하고자 하는지 그 명확한 의도가 없이 작품을 쓴 탓이다. 앞에서 본 「연습」의 자질구레한 일상적 삶의 상황들은 모두 죽음 또는 삶을 간접적으로 풍자하기 위해 선택한 것들이다. 그러나 「항해」의 그것들은 선택한 것이 아니라 거리를 지나가며 그냥 본 것의 나열이다. 둘째,

동전? 경멸? 모르겠다
색깔의 차이겠지

라는 2행은 풍자적 시각이 아니다. "구멍 뚫린 바구니에 생을 맡긴" 어린이에게 동전을 줄 것인가 어쩔 것인가 망설이며 하는 넋두리에 불과하다. 이와 같은 두 가지의 요인이 겹쳐 이 작품은 우리에게 산만한 혼잣소리라는 인상을 남기는 것이다.

거리는 아름다운 모습으로
가득차 있다
중고 부속품에 가려
중고 부속품 같은 사람
포장된 꽃다발 곁에
때묻고 구겨진 손장갑 두 짝
유리관에서
허득이는 자수정
얼마나 아름다운가
이 모두가
누런 장판 같은
터진 가방에 꽂혀 있는
소주병
구두닦이 소년의
새까만 다리를 보고 있는
빨간 구두 한 짝
비행 불가능한 대리석 굴 속
구멍 뚫린 바구니에
生을 맡긴 어린이
얼마나 아름다운가
발자국 없는 포도
혼자 누운 화살표 방향 표시 —「아름다운 거리」

이 개작을 한 번 더 검토해보기 바란다. 이 작품 속의 사실적 상황은 "얼마나 아름다운가"라는 반어적 표현과 어울려 황폐한 도시적 삶의 한 단면을 풍자한다.

사실적인 양태를 보여주는 「묘비명」이나 「연습」과는 달리 「통사초」는 우화(寓話)를 만들어 풍자하고 있다. 그러니까 우화적[21] 양태를 보여준다. 덫과 올가미를 주인공으로 하는 웃지 못할 이전투구의 이야기가 바로 그것이다. 그런 싸움의 와중에서 살아가는 '우리'는 '돌 속의 돌'과 '쇠 속의 쇠'로 나타나 있다. 덫과 올가미도, '돌 속의 돌'이나 '쇠 속의 쇠'인 우리도, 그 어느 쪽에서 보아도 비통한 역사(통사)일 수밖에 없다.

1

한 選手의 두 손을 묶어놓고 권투시합이 벌어졌다
손이 자유로운 選手가 묶인 選手를 이겼다

관중들이 열광했다

2

한 選手의 두 손을 묶어놓고 권투시합이 벌어졌다
묶인 選手가 손이 있는 選手의 불알을 걷어찼다
레퍼리는 게임을 중단시키고 불알을 걷어찬 選手의 불알을 더 힘껏 걷어찼다

---

21 여기에서의 우화를 나는 넓은 의미로 사용한다. 전형적인 의미에서의 우화는 동식물을 주인공으로 하는 이야기이다. 그러나 여기에서는 풍자적인 이야기 구조를 가지고 있는 형태(fable, parable, apologue)를 모두 포괄하는 의미이다.

— 이런 비겁한 자식, 게임의 기본적인 룰도 몰라?

3

한 選手의 두 손을 묶어놓고 두 選手가 더 올라와 두들겨대기 시작했다
손이 묶인 選手가 도망다니자 레퍼리가 두 발마저 묶어버렸다

관중들은 더욱 열광했다

4

두 발마저 묶인 選手도 이제는 이판사판이었다 ; 죽을 힘을 다하여 온몸으로, 온몸으로……

링 바닥 위를 굴러다녔다

아아, 우우리 대한 민국,

5

아아, 우리 조국,

마우스피스가 빠져나가고 묶인 選手의 입에서 비명이 터져나왔다

일부 ××없는 관중들이 동요하기 시작하자 레퍼리는 밟히고 있는 選手의 입을 X자로("全的으로") 발라버렸다.

아아, 영원토록,

6

사아랑 하아리라……

터지는 함성 ; 관중들의 피범벅 ; 터지는 함성 ; 관중들의 피범벅 ;

환호성……

사아랑하아리라아……

9

게임이 끝나고 관중들은 돌아가고 ; 관중들은 집에 가고 ;

얻어터진 選手는 병원에 가고

사아아라앙하아아리이라아아……

텅 빈 경기장; 오로지 이긴 選手들만 남아 있다 ; 오로지 이긴 選手들만 남아 있다 ; 가슴엔 상처들을 안고 ;

텅 빈 경기장 ; 레퍼리는 돈 헤러 가고.

| 위대한 자본주의. | —박남철, 「권투」[22]

---

22 박남철, 『반시대적 고찰』, 한겨레, 1988, pp. 66~70.

위의 작품은 현실적인 틀인 권투시합을 빌리고 있다. 그러나 실제적인 양상은 아니다. 한 선수의 두 손을 묶어놓고 시합을 하거나, 두 발마저 묶어버리는 등등은 실제적으로는 있을 수 없는 일이기 때문이다. 실제적인 틀을 빌린, 그러니까 현실적인 감각이 깊게 담긴 우화이다. 이 우화적인 작품에서 특이한 점은 "아아, 우우리 대한 민국"이라든지 "아아, 우리 조국"이라든지 "아아, 영원토록" "사아랑하아리라……" 등의 노래 가사가 극적인 풍자적 해석을 낳는다는 사실이다. 그리고 9회(이 작품에서의 권투는 9회까지이다)가 끝났을 때, 남아 있는 이긴 선수들의 위상(位相)을 전도시켜놓고 있다는 점이나 마지막 시구가 "**| 위대한 자본주의. |**"라고 앞뒤가 부호로 막혀 있는 것까지도 모두 풍자적 해석이라는 사실이다.

자유가 찾아와서
마음대로 입으라고
내게 옷을 한 벌 주었네
나는 웃으며 그 옷을 받았네

자유가 찾아와서
마음대로 다니라고
내게 구두 한 켤레 주었네
나는 웃으며 그 구두를 받았네

자유가 찾아와서
신분증을 하나 주고
돈을 주고
명예를 주고
마음대로 하라고 했네

자유가 찾아와서
마음대로 살라고
옷 하나 구두 하나
신분증 하나 주었네
나는 자유네 —「자유」•

이 작품은 자유(의인화되어 있다)와 나를 주인공으로 하는 한 토막의 우화이다. 그러나 그가 준 것들은 진정한 의미에서의 자유가 아니라 형식적인 것들이다. 즉 옷 한 벌, 구두 한 켤레, 신분증 하나 등은 자유의 실체가 아닌 것들이다. 형식적인 자유에 대한 풍자이다. 비교적 잘 읽히는, 그만큼 잘된 작품이긴 하지만, 이 작품에도 문제는 있다.

1·2·4연에는 자유가 준 것이 '한 벌' '한 켤레' '신분증 하나'이다. 그런데 3연에는 '돈'과 '명예'가 들어 있다. '돈'과 '명예'는 '옷 한 벌'이나 '구두 한 켤레' 정도가 아니라, 앞의 것들을 모두 해결할 수 있는 가치적 존재이다. 그러므로 '돈'과 '명예'가 시구 속에 들어감으로써 1·2·4연 모두가 약해져 있다. 즉 돈과 명예가 있으면 다 해결할 수 있는 사실들을 구차스럽게 예거하고 있기 때문이다. 그러므로 3연은,

자유가 찾아와서
신분증을 하나 주고
명예를 하나 주고
마음대로 하라고 했네

정도여야 합당하다.

이 「자유」를 다음과 같이 개작하면 어떻게 될까?

자유가 찾아와서
마음대로 입으라고

내가 입고 있는 옷을 벗겨주었네
나는 옷을 벗었네

자유가 찾아와서
마음대로 다니라고
내가 신고 있는 신발을 벗겨주었네
나는 신발을 벗었네

자유가 찾아와서
마음대로 하라고
내가 가진 신분증을 가져가고
명예까지 벗겨주었네

자유가 찾아와서
마음대로 살라고
내가 입은 옷과 신발
신분증을 벗겨주었네
나는 자유만 가졌네 —「자유가 찾아와서」

이렇게 될 때, 앞의 「자유」와는 달리, 지금까지의 형식적인 자유를 살았다는 자신에 대한 반성, 즉 자기 자신의 태도를 풍자하는 시가 된다. 그러니까 앞의 것은 형식적으로 주어지는 자유에 대한 풍자, 뒤의 것은 형식적인 자유밖에 몰랐던 자기 자신에 대한 풍자가 되는 셈이다.

사실적인 양태와 우화적인 양태의 풍자적 해석 사이에 사변적(思辨的)인 양태가 있다. 포괄적인 용어로 사변적이라고 적고 있지만, 딱히 정확한 표현은 아니다. 그만큼 풍자의 세계가 다양한 구조를 갖고 있기 때문이다. 사실적인 것과 우화적인 것을 제외한다면 대체로 기지·역설·반어·과장·희언법(戲言法) 등등을 다양하게 사용하는 세계이므로 사변적이라고 한 것뿐이다.

C) 남자가 걸으면 아랫도리가 흔들리고
여자가 걸으면 웃도리가 흔들립니다

남자는 웃도리에 흔들릴 게 없어서 웃도리가 흔들리지 않고
여자는 아랫도리에 흔들릴 게 없어서 아랫도리가 흔들리지 않습니다.

남자는 흔들리는 여자의 웃도리가 신기(?)하고
여자는 흔들리는 남자의 아랫도리가 신기(?)합니다

흔들릴 게 없으면 흔들리지 않는 것이 당연한데
남자는 흔들림이 없는 여자의 아랫도리를 선망합니다
여자는 자기가 흔들리는 것으로 흔들리지 않는 부분들을 채우려 합니다
남자는 자기가 흔들리는 것으로 흔들리지 않는 부분들을 채우려 합니다
여자는 흔들림이 없는 곳을 흔들리는 부분으로 채우려 합니다
남자는 흔들림이 없는 곳을 흔들리는 부분으로 채우려 합니다

사랑은 흔들리지 않는 것에 의해 흔들리고
흔들리는 것에 의해 더욱 흔들립니다

흔들리는 것은 흔들리지 않는 것에 대한 사랑이고
흔들리지 않는 것은 흔들리는 것에 대한 사랑입니다.
[……] —박상우, 「사랑은 불협화음」[23]

23 박상우, 『사람구경』, 고려원, 1988, pp. 33~34.

D) 아름다운 전쟁은 없을까, 장엄한 음악 잘 묘사된 그림
폭죽 불꽃놀이 무도회 마당굿처럼 즐거운 전쟁은 없을까
산토끼와 다람쥐처럼 순하고 상냥한
노루와 염소처럼 부드럽고 온화한 전쟁은 없을까
분과 크림과 루즈와 향수병을 깨뜨리지 않는 전쟁
레몬과 쥬스, 올리브와 모과향을 뺏아가지 않는 전쟁
사과와 딸기 복숭아와 포도를 썩히지 않는 전쟁은
없을까. 우리들이 안겨서 포근히 잠들 수 있는 전쟁
우리들의 애무를 애인처럼 받아줄 전쟁
장미 같은 목화 같은 메밀꽃 같은 전쟁은 없을까
[……]　　— 이기철, 「그런 전쟁은 없을까」[24]

E) 암약가능성 탐진
노출가능성 탐진
변명가능성 탐진
거수가능성 탐진
계엄가능성 탐진
폭리가능성 탐진
배짱탐진
의리탐진
뒷줄탐진
약점탐진
미소탐진
비밀로 탐진
지름길 탐진
도피로 탐진

---

24 이기철, 『전쟁과 평화』, 문학과지성사, 1985, p. 33.

잠시도 쉬지 않는
레이다여
어느 교사의 혀 끝
어느 기자의 펜 끝
어느 병정의 총 끝
어느 직장인의 발 끝
어느 법관의 방망이 끝
어느 국회의원의 손 끝
福骨婦人의 코 끝처럼 눈치 빠른
강구의 촉수여. —신진, 「바퀴벌레」[25]

C) D) E)가 그런 풍자 세계의 일면을 보여준다. 「사랑은 불협화음」은 남녀의 흔들리는 것과 흔들리지 않는 것, 그리고 흔들리는 것의 욕망과 흔들리지 않는 것의 욕망을 통해 사랑을 조명하고, 그러한 사랑의 실체를 남녀의 육체적 특성을 해학적으로 분석·비교함으로써 드러낸다. 그만큼 사변적이다. 이와 같은 해학적 분석·비교는 물론 우리가 알고 있는 사랑에 대한 간접적 비판과 풍자이다. 아니 우리가 갖고 있는 사랑에 대한 태도를 간접적으로 비판하고 풍자한다. 그럼에도 불구하고 이 시가 부드럽게 느껴지는 것은 시인이 희극적 관점에서 세계를 보고 있는 탓이다.

「그런 전쟁은 없을까」는 전쟁에 대한 반어적 질타이다. '전쟁일 수 없는 전쟁, 있을 수 없는 전쟁'을 희구하는 질문을 끊임없이 반복함으로써 그것과 반대되는 전쟁의 부정적인 면을 교묘하게 서정적인 시구로 비판한다. 그러므로 이 작품에 나오는 모든 '전쟁일 수 없는 전쟁'은 전쟁을 비꼬기 위한 반어적 표현이다.

「바퀴벌레」는 바퀴벌레와 같은 습속을 지닌 암적인 존재의 활동을 기지와 희언법을 구사하여 풍자하고 있다. 바퀴벌레가 보여주는 동작과 형태에서 '암

---

25 『목마시선』, 문장, 1984, p. 153.

약가능성·노출가능성·변명가능성' 등등을 추출하고, 그러한 형태가 벌어지고 있는 우리 삶의 단면을 "어느 교사의 혀 끝" 등을 예시하여 풍자의 세계를 구체화하고 있다.

다음의 작품을 검토해보자.

잊는다는 것은
내 영혼을 버리는 것이오
내 영혼을 버리는 것은
내가 인간임을 포기하는 것이오
내가 인감임을 포기하는 것은
잊지 못한다는 것이외다
사랑이란 사랑하는 것이므로
사랑하지 않는 사랑이 가장 좋은
사랑이외다 —「사랑의 패러디」•

허기진 나에게
밥 한 덩어리와 빛나는 별을 던진다면
난 밥풀을 주섬주섬 먹을 것이오.
빛나지 않아도 반가운, 쌀눈 없는 밥알을
까불대지 않은 채, 먹을 것입니다.

빈 뱃속으로는, 차마 별은 보이지 않고,
우리들의 늘축한 약속도 생각나지 않고
가난한 하늘에서 내리는, 눅눅한 쌀가루로
배 나온 눈사람을 만들기보다
배꼽 빠져도 좋은 흰 송편을 만들 것입니다.

하늘은 밥이지요.

그러나, 하늘은 뜸들이지 않은 밥이며
하늘의 밥을 위하여, 소쩍소쩍
지상의 밥은, 같은 솥에 지어먹을 수 없나이다.

물병에, 물이 흔들리던 작은 지진으로
잔 금이 간 스무 살의 자기분열.
우울한 별이, 하늘의 옹달샘에서
세수하러 왔다 물만 먹고 돌아갈 때

난, 풀기 빠진 詩에
풀무질하는, 그런 허기진 시인입니다. —「어느 죽은 시인을 위한 파반느」•

말세는 전화요금이다
말세라고 말 많이 하는 목사님네 집
말세는 얼마나 나올까
말세 바가지를 한번 씌워보면
말세가 더 가까이 왔다고 믿겠지
말세는 한 달에 한 번씩 다가온다 누가
말세가 다가오는 줄 모르나 자기만 아는 척
말세다라고 말장난하는 시대는 말세다
전화요금이 많이 나오는 시대다 —「말세」•

위에서 보는 바처럼, 「사랑의 패러디」의 중심적 풍자는 "사랑이란 사랑하는 것이므로/사랑하지 않는 사랑이 가장 좋은/사랑"이란 반어적 표현 속에 있다. 그러나 이 핵심적인 시구가 설득력을 잃고 있다. 통상적으로는 사랑이란 '사랑하는 것'이므로 당연히 '사랑해야' 사랑이 존재하기 마련이다. 그런데, 그렇기 때문에 '사랑하지 않는 것'이 '가장 좋은 사랑'이란 반어를 낳기 위해서는 그만한 풍자적인 정황이나 논리가 따로 있어야 한다. 그런 필요에 의해 마련된 1~6행의 시구가 그 역할을 다하지 못하고 있는 것이다. 1~4행까지는 그것에 비약이 심한 면이 있다고 하더라도 납득할 수 있지만, "내가 인간임을 포기하는 것은/잊지 못한다는 것이외다"는 주장에는 쉽게 동의할 수 없기 때문이다. 자세히 읽어보라.

1) 잊는다는 것 → 영혼을 버리는 것
2) 영혼을 버리는 것 → 인간임을 포기하는 것
3) 인감임을 포기하는 것 → 잊지 못한다는 것

이와 같은 주장인데, 1)과 3)의 주장이 서로 모순되어 있다. 이것을 더 축약하면,

잊는다는 것 → 인간임을 포기하는 것
잊지 못한다는 것 → 인간임을 포기하는 것

이 되기 때문이다. 이와 유사한 개괄적 논리로 시를 쓸 경우는 흔히 스스로 모순에 빠지는 일이 많다.

「어느 죽은 시인을 위한 파반느」는 '별'보다 '밥'을 선택하겠다는 자학적 진술이다. 그러니까 이 작품은 일차적으로 독백적 진술이다. 이 시가 풍자가 되는 것은 작가가 별의 다른 이름인 '하늘'도 '뜸들이지 않는 밥'이라는 점을 알고 있다는 사실 때문이다. 그 밥은 지상의 밥과 달리 지어 먹을 수 없는 어떤 것이다. 즉 이상적 존재인 하늘(밥)과 현실적 존재인 지상의 밥은 상호 대립하는 것으로 다가왔던 것이다. 이 대립하는 '이상/현실' '하늘/지상' '뜸들이지 않는 밥(하늘)/지상의 밥' 가운데 작가는 지상의 밥을 선택하겠다는 주장이다. 그 주장은 '어느 시인의 죽음'을 본 후에 나왔다는 점에서 풍자적이다. 즉 자기가 바라서가 아니라 이상을 배반하는 현실 때문에 그것(하늘)도 밥인 줄을 알면서 당장 먹을 수 없는 '뜸들이지 않은 밥'이라고 거부하려 하기 때문이다. 이 작품은 마지막 연 2행을 제외한다면 이 작품 나름의 세계가 살아 있다.

그러나 이 작품의 마지막 연 2행은 사족과 같은 구절이다. 심정적으로는 가장 절실한 진술이겠지만, 작품의 세계를 사사로운 개인적 고백의 차원으로 끌어내리는 역할을 한다.

작품 「말세」는 '말세'라는 말에서 '말하는 데 내는 세금'이라는 세태적 의미와 '망해가는 세계'라는 사전적 의미를 끌어내어 우리 현실의 한 단면을 풍자하고 있다. 세태적 의미를 끌어내는 것이나, 그런 의미의 '말세'를 '목사님네 집'에 연결한다든지, 말세(전화요금)는 한 달에 한 번씩 다가오는 줄 다 아는데 "자기만 아는 척"한다든지, "말세다"라고 말장난하는 시대가 진짜 말세이고, 그렇게 말을 낭비하게 되니까 "전화요금이 많이 나오는 시대"라는 식의 풍자적 해석과 기지가 돋보이는 작품이다.

7

시와 화자

1. 시적 화자와 일반적 유형
2. 시 속의 ‘나’와 현실 속의 ‘나’
3. 일상 속의 ‘나’와 구체적 경험 속의 ‘나’
4. 가면의 화자와 어조
5. 불투명한 가면과 시적 화자
6. 숨은 화자와 시 속의 역할
7. 숨은 화자와 감각적 인식
8. 화자와 지각의 변화

시와 화자

1. 시적 화자와 일반적 유형

시를 쓴다는 일은 물론 창조적인 행위에 속하지만, 보다 근본적으로는 자기가 본 것, 느낀 것, 생각한 것 등을 언어로 현실화하는 행위이다. 이러한 것들은 언어로 표현해 작품으로 현실화시켜놓지 않으면, 우리의 의식에서만 잔존하거나 소멸한다. 그러므로 이러한 것들을 그대로 방치해놓지 않고 언어화한다는 것은, 일정한 대상이나 문제에 대하여 자신의 견해나 태도를 제 나름으로 표명하는 행위이며, 우리는 그와 같은 언어 행위를 언술(言述)이라고도 한다.

그렇다면 시 또한 언술의 한 양식[1]일 수밖에 없다. 시란 궁극적으로 어떤 세계에 관한 시인의 의사 표명 외에는 아무것도 아니다. 시적 언술이 다른 언술과 구별되는 점이 있다면, 실용적 차원에서 발화되는 일상적 언술, 논리적 차원에서 발화되는 과학적 언술과 달리 정서적 차원에서 이루어진다는 것이며, 또한 같은 정서적 차원에서 이루어지는 다른 문학 장르의 언술들—소설적·희곡적·수필적 언술들—과 구별되는 양식상의 특성이 있을 뿐이다. 그러니까 시란 쉽게 말하면 시인이 우리에게 들려주는 일정한 양식과 말인 것이다.

시가 언술의 한 양식인 만큼 시에도 시의 화자가 있다. 통상적으로는 시적 화자(詩的話者)라고 불리는 이 시의 화자가 어떤 형태로 작품 속에 나타나고 어

---

1 C. Brooks, R. P. Warren(ed.), *Unverstanding Poetry*, Holt, Rinehart, Winston, 1976, p. 1.

떤 역할을 하는가를 이해해둘 필요가 있다. 다음 작품을 보자.

A) 먼 훗날 당신이 찾으시면
그때에 내 말이 "잊었노라"

당신이 속으로 나무라면
"무척 그리다가 잊었노라"

그래도 당신이 나무라면
믿기지 않아서 "잊었노라"

오늘도 어제도 아니 잊고
먼 훗날 그때에 "잊었노라" —김소월, 「먼 후일」[2]

B) 집을 치면 精華水 잔잔한 우에 아침마다 새로 생기는 물방울의 신선한 우물집이었을레. 또한 윤이 나는 마루의, 그 끝의 平床의, 갈앉은 뜨락의, 물내음새 창창한 그런 집이었을레. 서방님은 바람 같단들 어느 때고 바람은 어려울 따름, 그 옆에 順順한 스러지는 물방울의 찬란한 春香이 마음이 아니었을레. —박재삼, 「水晶歌」[3]

C) 무슨 새로운 소식 같은
달이 떠 있는
마당에
개미 새끼 한 마리 지나간다

---

2 『김소월전집』, 문장사, 1981, p. 18.

3 박재삼, 『춘향이 마음』, 신구문화사, 1962, p. 6.

우중충한 물먹은 나무들이
총 칼 같다. —김영태, 『노래·1』[4]

A)의 「먼 후일」은 '나'가 화자이다. 화자인 '나'는 작품 속에서 '당신'으로 지칭되고 있는 어떤 청자를 상대로 하여 내용을 엮고 있는 형태이다. 그러니까 작품 밖에 있는 시인인 '나'는 작품 속에 '나'라는 화자를 등장시켜 시적 언술을 완성시키고 있다. 이 작품 속의 '나'인 화자는 작품 밖의 '나'인 시인과 구별되는 존재이다. 작품 속의 '나'는 시인의 시적 자아(詩的自我)이며 작품 밖의 '나'는 현실적 존재이기 때문이다. 시적 자아인 '나'는 문학예술 작품(허구의 세계) 속의 존재이지만 시인인 '나'는 현실적 존재인 만큼 다른 차원의 존재이다. 그러나 이 '나'라는 화자는 '나=시인'이라는 연상 작용을 불러일으켜 한 개인의 고백적 진술과 같은 어조를 창출한다.

이와는 달리 B)의 「수정가」는 시의 화자가 '춘향'이다. 그러니까 이 작품은 춘향의 눈과 마음을 통해서 본 세계이다. 보다 구체적으로 적자면 시인이 춘향의 눈과 마음을 빌려서, 그 눈과 마음을 통해서 본 세계를 작품화한 공간이다. 마치 연극배우가 극중 인물에 어울리는 분장을 하고 연기를 하듯, 시인이 작품에 어울리는 화자를 등장시킨 형태이다. 이러한 형태는 시에서 아주 흔하다. 한 시인이 어떤 작품에서는 농부의 처지에서 언술을 하다가 어떤 작품에서는 공장 노동자, 또는 신문기자·정치가의 처지에서 언술을 할 때도 위와 같은 분장 또는 가면을 쓴 형태이다. 시는 창조적 허구이고, 그 창조적 허구의 국면에 어울리는 화자가 필요한 것이다. 때문에 시를 쓰는 사람이면 "문학은 말들로 이루어지며, 작가에 의해 구성되며, 페르소나(가면)에 의해 말해진다"[5]는 라이트의 말을 기억해두어야 한다. 결국 시 속의 '나'도 앞서 암시를 했듯, 적절한 시적 공간을 구성하기 위해서 한, 많은 취사선택 가운데 시인이 선택한 화자(가면)의 하나일 뿐이다.

---

4 김영태, 『여울목 비오리』, 문학과지성사, 1981, p. 53.

5 G. T. Wright, 『시인의 얼굴들*The Poet in the Poem*』, 김준오 옮김, p. 288.

C) 「노래·1」은 화자가 나타나 있지 않다. 즉 「먼 후일」의 '나'나 「수정가」의 '춘향'처럼 명시적으로 나타나 있지 않다. 그러나 달을 "무슨 새로운 소식" 같다고 보고, 또 나무들을 '총칼' 같다고 의식하는 관찰자가 작품 뒤에 있음을 우리는 알 수 있다. 이 관찰자가 숨은 화자이다.

위의 A) B) C) 3편에 나타난 화자의 형태를 도식화하면 다음과 같다.

	화자	청자	비고
먼후일	나	당신	화자·청자가 다 드러난 유형
수정가	춘향	(불특정다수)	화자만 드러난 유형
노래·1	(숨은 화자)	(불특정다수)	화자가 숨어 있는 유형

「먼 후일」은 화자가 청자를 상대로 대화하는 구조를 갖고 있으며, 그런 만큼 우리의 일상적 언술과 유사한 형태를 이루고 있다. 이와 달리 「수정가」는 독백의 형태를 이루고 있으며, 청자는 특정한 그 누가 아니라 불특정 다수이다. 「노래·1」은 화자도 청자도 명시적으로 존재하지 않는다. 그만큼 작품의 세계가 화자의 감정에 의해 채색되거나 윤색되지 않고 객관화되어 있다.

시를 쓰는 사람의 입장에서 보면, A)와 같이 일상적 언술과 가까워질수록 화자의 언술도 그와 같이 담백해지며, 일상적 어투의 진술이 나타나게 된다. 이 점 때문에 자칫하면 시의 구조가 느슨하게 될 위험이 도사리고 있음에 유의해야 한다. B)와 같은 독백의 유형은 전형적인 서정시의 형태이다. 시인이 '나'라는 화자를 선택하든 다른 가면을 쓴 화자를 선택하든, 이 독백의 형태는 화자가 감상적·피상적·추상적 진술에 빠지기 쉬우므로 시인 스스로가 제어해야 한다. 시란 그런 종류의 언술이 아닌 까닭이다. C)는 묘사형의 시가 흔히 보여주는 형태이다. 이런 유형은 감상이나 관념에 빠질 위험이 적은 대신 무의미한 정황을 펼쳐놓을 가능성이 많다. 또한 대상의 지배적인 인상 또는 심상을 감지하지 못할 때 작품이 무미건조하게 될 위험성도 상존한다.

2. 시 속의 '나'와 현실 속의 '나'

앞서 지적한 바처럼 시 속의 '나'는 현실 속의 '나'가 아니다. 시 속의 '나'는 허구 속의 존재이며, 어디까지나 창조적 공간인 작품 속의 존재이다. 그러므로 그 '나'는 객관화된 '나'이며 화자의 역할을 수행하는 어떤 국면 속의 형식화된 인간으로서의 '나'이다. 프리드먼의 "서정시의 나는 주관적 감정이 아니라 세계와의 관계 속에서의 지향적 운동"[6]을 하는 '나'라는 주장이 가능한 것도 그 때문이다. 시 속의 '나'는 주관적 감정을 드러내는 일상적 자아가 아니라, 세계와의 관계 속에서 인간의 정서를 드러내는 유형적·개별적 존재로서의 '나'이다. 세계 속의 인간이 감지할 수 있는 각종의 의식화된 정서를 작품 속에서 개별적 형태로 혹은 유형화된 형태로 보여준다는 점에서 그 정서는 형식화된 것이며, 형식화되어 있다는 점에서 비형식적인 양상을 보여주는 무질서한 현실 속의 '나'의 그것과 구별된다.

이 점에 관한 명확한 인식의 결여로, 습작기의 많은 사람들이 시 속에 일상적 자아이며, 개별화 또는 유형화되지 않은 '나'를 끌어들임으로써 작품을 혼란스럽게 하고, 공적 언술(公的言述)인 시라는 양식을 사적 언술(私的言述)이라는 개인적 차원으로 흔히 떨어뜨린다.

다음의 두 작품을 비교해보면 보다 명확한 구분이 가능하다.

a) 이건 너무도 긴 꿈이었다.
철저한 악몽—

끝없이 내 목을 죄어오는 끄나풀
내 눈을 가로막고 서는 뿌연 연기
내 가슴에 그득히 밀려오는 그 무엇
아무것도 낯익은 것은 없다

6 M. Friedman, *To Deny Our Nothingness*, The University of Chicago Press, 1978, p. 23.

모든 게 내게 등을 돌린 타인
내가 넘을 수 없는 다른 울타리 속
허나
그 꿈 속의 나는 실제의 나였고
그 꿈 속의 내 말도 실제의 내 언어였으며
그 꿈 속에서 깨어난 지금도 난 여전히 울고 서 있다.

남보다 몇 배는 더 두꺼운, 무거운 탈을 쓰고
춤을 추는 나는
목이 꺾인 광대

힘들게, 힘들게 탈을 벗고 내가 할 일은,
바로—

'새로 태어나기' —「새로 태어나기·1」•

A) 거울 속에는 소리가 없소
저렇게까지 조용한 세상은 참 없을 것이오

거울 속에도 내게 귀가 있소
내 말을 못 알아듣는 딱한 귀가 두 개나 있소

거울 속의 나는 왼손잡이오
내 악수를 받을 줄 모르는—악수를 모르는 왼손잡이오

거울 때문에 나는 거울 속의 나를 만져 보지를 못하는구료마는
거울 아니었던들 내가 어찌 거울 속의 나를 만나보기만이라도 했겠소

나는 지금 거울을 안 가졌소마는 거울 속에는 늘 거울 속의 내가 있소
잘은 모르지만 외로된 사업에 골몰할께요

거울 속의 나는 참 나와는 反對요마는
또 꽤 닮았소

나는 거울 속의 나를 근심하고 진찰할 수 없으니 퍽 섭섭하오

—이상, 「거울」[7]

화자인 '나'는 '나' 자신을 대상으로 삼을 수가 있다. 우리가 어떤 사물을 대상으로 관찰하듯 '나'를 대상으로 삼을 수 있는 것이다. a) A)는 공히 화자인 '나'가 다른 사물이나 다른 사람이 아닌 바로 '나'를 대상으로 관찰하고 있다는 점에서 유사성을 지닌다. 그러나 「새로 태어나기·1」은 시라는 양식을 빌린 개인적 차원의 사적 언술의 예이며, 「거울」은 이와 달리 거울을 매개로 하여 '거울 속의 나'와 '거울 밖의 나'를 대비 관찰한 이상의 대표작 가운데 하나이다. '거울'이라는 시의 공간은 우리가 알고 있는 현실적 차원의 세계가 아니다. 거울 속의 '나'와 거울 밖의 '나'라는 존재를 대비하여 노래하기 위한 의도적 공간이다. 그렇기 때문에 임의적으로 도식화한 다음의 작품 구조를 보아 알 수 있듯 「거울」은 거울 밖(세계)/거울 안(세계), 거울 밖(나)/거울 안(나)이 각각 대비되고 대립되어 있다.

"저렇게까지 조용한 세상은 참 없을 것이오"라는 거울 속의 세계에 대한 시인의 인식은, 거울 밖의 세상은 그와 반대라는 상대적 인식의 바탕에서 말해지고 있다고 보아야 하며, 그렇기 때문에 거울 속의 '나'의 귀와 거울 밖의 '나'의 귀는 각각 다른 세계 속에 있는, 서로 못 알아듣는 귀일 수밖에 없다.

"내 악수를 받을 줄 모르는" "왼손잡이"라는 진술도 마찬가지이다. 거울 속이 "외로된 사업에 골몰할" 수 있는 세계라면 거울 밖은 그럴 수 없는 세계

---

7 『이상시전집』, 문장사, 1981, p. 19.

이고, 당연히 나를 근심하고 진찰할 수 있는 '나'는 거울 밖의 '나'가 아니라 거울 속의 '나'이다. 그러니까 '거울 밖의' "나는 거울 속의 나를 근심하고 진찰할 수 없으니 퍽 섭섭"하다고 토로하게 된다.

거울 밖의 '나'	거울 밖	거울 속	거울 속의 '나'
	(참으로 시끄러운 세상)	참으로 조용한 세상	
거울 속의 '나'의 말을 못 알아듣는 귀			거울 밖의 '나'의 말을 못 알아듣는 귀, 내 악수를 받을 줄 모르는 왼손잡이
	거울 속의 나를 못 만져보게 하는 세계	거울 속의 나를 만나보게 하는 세계	
거울을 못 가진 존재			거울을 가진 존재
외로된 사업에 골몰하지 못하는 '나'			외로된 사업에 골몰하는 '나'
거울 속의 '나'를 진찰할 수 없는 존재	(외형상의) 닮음	(실질상의) 반대	거울 밖의 '나'를 진찰할 수 있는 존재
↓ 현실적 자아 ———	매개	(거울)	——— ↓ 이상적 자아

「거울」을 통해서, 우리는 두 가지 점에 특히 유의해야 함을 알게 된다.

첫째, 작품 속의 '나'는 거울 밖이든 안이든 의식적으로 선택되고 유형화된 '나'라는 사실이다. 현실적 존재로서의 시인인 나의 수많은 의식과 행위 가운데 한 편의 시가 요구하는 것만을 시적 화자의 차원에서 선택하여 구조화한 것이 시다. 이러한 점을 간과할 때 시는 혼란스럽고 무분별한 개인의 의식 과잉만을 노출하는 사적 공간이 되고 만다.

둘째, "거울 속에는 소리가 없소/저렇게까지 조용한 세상은 참 없을 것이오" "거울 속에도 내게 귀가 있소/내 말을 못 알아듣는 딱한 귀가 두 개나 있소"와 같은 시구가 일차적으로 사실적 정황을 바탕으로 하여 표현되고 있다는 점이다. 다시 말하자면 누가 보아도 겨울 속에는 소리가 없고, 참으로 조용한 세상이며, 누가 보아도 거울 속에는 귀가 있다는 점이다. 사실적 관찰의 결과로 얻어진 이 시구가 사실적 정황 뒤에 숨겨져 있는 상징적 의미를 강화하고 있다. 이 사실적 표현의 중요성을 망각할 때, 흔히 시는 관념화되거나 추상화된다.

시를 쓰는 사람의 입장에서 특히 유의해야 할 앞의 두 가지가 「새로 태어나기·1」에서는 어떻게 나타나는가를 살펴보자.

첫째 「새로 태어나기·1」 속의 '나'는 과연 선택되고 유형화된 '나'인가. 분명히 화자는 '나' 속에서 '두꺼운, 무거운 탈'을 쓴 '광대' 같은 '나'를 발견한다. 그 탈을 쓴 '나'는 화자인 '나'가 바라는 '나'가 아니다. '나' 속에 존재하는 부정적 측면의 '나'이다. 이런 관점에서 본다면 작품 속의 '나'는 선택된 '나'이다. 그렇다면 그 선택된 '나'는 과연 다른 종류의 '나'와 구별될 수 있을 만큼 유형화되어 있는가 하는 문제가 남는다. 작품을 읽는 우리는 우선 이 시의 화자인 '나'가 대단한 고통 속에 있음을 감지할 수 있다. 그 고통의 원인은 자신이 '광대'라는 사실이며, 그것도 남 앞에 공공연히 설 수 없는 "목이 꺾인 광대"라는 사실 때문이다. 그런 연유로 "끝없이 내 목을 죄어오는 끄나풀"이며, "내 눈을 가로막고 서는 뿌연 연기"며, "내 가슴에 그득히 밀려오는 그 무엇"을 의식한다. 그런 의식 속에서 사는 일이란 '악몽'이며, 악몽이긴 하지만 그 악몽 속의 '나'는 실재의 '나'이며, 악몽 속의 언어도 '나'의 언어일 수밖에 없다. 악몽 밖의 '나'는 탈을 쓴 허위의 존재이기 때문이다. 우리 모두가 흔히 느끼는 현실적 자아와 이상적 자아의 괴리 때문에 오는 극심한 의식의 갈등, 바로 그것이다. 새로 태어나고 싶다느니 새로 시작하고 싶다는 욕망을 강하게 느끼는 순간도 바로 그때이다. 그러나 이러한 갈등과 욕망 그 자체는 추상적 갈등과 욕망일 뿐이다. 우리가 바위나 나무나 절망에 관하여 시를 쓰는 것은 그런 존재 속에서 혹은 존재를 통해서 어떤 구체적인 인식을 얻고자 하는 것이다. 막연히 나무는 고통스럽다느니 나는 절망하고 있다느니 하는 주장을 늘어놓기 위한 것은 아니다.

작품 「새로 태어나기·1」에서 '나'가 "목이 꺾인 광대"라는 '나'에 관한 인식은 구체적이지만, 어떤 삶의 국면에서 그러한 광대가 되었는지를 말하고 있지 않다는 점에서 그 광대는 막연한 느낌의 광대이다. 막연한 느낌이란 추상적인 관념의 정서적 형태이며, 추상적인 것은 어떤 인식에 도달하지 못한 것이라는 점에서 이 시엔 읽을 시적 내용이 없다. 생각해보라, 추상적인 광대를 우리가 어떻게 알아 볼 수 있겠는가. 그러니까 이 광대는 유형화된 '나'가 아니라 '나'의 막연한 느낌이다.

> 거울 속에도 내게 귀가 있소
> 내 말을 못 알아듣는 딱한 귀가 두 개나 있소

이 구절에서의 '나'는 추상적인 '나'가 아니다. 거울 속에도 귀가 있음을 발견하고, 그 귀란 거울 밖의 '나'의 말을 못 알아듣는 "딱한 귀가 두 개나 있"음을 구체적으로 의식하고 있는 '나'이다. 그러나 「새로 태어나기·1」에서의 '나'가 의식하는,

> 끝없이 내 목을 죄어오는 끄나풀
> 내 눈을 가로막고 서는 뿌연 연기
> 내 가슴에 그득히 밀려오는 그 무엇

은, 쓴 사람만이 아는(우리는 막연히 짐작할 수밖에 없는) 현상과 존재들이다. 이러한 시적 표현은, 쓴 사람이, 시란 개인적인 욕망에서 이루어지는 욕망의 발산 양식이 아니라 개인적인 '나'의 욕망을 억제하고 '나'의 욕망 가운데 가치 있는 어떤 경험을 선택하고 객관화하는 작업을 통해서 남과 다른 세계를 유형화해 보여주는 의도적 행위라는 점을 의식하고 있지 않은 탓이다. 시를 '나'의 감정과 욕망의 배설장으로 잘못 인식한 탓이다.

두번째 문제로 넘어가보자. 시가 독백의 양식이긴 하지만, 그 독백은 시적 내용을 효과적으로 표현하기 위해 독백의 양식을 차용하고 있을 뿐인 것이다. 그렇기 때문에 산만하고 무질서한 일상적인 독백과 달리 시는 질서화된 형태

를 가지고 있는 것이다. 그리고 산문과의 상대적인 관점에서 본다면, 시는 줄거리나 설명에 의존하지 않는 주정적 또는 주지적 언술에 의존하는 양식이다. 그러므로 말하는 사람(시적 화자)의 일방적인 묘사나 진술이 보다 강화되게 되어 독백의 성향이 나타난다. 그런 만큼 주관적·추상적·피상적 서술에 떨어질 위험은 산문보다 더 많다. 시에서 묘사라는 수사법이 강조되는 것도 그와 같은 장르적 특성(위험 부담)을 이겨내기 위한 자주적·자구적 장치이다. 묘사는 그런 위험 부담을 줄여주면서 대상을 감각적으로 드러내는 데 가장 적합한 수사법이기 때문이다.

거울 속의 나는 왼손잡이오
내 악수를 받을 줄 모르는—악수를 모르는 왼손잡이오

오른손잡이인 거울 밖의 '나'는 거울 속에서는 왼손잡이가 된다.

거울 밖의 '나'가 오른손을 내밀면 거울 속의 '나'는 왼손을 내민다. 그러니까 악수를 모르는 왼손잡이이다. 그것은 주관적이거나 피상적이거나 추상적인 표현이 아닌 사실적 관찰의 결과가 얻어낸 구체적 진술이다. 그러나 다음을 보라.

끝없이 내 목을 죄어오는 끄나풀
내 눈을 가로막고 서는 뿌연 연기
내 가슴에 그득히 밀려오는 그 무엇
아무것도 낯익은 것은 없다.
모든 게 내게 등을 돌린 타인

위의 시구에 나오는 끄나풀, 뿌연 연기, 그 무엇, 타인 등은 사실적 관찰의 결과가 아니라 머릿속의 그것, 즉 주관적 관념들이다. 개인적인 '나'의 욕망 때문에 그 욕망의 지배를 받는 머릿속의 그것들만 표현되고 있다. 이러한 관념적인 느낌이 객관화되고 유형화되기 위해서는 구체적인 시적 공간, 즉 추상적인 느낌이 감각화될 수 있는 구체적 국면을 설정해야 한다. 다음의 예를 보라. 그 표현은 의도적이라기보다 얼마나 욕망의 기계적 반응인가.

이건 너무도 긴 꿈이었다.
철저한 악몽—

이 시구는 마치 일상적 표현의 한 토막을 그대로 옮겨놓은 듯하다. 일상적 표현은 말과 말의 연결이 가장 느슨하고, 기계적 연결 형태를 갖고 있다. 이런 일상적 표현투를 의도적으로 빌려오는 경우도 있지만, 이 작품에서는 그런 의도가 없음이, 전편의 시구가 느슨한 표현 형태로 되어 있다는 점에서 드러난다. 3연의 "남보다 몇 배는 더 두꺼운, 무거운 탈을 쓰고/춤을 추는 나는/목이 꺾인 광대"라든지, "힘들게, 힘들게 탈을 벗고 내가 할 일은,/바로—"도 그러한 예에 속한다, 「새로 태어나기 · 1」의 1· 3· 4연과 같은 기계적 표현과 2연과 같은 피상적 표현은, 한편에서 보면 현실 속의 시인인 '나'가 작품 속의 '나'의 문제를 막연한 상태로밖에 인식하지 못한 결과이지만, 다른 측면에서 보면 시를 사담(私談)의 세계로 착각하고 있는 점도 간과할 수 없다.

다음의 예를 보자.

a-1) 나는 악몽 속에 있다
누군가 내 목을 죄는 끈을 쥐고 당기고
사방에는 내 눈을 가로막는 뿌연 연기가 솟고
초조하게, 초조하게
둘러보아도 모두 낯선 것들

사람들은 모두 네게 등을 돌리고
내가 넘을 수 없는 울타리가
높이 세워져 까맣게 보인다
처절하게, 처절하게

있는 힘을 다해 불러도
나를 구해 주러 오는 자 없고
누군가 계속 내 목을 죄는 끈을 쥐고 당기고

꿈에서 깨어나서도 지금 나는
여전히 울고 있다
그 꿈은 나의 현실
꿈 속의 나는 오늘의 나
구조신호는 나의 말

깨어나야 한다 나는
악몽과 악몽에서 —「새로 태어나기·2」

a-2) 나는 나를 감추고 탈을 쓰고
춤을 추는 광대
연극이 계속되는 무대 위에서
나는 내 목을 죄어오는 끄나풀에도
목을 내밀고, 피를 흘리고
노래하라면 하고, 울고, 웃고
마루를 기라면 긴다
일용할 양식을 위해

꿈 속에서도 연극은 계속되고
꿈 속의 나도 탈을 쓰고
꿈 속의 나의 말도 탈을 쓰고
꿈 속에서도 나는
나와 나의 말을 거부하지만
탈을 벗지 못하고

꿈 깬 후에 나는 울고 있다.

나는 두꺼운 탈을 쓴 광대
목이 꺾인 광대
탈을 벗고 싶어 우는 광대 —「새로 태어나기·3」

「새로 태어나기·2」「새로 태어나기·3」은 「새로 태어나기·1」의 각각 다른 개작이다. 이 3편의 차이를 강조하기 위해 차이점을 도표화하면 다음과 같다.

	화자	시각	국면	구조
1	개인으로서의 '나'	개인적 열정	피상적 삶의 공간	막연한 개인의 갈등
2	악몽으로서의 '나'	선택적 조정	구체적 삶의 공간 (악몽)	악몽속의 나/ 악몽 밖의 나
3	광대로서의 '나'	구성적 조정	상징화된 삶의 공간 (연극)	연극 속의 나/ 연극 밖의 나

이와 같은 화자·시각·국면·구조의 대비에서 알 수 있듯, 1과 2·3의 차이는 극심하다. 이 차이가 바로 사담적(私談的) 공간과 시적 공간의 차이이다. 여기에서 특히 우리가 검토하고 있는 주관적 관념의 표현과 객관적 인식의 표현의 차이를 1·2·3을 통해 다시 한 번 살펴보자.

이건 너무도 긴 꿈이었다.
처절한 악몽—

끝없이 내 목을 죄어오는 끄나풀
내 눈을 가로막고 서는 뿌연 연기
내 가슴에 그득히 밀려오는 그 무엇
아무것도 낯익은 것은 없다

문법상으로, 1연의 '꿈이었다'는 과거 시제와 2연의 마지막 구절의 '없다'라는 현재 시제는, 2연이 꿈을 깬 이후의 심정 토로라는 사실을 알려준다. 그렇기 때문에 2연은 토막 난 꿈속의 영상들이 아니라 작가의 뇌리를 스치고 지나가는 관념적 영상의 단편들이다. 더구나 "내 가슴에 그득히 밀려오는 그 무엇/아무것도 낯익은 것은 없다"라는 주관적 관념과 이어져, 2연 전체를 모호하게 한다.

나는 악몽 속에 있다.
누군가 내 목을 죄는 끈을 쥐고 당기고
사방에는 내 눈을 가로막는 뿌연 연기가 솟고
초조하게, 초조하게
둘러보아도 모두 낯선 것들

위의 「새로 태어나기·2」의 1연은 전체가 꿈속의 정황이다. 그러므로 꿈속의 영상을 객관화해놓은 이미지가 된다. 그 표현도 「새로 태어나기·1」처럼 관념의 단편들로 이루어진 것이 아니라 정황의 단위들이다. 즉,

1) 누군가 내 목을 죄는 끈을 쥐고 당긴다
2) 사방에는 내 눈을 가로막는 뿌연 연기가 솟는다
3) 초조하게 둘러보아도 모두 낯설다

라는 객관화될 수 있는 3개의 정황 단위의 이미지이다.

「새로 태어나기·2」의 2연도 동일한 수법이다. 3연은 꿈속의 '나'와 '꿈 속'이 꿈이 아니라 나의 현실이라는 점을 명확히 해주고(「새로 태어나기·1」에는 이런 대비가 없다) 있다.

나는 나를 감추고 탈을 쓰고
춤을 추는 광대

연극은 계속되고 무대 위에서
나는 내 목을 죄어오는 끄나풀에도
목을 내밀고, 피를 흘리고
노래하라면 하고, 울고, 웃고
마루를 기라면 긴다
일용할 양식을 위해

「새로 태어나기·3」의 1연은 전체가 연극적 정황이다. 그러므로 이 또한 관념의 단편이 아니라 관념의 감각화[8]이다.「새로 태아나기·2」와 다른 점은 꿈속과 연극 속이라는 국면의 차이와,「새로 태어나기·2」가 '나'의 소외 현상만 드러나 있는 것에 반해 이 작품에서는 '나'의 탈이 무엇 때문에 생겼는지를 명시적으로 진술하고 있다는 점이다.

「새로 태어나기·1」은「새로 태어나기·2」「새로 태어나기 ·3」에 비해 화자 '나'가 개별화 또는 유형화되지 않고, 시각도 개인적 열정이라는 감정적 차원에 있으며, 시적 공간으로 드러나는 삶의 구체적 국면도 피상적인 만큼 구조와 표현이 허술한 일상적 표현과 많이 닮았다.

3. 일상 속의 '나'와 구체적 경험 속의 '나'

시에서 일상적인 경험도 흔히 등장한다. 그 일상적 경험을 형상화하고 있는 작품 속에서도 경험의 주체인 '나'가 등장한다. 이 '나'는 작품 속에 등장하는 '나'인 만큼 일상 속의 '나'가 아니다. 일상 속의 '나'는 앞서 말한 현실 속의 '나'인 까닭이다. 그러니까 시로 표현해야 하는 시적 대상이 일상의 경험인

8 '관념의 단편'은 관념 그 자체로 토막토막 이어져 시의 세계를 추상적이고 모호한 공간으로 만든다. 그러나 어떤 관념을 정황으로 구체화하여 표현할 경우, 그 관념은 감각화된다. 사실적 정황으로 어떤 '관념'을 표현할 수 있는 그것 자체가, 작가가 그 관념을 자기 나름대로 인식하고 또 해석하고 있다는 의미가 된다.

만큼 그 경험 속의 '나'를 객관화하는 데는 보다 많은 힘이 든다. 왜냐하면 언어로 형상화하려고 하는 것이 잡다한 일상인 만큼 작품 밖(일상 속)의 '나'와 작품 속(선택한 경험 속)의 '나'가 자주 엇갈리기 때문이다. 그렇기 때문에, 일상의 경험을 시로 표현할 때는 그 구체적 경험의 국면을 명확히 구분하고 객관화해야 한다. 그래야만 그 경험 속의 '나'도 함께 객관화되고, 경험과 어울리는 유형화된 '나'가 된다.

갈밭 속을 간다.
젊은 詩人과 함께
가노라면
나는 혼자였다.
누구나
갈밭 속에서는 일쑤
同行을 잃게 마련이었다.
成兄
成兄
아무리 그를 불러도
나의 音聲은
內面으로 되돌아오고
이미 나는
갈대 안에 있었다.
바람이 부는 것도 아닌데
갈밭은
어석어석 흔들린다.
갈잎에서는 갈잎의 바람
젊은 詩人은
저편 강기슭에서 나를 부른다.
하지만 이미

나는 應答할 수 없다.
나의 音聲은
內面으로 되돌아오고
어쩔 수 없이 나도
흔들리고 있었다. —박목월, 「下端에서」[9]

「하단에서」의 화자인 '나'는 갈밭을 가며, 갈밭 속에서는 "일쑤/동행을 잃"고 갈대와 동화되어 '갈대 안에' 있음을 경험하는 경험적 주체이다. 그러니까 이 작품 속의 '나'는 실재적 경험(젊은 시인과 갈대밭을 걷는 것)과 상상적 경험(갈대 안에 있음을 느끼는 것)을 동시에 겪는 존재이다. 이는 물론 작품 속의 '나'요 시적 대상으로서의 '나'이다. 이 두 경험을 작품 속에 표현하는 작가(시적 대상을 인식하는 나)는 작품 뒤에 숨어 있다. 그러므로 작품 밖의 '나'는 경험 세계를 성공적으로 표현해야 하는 작가이다.

그런데 다음의 작품을 보자.

너의 不在로
물씬한 봄날의 하늘이
기울은 겨울 저녁처럼 공허함을
네가 아는가

솜사탕 빠는 아가들의 얼굴에
시인할 수 없는 어둠의 몰골이,
솜싸라기 뿌리는 오월의 오후에
가지 끝도 사그라드는 엄동의 오한이……

각기,

---

9 정한모 · 김용직 편, 『한국현대시 요람』, 박영사, 1982, pp. 697~98.

한 개의 눈빛을 위안삼아 살아가는 일상 속에
이어 흔들리는 격정의 뿌리.
천근 같은 그리움에
가야금 한 두어 줄 이 가슴에 동여줄꺼나.

타는 듯한 노곤의 하루,
지쳐 있음에 길들여진
내 의식의 물결 위로,
질식할 듯 휘청이며
이미 不在였던 네가 간다.
그리운 네가, 가는 것이다. —「5월의 오후·1」•

이 작품은 "너의 부재로" 봄날이 겨울 저녁처럼 공허한 날, 지쳐 길들여진 "내 의식의 물결 위로" 너의 모습이 떠오르는 심정을 적은 것이다. 이 작품을 언술의 3요소인 사실·시각·어조로 표현해보면 이렇게 된다.

사실	시각	어조
사랑하는 이의 부재	개인적	영탄

이 시를 읽는 독자는 「5월의 오후·1」을 쓴 사람의 현실적 사랑에는 관심이 없다. 그것은 어디까지나 개인적 차원의 문제인 것이다. 그 개인적 사랑이 다른 사람에게 관심 있는 것이 되기 위해서는 개인적 차원을 넘어서야 하는 것이다. 즉, 쓴 사람에 의해 사랑의 부재가 어떤 새로운 의미 또는 어떤 깨달음으로 우리에게 다가오도록 시에 드러나 있어야 한다. 그런 것이 없을 때, 시에는 상식적이거나 개인적인 감정만 나타나게 된다. 이 작품에 드러나 있는 너의 부재, 즉 사랑의 부재에 의한 허전함이란 상식적 수준의 그것이다. 그런 상투적 이야기를 시 속에 끌고 들어올 수 있었던 까닭도 시적 공간을 일상적 공간과 구분 못 한, 그러니까 일상적 개인인 '나'가 아무런 의도도 시각도 마련하지 않

고 창조적 허구 속에 들어와 이야기를 펼쳐놓았기 때문이다.[10]

이 작품의 시적 내용이 상식의 수준에 머물러 있다는 흔적은 상투적 과장과 표현 속에도 그대로 드러나 있다.

> 너의 不在로
> 물씬한 봄날의 하늘이
> 기울은 겨울 저녁처럼 공허함을
> 네가 아는가.

이 시적 진술은 사적 공간에서 보면 대단히 절실한 메시지일 수 있다. 즉 시의 차원에서가 아니라 현실적 차원에서 '나'가 '너'에게 보낸 편지 속이라면 절실할 수 있다. 그것은 개인적인 두 사람 사이에는 중요한 문제이기 때문이다. 그러나 시의 차원에서 볼 때, 이런 진술은 '다 아는' 소리에 불과하다. "엄동의 오한"이니 "한 개의 눈빛을 위안삼아"라든지 "천근 같은 그리움" "의식의 물결"이니 하는 표현들은 모두 일상에서 흔히 쓰는 상투적 과장이나 비유적 표현들이다. 다음을 비교해보라.

> 그대 없는 오월의 오후는
> 가지 끝도 사그라드는 엄동의 오한이……

> 그대 없는 오월의 오후는
> 가지 끝도 사그라드는 오한이……

'엄동의 오한'과 '오한'이라는 표현의 차이는 단순히 몇 마디 말의 차이가

---

10 시의 화자는 일차적으로 일반적인 언술의 한 담당자이므로 이 장에서처럼, 편법으로, 그의 발언을 언술의 3요소로 분석해볼 수 있다. 이를 묘사·진술이라는 시적 언술로 연계할 때는 다르다. 예를 들자면 「5월의 오후·1」은 진술형의 시이며, 독백적 구조의 회고적 시점이다.

아니라 상투적인 의식에 물들어 있는 정신인가 아닌가를 구별해줄 수 있을 만큼의 큰 차이이다. '엄동의 오한'이 상투적 비유라는 점을 알고 있다면, 그 표현을 그대로 적어둘 사람이 누가 있겠는가. 이런 점을 염두에 두어야 한다. 참고로 「하단에서」와 「5월의 오후·1」을 그것들의 사실·시각·어조로 비교해보면 다음과 같다.

	사실	시각	어조
하단에서	대상(갈대)과의 일체감	객관화된 '나'	서사조
5월의 오후 · 1	사랑 부재	사적인 '나'	영탄조

이 비교에서 보아 알 수 있듯 「5월의 오후·1」은 '나'를 시적 공간 속에 객관화하지 못하고, 시적 공간을 사적 공간으로 착각하여 시를 사담화(私談化)하고 있음에 유의해야 한다.

너의 不在로
물씬한 봄날의 하늘이
우리집 처마 밑까지 기우뚱거린다
너의 不在로
처마 밑 강아지풀도
바람에 기우뚱거린다

골목에서 솜사탕을 빠는
아이들의 얼굴에
전에 못 본 그늘이 보이고

가랑비 뿌리는 오월의 오후에
가지 끝도 사그라드는
오한이 인다

제각기 다른 눈빛으로 살아가는 사람들 속에
한 줄기 바람에도 흔들리는 나
흔들리는 그리움인 나
내 그리움에 가야금 한 두어 줄
동여줄꺼나

너의 不在로
목마른 하루의 물살 위로
가랑비가 종일 떨어진다
토끼풀이 다 젖는다
그 사이로 不在의
너는 가고　　—「5월의 오후·2」

「5월의 오후·2」는 개작이지만 「5월의 오후·1」과는 전혀 다른 세계이다. 이때의 '나'는 현실적이고 개인적인 '나'가 아니라, 너의 부재의 순간, 그 부재로 인해 다르게 보이는 사물과 나를 인식하는 경험 주체로서의 '나'이다. "봄날의 하늘이" "처마 밑까지 기우뚱거"리고, 또 "강아지풀도/바람에 기우뚱거"리는 것은 따지고 보면 '너의 부재' 때문이 아니다. 그러나 '너의 부재'의 순간에 발생하는 모든 변화는 '너의 부재'의 정서를 암시적으로 드러내주는 현상들이다. 이때의 '나'는 사랑의 부재로 인해 달라져 보이는 현상만을 집중적으로 관찰하고 전달하고자 하는 객관적인 화자이다.

4. 가면의 화자와 어조

시에는 '나'라는 화자 외에 예수니 춘향이니, 하는 인물이나 관념 또는 사물이 직접 화자로 등장하는 경우가 있다고 말한 바 있다. '나'라는 화자가 작품

밖에 있는 시인과 표면적으로 일치하는 유형의 화자라면, 예수니 춘향이니 하는 화자는 전혀 닮지 않은 유형이고, 화자로 등장하는 관념이나 사물은 의인화된 유형의 화자이다.

예를 살펴보자.

A) 어릴 때에는, 새가 나는 것을,
제비가 나는 것을, 나비가 나는 것을,
한 마리 또 한 마리, 그렇게 세었어요.
지금은 안 그래요. 한 마리 한 마리가
雙을 지어 나는 것을 알아요.
그런데 나는 獄에 있어요.
남산에 피는 꽃은 내 마음에 피는 꽃.
북산에 물드는 분홍빛은
내 온몸에 물드는 분홍빛.
그런데 나는 獄에 있어요.
버드나무 千絲萬絲로 늘어진
가지 사이에서 우는 黃金鳥는,
내 가슴 둘레를 돌면서 우는 새,
그런데 나는 獄에 있어요.
나는 사랑하고 있어요
그런데 나는 獄에 있어요.
그런데 나는 사랑하고 있어요. — 전봉건, 「春香戀歌」[11]

B) 당신의 편지가 왔다기에 꽃밭 매든 호미를 놓고 떼어 보았습니다.
그 편지는 글씨는 가늘고 글줄은 많으나 사연은 간단합니다.
만일 님이 쓰신 편지이면 글은 짜를지라도 사연은 길 터인데.

---

11 전봉건, 『장시춘향연가』, 성문각, 1967, pp. 10~11.

당신의 편지가 왔다기에 바느질 그릇을 치어 놓고 떼어 보았습니다.

그 편지는 나에게 잘 있느냐고만 적고 언제 오신다는 말은 조금도 없습니다.

만일 님이 쓰신 편지이면 나의 일은 묻지 않더래도 언제 오신다는 말을 먼저 썼을 터인데.

당신의 편지가 왔다기에 약을 다리다 말고 떼어 보았습니다.
그 편지에 있는 당신의 住所는 다른 나라의 軍艦입니다.
만일 님이 쓰신 편지이면 남의 軍艦에 있는 것이 事實이라 할지라도
편지에는 軍艦에서 떠났다고 하셨을 터인데. —한용운, 「당신의 편지」[12]

C) 죽음은 버스를 타러 가다가
걷기가 귀찮아서 택시를 탔다

나는 할 일이 많아
죽음은 쉽게
택시를 탄 이유를 찾았다

죽음은 일을 하다가 일보다
우선 한잔 하기로 했다

생각해 보기 전에 우선 한잔 하고
한잔 하다가 취하면
내일 생각해 보기로 했다

---

12 정한모 · 김용직 편, 앞의 책, p. 186.

내가 무슨 충신이라고
죽음은 쉽게
내일 생각해 보기로 한 이유를 찾았다

술을 한잔 하다가 죽음은
내일 생각해 보기로 한 것도
귀찮아서
내일 생각해 보기로 한 생각도
그만두기로 했다

술이 약간 된 죽음은
집에 와서 TV를 켜놓고
내일은 주말여행을 가야겠다고 생각했다

건강이 제일이지—
죽음은 자기 말에 긍정의 뜻으로
고개를 두어 번 끄덕이고는
그래, 신문에도 그렇게 났었지
하고 중얼거렸다 —오규원, 「이 시대의 죽음 또는 우화」[13]

D) 돌멩이들에 걷어채여, 핀은 어깨와
손이 상했다. 풀들을 찢으며 꽃의 눈을 찌르며
신문지 조각들을 땅에 박아 놓으며, 핀은 어깨와
손뿐인 몸으로 길고 오랜 여행을 했다.
돌 틈에 누워 핀은 이제 아무 데도 걸림 없이
땅 속에 기어든다, 녹의 껍질이 자신의 몸에서 떨어져 나가는 것을

13 오규원, 『이 땅에 씌어지는 서정시』, 문학과지성사, 1981, pp. 16~17.

전송하며, 그 자신이 땅의 껍질이 되어,
이제는 무엇을 찔러 고정시켜 놓을 일도 까닭도 없이.
돌 틈을 비집고 들어가서 핀은 막연하게
빈 얼굴로 밖을 내다본다. ―이하석, 「핀·1」[14]

A)의 「춘향연가」는 장시 가운데 26~48행이다. 이 시의 제목이 밝혀주고 있는 바와 같이, 작품 속의 '나'는 춘향이다. B)의 「당신의 편지」는, 시의 저자는 남자이지만, 시 속의 '나'는 여자이다. 그것은 "당신의 편지가 왔다기에 바느질 그릇을 치어 놓고"에 잘 나타나 있다. C)의 「이 시대의 죽음 또는 우화」는 앞의 두 편과 달리 '죽음'이라는 관념이 화자이다. 그러니까 "나는 할 일이 많아" "내가 무슨 충신이라고" 등의 말은 모두 죽음인 '나'의 중얼거림이다. D)의 「핀 · 1」은 '핀'이 화자처럼 보이지만, 이 사물이 화자가 아니다. 화자는 숨어 있고 '핀'은 주된 관찰의 대상이다. 이 모든 화자들은 화자에 어울리는 어조tone를 갖고 있음에 유의해야 한다. 즉, '춘향'은 처녀로서 어울리는 어조, 「당신의 편지」에 나오는 여자 화자에게는 그 나름으로 적절한 어조, '죽음'에게 어울리는 건조한 어조, 관찰로 일관하는 숨은 화자의 객관적 어조 등등이 그것이다.

『춘향전』은 시대·신분·물리적 힘에 의해서도 훼손되지 않는 사랑을 보여준다. 그러니까, 오히려 그러한 조건들은 그것을 이겨내는 사랑이 얼마나 아름다운 존재인가를 강조하는 역할을 한다. 이 『춘향전』의 춘향을 노래한다는 일은 곧 사랑의 존재를 재삼 강조하는 작업이지만 시의 화자를 반드시 춘향으로 해야 하는 것은 아니다. 춘향을 화자인 '나'가 객관적으로 노래할 수도 있고, 『춘향전』의 방식대로 서사적으로 엮을 수도 있다. 그러나 작자는 춘향을 구태여 화자로 선택하고 있다. 그것은 우리가 다 알고 있는 서사 구조를 작품의 배경으로 두고(춘향을 화자로 한다는 것 자체가 이미 그런 인유적[引喩的] 효과가 있다), 춘향의 입장에서 사랑이 무엇이며 어떤 것인가를 구체화해보고자 하는 의도 때문이다. 사랑이 얼마나 섬세하고 또 깊고 넓게 세계를 볼 수 있는가를 시

14 이하석, 『투명한 속』, 문학과지성사, 1980, p. 68.

인의 입장에서가 아니라 춘향의 입장에서 보자는 의도이다. 그러므로 춘향의 탈을 쓴 화자인 '나'는 춘향의 어조로 말하고 세계를 본다.

한용운이 여자를 화자로 한 데에도 그만한 이유가 있다. 그 이유를 알아보기 위해 이 작품의 구조적 내용을 잠깐 살펴보자. 각 연에는 다음과 같은 내용이 서로 대비적으로 축조되어 있다.

작품 전체는 진정한 임의 편지란 어떤 것이어야 하는가를 시적으로 밝히는 데 있다. 1연의 '긴 글/긴 사연'의 대비는 글의 길고 짧음과 관계없이, 그 속에 '사연이 긴' 것이 포함되어 있는가가 주요 사항임을 말하고 있다. '사연이 긴' 것은 '글이 긴' 것과 다르다. '글이 긴' 것은 무슨 내용이든지 펼쳐놓은 것이며, '사연이 긴' 것은 마음에 오래 살아 있는 그런 것이다. 2연의 '안부/소식'의 대비는, 임의 편지를 기다리는 측면에서 볼 때 안부를 묻는 격식적인 글이 관심사일 수가 없다. 그것이 진정 임의 편지일 때 그 글은 마땅히 가장 큰 관심사를 포함하고 있어야 한다. 작품 속의 말을 그대로 예로 든다면, 언제 오느냐, 언제 올 수 있느냐가 바로 그런 종류의 것이다.

3연은 사실을 사실대로만 말하는 게 임의 편지가 아니라는 지적이다. 작품에서 다시 예로 든다면, 주소를 '남의 군함'으로 하는 것과 '남의 군함에서 떠났다'는 표현은 엄청난 차이이다. 앞의 그 주소는 걱정하게 하는 말이다. 걱정을 줄여주는 표현, 그것이 임의 편지란 사실이다. 형식적 논리에 지배받거나 걱정하게 하는 내용을 무심하게 써넣는 따위는 진정한 임의 편지로서는 어딘가 부족하다. 생각해보라. 이러한 미묘하고 섬세한 심리적 정황과 사실을 말해야 하는 화자로 남자와 여자 그 어느 쪽의 목소리가 어울리겠는가. 시에서의 어조(語調)란 시인의 어조가 아니라 화자의 어조이다.

작품 전체	진정한 임의 편지(주요 사항)
1연	ⓐ 긴 글: 허식적인 말, 군말 ⓑ 긴 사연: 진정한 말, 참말
2연	ⓐ 안부: 격식적인 말 ⓑ 소식: 가장 궁금한 말

3연	ⓐ 사실: 걱정하게 하는 말 ⓑ 감춤: 걱정하지 않게 하는 말

C)의 「시대의 죽음 또는 우화」는 제목에서도 밝히고 있듯, 우화allegory 형태의 시이다. 죽음이라는 관념을 의인화해서 화자로 하고 있는 만큼 작품 전편에 걸려 있는 중얼거림의 말이나 행동은 죽음인 '나'의 그것이다. 그 죽음은 "버스를 타러 가다가/걷기가 귀찮아서 택시를" 타기로 마음을 바꾸면서 금방 "나는 할 일이 많아"라고 변명을 찾아내어, 걷는 것을 귀찮게 생각하는 안일한 그 정신을 적당히 합리화하는 그런 존재이다. "일을 하다가" "우선 한잔하기로" 하고는 "한잔 하다가 취하면/내일 생각해보기로" 미루는 그런 존재이며, 일이야 어떻게 되었든 주말여행이라도 가야겠다고 먼저 생각하는 그런 존재이며, 그런 사고를 "건강이 제일이지—" "신문에도 그렇게 났었지/하고" 합리화하는 그런 존재이다. 그러므로 그런 존재로서의 죽음은 다른 것이 아니라 일을 미루기 좋아하고, 변명을 좋아하고, 합리화를 좋아하는 일상 속의 우리이다. 화자를 '나' 또는 '그' '우리'로 하지 않고 구태여 '죽음'으로 한 것은 그런 일상 속의 우리란 사는 것이 아니라 죽은 것과 다르지 않다는 해석을 우화형식을 통해 드러내기 위해서이다. '나' '그' 또는 '우리'를 화자로 했을 때, 이 작품은 '나' '그' 또는 '우리'가 그렇게 안일한 삶을 영위한다는 재현적 세계이다. 그러나 '죽음'을 화자로 할 때는 그러한 삶의 영위 자체가 곧 죽음과 같다는 해석적 우화가 된다.

사물을 화자로 했을 경우, 시의 양상은 크게 두 가지로 나타난다. 하나는 의인화한 사물에 감정이입을 하여 인간처럼 감정적 파장을 함께 드러내는 형태이고, 또 하나는 감정을 배제하여 극단적인 사실적 수법으로 묘사하는 형태이다.

「핀·1」은 그러나 핀이 화자가 아니다. 이 작품을 보아서 알겠지만 인공적 가공물인 핀이 버려져서 훼손되고 부패하여 다시 본래의 모습인 광물질의 하나로 변해가는 과정을 숨은 화자가 차가운 시선으로 묘사하고 있다. 인간적인 시점을 가능한 한 배제해버린 사실적 세계를 그대로 보여준다. 이 사실적 세계는 인간의 정서에 의해 지배받지 않는 또 다른 세계가 있음을 보여주어, 그런 세계가 있다는 사실과 그런 세계의 다양한 모습을 통해 우리의 의식을 깨우치고 교정한다. 숨은 화자가 아무런 감정적 언사(슬픈, 아픈, 기쁜 등등)를 구사하지 않고 훼손과 부패의 과정을 담담한 어조로 표현하는 것도 그 때문이다. 이런 화자를 통해 시란 현실적 공간이 아닌 어디까지나 창조적 허구의 공간임을 새삼 확인하게 되고, 시의 화자인 '나'가 현실적 '나'의 차원에 가까워질수록 시는 사적 공간의 사담(私談)이 될 가능성이 크다는 앞서의 지적을 재삼 확인할 수 있다. 그리고 시인이 '춘향'이니 '죽음'이니 하는 수많은 탈을 쓰고 언술을 하는 데는 그만한 근거가 있다는 점도 마찬가지이다. 그런 근거를 다시 한 번 요약한다면, 첫째 시인이 어떤 유형의 인물(화자)이나 관념·사물의 입장에 섬으로써 세계를 보다 객관적으로 바라보고 이야기할 수 있으며, 둘째 화자로 선택한 인물이나 관념 또는 사물이 거느리고 있는 의미 체계를 인유적 또는 비유적으로 수렴할 수 있으며, 셋째 시적 국면에 어울리는 화자와 그 어조를 동시에 살려서 형식화할 수 있다는 점 등이 그것이다.

5. 불투명한 가면과 시적 화자

다음의 예를 보자.

a) 아카시아 꽃잎
떠다니는 논물 아래
꺼꾸로 누운 산

줄을 이어 山寺로
가는 자가용에
못줄 잡는 손길
마음 먼저 바빠라

십년이 넘도록
절에 다녀도
반야심경 한 줄
모르는 어머니

어느 한가한 날
쌀말이나 퍼 이고
부처님 전에 갈꼬 —「초파일」•

b) 아무래도 심상치가 않아요.
이러다가 서로의 기억 속에서
잊혀지는 건 아닐까요.
하루종일 쓸쓸한 바람만 불고
흐린 눈빛으로 다가오는 사내의
시커먼 속눈썹들 사이로
그이가 있어요. 時我는 겨울밭에 누워 저 혼자
감기 앓듯 훌쩍이지만, 아무래도
이러다간 잊혀지고야 말 거예요.
아이가 자라 아이를 낳고
대동강 푸른 물도 까마득히 흘러가
버린 세월인 걸요.
어쩌다 그이의 등언저리가 보이지만
그것은 단단한 벽에 불과해요.
이 일을 어쩌면 좋을까요.
미친 듯 부둥켜안고 싶은 그이는
아득히 멀게만 느껴지고…… —「평양 애인」•

c) 해 뜰 때 하나
해 질 때 하나
돌을 쌓는다.

아버지 집을 만든다.

하나씩……
하나씩……
천천히 쌓는다.

다 짓기 전에
울 아버지는 꼭 돌아온다.

학교가 파하고 아이는
운동장을 가로질러 교문을 나서
보건소 뒷길을 지나
큰 언덕 하나 넘고
작은 언덕 두 개째 넘을 땐
간난네 귀머거리 할아버지한테
들뜬 목청껏 인사도 하고
저만치 포구까지 한달음에 달렸다.

철썩—
파도에도 안전하게 자리한
아버지 집
그 곁에 앉아 아이는
조심스레 주머니를 뒤진다.

아이의 손엔
마지막 담 올릴 자갈들이
따뜻하게 데워져 있다.

이걸 쌓기 전에 오시리라.

해가 지고,

별이 뜰 때까지는

별이 떴다.

별이 질 때까지만……

아이의 손 안에 자갈돌은 식을 줄 모르고
아버지의 집엔 바람이 드나든다. —「섬아이」•

d) 더운 몸을 뒤척이며
밤마다 부끄러운 허리 드러내던
나를 아시는가.
정교한 새끼줄로 산비탈을 넘으면
다리가 아름다운 꽃들이여.
찬비 뿌리는 시장에서
우리 만날 수는 없는 것인지

구부러진 등 뒤로
어색하게 몸을 던지는 그대들
매운 고춧가루 속에서

이렇게 만날 줄 알았다며
고개 끄덕이진 않겠지만
먼 곳에서도 사랑처럼 다가오던
옛날의 그 향기 끌어안고
숨죽인 그대들의 가슴 속으로
아이 하나 낳고 싶은 것 아시는가.

낯선 뒷담 곁 항아리 속에 몸을 눕히고
젊은 아주머니의 손 끝에서 아침을 맞이하면
내 외로운 허리에 묻어나는 영혼들
먼저 달려가 몰래 솟구치는 힘 아시는가. —「열무김치」•

a)는 작품 뒤에 숨은 화자, b)는 평양에 애인을 둔 한 여인, c)는 아이, d)는 열무김치라는 사물과 '나'가 이중으로 각각 화자인 작품이다. 그러나 「초파일」과 「섬아이」에 비해 「평양 애인」과 「열무김치」의 화자가 들려주는 이야기에는 어딘가 피상적인 구석이 있고 모호한 데가 있다. 그 까닭은, 「평양 애인」은 화자의 존재를 구체화시켜주는 개별화된 국면의 부재가 그 주요 원인이며, 「열무김치」는 의인화된 열무김치인 '나'와 인간인 '나'라는 두 화자가 모호하게 얽혀 있기 때문이다. 「초파일」의 화자는 아카시아 꽃잎이 떠 있고, 산이 거꾸로 누워 비치는 무논에서 못줄을 잡고 있는 어머니를 보는 숨은 화자이다. 이 화자는 '어머니'라고 부를 수 있는 그 누구이다. 그 '어머니'는 대부분의 우리들 어머니가 그렇듯 십 년이 넘도록 절에 다녔어도 반야심경 한 줄 모르지만, 줄을 이어 산사로 가는 자가용에 마음만 바쁜 사람이다. 이렇게 화자의 존재를 구체화시켜주는 개별화된 국면이 있기 때문에 "어느 한가한 날/쌀말이나 퍼 이고/부처님 전에 갈꼬"라는 진술 속에는 어머니와 숨은 화자의 사랑까지 실려서 그 사랑이 진하게 울려온다. 이에 반해 「평양 애인」의 화자인 '여자'는 그 실체가 희미하다. 이 작품을 읽으면 남북 분단에 의해 '그이'를 평양에 두고 남쪽에 살고 있는 한 '여자'의 서럽고 안타까운 마음을 노래하고자 하는 작자

의 의도를 즉시 알 수 있다. 그러나 의도가 곧 작품이 되는 것은 아니다. 그 의도를 살리기 위해서는 이산가족의 한 사람으로서의 한 '여자'가 물질적으로나 정신적으로 참담할 수밖에 없는 개별적 삶의 구체성이 시 속에 표현되어 있어야 한다. 그래야만 화자인 '여자'의 말에 리얼리티가 생기게 되는 것이다. "아무래도 심상치가 않아요./이러다가 서로의 기억 속에서/잊혀지는 건 아닐까요."라든지 "이 일을 어쩌면 좋을까요./미친 듯 부둥켜 않고 싶은 그이는/아득히 멀게만 느껴지고……"라는 식의 표현만으로는 '아, 슬퍼요, 정말 이렇게 슬퍼요, 나는 너무너무 슬퍼요'라는 식의 직정적 토로밖에 되지 않는다. 그러므로,

하루종일 쓸쓸한 바람만 불고
흐린 눈빛으로 다가오는 사내의
시커먼 속눈썹들 사이로
그이가 있어요. 時我는 겨울밭에 누워 저 혼자
감기 앓듯 훌쩍이지만

과 같은 시행(詩行)처럼 화자인 '여자'의 존재를 더 현실화해주고 색깔을 확실히 해주는 시적 정황의 보완이 요구되는 것이다.

이 작품은, 화자의 설정과 아울러 생각해볼 때, 제목에도 문제가 있다. '그이'가 애인이었든 결혼한 남편이었든지 간에 분단 40년이 지난 현재라는 시점을 고려한다면, 이 '여자'의 나이는 최소한 50대 후반이다. 그렇다면 50대 후반의 여자가 화자인 시에서, 그 화자가 제3자에게 들려주는 형식의 표현에서, 그 표현의 제목을 '애인'이라고 한 사실은 어딘가 멋쩍어 보인다. '시아'를 따로 볼 때면 더욱 그렇다. '그이' 또는 '평양의 그이' 정도가 어울린다는 느낌은 그래서 생겨난다.

내가 사는 서울의 변두리에는
하루종일 쓸쓸한 바람만 불고,

나는 그 바람 속에 아직
혼자 살며 치맛자락을 펄럭여요.
살기 위해 벌여놓은 구멍가게
앞에는 손님 대신 뿌연 먼지가 일고,
어쩌다 흐린 눈빛으로 다가오는 사내의
시커먼 속눈썹들 사이로
그이가 있어요.
다 자란 時我
겨울밭을 오가며 저 혼자
감기 앓듯 훌쩍이지만, 그래도
아이가 자라 아이를 낳고
대동강 물이 대동강 물을 흘려보내는
세월은 계속되고
나는 이곳 서울에서 그이를 기다려요.
그이를 기다리며
산동네의 엉겅퀴처럼
혼자 서서 펄럭여요.
그이가 있는 곳은 아득히 멀기만 하고

이 개작 속의 화자는 추상적인 여자가 아니라 구멍가게를 벌여놓고, 딸을 키우면서 혼자 살며, 헤어진 '그이'와 만날 날을 아직도 기다리는 여자이다. 즉 막연한 허상이 아니라 살아 있는 실상으로서의 화자이다. 화자가 허상일 땐, 시도 허상의 그림자일 뿐이다.

「섬아이」는 동화적인 서사 구조가 살아 있다. 화자인 '섬아이'가 바닷가에서 아버지를 기다리는 간절한 기구(祈求)가 '아버지 집' 쌓기와 아버지는 돌아오지 않고 그래서 마지막 담 위에 놓을 돌을 놓지 못하고, 아이의 손 안에서 "따뜻하게 데워져 있"는 돌로 표현되어 퍽 인상적이다. 그러니까 이 동화적 서사 구조와 화자인 '아이'는 잘 어울린다.

그러나 앞서 지적했듯, 「열무김치」는 의인화된 열무김치가 화자이기도 하고, 또 인간인 '나'도 화자이기도 해서 혼란을 주는 경우이다.

다음을 보라.

> 낯선 뒷담 곁 항아리 속에 몸을 눕히고
> 젊은 아주머니의 손 끝에서 아침을 맞이하면
> 내 외로운 허리에 묻어나는 영혼들

이 인용에서 알 수 있듯, 이 시구 속의 '나'는 분명히 의인화된 열무김치로서의 '나'이다. 그렇기 때문에 다음과 같은, 작품의 1연에서의 '나'도 열무김치로 읽힌다.

> 더운 몸을 뒤척이며
> 밤마다 부끄러운 허리 드러내던
> 나를 아시는가.
> 정교한 새끼줄로 산비탈을 넘으면
> 다리가 아름다운 꽃들이여.

물론 이와 같은 시행에서 우리는 작가가 자기 자신이 열무김치와 어딘가 닮은 존재라는 의식을 은연중에 드러내고 있다는 점을 안다. 그러므로 작품의 제목과 앞서 인용한 구절과 위의 시행을 읽으면서 의인화된 열무김치로서의 '나'라는 사실을 의심하지 않는다. 그런 인식의 결과,

> **정교한** **새끼줄로** 산비탈을 넘으면

이라는 서툰 표현을 '정교하게 새끼줄에 묶인 채 산비탈을 넘으면'으로 가볍게 고쳐가며 읽을 수 있고, "찬비 뿌리는 시장에서/우리 만날 수는 없는 것인지"에서 '우리'를 열무김치와 꽃으로 읽을 수 있다. 한데 2연을 보라.

구부러진 등 뒤로
어색하게 몸을 던지는 그대들
매운 고춧가루 속에서
이렇게 만날 줄 알았다며
고개 끄덕이진 않겠지만

여기에서 화자를 열무김치라고 본다면, "구부러진 등 뒤로/어색하게 몸을 던지는 그대들"은 도대체 누구란 말인가? 꽃은 물론 그럴 수 없다. 꽃이 고춧가루 속에서 만나야 할 일은 없을 테니까. 위의 인용과 이어지는 시행을 보자.

먼 곳에서도 사랑처럼 다가오던
옛날의 그 향기 끌어안고
숨죽인 그대들의 가슴 속으로
아이 하나 낳고 싶은 것 아시는가.

를 읽다 보면 열무김치로서는 가능하지 않는 상상("그대들의 가슴 속으로/아이 하나 낳고 싶은 것")을 펼치고 있다는 사실을 알게 된다. 그러니까 1연에서는 열무김치로서의 '나'가 화자이다가, 2연에 가면 의인화된 열무김치가 할 수 없는 말을 함으로써, 화자가 인간인 '나'인지 의인화된 '열무김치'인지 모호해져버리다가 3연에 오면 열무김치로서의 '나'가 다시 화자가 되어 있다. 화자는 '나' 하나이지만, 사실상의 그 '나'는 일관성과 통일성이 없는 것이다. 1연의 일부분과 2연을 아래와 같이 했을 때 어떤 변화가 있는지 유심히 보기 바란다.

더운 몸을 뒤척이며
밤마다 부끄러운 허리 드러내던
나를 아시는가.
새끼줄에 묶여 산비탈을 넘을 때

내가 본
서 있는 다리가 아름다운 꽃들이여.
찬비 뿌리는 시장에서 한번쯤은
우리 만나게 되는 것일지

구부러진 등을 펴고 어색하게
매운 시간 속에 몸을 뒤척이는 사람들이여.
이렇게 고춧가루 속에서
만날 줄 알았다며
고개 끄덕이진 않았지만
먼 곳에서도 첫사랑처럼 다가오던
밭머리 그 향기 끌어안고
숨죽인 그대들의 가슴 속에
함께 살고 싶은 것 아시는가.

낯선 뒷담 곁 항아리 속에 몸을 눕히고
젊은 아주머니의 손 끝에서 아침을 맞이하면
내 외로운 허리에 묻어나는 서러운 영혼들
먼저 달려가 몰래 솟구치는 힘 아시는가.

윗점 찍은 부분 가운데 특히 유의해 보아야 할 부분은 "서 있는" "만나게 되는 것일지" "매운 시간 속에 몸을 뒤척이는 사람들이여" "서러운"이다. '다리가' 예쁜 꽃과 '서 있는 다리가' 예쁜 꽃의 의미는 전혀 다르다. "다리가 아름다운 꽃"은 줄기의 생김새가 아름다운 꽃이라는 의미지만, '서 있는'은 살아서 견디고 있는 '다리'이기 때문에 아름다운 꽃이라는 의미이다. 초고의 "찬비 뿌리는 시장에서/우리 만날 수는 없는 것인지"라는 표현은 꽃을 바라보는 열무의 시각 치고는 지나치게 낭만적이다. 그러나 "한번쯤은/우리가 만나게 되는 것일지"는 보다 사실적이다. 2연의 "매운 시간 속에 몸을 뒤척이는 사람들이여"는 초고의 그대들을 열무가 바라보는, 열무의 위치에서 본 인간상으로 바꾼 것이다. 열무 또는 열무김치로서의 화자로 일관성을 부여하고, 열무김치의 말에 구체성을 부여하기 위해서이다. 그리고 "아이 하나 낳고 싶은 것"과 "함께 살고 싶은 것"은 전혀 다르다. 열무김치는 아무리 의인화되어 있다고 하더라도 인간과 함께 있을 수는 있지만, 아이를 낳는 것(아이를 꿈·희망으로 읽는다 하더라도)과는 잘 이어지지 않는 존재이다. '서러운'은 갖가지 제약 속의 영혼의 활동을 강조하기 위한 에피데트epithet이다.

6. 숨은 화자와 시 속의 역할

이번에는 숨은 화자(암시적으로 알 수 있는 화자)의 형태를 본다.

A) 해가 있습니다. 구름이 있습니다. 하늘이 있습니다. 강이 있습니다. 강기슭에는 모래밭이 있습니다. 모래밭에는 여자의 팬티가 있습니다. 여자는 없습니다.

뜨거운 햇살에 짓눌린 강이 흰 거품을 물고 크게 잘게 흔들리는 뒤틀리는 왼 몸뚱어리에 짙푸른 땀을 흘리고 있습니다.

이윽고 황새 긴 모가지가 그 땀방울을 하나를 물고 구름 해 지나더니 하늘 아득히 곤두박혔습니다 —전봉건, 「여름」[15]

B) 해가 지기 전에 산 일번지에는
바람이 찾아온다
집집마다 지붕으로 덮은 루핑을 날리고

---

15 전봉건, 『피리』, 문학예술사, 1979, p. 84.

문을 바른 신문지를 찢고
불행한 사람들이 얼굴에
돌모래를 끼어얹는다
해가 지면 산 일번지에는
청솔가지 타는 연기가 깔린다
나라의 은혜를 입지 못한 사내들은
서로 속이고 목을 조르고 마침내는
칼을 들고 피를 흘리는데
정거장을 향해 비탈길을 굴러가는
가난이 싫어진 아낙네의 치맛자락에
연기가 붙어 흐늘댄다
어둠이 내리기 전에 산 일번지에는
통곡이 온다 모두 함께
죽어버리자고 복어알을 구해온
어버이는 술이 취해 뉘우치고
애비 없는 애기를 밴 처녀는
산벼랑을 찾아가 몸을 던진다
그리하여 산 일번지에 밤이 오면
대밋벌을 거쳐 온 강바람은
뒷산에 와 부딪쳐
모든 사람들의 울음이 되어 쏟아진다 —신경림, 「山1番地」[16]

C) 예비군편성및훈련기피자일제자진신고기간
자: 83. 4. 1~지: 83. 5. 31. —황지우, 「벽·1」[17]

---

16 신경림, 『씻김굿』, 나남, 1987, pp. 32~33.

17 황지우, 『새들도 세상을 뜨는구나』, 문학과지성사, 1983, p. 67.

D) 風景이 風景을 반성하지 않는 것처럼
곰팡이 곰팡을 반성하지 않는 것처럼
여름이 여름을 반성하지 않는 것처럼
速度가 速度를 반성하지 않는 것처럼
拙劣과 수치가 그들 자신을 반성하지 않는 것처럼
바람은 딴 데에서 오고
救援은 예기치 않은 순간에 오고
絕望은 끝까지 그 자신을 반성하지 않는다 —김수영, 「絕望」[18]

「여름」은 서경적, 「산1번지」는 서사적, 「벽·1」은 즉물적 사실을 제시하는 데 초점이 모아져 있고, 「절망」은 특정 관념에 관한 해석적 국면을 제시하는 데 중점이 주어져 있다.

「여름」은 경어체의 '~습니다'를 괄호 속에 묶고 읽으면, '해가 있다 구름이 있다 하늘이 있다……'는 축어적 묘사 형태이다. 그러나 정작 숨은 화자의 시적 자아가 가장 강하게 드러나는 부분은 3연이다. 즉 "뜨거운 햇살에 짓눌린 강이 [……] 왼 몸뚱어리에 짙푸른 땀"을 흘리고, 그 '땀 한 방울'을 물고 구름과 해를 지나 곤두박히는 황새를 보는 감각적 인식이 그것이다. 그러니까 이 시는 그와 같은 감각적 인식을 객관화하는 데 초점이 맞추어져 있다. 이와 달리 「산1번지」는 사실적 인식을 객관화한다. 작자의 의식·판단을 뒤로 감춘 채, 있거나 있음직한 정황들을 서사적으로 재구성해 제시함으로써 현장감을 강화한다.

「벽·1」은 사물(벽보)을 그대로 복사한다. 이 즉물적 표현은 벽보의 내용 뒤에 숨겨져 있는 사회적 모순이나 갈등과 같은 문제를 재해석하기를 요구하는 형태이다.

「절망」은 앞의 세 작품과 달리 관념에 대한 재해석이다. 숨은 화자는 절망의 완강한 부정적 시각을 다른 관념과 사물의 속성을 빌려 제시한다. 즉 '풍경

18 김수영, 『거대한 뿌리』, 민음사, 1974, p. 120.

이 풍경을' '곰팡이 곰팡을' '여름이 여름을' '속도가 속도를' 반성하지 않는 것처럼, 절망 또한 그렇다는 것이다. 대상이 되는 관념에 대한 해석적 인식의 태도이다.

대체로, 이와 같이 특정 사실이나 관념을 전면에 내세우고 싶을 때 화자는 작품 뒤에 숨는다. 자기 의사보다 드러내고자 하는 사실이나 관념에 초점을 두기 위해서이다. 화자가 직접 개입할 경우, 개입하지 않을 경우보다 개인적인 시각이 끼어들 가능성이 높기 때문이다.

7. 숨은 화자와 감각적 인식

a) 길가에는, 벚꽃이 뿌려지고
언제 져버릴지 모르는 벚꽃은
계속 피고, 피어 있었다

저녁 무렵, 집집마다 아이들을
부르는 소리에, 아이들은 자전거의
지친 바퀴를 내버려두고 들어가고
아파트 공원은 가끔 불어오는
바람으로 비어 있다가도 채워지고,

어느새 다가온 어둠이
벚꽃을 피운 나무 한쪽에
조용히 내려앉고 있었다 —「아파트 풍경」•

b) 비탈,그리고어데쯤시작되고있다.기일게드러누운봄볕받아시작되고있다.

강,그속어데쯤시작되고있다.물결그어데쯤에서흔들린다.

철로,주변혹은끝에매달려있다.달리고있다.올라가고있다.

점점이 —「山」•

c) 새벽에 배달된 신문을 펴고
사회면 기사를 훑어간다
시험 고민한 여고생
아파트 13층에서 투신자살
서울 변두리 세탁소 주인은
탈수기에 휘말려 목숨 잃고
산재보험 노린 아내가
보약 대신 농약 먹여 남편 독살
5월의 노래 합창하며
서슬에 눌린 한을 씹다 분신한
어린 넋 어린 넋이여
원혼을 달래며 원혼을 달래며
밝아오는 새벽
오월의 하늘을 본다 —「신문기행」•

d) 한 차례의
벽보 세례가 지나가면
누군가 당선이 되고 그 양반 얼굴이라도 닦아 세울 듯
어디든 하수구, 건물, 도로의 공사판이 열린다.
늦은 오월 오후
담을 가진 집 모퉁이에선
붉은 장미가 열기를 뿜어낼 때,

어머니
당신의 아이들은
봉사 나온 대학생들에게 '가갸거겨'를 배우고
당신은 어느 공사현장에서
판잣집일망정 내 집을 얻어야 한다는 꿈을 이고
그들의 번영을 위한
싸구려 노예가 되어 있나요 —「철거촌」•

e) 어디서 오는 빛이 이리로 덮이는가
헤픈 날의 언저리를 돌아
이승과 저승으로 트인 거울 속
가만히 귀기울이면 젖어오는 머언 날의 소리

눈시울에 감겨 푸른 하늘이 흐르는 곳에
샛빨간 핏자국 자욱마다
작렬하던 젊은 절규
몸서리치는 포열이 격동한 공백

산다는 뜻의
가교에 맺힌
찬 이슬 같은 두 눈이
뜨거운 오열을 달래는데

이름도 기억에 묻힌 혈목의 이야기에
하염없는 뜨락
누구의 숨죽인 축복이 머무는
조요로운 이 자리에 —「얼」•

a)와 b), 즉 「아파트 풍경」과 「산」은 화자는 숨고, 대상의 지배적인 인상을 묘사한 감각적 지각을 바탕으로 한 형태이다. 그러나 「아파트 풍경」은 고정 시점에 의한 객관적 묘사이고, 「산」은 영상 조립 시점에 의한 주관적 묘사라는 점에서 차이가 난다. c)나 d), 즉 「신문기행」과 「철거촌」은 사실적 지각의 형태라는 점에서는 유사하지만, 전자는 신문이라는 매개물을 통한 간접적 인식이며, 후자는 현장 체험을 강조하고 있는 직접적인 인식의 표현이다. e)의 「얼」은 얼이라는 관념에 대한 작가 나름의 의미 탐구이다. 이 작품들도 모두 화자는 숨고 화자가 드러내고자 하는 일정한 대상을 전면에 부각시키고 있는 양상을 보여준다.

감각적 인식의 작품에서 우리가 보고자 하는 것은 물론 감각의 깊이이다. 이 깊이는 상식적이고 관습적인 시각에서는 얻기 힘든 그 무엇이다. 「아파트 풍경」의 첫째 약점은 바로 그 관습적 시각에 머문 표현이 많다는 점이다. 이 작품은 제목에서도 드러나 있듯 언어로 그려진 한 폭의 풍경화이다. 작품에 나타나 있는 그대로 이야기하자면, 길가에는 벚꽃이 피고 지고 있으며, 아이들이 돌아간 텅 빈 아파트 공원을 바람이 채웠다 비웠다 하고, 어둠이 벚꽃나무에 조용히 내려앉는 그런 광경이다. 이와 비슷한 광경을 우리는 흔히 경험한다. 그래서 어딘가 익숙하고, 이 시를 읽기 전에 마치 이와 비슷한 작품을 이미 읽은 일이 있는 듯한 착각을 일으킨다. 사실은 이와 비슷한 작품을 읽은 경험이 없으면서도 그런 착각에 빠진다. 우리가 흔히 보았고, 볼 수 있는 아파트 풍경의 재현에 초점을 맞추었기 때문이다.

그러나 이와 같은 흔히 보는 풍경을 대상으로 한다고 하더라도 그 흔한 풍경을 새로운 시각에서 포착했다면 다를 수 있다. 이 작품이 갖는 두 번째의 약점은 바로 이와 같은 작가 나름의 시각이 없다는 점에 있다.

이 작품에서 우리가 가장 아름답다고 느끼는 구절은, 아파트 공원은 "가끔 불어오는/바람으로 비어 있다가도 채워"진다는 표현이다. 텅 빈 공간이 바람으로 가득 찬다는 사실을 보는 눈도 아름답지만, 구체적으로 표현된 그 바람은 한편으로는 공간을 채우는 존재이지만, 다른 한편으로는 공간의 적막함을 더 극적으로 강조하는 효과를 낸다. 이런 사실의 발견이 감각적 인식의 진면목이라고 말할 수 있는 그런 것인데, 「아파트 풍경」에서는 이 시구를 제외하면 그런 흔적이 없다. 다음의 개작을 보라.

저녁 무렵

길가에는 벚꽃이 지고
지는 꽃을 보면서
지는 꽃 사이사이에
다시 뜨는 하늘의 별처럼
꽃봉오리가 매달리고
꽃봉오리가 벙글고.

지친 자전거의 바퀴와
회전그네와 모래알
운동화 한 짝, 이 모두를
그냥 두고
집으로 돌아가버린 아이들
홀로 남은 아파트 공원은
바람으로 비어 있다가
바람으로 채워지고.

꽃나무와 바람과 모래알과……
운동화 한 짝을 채우기라도 할 듯
벚꽃나무 한쪽에
어둠은 조용히 내려와
이불을 깔고

원작과 개작의 차이를 간단하게 비교해보면 다음과 같다.

	원작	개작
시간	하루 동안	저녁 동안
국면	개괄적(풍경)	구체적(풍경)
시각	관습적	미시적
언술	설명적	묘사적

원작 1연의 "길가에는 벚꽃이 뿌려지고/언제 져버릴지 모르는 벚꽃은/계속 피고, 피어 있었다"는 개괄적인 설명투이지만, 개작의 1연은 개괄적이 아니라 사물(벚꽃)의 변화를 각각 추출하여 그 정황을 구체적으로 묘사한다. 원작 2연의 '저녁 무렵'부터 '들어가고'까지의 3행은 아이들이 사라지기 전까지를 설명적 묘사로 적어놓았지만, 단조롭다. 그것은 자전거와 아이들만 작품 속에 등장하고 있기 때문이다. 개작의 3연에 나오는 '모래알, 회전그네, 운동화 한 짝' 등은 공원의 적막을 강조해주는 사물들이다. 이들의 존재가 자전거와 아이들이 없어진 공원의 풍경을 살려주는 역할을 한다. 원작의 3연에서 어둠은 시간의 경과만 노출한다. 그러나 개작의 그것은 시간의 경과와 함께 비유적 의미가 부가되어 있고, 이 1·2·3연 전체를 유기적 구조로 묶어주는 역할을 한다. 원작과 개작의 각 행, 각 연 전체를 보다 선명하게 비교하고 검토해보면 감각적 인식을 객관화하는 데 퍽 도움이 될 것이다.[19]

「아파트 풍경」이 숨은 화자가 일정한 장소에 서서 바라보는 고정 시점의 풍경이라면, 「산」은 시인이 기차를 타고 여행을 했거나 또는 과거의 경험 사실을 되살려, 마음속에서 재구성한 풍경이다. 그러니까 영상 조립 시점이다. 이 작품은 「아파트 풍경」보다 훨씬 탄력이 있다. 산이 "비탈,그리고어데쯤시작되고있다"든지 "강,그속어데쯤시작되고있다"든지 하는 추론적 상상은 별것이 아니다. 그러나 그것과 연결되어 있는 "기일게드러누운봄별받아시작"된다든지,

19 시는 기본적으로 논리적 인식이 아닌 직관적 인식을 그 기초로 한다. 그렇기 때문에 상상력이 강조되는 것이다.

"물결그어데쯤에서흔들거린다"든지, "철로,주변혹은끝에매달려있다.달리고있다"든지 하는 감각적 인식들은 우리로 하여금 산을 살아 있는 생명체로 느끼게 한다. 띄어쓰기를 하지 않은 표기 또한 이 작품이 표현하고자 하는 산의 동적인 상태를 살려주고 있다. 띄어쓰기를 무시함으로써 말과 말 사이의 휴지를 없앤 연속성 때문이다.

철로 주변 혹은 끝에 매달려 있다 달리고 있다 올라가고 있다

철로,주변혹은끝에매달려있다달리고있다올라가고있다

를 비교해보라. 이 표기로 인해 발생하는 두 시구의 속도감으로 시각적 단절과 연속성은 전혀 다른 리듬을 창조한다.

그러나 이 작품에서 "비탈,그리고어데쯤시작되고있다"는 표현은 어딘가 중복되는 느낌이 있다. 그것은 비탈이 산을 연상시키는, 중복되는 의미가 있는 유사 어군에 속하기 때문이다. 이에 비해 "강,그속어데쯤시작되고있다"는 산과 먼 거리의 어군(語群)이다. 그렇기 때문에, "들녘,그리고어데쯤에서시작되고있다" 정도가 훨씬 효과적이다.

「신문기행」은 앞서 인용한 황지우의 「벽·1」과 신경림의 「산1번지」 중간쯤에 위치하는 형태이다.

예비군편성및훈련기피자일제자진신고기간
자: 83. 1. 1~지: 83. 5. 31.

은 전문이 벽보의 내용을 그대로 옮겨온 것이다. 통조림·양말·기성복 등등이 기왕에 만들어져 있는 기성품ready-made이라는 것과 같은 견지에서 보면, 광고문·신문 기사, 소설의 한 구절 등등도 기성품이다. 이런 기성품을 그대로 작품에 옮기는 행위는 일정한 것을 선택하여 제시하는 그 자체가 비판의 의미를 띤다. 선택은 많은 것을 배제하고 특정한 것을 취하고 내세우는 의식적 행위이다.

그런 배제와 선택의 행위 속에는 세계에 대한 일정한 해석이 숨어 있다.[20] 그러니까 「벽·1」과 같이 시인의 직접적인 표현 행위 없이, 선택 혹은 복제에 의한 제시는, 즉 이런 식의 세계에 대한 해석 행위는 작가의 의식 속에만 존재하게 된다. 그래서 이런 형태를 미술에서는 관념 예술conceptual art[21]이라고 한다.

그러나 「신문기행」은 이와 다르다. "시험 고민한 여고생/아파트 13층에서 투신 자살" "서울 변두리 세탁소 주인은/탈수기에 휘말려" 사망, "산재보험 노린 아내가/보약 대신 농약 먹여 남편 독살" 등은 신문 기사를 그대로 복제했다는 점에서는 「벽·1」과 같다. 그러나 복제 그대로만 제시하고 있지 않고, 작품 속의 일부분으로 인용하고 있다는 사실이 다르다. 그러니까 그것은 일종의 콜라주 수법인 셈이다. 「산1번지」와 다른 점은 바로 이 수법을 통해 현실을 표출하고 있다는 점이다.

「철거촌」은 「산1번지」와 같이 사실적 인식의 바탕에서 쓰인 작품이다. 그렇지만 「산1번지」는 사실적 인식의 강화를 위해, 화자는 숨고, 숨을 뿐만 아니라 주관적 개입을 극도로 억제하고, 서사적 구조 위에 단위 정황들을 엮는다. 이와 달리 「철거촌」은 개인적 감정과 판단을 개입시켜 사적 독백의 양상을 보여준다. 그런 만큼 시의 어조도 일상적·개인적 표현의 어투이다. 사실적 인식을 전면에 세우기 위해 선택된 형식이 전혀 존중되지 않고 작품이 사실적 인식보다는 원망의 토로에 젖어 있다. 이 작품은 일정한 판단 위에 쓰인 것이다. 아니, 일정한 판단을 앞세워 쓴 작품이다. 그 판단이란, 선거 후 선심 공사란 가난한 철거촌민에게 싸구려로 노동할 기회를 제공하는 것이지만, 그럼에도 불구하고 궁핍 때문에 그 공사의 현장에서 노동할 수밖에 없다는 점이다. 그리고 결국 선심 공사를 벌인 그들의 이익만 더 크게 해주고 철거촌민을 계속 노예화

---

20 G. T. Wright, 앞의 책, p. 263.

21 작품의 물리적 전개를 통한 창작 행위보다 사고의 과정에 중점을 두려는 경향을 말한다. 즉 마르셀 뒤샹이 '변기'를 전시 공간에 이동시켜놓은 것이 그 좋은 본보기이다. 이때 기성품 변기(便器)는 생활공간에서 예술 공간으로 이동하고, 일상적 존재에서 새로운 의미의 존재로 바뀐다. 그런 의미 변화 또는 존재의 전이는 작가의 머릿속에서 행해진다. 그러므로 관념 예술이다. 리히텐슈타인이 기성 만화를, 자스퍼 존스가 성조기를 그대로 복제하는 것도 따지고 보면 같은 차원의 것이다.

하는 일일 뿐이라는 그것이다. 이 판단의 옳고 그름을 따지는 작업은 다른 차원의 문제이며, 시에서는 그런 판단이 어떤 설득력을 지닌 사실적 정황으로 짜여 있는냐가 문제의 핵심이다. 그러기 위해서 이 작품의 구조를 좀 자세히 보자.

이 작품의 전체 국면은 세 개의 구조로 분석할 수 있다. 즉 1~4행에 걸친 선심 공사, 5~10행에 나타나 있는 봉사 대학생으로부터 가갸거겨를 배우는 아이들, 11~14행에 걸쳐 표현되어 있는 마을에 없는 어머니들의 행방에 관한 추측이 그것이다. 그러나 세 개의 구조를 분석할 수 있다는 사실은 그 구조가 튼튼한 정황 이미지[22]로 축조되어 있다는 것과는 또 다른 문제이다.

> 한 차례의
> 벽보 세례가 지나가면
> 누군가 당선이 되고 그 양반 얼굴이라도 닦아 세울 듯
> 어디든 하수구, 건물, 도로의 공사판이 열린다

이 시구에서 가장 주목해야 할 사실은 한 차례의 벽보 세례가 지나가면 '누군가 당선'된다는 표현이다. 이 표현 속에는 정작 중요한 선거의 결과에 관한 무관심이 숨어 있다. 이 무관심이 사실은 우리의 사회를 보다 황폐화시키는 근본이다. 사실과 현상과 문제를 분석해보지 않는 맹목적인 선거 불신만이 그곳에 있다. 이런 맹목적인 사고가 이 작품의 사실적 인식의 결핍과 깊은 관계가 있는 것이다. 선심 공사를 가리켜 "그 양반 얼굴이라도 닦아 세울 듯" 열린다는 표현도 지나치게 감정적이어서 사석의 대화 한 토막 같다.

1연에서 보는, 이와 같은 감정적이고 사적 담화와 같은 표현은 어떤 판단에 기초한 감정이 앞서 있기 때문이다. 물론 그러한 감정은 사실적 인식에 필요한 근본적인 의식의 토대가 준비되어 있지 않은 탓이다. 11~14행에 나타난 직정적인 토로도 그런 연유에서 파생한 결과이다. 사실적 인식의 기초는 리얼

---

22 작품 속에 나타나는 하나하나의 시적 단위의 정황이 보여주는 이미지. 이미지image 및 정황situation에 대해서는 앞의 글 「시적 묘사」를 참조할 것.

리티이다. 리얼리티란 사실을 사실대로 보고 파악하려는 냉정한 정신 위에 기초하고 있다. 「산1번지」와 다른 사적 표현 또는 비시적 일상 담화와 같은 이 작품의 피상적 측면은 그런 정신 위에 서 있지 않은 결과이다.

구멍이 숭숭 뚫린 판자벽과
밤이면 별이 쏟아지는 루핑 지붕과
천막촌 골목에,
몇 푼 생길 때마다 쌓았다 멈추었다 하는
만석이네 허름한 집 공사의
시멘트 블록에까지,
한 차례 지나갔던 선거 벽보들이
어느새 너덜거리고
동네 저쪽에서는 당선 사례의
선심 공사가 높아진 코만큼
뚝딱, 쾅, 높게 소리를 낸다.

만석이 엄마도 올해 열다섯 된 만순이도
시멘트 블록 하나라도 더 더 하며
공사장에 가고,
먼 하늘의 구름 한 가닭 눈 아래 깔고 우뚝 서서
저 싸구려 임금으로 세워지는 저 건물과
하수구 공사의 이익으로
배가 더 불러질 누구를 떠올리며
철거촌 젊은이 하나 담 쌓던 손을 멈추고,

아랫도리를 다 드러낸 아이들은
늦은 오후에까지 어른들이 모습을 감춘
골목을 어슬렁거리고

마저 담을 높이 올린 집의 모퉁이에서
자랑처럼 붉은 장미가 열기를 뿜을 때,
간이 천막교실에서
봉사 나온 대학생을 따라 가갸거겨를 외치는
취학 못 한 아이들의 목소리가
끝까지 못하고 허기져 갈라진다.

위의 개작을 원작과 비교해보면, 앞서 지적한 사실들을 보다 명확히 이해하게 될 것이다.

8. 화자와 지각의 변화

「얼」에 관해서 이야기해보자. 얼은 정신·넋으로 말하곤 하는 그런 관념적 존재이다. 관념적 존재가 시적 대상이 되고 있다는 점이나, 화자는 숨고 대상을 전면에 부각시키고자 하는 형태로 본다면 「절망」과 유사하다. 분류상으로는 그렇다고 하더라도 실제상의 차이는 엄청나다. 「얼」은 막연히 전쟁(2연이 그것을 암시한다) 때문에 희생된 사람의 넋을 위로하는 (3·4연이 그것을 암시한다) 시적 내용으로 짐작할 수 있을 뿐이다. 만약 이러한 우리의 추측이 틀리지 않는다면, 우리로서는 작자의 심정만 이해하고, 작자가 시로 표현해놓은 시구 하나하나의 의미는 추측 속에 남겨둘 수밖에 없다. 작자의 심정을 이해할 수 있다는 것과 작품을 이해할 수 있다는 것은 전혀 다른 차원의 문제이다. 작자의 심정을 알 수 있다는 것은 작자의 의도를 이해한다는 것이며, 작품을 이해한다는 것은 언어 하나하나, 시구 하나하나가 유기적으로 조직되어 있는 창조적 세계를 해체하고 또 조립할 수 있다는 것이기 때문이다. 그런데 「얼」은 작자의 심정을 이해할 수는 있으나 작품의 세계는 그럴 수가 없다.

「절망」을 잠깐 보자. 작품 속의 '절망'은 '풍경이 풍경을' '곰팡이 곰팡을' '여름이 여름을' 반성하지 않는 것처럼 반성하지 않는다. 풍경이 풍경을 반성하면 풍경이 아니듯이, 여름이 여름을 반성하면 여름이 아니듯이, 정말 또한 그러한 존재라는 것이 시인의 해석이다. 절망이 절망을 반성하면 그 속성이 달라진다. 그렇다면 슬픔이 되거나 고통이 되거나 또는 변한 속성에 따라 다른 관념적 존재가 될 터이다. 앞서 예로 든 것들 이외에도 속도·졸렬·수치를 나란히 병치해놓고, 우리의 이해를 돕는다. 절망에게도 그런 속성이 있고, 절망은 절망이어야만 절망답다는 해석적 의미이다. 일반적 주장이나 해석이 아니라 다른 사물과의 대비·연결·연상·추론을 자극하는 상당량의 관념과 사실을 제시해놓고 있다.

그러나 「얼」은 「절망」처럼 해석적 인식으로 나아가지 않고 작자의 심정에 다가오는 어떤 넋을 노래하는 시점 위에 서 있다. 그 넋을 노래하는 시점도 객관적인 것이 아니라 주관적으로 일관되어 있다.

어디서 오는 빛이 이리로 덮이는가

를 읽을 때까지도 우리는 작자가 파악한 '얼'로서 그 빛을 감지한다. 그리고 그 '얼'이 어떤 새로운 의미로 파악되는지 궁금해한다. 그러나,

헤픈 날의 언저리를 돌아
이승과 저승으로 트인 거울 속
가만히 귀기울이면 젖어오는 머언 날의 소리

라는 다소 막연하고 추상적인 "젖어오는 머언 날의 소리"라는 표현을 접하고는, 숨은 화자가 '얼'을 직접적으로 해석하려는 것이 아니라, 숨은 화자가 회상에 잠기고 있음을 알게 된다. 그리고 2·3·4연에 이어지는 작품 속에서,

—샛빨간 핏자국마다 작렬하던 젊은 절규
—몸서리치는 포열이 격동한 공백
—산다는 뜻의 기교에 맺힌 찬 이슬 같은 두 눈

—이름도 기억에 묻힌 혈목의 이야기에 하염없는 뜨락

과 같은 관념적인 표현을 읽고는, 이 작가는 오로지 자기표현에 자기가 도취하는 현학적 말놀이 속에 빠져 있음을 알게 된다. 바꾸어 말하면 시적 대상을 작품 속에서 밝혀보려는 의지는 없고 스스로가 하는 근사한 말에 도취한 상태에 있음을 깨닫게 되는 것이다.

적지 않은 사람들이 "샛빨간 핏자욱 자욱마다/작렬하던 젊은 절규"와 같은 개괄적 표현을 시적인 것으로 오해하고 있는 경우를 보는데, 사실은 이와 반대의 입장에 서 있는 것이 시이다. 이와 같은 구절은 일반적으로 전장의 많은 사실을 개괄하고 추상화한 만큼 현장의 사실이 사상되어버린 표현이다. 시는 개괄되고 추상화되어버린 세계를 파헤쳐서 생생하게 되살리는 공간이다. 그러니까 「얼」과 같은 개괄적 표현은 시가 요구하는 것과는 반대 방향으로 나아가고 있다는 점을 간과해버린 결과인 것이다.

이 작품을 쓴 작가의 의도가 6·25 때 젊은 나이로 전사한 한 사람의 넋을 노래하고자 한 것으로 보고, 대상에 대한 각각 다른 몇 가지 지각의 각도에 따른 개작을 참고로 하기 바란다.[23]

1) 몇 사람이 무덤 속에 누운 자 앞에서
묵념을 했다.
무덤 주위는 그가 싸운 골짜기에서처럼
눈이 시리도록 푸른 하늘이
나뭇가지마다 걸쳐져 있었고
새들은 한동안 침묵했다.

바람은 침묵하는 대신
풀잎을 밟고 찾아오는 소리를 내었고

23 「대상과 인식 과정」 참조.

몇 사람은
그가 싸운 골짜기의 여기저기에
뒹굴던 피와 시체를 피하듯
가능한 한 말을 피했고
무덤 위의 잡풀 몇몇
죽은 자 대신 찾아온 자를
아는 척 흔들었다.

이제 이름도 기억의 밑바닥에 가라앉아
떠오르기 힘든 무덤의 주인은 말이 없고
시간이 흘러
시간조차 찾아오기가 하염없는
이 산기슭
몇 사람의 숨죽인 축복인 양
산비둘기가 낮게 낮게 울었다.

2) 어디서 오는 빛이 이리로 와 덮이는가.
헤픈 나날의 언저리를 돌아
무덤 속에 누운 자 앞에서만
거울 속의 빛처럼 조용히 덮이는
이 빛은 어디에서부터 오는가.

무덤 앞에서 사람들은
지난 전쟁을 떠올리며
전쟁과 무관하게 눈이 시리게
푸른 하늘이 흘렀을 골짜기를 떠올리며
한 방의 포탄처럼 날아가버린
젊은 목숨을 떠올리며

풀잎 끝에 맺힌 찬 이슬을
유심히 보는 그들 눈에
느닷없이 날아와 박히는
또 다른 포탄의 섬광에 덮인다.

어디서 와서 이리도 환하게 덮이는가.
빛이여,
이름도 기억의 밑바닥에 가라앉아 묻힌
한 젊은이가 잠든
이곳, 이 하염없는 산기슭까지
찾아오는 섬광이여,
지금은 누구의 숨죽인 축복이 머무는
조요로운 이 자리를 환히 밝히는 빛이여.

3) 그의 얼은
1988년의 이 햇빛 속에
그가 싸운 골짜기에서처럼
눈이 시리도록 푸른
6월의 하늘에
핏자국마냥 붉은
우리네 황토이다.

그의 얼은 지금
내 발 밑에 흩어져
뒹구는 돌멩이 속에
우거진 수풀의 이슬 속에
40년이 넘도록
한반도를 찾아와

꺼이 꺼어이
겨울을 울고 가는 새다
그 새의
울음 소리이다.

지금 이곳에
6·25에 죽은 그의 얼은

1)은 사실적 지각, 2)는 감각적(회상적) 지각, 3)은 해석적 지각에서 「얼」의 의도를 각각 다르게 살펴본 예문들이다. 지각의 각도에 따라 작품의 세계가 얼마나 큰 편차를 보이는가를 반드시 이해할 필요가 있다.

8
비유와 활용

비유와 활용

1. 비유와 시적 언술

비유(比喩)figure란 에이브럼즈의 표현을 그대로 빌리면, 한 언어의 화자가 어떤 특별한 의미나 효과를 얻기 위해 일상적인 또는 보편적인 그 단어의 의미와 그 단어의 연결체로부터 벗어나는[1] 표현 형태를 말한다. 아주 단순화시킨 예를 들어보자.

a) 길이 있다.
b) 길이 꿈처럼 있다.

a)와 b)에서, a)는 일상적이고 또 보편적인 의미의 단어(길, 있다)와 그 연결체(문장)로 되어 있다. 이런 것을 축어적 표현literal expression이라고 하고, 그것이 나타내는 의미를 문자적 의미literal meaning라고 한다. b)는 조금 다르다. 길이 있되 '꿈처럼' 있는 것이다. 그러니까,

┌꿈처럼
↓
길이 있다.

---

1 M. H. Abrams, *A Glassary of Literary Terms*, Holt, Rinehart & Winston, p. 63.

로 되어, 길의 의미가 '꿈처럼'이라는 비유(직유)에 의해 일상적이거나 보편적인 의미로부터 벗어나 있다. 즉, 한 언어의 화자speaker of a language에 의해 파악된 다른 말(꿈)의 해석을 받아 새로운 비유적 의미figurative meaning라는 특별한 의미망을 갖게 된다. 이런 의미와 효과를 얻기 위한 갖가지 수사(修辭)가 비유인 것이다.

앞에서 우리가 고찰한 시적 언술, 그러니까 시적 묘사와 시적 진술에 대한 언급은 다른 언술 형태(설명·논증·설득·서사)와 구분되는 특성을 이해하기 위해서였다. 그리고 그 시적 언술의 구조는 각각 그 언술의 특성에 따라 형성되고 시인의 관점과 시점이 구조의 형태를 결정하고 있는 점도 보았다. 그러나 이런 시적 언술은 어디까지나 구조나 시점을 통해 본 전체적인 모습이다. 그 속에서 한마디, 한 줄, 또는 하나의 시적 정황을 구성하는 실체인 시구는 비유와 함께, 또는 비유에 의해 형성된다. 다음의 예를 보자.

A) 絶頂에 가까울수록 뻑국채 꽃키는 점점 消耗된다. 한 마루 오르면 허리가 슬어지고 다시 한 마루 우에서 모가지가 없고 나종에는 얼골만 갸옷 내다본다. 花紋처럼 版박힌다. 바람이 차기가 咸鏡道 끝과 맞서는 데서 뻑국채 키는 아조 없어지고도 八月 한철엔 흩어진 星辰처럼 爛漫하다. 山그림자 어둑어둑하면 그러지 않아도 뻑국채 꽃밭에서 별들이 켜든다. 제자리에서 별이 옮긴다. 나는 여긔서 기진했다.

—정지용, 「白鹿潭」[2]

① 언술형태(묘사)
↓
② 구조(서경적 구조)
↓
③ 시점(이동시점)
↓
④ 묘사 종류(객관적 묘사)
↓
* 주된 비유-직유

B) 흐르는 물처럼
네게로 가리.
물에 풀리는 알콜처럼

① 언술형태(진술)
↓
② 구조(독백적 구조)
↓

2 정지용, 『백록담』, 백양당, 1946, p. 14.

알콜에 엉기는 **니코틴**처럼
니코틴에 달라붙는 **카페인**처럼
네게로 가리.
혈관을 타고 흐르는 **매독균**처럼
삶을 거머잡는 **죽음**처럼.

—최승자, 「네게로」[3]

③ 시점(기원적 시점)
↓
④ 진술 종류(직접적 진술)
↓
＊ 주된 비유-직유

위의 작품 두 편과 표에서 보는 바처럼, 시적 언술의 형태로 본다면 A)는 시적 묘사, B)는 시적 진술이다. A)는 서경적(敍景的) 구조를 가지고 있으며, 그것은 이동 시점에 의한 객관적 묘사로 되어 있다. B)는 독백적(獨白的) 구조를 가지고 있으며, 기원적 시점에 의한 직접적 진술이다. 두 편의 시가 각각 시적 묘사와 시적 진술의 형태를 하고 있음에도 불구하고, 직유(直喩)가 그 주된 비유이다.[4]

그러나 그 직유의 기능은 각각이다. A)는 극도로 절제된, 그런 만큼 탄력 있는 축어적 표현과 객관적 묘사로 백록담 등반을 한 폭의 풍경으로 가시화한다. 그러므로 이때의 직유는 전편에 걸쳐 있는 축어적 묘사 속에서 그 어조(語調)를 돕는 역할을 한다. 즉 가시화를 극대화하는 측면에서 사용된다.

(백국채 꽃은) —— 화문처럼~
(백국채 꽃은) —— 성신처럼~

에서 보듯이, 이러한 비유는 회화적(繪畫的) 감각에서 선택된 것이다. 그리고 그런 성격 때문에 풍경화적인 공간에 자연스럽게 어울려 있다.

그러나 B)의 직유는 다르다.

---

3 최승자, 『이 시대의 사랑』, 문학과지성사, 1981, p. 7.

4 언술의 형태·구조·시점·종류와 같은 문제는 작품 전체(또는 그와 유사한)를 살펴보게 한다. 그런 연유로 시적 언술에 관한 고찰에서는 시 전편 또는 그와 흡사한 구조를 살펴볼 수 있는 데까지 인용했다. 그러나 비유에서는 비유를 포괄하고 있는 시구 인용만으로도 가능하므로 부분 인용을 했다.

물처럼
알콜처럼
(나는) ── 니코틴처럼 ── 네게로 가리
카페인처럼
매독균처럼
죽음처럼

에서 볼 수 있듯, 여기에서의 직유는 이 작품 뒤에 숨어 있는 시적 화자인 '나'를 새로운 의미의 존재(물·알콜·니코틴·매독균·죽음)로 전환시킬 뿐 아니라, '네게로' 가는 양태의 다양성을 함께 표현해준다. 그만큼 특별한 의미를 창출한다.

그러니까 A)가 '어떤 특별한 효과'를 얻기 위한 수사라면 B)는 '어떤 특별한 의미'를 얻기 위한 수사라는 성격이 강하다.

2. 비유의 종류

비유는 종류도 많고, 그 비유들의 분류도 다양하다.[5] 에이브럼즈Abrams가

---

5 구체적으로 열거되어 있지는 않지만 R. Welleck & A. Warren, 『문학의 이론*Theory of Literature*』을 보면 '야심적인 표에서 보면 약 250종이 있다'고 적고 있다.
한국의 한 책에 나와 있는 자료(문덕수, 『문장강의』, p. 385)를 보면 다음과 같다.
徐福換(發行者), 『論文作成法』, 一韓圓書出版社, 1956. 2, pp. 69~79: 「論文의 技巧」라 하여, 强調의 技法(誇張法 · 列擧法 · 對照法 · 擧例法 · 反覆法); 比喩의 技巧(直喩 · 隱喩 · 代喩 · 擬人法); 變化의 技巧(設疑法 · 아이러니 · 倒置法 · 引用法)으로 三分하고, 13가지를 설명하고 있다.
大韓文章硏究會 編, 『文章作成』, 世文社, 1952. 9, pp. 62~105: 修辭의 8種 原理 곧 ① 結體(直喩法 · 隱喩法 · 諷喩法 · 活喩法 · 結晶法 · 問答法 · 擧例法 · 誇張法 · 現寫法 · 對照法 · 揚法 · 換置法 · 括進法 · 列敍法 · 譯法); ② 朧化(稀薄法 · 美化法 · 曲言法); ③ 增美(引用法 · 隱引法); ④ 存餘(擧隅法 · 例寫法 · 省略法 · 斷敍法 및 接敍法 · 反言法 · 冷嘲法 · 設疑法 · 倒裝法); ⑤ 融合(融會)(漸層法 · 飛移法 · 序次法 · 連鎖法); ⑥ 奇警(警句法 · 奇先法); ⑦ 順感(反覆法 · 其他 反覆的詞姿 · 對偶法 · 避板法 · 擬態法 · 咏嘆法); ⑧ 變性(方便法) 등으로 분류하여 41가지의 수사법을 들어 설명하고, 여기에다 遮斷法 · 變態法 · 超格法 들을 추가하고 있다. 모두 44가지나 열거

스스로 밝히고 있듯, 그의 분류에도 문제가 있지만, 편의상 그의 분류를 원용해보자. 비유는 두 종류로 나누어볼 수 있다. 하나는 단어의 문자적 의미literary meaning에 뚜렷한 의미의 변화를 가져오는 비유이고, 다른 하나는 단어를 잘 배열함으로써 특별한 효과를 가져오는 비유가 그것이다. 에이브럼즈는 전자를 의미의 비유figures of thought, 후자를 말의 비유figures of speech라고 부르고 있다.[6] 보다 쉽게 이해하기 위해 예를 들어보자.

A) 맺힌 한처럼
별은 당신의 뼈 —「별」[7]

B) 나는 남쪽의 노래를 위한
북쪽의 노래를 지었다 —「비」[8]

A)는 직유(맺힌 한처럼), 은유(별은 당신의 뼈)로 되어 있고, B)는 대조법(남쪽의 노래/북쪽의 노래)이 골격을 이루고 있다. A)는,

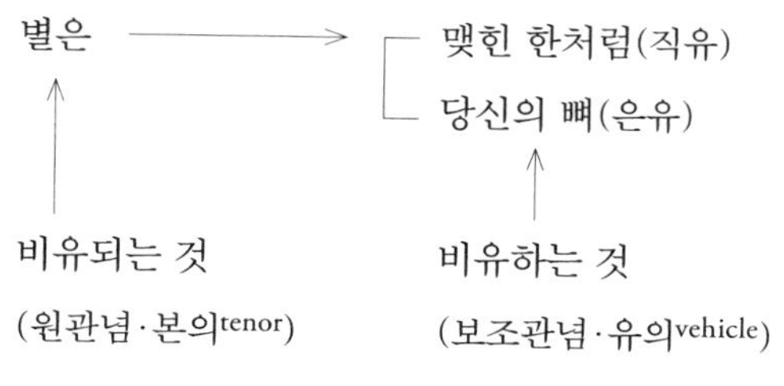

한 셈이다. 이는 日人 五十嵐 著, 『新文章構話』에서 말한, 修辭에 있어서의 8種의 原理를 그대로 도입한 것이다. 그러나, 앞에 든 徐福換의 『論文作成法』, 朴榮 · 李漢 · 方基換 共著, 『現代文章講義』, 先進文化社, 1958; 朴木月 著, 『文章構話』, 啓蒙社; 金利錫 著, 『文章作成』, 受驗社, 1966. 6; 白鐵 · 梁在淵 · 金相善 共著, 『새 文章敎室』, 日新社, 1963. 6. 등은 三分法을 쓰고 있다.

6 M. H. Abrams, 같은 책, pp. 63, 161.

7 정인섭, 『무진일기』, 문학과지성사, 1989, p. 31.

8 같은 책, p. 91.

으로 되어 있다. 이때의 직유와 은유는 '별'에 문자적 의미에서 벗어난 새로운 의미를 준다. 의미의 비유이다. 그러나 B)는 '남쪽의 노래'를 위해서 '북쪽의 노래'를 지었다. 즉 남쪽을 위한 '남쪽의 노래'라는 표현 대신 대조법을 사용하여, 남쪽의 노래를 위한 '북쪽의 노래'를 지었다고 적어서 그 노래의 의미를 강조하고 있을 뿐, 문자적 의미에는 변함이 없다. 그러므로 말의 비유에 속한다. 이를 참고하여 우리가 흔히 사용하는 비유들을 나누어보면, 의미의 비유로는 직유·은유·상징·환유·제유·활유·풍유·인유·성유 등을 들 수 있고, 말의 비유로는 도치·과장·대조·열거·반복·영탄, 그리고 반어·역설·모순어법 등도 넣어볼 수 있다.[9]

3. 의미의 비유

1. 직유

가) 직유의 종류

직유(直喩)simile란 두 가지 사물 또는 관념을 '같이, 처럼, 듯이, 인 양, 같은, 만큼' 등의 연결어로 결합하여 표현하는 비유이다.

A) 긴 여름 해 황망히 나래를 접고
늘어선 高層 창백한 墓石같이 황혼에 젖어
찬란한 夜景 무성한 雜草인 양 헝클어진 채 —김광균, 「瓦斯燈」[10]

B) 絶望이란 오히려

9 문덕수는 이를 '비유법'과 '비유 없는 수사법'이라고 분류하고 있다.
10 정한모·김용직 편, 『한국현대시 요람』, 박영사, 1982, p. 515.

나리는 눈처럼 포근하고나 —조지훈, 「눈오는 날에」[11]

C) 어쩌다 멀쩡한 精神처럼
立看板 하나 서 있다 —홍신선, 「친구와 잠자며」[12]

A)는 원관념과 보조관념이 모두 사물(고층—묘석, 야경—잡초)인 형태로 결합된 직유, B)는 원관념이 관념(절망)이고 보조관념이 사물(눈)인 형태, C)는 B)와 반대의 형태로 결합되어 있다. 이때 비유가 성립하는 근거를 마련해주는 것은 원관념과 보조관념이 지니고 있는 차이성 속의 유사성similarity이다. 이 점을 C)를 통해 다시 살펴본다면 다음 그림과 같이 된다.

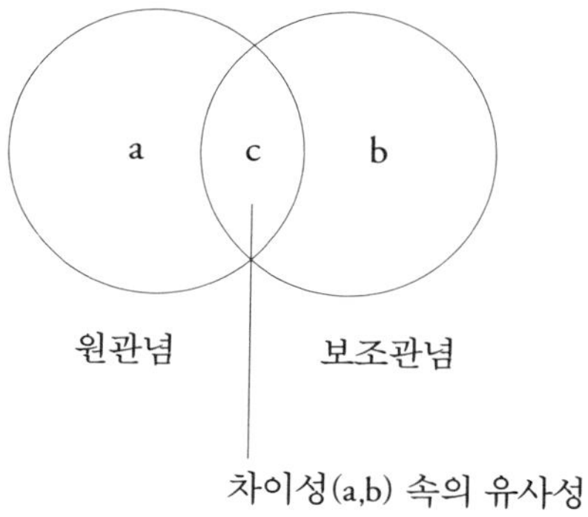

a — 입간판
b — 정신
c — 멀쩡하게 서 있음

이처럼 비유. 즉 특정의 언어 결합은 인접성contiguity과 유사성similarity에 의해 이루어진다.[13] 인접성은 환유(換喩)와 제유(提喩)에서 가장 극명하게 드러나

11 『한국현대시문학대계 19』, 지식산업사, 1980, p. 111.

12 홍신선, 『삶 거듭 살아도』, 문학예술사, 1982, p. 99.

13 R. Jakobson, 『문학 속의 언어학*Selected Writings*』, 신문수 옮김, 문학과지성사, 1989, pp. 94~115, 그리고 R. Welleck & A. Warren, *Theory of Literature*, p. 183 참조. 이런 결합의 특성에 의거하여 『문학의 이론』 저자는 비유를 인접의 비유figures of contiguity와 유사의 비유figures of similarity로 나눈다.

며, 유사성은 위에서 보는 바처럼 직유·은유·상징 등에서 폭넓게 나타난다.

이러한 직유도 문맥 속에 나타나는 양태에 따라 크게 두 가지로 나누어볼 수 있다.

대상적 직유(對象的 直喩)와 정황적 직유(情況的 直喩)가 그것이다. 앞서 살펴본 A, B, C에서는 고층—묘석, 절망—눈, 입간판—정신과 같이, 비유되는 것(원관념)이 비유하는 것(보조관념)의 일정한 대상으로 드러나 있다. 이와 다른 경우를 보자.

> 내 이름자 묻힌 언덕우에도
> 자랑처럼 풀이 무성할게외다 —윤동주, 「별 헤는 밤」[14]

이 시구에서는 비유가 다음과 같은 유사성 속에서 발생한다.

> 비유되는 것(원관념)—풀이 무성할 것
> 비유하는 것(보조관념)—자랑

그러니까 '풀'이 원관념이 아니고 '풀이 무성할 것'이라는 정황이 원관념이다. 이것을 다시 도식화하면,

> ↓ 자랑처럼
> 풀이 무성할게외다

와 같이 된다.

그러므로 정황적 직유는 일반적인 형태의 대상적 직유와는 달리 원관념이 어떤 정황이다.

---

14 정한모·김용직 편, 『한국현대시 요람』, 박영사, 1982, p. 744.

나) 직유의 활용

직유는 비교적 단순한 유추(類推)에 의해서도 성립될 수 있고, 또 비교의 형식으로 제시되기 때문에 은유보다 한정적이고 장식적인 경향이 흔히 눈에 띈다. 그러나 그렇다고 하더라도 직유라는 수사법 자체가 한정적이고 장식적인 것은 아니다. 문제는 직유니 은유니 하는 비유를 수사의 기교(技巧)라는 차원에서 보고 있느냐 세계 인식에 필수적인 한 요소로서 받아들이고 있느냐에 있다. 다음의 예를 보자.

風景이 風景을 반성하지 않는 것처럼
곰팡이 곰팡을 반성하지 않는 것처럼
여름이 여름을 반성하지 않는 것처럼
速度가 速度를 반성하지 않는 것처럼
拙劣과 수치가 그들 자신을 반성하지 않는 것처럼
바람은 딴 데에서 오고
救援은 예기치 않은 순간에 오고
絶望은 끝까지 그 자신을 반성하지 않는다 —김수영, 「絶望」[15]

이 작품은 8행 가운데 5행이 직유로 되어 있어 그만큼 직유의 비중이 크다. 1~5행에 걸쳐 있는 직유는 마지막 행 전체를 원관념으로 하는 정황적 직유이다. 보조관념도 "풍경이 풍경을 반성하지 않는 것처럼"이라는 한 정황으로 되어 있다. 그러나 여기에서의 직유는 결코 단순하지도 않으며 장식적이지도 않다. 1~5행에 걸쳐 이루어진 의미의 확충에 힘입어 마지막 행에 나타나 있는 절망의 속성(끝까지 그 자신을 반성하지 않는 절망)이 그 모습을 드러낸다.

그러나 다음과 같은 시구에는 문제가 있다.

---

15 김수영, 『거대한 뿌리』, 민음사, 1974, p. 120.

a) 솜털 같은 눈 내밀고 있는 버들가지 새로
군센 나무줄기만큼 빗줄기가 굵어졌고 —「봄날」•

b) 古家의 마룻바닥 위에 쌓여진
먼지처럼
너의 가슴에 쌓이는
가슴 아픈 사연들은 —「광장」•

c) 책상 위의 튜울립이 연꽃처럼
화들짝 피어 있었다 —「어느 날」•

d) 우리나라 제일의 대학에
새의 부리 같은 학적부를 두었다 —「기다림을 위하여」•

a)의 '솜털 같은'이라는 비유부터 살펴보자. 버들가지의 눈에는 솜털이 나 있다. 그러므로 '솜털이 나 있는 눈'을 "솜털 같은 눈"이라고 한 것에 불과하고, 일반적으로 알려진 그런 사실(솜털이 나 있는 눈)을 새삼 또다시 비유로 적고 있다는 점에서 장식적인 표현에 불과하다.

"군센 나무줄기만큼"은 적절하지 못한 비유이다. 이 비유는,

원관념(비유되는 것)—빗줄기가 굵어진 것
보조관념(비유하는 것)—군센 나무줄기

라는 정황적 직유이다. 그러나 비유하는 나무줄기는 굵기가 여러 가지이다. 그뿐만 아니라 가늘다고 해서 나무줄기가 반드시 군세지 않은 것도 아니다. 그러므로,

굳센(그러나 가느다란)
굳센(손가락만큼 굵은) ——— 나무줄기
굳센(팔뚝만큼 굵은)

라는 식으로 빗줄기와 유사성이 없는 다양한 나무줄기도 연상할 수 있으므로 비유의 적절성이 부족한 것이다. 빗줄기는 아무리 굵어져도 '팔뚝만큼 굵은' 이라는 상상을 일으키기에는 한계가 있는 탓이다.

b)의 '먼지처럼'은 단순한 직유의 형태이다. 더 자세히 적자면, "가슴 아픈 사연들"이라는 감상적인 정서의 두께(고가의 마룻바닥 위에 쌓인, 그러니까 두껍게 쌓인 먼지만큼이나)를 드러내고자 하는 표현이기 때문이다. 감상적인 원관념("가슴 아픈 사연들")이 비유까지 감상적 차원의 단순한 의미로 끌어내린다고도 할 수 있다.

다음을 보라.

古家의 마룻바닥 위 쌓인
먼지처럼
늦은 밤 달빛은 쌓이고

이때의 달빛은 얼마나 신선한가.

c)의 '연꽃처럼'과 d)의 '새의 부리 같은'은 서로 상반되는 점에서 부적절한 비유이다. '연꽃처럼'은 꽃의 개화를 묘사하면서 다른 꽃을 비유로 차용했다는 점에서 문제가 있다. 즉 비유가 차이성 속의 유사성을 근거로 성립하고 그 차이성이 중요한 역할을 하는데, 차이성이 거의 없는 두 사물(튜울립도 연꽃도 꽃이다)에서 비유를 구했다는 점에서 그렇다.

이와 반대로 '학적부'와 '새의 부리'는 두 사물 사이에 차이성 속의 유사성이 거의 없다. 유사성이 거의 없으므로, 우리는 작가가 의도하는 바의 의미를 유추할 수 없다. 결국 작가만이 아는 표현이 되는 것이다.

위에 인용한 4종류의 시구가 나오는 작품 전편을 모두 게재하여 보여주면 더욱 잘 알 수 있는 일이겠지만, 지면상 생략하고 말한다면, 4편의 작품 모두가 수준이 그렇게 높은 편이 아니었다. 이런 말을 구태여 덧붙이는 까닭은 한 번 더 비유를 기교의 차원에서 보지 말아달라는 말을 해두고 싶어서이다. 비유는 기교의 차원이 아니라 인식의 차원에서 이루어질 때 비로소 진정한 몫을 발휘하기 때문이다.

II. 은유

가) 은유의 종류

은유(隱喩)metaphor는 직유와 달리, 연결어가 없는 비유이다. 그러니까 원관념을 A라고 하고 보조관념을 B라고 할 때, B 같은 A에서 '같은'이라는 연결어가 없는 형태이다.

1) 시간은 강처럼 흐르고
A B

2) 시간의 강은 흐르고
A B

3) 시간은 강이 되어 흐르고
A B

위에서 보는 바처럼, 1)은 'B처럼 A'라는 형태의 직유이고, 2)는 'A의 B'라는 은유, 3)은 'A=B'라는 형태의 은유이다. 이런 형태상의 차이 때문에 직유를 명유(明喩), 은유를 암유(暗喩)라고 부르기도 한다.

은유에는 연결어가 없는 만큼 원관념과 보조관념의 결합 상태가 직접적이다. 직접적인 만큼 원관념과 보조관념 사이에 강한 탄력이 생긴다. 그 탄력은 두 개의 관념이 가지고 있는 차이성과 유사성이 서로 부딪치며 이룩해내는 새로운 의미론적 전이[16]와 의미 발생의 자장(磁場)이다.

---

16 은유metaphor는 어원상 meta(초월해서, over, beyond)와 phora(옮김, carring)의 합성어로 '의미

은유에는 치환 은유(置換隱喩)epiphor와 병치 은유(竝置隱喩)diaphor가 있다.[17]

치환 은유는 우리가 일반적으로 은유라고 부르는 바로 그것이다. 즉, 앞의 1) 2) 3)이라는 예에서 직유를 제외한 2) 3)에서 보는 바처럼 A=B 또는 A의 B라는 비유 형태가 그 기본이다. 어원적으로 말한다면, 아직은 모호하고 또 불확실한 원관념이 이미 잘 알려져 있고 보다 구체적인 보조관념에 의해 새로운epi 의미론적 이동phora을 하는 것이다.

A) 나의 허기는
시골역 플랫포옴 —김광림, 「가을날」[18]

B) 자동판매기를
賣春婦라 불러도 되겠다
　　黃金교회라 불러도 되겠다
　　이 자동판매기의 돈을 긁는 포주는 누구일까
—최승호, 「자동판매기」[19]

C) 둥근 나무탁자 위
등불 하나
너의 눈이 닿은 자리
나의 눈이 타는 자리
동그랗게 열린
고요 하나 —민용태, 「한밤의 과일」[20]

론적 전이'란 뜻을 지닌다.

17 P. Wheelight, *Metaphor & Reality*, Indiana Univ., 1973, chap. 4, "Two ways of Metaphor" 참조.

18 김광림, 『천상의 꽃』, 영언문화사, p. 15.

19 최승호, 『고슴도치의 마을』, 문학과지성사, p. 24.

20 민용태, 『시비시』, 민음사, p. 19.

D) 아아 나는 이제 숯이요 물이요 불이요 그 모든 것
나는 이제 술이요 물이요 불이요 예언자요
심판자요 피도 눈물도 오줌이요 똥이요
송미자요 강철주요 김성성이요 박경님이요……
그 모든 것이다 —박남철, 「조용한 목소리」[21]

E) 황금의 꽃같이 굳고 빛나던 옛 맹세는 차디찬 티끌이 되어서 한숨의 微風에 날아갔습니다. —한용운, 「님의 沈默」[22]

위의 보기에서, A)는 치환 은유의 'A는 B이다'라는, 즉 A=B라는 형식을 보여주는 전형적인 시구이다. 이때 보조관념인 '시골역 플랫포옴'은 원관념 '나의 허기'를 구체화해주는 객관적 상관물objective correlative이다.[23]

B)는 직접 "A는 B이다"라고 표현하고 있지는 않지만, '자동판매기는 매춘부다' '자동판매기는 황금교회다'라는 인식을 표현의 밑바닥에 깔고 있다. 그러니까 (A) (B)는 같은 치환 은유를 골격으로 하고 있다.

그러나 A)와 B) 사이에는 다른 점이 있다. 즉, A)는 원관념과 보조관념이 각각 하나인데, B)는 보조관념이 둘이다. 이렇게 하나의 원관념에 여러 개의 보조관념이 있을 경우, 이를 확장 은유(擴張隱喩)라고 한다. C)와 D)가 그런 다른 보기들이다. C)는 각각 떨어져 있지만, '한밤의 과일'이 '등불 하나'와 '고요 하나'로 의미의 확대가 되는 경우를 보여주는 예이며, D)는 많은 보조관념을 동시다발적으로 병렬하여 심리적 세계를 보여주는 예이다.

E)는 이른바 액자식 은유[24]라는 것이다. 한 시구 속에 하나의 비유적 표현(황금의 꽃)이 다시 다른 비유의 보조관념(황금의 꽃같이 굳고 빛나던 → 옛 맹

21 박남철, 『지상의 인간』, 문학과지성사, p. 49.

22 『한용운전집 · 1』, 신구문화사, 1973, p. 42.

23 T. S. Eliot, *Selected Prose*, p. 26.
객관적 상관물은 시인의 정서를 가시화하고 구체화해주는 일련의 사물·상황·사건을 일컫는다.

24 비유가 다른 비유를 빌어, 비유 속에 비유가 들어 있는 형태. 김준오, 『시론』, 이우사, p. 106 참조.

세) 형태로 된 것을 말한다. 이 시구에는 4개의 비유가 들어 있다. 이런 액자식 비유는 시에서 흔히 나타난다.

치환 은유와 달리 병치 은유는 'A는 B이다' 또는 'A와 B'라는 식의 구조를 가지고 있지 않다. 이는 시구와 시구를 병치함으로써 그 시구와 시구가 창출하는 독특한 의미론적 전이의 형태를 말하는 것이다.

A) 아뜨리에서 흘러 나오던
루드비히의
奏鳴曲
素描의 寶石길

한가하였던 娼街의 한낮
옹기장수가 불던
單調 —김종삼, 「아뜨리에 幻想」[25]

B) 노래하는 여인 노래하지 않는 여인
우는 여인 울지 않는 여인
떠나간 여인 떠나가지 않는 여인
눈을 감은 여인 눈을 감지 않는 여인
기다리는 여인 기다리지 않는 여인
옷을 벗는 여인 옷을 벗지 않는 여인
아이를 낳은 여인 아이를 낳지 않는 여인
담배를 피우는 여인 담배를 피우지 않는 여인
취한 여인 취하지 않은 여인
눈썹을 그리는 여인 눈썹을 그리지 않는 여인
손이 고운 여인 손이 곱지 않은 여인

---

25 김종삼, 『십이음계』, 삼애사, 1969, p. 13.

옆에 있는 여인 옆에 있지 않은 여인
먹고 싶은
퇴근 5분 전이다 —이창기, 「물 위의 암스테르담」[26]

A)에서 보듯, "루드비히의/주명곡"인 "소묘의 보석길"과 대낮의 창가에서 옹기장수가 불던 '단조'가 나란히 병치되어 있다. 그러나 그 두 개의 이미지는 사실상 단절된 것이지만 시인의 의도적 표현에 의해 묶여 있다. 이 병치가, 마치 치환 은유에서 원관념과 보조관념 사이에 의미론적 전이가 일어나듯, 병치된 시구와 시구, 또는 병치된 이미지와 이미지 사이에 그런 의미론적 변화를 창출하고, 새로운 의미의 세계를 형성한다.

B)의 각각의 시구는 대조법으로 병치되고 병렬되어 있지만, 대조되는 여인들의 이미지가 이 시의 테마는 아니다. 그렇기보다는 이렇게 수많은 여인을 병치·병렬함으로써 새롭게 형성되는, '퇴근 5분 전'의 나른함과 욕망의 세계이다. 그 욕망과 나른함은 '먹고 싶은'이라는 시구와, '물 위의 암스테르담'이라는 제목이 시사하는 바 그대로—둥둥 떠 있는 것 같은—나타나 있다.

나) 은유와 활용

다음에 나타난 은유를 살펴보자

a) 아이는 하나님이다
천지창조의 신, 하나님이다
하나님도 만들어내지 못하는
세상을

바닷속에 산을 띄우고
달을 넣는다. —「그림」•

26 이창기, 『꿈에도 별은 찬밥처럼』, 문학과지성사, 1989, p. 30.

b) 퇴계로, 종로
내 가슴 같은 길 —「길」•

c) 죄없는 꿈의 머리에 던지는 돌팔매질이나
너에게 언제인가 말린 꽃이 되리라
나는 —「연가」•

d) 잡담은
가까이 다가오는 살[肉] —「토론」•

e) 여름은 생각할수록
어리석은 생각이다
무너지는 노을을 밟고
방울 소리로 떠나가는
아이의 발바닥이다

여름은 봄날의 춘곤증처럼
아련히 되씹어보는 과거라는
딱지
껌이다
짠 맛 물씬 나는 풍선껌이다 —「여름」•

a)는 A=B, 즉 "아이는 하나님이다"라는 치환 은유가 보인다. 그리고 그 은유를 구체화하는 정황, 즉 "하나님도 만들어내지 못하는" 그런 세상인 '바닷속의 산'과 '달'을 그리는 행위를 이어놓고 있다. 이와 같은 표현 그 자체 속에는 별다른 무리도 없다.

문제는 다른 쪽에 있다. 무엇보다 먼저 문제가 되는 것은 아이=하나님이라는 이 비유가 만들어내는 의미의 세계가 전혀 새롭지 않다는 데 있다. 아이들은 순수하다느니, 어른들의 아버지라느니, 천사 같다느니 하는, 우리가 이미 익숙하게 알고 있는 세계를 다시 쓰고 있기 때문이다. 더 자세하게 적자면, 우리가 익히 알고 있으므로 그것은 상식에 속하며, 상식은 아무리 시로 표현한다고 해도 역시 상식에 속하기 때문이다.

결국, 어떤 형태의 비유든 마찬가지이지만, 치환 은유의 형식을 갖추었다고 해서 모두 새로운 의미론적 전이가 발생하지 않는다는 데 있다.[27]

이와 같이 상식적인 비유를 시 속에 표현하는 경우는 표현 그 자체에 문제가 있다기보다 이런 표현을 하는 작가의 의식이 상식 차원에 머물고 있다는 데 유의해야 한다. 그렇기 때문에, 앞서 한 번 밝힌 바를 다시 강조하자면, 비유란 단순히 표현의 기교가 아니라 세계 인식의 깊이와 넓이 그 자체여야 하는 것이다.

그다음 문제가 되는 것은 '아이는 하나님'이라는 비유와 "하나님도 만들어내지 못하는/세상을" 만들어낸다는 표현이 주는 차이이다. "하나님도 만들어내지 못하는/세상을" 만드는 게 아이라면, 아이는 '하나님의 아버지', 그와 유사한 의미의 존재이다.

b)는 퇴계로와 종로를 복잡한 심리적 세계("내 가슴 같은 길")를 보조관념으로 한 비유이다. 그리고, 이 비유는,

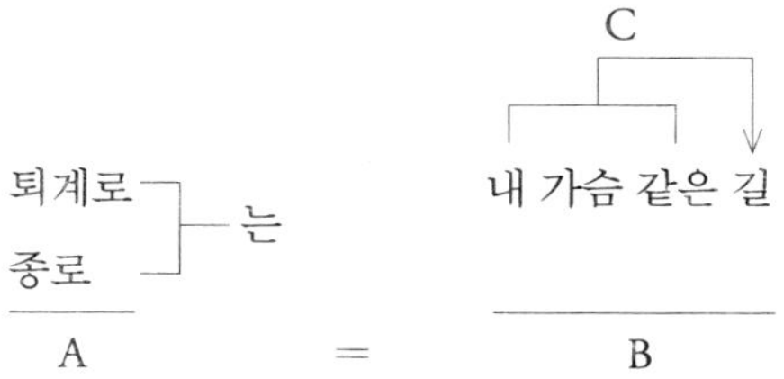

A=B라는 치환 은유 속에 C("내 가슴 같은")라는 직유가 액자식 비유로 끼

27 은유에는 죽은 은유dead metaphor가 있다. 은유의 구조이기는 하나 이미 상식화되어 있는 것들을 두고 하는 말이다. 그것은 상식화되어 은유로 읽히지 않기 때문이다.

어 있는 구조로 되어 있다. 그러나 그렇다고 하더라도, a)와 마찬가지로 역시 평범한 비유에 불과하다. 퇴계로와 종로가 우리가 일상적으로 흔히 쓰고 있는 '우리들 마음=복잡함'이라는 의식을 그대로 빌린 표현인 탓이다.

c)도 액자식 구조를 갖고 있는 치환 은유이다. 그 구조를 잠시 보면 다음과 같다.

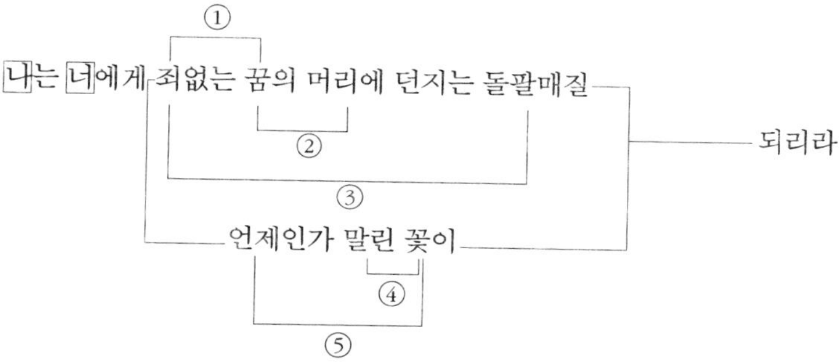

전체적으로 보면 '나'는 '너'에게 '돌팔매질'이나 '말린 꽃'이 되리라—이렇게 된다. 그러므로 그 치환 은유의 구조는 ③과 ⑤로 되어 있다. 그 속에 형용사적 비유(① ④) 치환 은유(②)가 포함되어 있다.

제목이 암시하는 바 그대로 읽는다면, 이 '연가'는 미래에 닥칠 어떤 비극적 결말의 두 가지 양상(함께 있더라도 꿈의 머리에 돌팔매질이나 하는 존재이거나, 아니면 너에게 말린 꽃의 존재가 될)을 섬세하게 표현하고 있다. a)나 b)처럼 상식적 차원에서 인식한 것이 아니라 그 나름대로 구체적 사실을 표현 속에 살려 설득력을 얻고 있다.

그러나 다음을 보라.

너의 갈라진 입술을 더욱 시들게 하는
눈물을 그저 장님처럼 보지 않았다.
구질구질한 스무 살이 진눈깨비의 벌판에서
딸꾹질을 멈추면

죄없는 꿈의 머리에 던지는 돌팔매질이나
너에게 언제인가 말린 꽃이 되리라
나는

즉, 보기로 든 c)의 시구로 바로 그 앞에 위와 같은 한 연이 더 있다. c) 앞에 있는 이 시구들이 흔한 20대의 감상을 질펀하게 깔고 있다. 그러니까 c)는 결국 20대의 흔한 감상을 보다 섬세하게 표현한 시구로 끝나게 되어 있다.

최루탄 속에서도 너는 꽃의 최루탄을
꽃의 혁명을 보고
돌의 반동을 꿈꾸고 일으켜 세우고
달이 사라지는 쪽에서 별이 떠오르는 쪽으로
걸었다. 그러나 이 허름한 거리
여기까지 밀려온 나는

죄없는 꿈의 머리에 던지는 돌팔매질이나
너에게 언제인가 말린 꽃이 되리라
나는

라고 했을 때와 비교해보라. c) 앞에 있는 6행은 단순한 20대의 정서가 아니라, 격랑의 시대 속에서 꿋꿋하게 자기의 길을 가는 한 사람에게, 그렇게 살지 못하는 자가 보내는 연서가 된다. 그러므로, 비유란 그 자체의 깊이와 넓이로만 있는 것이 아니라 작품 전체의 깊이와 넓이와 늘 함께 있을 수밖에 없음을 알아야 한다.

d)는 원관념과 보조관념의 거리가 너무 멀어, 읽는 사람이 이해가 어려운 비유이다. 즉 차이성 속의 유사성을 발견하기 힘이 들어, 은유로서의 기능을 할 수 없는 그런 형태이다.

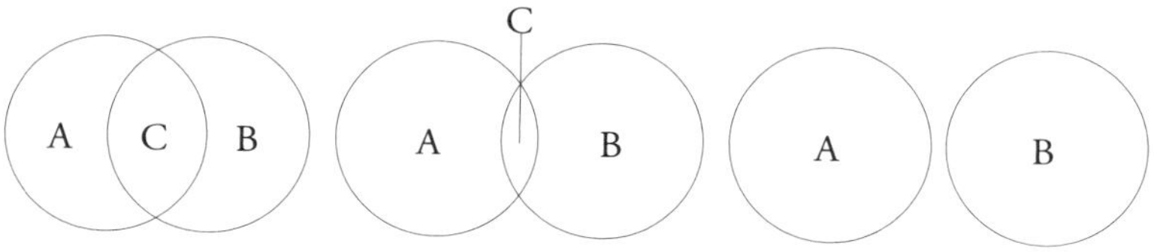

(i) (ii) (iii)

A=원관념 B=보조관념 C=차이성 속의 유사성

(i)(ii)(iii)의 형태로 결합된 비유가 있다면, 보는 바처럼 (iii)은 비유의 발생이 어렵게 된다. 즉, 의미론적 전이를 가능하게 해주는 차이성 속의 유사성 (c)가 없는 탓이다. 잡담과 살[肉]은 (iii)과 같은 형태이다.

차이성 속의 유사성이 거의 없는, 그러니까 원관념과 보조관념 사이의 거리가 가장 먼 비유로 흔히 예로 들고 있는 김춘수의

사랑하는 나의 하느님, 당신은
늙은 悲哀다.
푸줏간에 걸린 커다란 살점이다.

라고 하는 「나의 하느님」도, 따지고 보면 (ii)에 속하고 있다. 니체가 "신은 죽었다"고 한 이후, 그 신의 다른 이름인 하느님은 현재의 시점에서 보면 '비애'이기도 하고 "푸줏간에 걸린 커다란 살점"일 수도 있기 때문이다.

e)는 형태상으로 보면 확장 은유에 속하는 예이다. 하나의 원관념(여름)에 여러 보조관념이 연결된 형태이기 때문이다. 그러나 이 비유도 (iii)과 같이 원관념과 보조관념의 거리가 너무 먼 그런 유형에 속한다. 어째서 '여름'이 "어리석은 생각"이며, "방울 소리로 떠나가는/아이의 발바닥"이며, '딱지'며 '껌'인지 상상할 수가 없다. 즉, '여름'에서 "아이의 발바닥"으로 또는 '딱지'나 '껌'으로 우리로 하여금 의미론적 이동을 따라갈 수 있도록 해주는 인접성을 발견할 수 가 없는 탓이다. 그러나,

여름은 짠 맛 물씬 나는 풍선껌이다

라는 시구는 다르다. '여름'이라는 말 속에는 짠맛, 풍선, 풍선껌과 마주 닿는 상상의 통로가 있다. 여름-더위-짠물-짠맛-해변-젊음-풍선껌이라는 연상 속에서, 앞의 비유를 가능하게 하는 연결 고리(차이성 속의 인접성)를 발견할 수가 있기 때문이다.

이번에는 병치 은유의 예를 보자.

너도밤나무 숲이 있었다. (1)
여자아이가 바나나 같은 살결 (2)
내밀고 서성이며 (3)
울고 있었다 (4)
솜털 같은 눈 내밀고 있는 버들강아지 새로 (5)
굳센 나무줄기만큼 빗줄기가 굵어졌고 (6)
마을이 부르고 있었지만 어린 아이에겐 (7)
성큼 다가오진 않았다 (8)
뒤돌아보며 낯설게 걸었다 (9)
외롭지 않았지만 외로워지고 있었다 (10)
나무가 아이보다 앞서 걷고 (11)
숲은 자꾸만 커졌다 (12)
피륵피륵 부딪는 나무들의 속살 (13)
바나나처럼 벗겨졌다 (14)
하늘은 예정대로 어두워지진 않았지만 (15)
여자아이는 숲을 (16)
쉽게 (17)
떠날 수 없었다 —「여름일기」• (18)

이 작품은 서경적 구조의 영상 조립 시점으로 되어 있다. 즉, 어린 날의 경험 사실을 작자 나름대로 재구성해놓고 있는 것이다.

이 작품을 다음과 같이 고쳐놓고 읽어보라.

너도밤나무 숲이 있었다 (a)
여자아이가 바나나 같은 살결
내밀고 서성이며
울고 있었다 (b)
마을이 부르고 있었지만 어린 아이에겐
성큼 다가오진 않았다 (c)
뒤돌아보며 낯설게 걸었다 (d)
외롭지 않았지만 외로워지고 있었다 (e)
나무가 아이보다 앞서 걷고
숲은 자꾸만 커졌다 —「숲」 (f)

이 경우, (a)~(f)의 시구, 즉 여섯 개의 병치된 시적 정황은 병치 은유가 된다. 그러니까 각 시구, 또는 시적 정황은 그 자체로 의미를 지니면서 다른 시구와 어울려 새로운 의미론적 전이를 이룩하여 종국적으로 하나의 심상적 공간을 제시하는 것이다.

원작인 「여름일기」에서 (5)~(6)행은 비유가 적절하지 못할 뿐만 아니라,[28] (13)~(18)과 어울려, 이 작품을 설명적이고 산문적 차원으로 끌어내리는 역할을 하고 있다. (5~6행도 그렇지만, 13~14행도 부적절한 비유이다. 비에 '나무들의 속살'이 '바나나처럼' 벗겨졌다는 표현은 지나친 과장이다.) 개작된 「숲」은 숲 속에서 한 아이가 느끼는 정서에 초점이 모아지고 있다. 그러나, 원작인 「여름일기」는 비오는 날 숲에 갇힌 아이의 감정, 즉 비가 와서 갈 수도 올 수도 없었던 단순한 경험의 기록에 불과하다. 그것은 (5)~(6)행과 (13)~(18)행을 읽어보면 알 수 있다.

---

28 앞의 '직유'의 분석을 참조할 것.

시가 경험(직접이든 간접이든) 사실의 기록임에는 틀림없으나, 그 경험을 단순히 기록하는 것이 아니다. 그러므로 예술적 차원에서 재구성할 때는 표현하고자 하는 세계에 초점을 맞춘 '배제'와 '선택'이 얼마나 절실한 것인가를 알아야 한다. 그러니까 「여름일기」의 작가에게는 경험 사실의 단순한 표현이라는 인식밖에 없었기 때문에 배제와 선택이 이루어지지 않았고, 그 결과로 비 오는 날 숲 속에 갇힌 경험의 재구성이라는 단순한 작품이 된 것이다.

「여름일기」와 「숲」의 비교에서도 알 수 있듯, 시는 배제와 선택으로부터 그 생명이 시작된다.

III. 상징

가) 상징의 종류

가장 간단히 말해본다면, 상징(象徵)symbol은 직유나 은유에서 원관념이 숨고 보조관념만 나타나 있는 형태이다.[29]

1) 길처럼
길처럼 길게 드러눕는 그리움

2) 그리움은 길게 드러누운 길

3) 길게 드러누운 그 길로
바람이 오고 그대는 가고
산 너머 바다는 아니오고
파도 소리만 오고
그대의 모습으로 여기저기 풀이 자라고

1) 2)에서는 원관념(그리움)과 보조관념(길)이 다 함께 드러나 있다. 그러

29 C. Brooks & R. P. Warren, *Understanding Poetry*, p. 556.

나 3)에서는 '길'만 있고, 그 '길'이 무엇을 뜻하는지는 우리가 찾아내야 한다. 3)과 같이, 불명확한 어떤 것(여기에서는 편의상 그리움이라고 해두자)을 명확한 길이라는 형상을 통해 표현하고자 할 때 상징이 나타난다. 그러나 상징은 시인이 어떤 것을 숨겨 표현하기 위해서 의도적으로 사용하는 것이 아니라, 그렇게밖에 표현할 수 없을 때 사용한다. 3)을 예로 들어 말하자면, '길'을 통해서만이 시인이 느끼고 있는 그리움의 실체를 표현할 수밖에 없다는 그런 의식에서 행해지는 것이다. 그러므로 상징의 숨은 원관념은 언제나 암시적이다.

상징에는 개인적 상징personal symbol, 대중적 상징public symbol, 그리고 원형적 상징archetypal symbol이 있다.[30] 개인적 상징은 시인들이 사적으로 '어떤 것이 다른 것을 의미'하도록 사용하는 경우이고, 대중적 상징은 제도적 또는 문화적 전통 속의 상징을 빌려 사용하는 경우이며, 원형적 상징은 모든 인간에게 유사한 의미나 반응을 환기하는 이미지나 화소(話素)를 사용하는 경우이다.

A) 나는 바퀴를 보면 굴리고 싶어진다
자전거 유모차 리어카의 바퀴
마차의 바퀴
굴러가는 바퀴도 굴리고 싶어진다
가쁜 언덕 길을 오를 때
자동차 바퀴도 굴리고 싶어진다

—황동규, 「나는 바퀴를 보면 굴리고 싶어진다」[31]

B) 친절하게도 신호등만 계속해서 청신호를 보내고
갈수있습니다가도좋습니다가십시오가십시오

—김옥영, 「우리는 아무것도 질문하지 않았다」[32]

---

30 M. H. Abrams는 개인적 상징, 대중적 상징으로 나누고 있고(*A Glossary of Literary Terms*, p. 195 참조), 김준오는 휠라이트Wheelight의 이론을 빌어 여기에 원형적 상장을 더하고 있다.

31 황동규, 『나는 바퀴를 보면 굴리고 싶어진다』, 문학과지성사, p. 28.

32 『소설문학』, 1982. 7, p. 155.

C) 하나님, 시험에 들게 하옵소서.
조그마한 미끼라도 저는 물겠나이다.
날파리나 날빛 하나 놓치지 않고
이것저것 덥석덥석 물겠나이다.
(그리하여 저 스스로 죄를 사하겠나이다.) —황인숙, 「기도」[33]

D) 우리가 물이 되어 만난다면
가문 어느 집에선들 좋아하지 않으랴
우리가 키 큰 나무와 함께 서서
우르르 우르르 비오는 소리로 흐른다면 —강은교, 「우리가 물이 되어」[34]

E) 나는 王이로소이다. 나는 王이로소이다. 어머님의 가장 어여쁜 아들
나는 王이로소이다. 가장 가난한 농군의 아들로서……
그러나 十王殿에서도 쫓기어난 눈물의 王이로소이다.
"맨 처음으로 내가 너에게 준 것이 무엇이냐" 이렇게 물으시며는
"맨 처음으로 어머니께 받은 것은 사랑이었지요마는 그것은 눈물이더이다" 하겠나이다. 다른 것도 많지요마는……
[……]
아— 그때부터 눈물의 王은!
어머니 몰래 남 모르게 속 깊이 소리없이 혼자 우는 그것이 버릇이었소이다. —홍사용, 「나는 王이로소이다」[35]

A)의 '바퀴'는 개인적 상징이다. 시의 화자는 '바퀴'만 보면 굴리고 싶다고

33 황인숙, 『새들은 하늘을 자유롭게 풀어놓고』, 문학과지성사, 1988, p. 58.
34 강은교, 『우리가 물이 되어』, 문학사상사, p. 18.
35 정한모·김용직 편, 『한국현대시 요람』, pp. 130~32.

한다. 그러한 욕망은 자전거·유모차·리어카·마차의 바퀴뿐만 아니라 서 있는 바퀴가 아닌 '굴러가는 바퀴'에까지 연장된다. 이와 같은, 굴릴 수 있고, 굴러갈 수 있고, 또 굴러가야 할 것을 굴리고 싶어 할 때, 그것들은 단순한 바퀴일 수만은 없다. 그 '바퀴'는 그러므로 상징적 존재이다. 그리고 그 '바퀴'의 숨은 의미도 하나가 아니다. 그 '바퀴'는 굴릴 수 있고, 굴러갈 수 있고, 또 굴러갈 수 있는 모든 것을 바퀴 하나로 표현하고 있기 때문이다. (그것은, 범박하게 말해서, 생명일 수도 있고, 역사일 수도 있고, 사랑일 수도 있다. 아니 이 모든 것이 합쳐진 것이라고도 할 수 있다. 그 어느 쪽에 초점이 두어졌냐는 시인의 전편의 시를 연구해보아야 한다. 개인적 상징은 시인의 개인적 상징체계 속에서 그 의미가 분명해지기 때문이다.) 이렇게 숨은 의미가 하나일 수 없는 것이 다의성(多義性)이라는 상징의 특징이다. 이 시에서 말한다면 '바퀴'는 그러한 모든 것을 암시하고 있다.

B)와 C)는 대중적 상징의 예이다. B)의 '신호등'은 제도적 상징물의 하나이며, C)의 '하나님'은 문화적·종교적 상징의 하나이다. 이처럼 관습적인 성격을 가진 상징을 작품 속에 사용할 때, 그 상징을 우리는 대중적 상징이라 부르는 것이다.

B)의 '신호등'의 '청신호'는 시 속의 표현 그대로 갈 수 있다. 가도 좋다, 가라—는 제도적인 의미를 가지고 있다. 그러나, 그 제도적 상징의 의미인 청신호가 고장이나 고의에 의해 조작되었을 때, 그때의 청신호는 제도적 의미와 얼마나 다른 의미를 내포하고 있게 되겠는가. 이 시구 속의 '신호등'은 그러므로 제도적 상징의 위험을 암시하고 있다.

C)는 '하나님'이라는 종교적 상징을 빌려서 사용하고 있다. 이때의 '하나님'은 자아 반성을 반어적으로 시에 구체화하기 위한 의도적 선택이다.

D)와 E)는 원형적 상징의 예이다. D)의 물은 원형적 이미지의 하나이다. 원형적 이미지란 민족이나 국가 또는 개개인의 개별적 의미나 정서를 초월해서 인류가 공통으로 반응하는 의미의 존재를 말한다. 물·바다·강·산·태양·달·바람·사막·색채 등등도 그러한 예에 속한다. 물은 가장 일반적인 원형적 상징의 하나로 탄생·죽음·소생·정화·속죄·풍요와 성장의 상징이 된다.

E)는 한 인간의 성장 과정을 보여주고 있다. 화자가 태어나서 배운 것은

'눈물'이다. 이 '눈물'은 자아와 세계 인식의 단초가 되는 고통과 시련의 상징이며, 작품 전체는 자기 정체성(正體性)identity을 형성해가는 통과제의rites of passage적 모티프motif(話素)를 보여준다.[36]

나) 상징의 활용

다음의 예를 통해 상징을 좀더 관찰해보자.

> a) 섬은 다리보다 더 긴 기다림이었다.
> 섬을 본 사람은 모두 섬으로 가버려
> 어느 곳에도 섬은 없었다.
> 섬을 보고도 가지 못한
> 바다는 밤마다 파도가 되어 떠나가고
> 매듭을 풀지 못한 바람 하나
> 수평선에 걸려 떨고 있었다.
> 섬으로 간 사람은 끝내 돌아오지 않고
> 사람은 스스로 키운
> 암초에 부딪쳐
> 하나의 섬이 되었다. —「섬」•

a)의 '섬'은 개인적 상징이다. 그 '섬'을 본 사람은 "모두 섬으로 가버"리는 그런 곳이다. 그뿐만 아니라 섬을 보고도 가지 못한 바다가 "밤마다 파도가 되어" 그곳으로 떠나가는 곳이고, 그 섬에 간 사람은 끝내 돌아오지 않는 곳이기도 하다. 그러므로 그 섬에 대해서는 아무도 모른다. 그 섬은 본 사람은 있으나, 다 가버렸고 돌아오지 않기 때문이다. 그래서 사람들을 "스스로 키운/암초에 부딪쳐" 제각기 하나의 섬이 되게 하는 그런 곳이다. 그곳은 그러므로 이 세상의 사람들이 볼 수는 있으나 본 뒤에는 이 세상에 살아 있을 수 없으므로, 자

36 원형적 상징에 대한 더 자세한 것은 김준오, 『시론』, pp. 138~45 참조.

신의 운명이나 그와 반대로 인간이면 누구나 가고자 꿈꾸는 유토피아나 그런 것의 상징이다.

이 시에서 문제가 되는 것은, 이 섬의 상징성을 파괴하는 단 한 줄의 시구—첫 행이다. '섬'이 '다리보다 긴 기다림' 정도라면 사실상 별것이 아니기 때문이다. 아무리 긴 '다리'라고 해도, 그 정도의 길이라면 그 '긴 기다림'조차도 별것 아닌 짧은 기다림이다. 그 정도의 기다림 때문에 "스스로 키운/암초에 부딪쳐" 섬이 될 사람은 별로 없을 것이다. 그러므로 이 '섬'의 상징을 제대로 살리기 위해서는 첫 행이 삭제되어야 하고, 이 상징에 어울리는 다른 시구가 그 자리에 있어야 한다.

b) 바람이 지나간다.
비인 하늘로……
눈을 껌벅이며 앉아 있는 잠자리
날개 사이로
빈 빨랫줄 흔들며
바람이
시월이 지나간다.

하늘에 박혀 있는 눈부신 호박진주.
그 밑에서 우러르는 코스모스

꽃잎을 식히는 바람이
무엇인가를 향해 푸른 옷을 펄럭일 듯한
높은 하늘로 만국기 날리며
서로 부딪쳐 응어리진 아픔을 신음하며 지나간다.

저만치에 누워
서로 만나지 못하는 무덤들 사이로

그리고 서로 조금씩 움직이는
살아 있는 것들의 머리카락 사이로
우리의 몸 틈으로
우리의 뼈 틈 사이로
온전히 흐르되 단 한 줄의 혈관도 없는
우리의 어지러운 책상 위로
낙엽모양 쌓인 신열을 흐트리며
바람이 지나간다. —「바람」•

b)의「바람」은 형식적인 분류로 본다면 원형적 상징의 하나이다. 그러나 이곳에서의 바람은 상징이 아니다. 이 '바람'은 시월을 의물화(擬物化)한 비유이다.[37] 이 시의 첫 연에 보면,

빈 빨랫줄 흔들며
바람이
시월이 지나간다

라고 되어 있다. 이 표현은 시월(十月)을 움직이는 바람으로 의물화해서, 그 모습을 보여주는 형태이기 때문이다. 그리고 2연에 나오는 '만국기'는 대중적 상징의 하나이다. 시월(계절)을 원형적 상징으로 읽는다면, 이 '바람'도 상징으로 읽을 수 있다. 그리고 일상화되어 거의 상징성이 약화되어 있는 것이기는 하지만, 만국기라는 대중적 상징 속에는 유년의 꿈이라든지 미지의 세계에 대한 동경이 아직도 간직되어 있다.

c) 지구가 자전을 시작하던 날
땅은 흔들리기 시작하고

---

37 비유의「활유」참조.

아담이 외로울 땐 이브가 찾아왔고
예수가 외로울 땐 천사가 찾아와주었다.
하지만 풀잎이 외로울 땐 어둠이 찾아와
풀잎은 거부의 몸짓을 배웠다.
풀잎이 거부의 몸짓을 시작할 때
바람은 저만치에서 칼을 차고
어둠과 협상을 하여
어둠 뒤에 숨어 바람을 일으킨다.
지구는 자전을 멈추고 공전을 시작하고
땅은 흔들림을 멈추고
이브는 아담을 찾지 않고
예수는 십자가에 밟히어도
풀잎은 거부만을 배웠기에
풀잎은 거부한다.
풀잎만이 거부한다. —「맞음을 위하여」•

c)의 아담·이브·천사·예수를 인유(引喩)로 본다면,[38] 지구·땅·어둠·바람·풀잎·칼은 모두 상징으로 보인다. 그러나 이 모두가 상징성을 획득하지 못하고 있으므로, 단순히 아는 체하는 현학취의 표현에 머물러 있다.

우선 이 작품의 전체적 구조를 보면 3단계의 국면 전환이 있다. 서론 단계에 해당하는 1~6행, 본론 단계에 해당하는 7~10행, 결론 단계에 해당하는 11~18행이 그것이다. 이것을 요약해보면 다음과 같다.

서론 단계: 지구가 자전할 때,
외로운 아담을 이브가 찾아왔고
외로운 예수를 천사가 찾아왔는데

38 비유의 「인유와 인용적 묘사」 참조.

(하지만) 외로운 풀잎에게는 어둠이 찾아왔다

본론 단계: 풀잎이 거부할 때

어둠과 협상한 칼을 찬 바람이 왔다

결론 단계: 지구가 자전을 멈추고 공전을 하든

이브가 아담을 찾지 않든

예수가 십자가에 밟히든

(하지만) 풀잎은 거부만을 배웠으므로 거부한다

풀잎만이 거부한다

여기에서 첫번째 의문은, '지구가 자전을 시작하던 날' 어째서 '땅'이 흔들리기 시작했는지 알 수가 없다(지금도 지구는 자전과 공전을 하고 있지만 땅은 흔들리지 않는다!). 이렇게 제3자가 알 수 없는 표현을 하는 경우는 대개가 세계를 사실적으로, 또는 객관적으로 보지 못하는 주관적 사고 때문이다. 두번째 의문은 아담을 이브가 찾아오듯이 풀잎에게 달빛과 별빛, 태양이 찾아올 수도 있는데, 어째서 '풀잎'에게는 어둠만 찾아왔는지 알 수가 없다. 세번째 의문은, 어째서 '풀잎'은 거부만을 배웠는지 그리고 다른 존재와는 달리 '풀잎만'이 거부하는지 알 길도 없다.

이 작품은 결국 작가가 자신의 개인적 감정을 풀잎에다 무리하게 이입한, 그리고 아는 체하며 이것저것 끌어다 나열한 그런 시인 것이다. 즉 '나는 마음이 내키지 않으면 절대로 몸을 허락하지 않는다'는 정도의 감정을 이처럼 어렵게 쓴 것이리라. 만약에,

지구 — 마음

땅 — 육체

이브·천사 — 긍정적 존재

어둠 — 부정적 존재

칼 — 폭력

과 같은 식의 의미로 사용했다면, 이는 작위적인 상징으로 일종의 말놀이에 지나지 않는다. 상징은 단순히 말바꾸기 놀이가 아니기 때문이다. 이 점에 대해서는 「섬」을 다시 읽어보면 도움이 되리라 여겨진다.

Ⅳ. 활유

가) 활유의 종류

활유(活喩)personification는 인간이 아닌 사물이나 추상 개념에 인간적인 요소를 부여하여 표현하는 비유법이다. 그럴 때 대상(사물이나 추상 개념)은 감정이입(感情移入)이 되어 생동감을 갖는다.

활유에는 형태상 완전한 의인화perfect personification와 불완전한 의인화imperfect personification가 있다. 완전한 의인화는 대상에 인간적 속성이 완전히 부여되어 있는 형태, 불완전한 의인화는 부분적으로 인간의 속성이 부여되고 있는 형태이다. 그러니까 이 분류는 단지 형태상의 차이이다.

A) 나의 자랑은 自滅이다
무수한 複眼들이
그 무수한 水晶體가 한꺼번에
박살나는 盲目의 물보다 —이형기, 「폭포」[39]

B) 시를 쓰다가 잠시 담배를 피워물고 있는데 어떤 봄이 찾아와 꺼이꺼이 운다 왜 우느냐 해도 대답 없이 더욱 시끄럽게 운다 아무래도 안되겠다 우는 봄이여 방방곡곡에서 너희들 떼지어 오기 전에 한달음으로 달려가 하나님께 시 쓰는 죄 사해 주십사 간구할 테니 부디 네 집으로 돌아가 한 해에 한 번만 찾아와다오 —최하림, 「봄」[40]

---

39 이형기, 『꿈구는 한발』, 창원사, 1975, p. 17.
40 최하림, 『작은 마을에서』, 문학과지성사, 1982, p. 56.

C) 젊은 母體에 매달려

태양의 젖꼭지를 빨며

조금씩 발돋움을 세워 보는

저

4월의 잎들은, —이수익, 「어린 나뭇잎에게」[41]

D) 旗는

지금 잠 자는 것이 아니라

決意의 주먹처럼 깨어 있으면서 —이수익, 「어둠 속에서」[42]

A), B)는 완전한 의인화의 보기, C) D)는 불완전한 의인화의 보기들이다. 그렇지만 A)는 '폭포'라는 사물을 '나'로 의인화한 것이며, B)는 '봄'이라는 추상적 존재를 의인화한 것이라는 차이가 있다. C)와 D)도 "태양(사물)의 젖꼭지"와 "결의(관념)의 주먹"이라는 차이가 있다. 보기의 D)처럼 관념(결의)이 사물의 형상(주먹)이나 특성을 통해 구체화될 때 의물화의 형태가 된다.

나) 활유의 활용

활유가 활유로서의 기능을 다하기 위해서는 무엇이 요구되는지 알아보자.

이슥하도록 깊어버린 밤과

되새김질을 끝낸 파도의 등줄기와

까칠해진 얼굴들 사이에서

너는 제법 빠르게 나오고 있었다.

때론 바람줄기 한가운데쯤 매달려서

41 이수익, 『그리고 너를 위하여』, 문학과비평사, 1988, p. 91.

42 같은 책, p. 34.

시멘트 바닥에 슬리퍼 끄는 소리를
안으로 죽이며
그렇게 살며시 오고 있었다.

까만 손으로 등을 켜면
여울로 밀려오는
녹슨 징소리와
그 부피로 지는 찌그러진 달덩이의 하루.
환각된 어느 순간에 서서
우리는 결코 빠져들지는 말자.
쓰레기통 속에서 훔쳐 본 너절한 활자들 사이에서
잠시 방종하던 내 남자에게도
잃어서는 안 된다 하늬바람.

그래도 미더운 듯 뒤돌아보며
신발자국 뒤로 끝없이 열지은
번뜩이는 푸른 눈동자로
손풍금이 울려내는 소리 소리 사이를
너는 날래게 빠져나오고 있었다. —「유혹」•

이 작품 속의 '너'는 한 관념인 '유혹'을 의인화하고 있다. 유혹(너)이 찾아오는 정황을 전편에 걸쳐 그 나름대로 표현하고 있으므로 완전한 의인화 형태이다. 그런가 하면, 1연 속에서 "파도의 등줄기와/까칠해진 얼굴들"이라는, 그러니까 부분적으로 인간적 속성이 부여되어 있으므로, 불완전한 의인화 형태도 포함되어 있다.

문제는 이와 같은 외형적이고 형태적인 데 있지 않고 다른 곳에 있다. 즉, 이 작품이 처음부터 끝까지 유혹에 빠지지 말아야 하는 마음임에도 불구하고 그것에 말려드는 심정을 토로하고 있다는 데 문제가 있다. 그러니까 우리가 익숙하게 경험했고, 또 알고 있는 상식을 그 내용으로 하고 있는 것이다. 그런 시적 내용은 3연의 5~9행에 잘 나타나 있다. 결국 비유(활유)가 새로운 인식 내용의 구체화에 기여하고 있는 것이 아니라 사적(私的)인 또는 상식적인 것을 아름답게 표현하는 작업에 봉사하고 있을 뿐인 것이다.

이 시의 작가도 이런 정서의 허황함 또는 무가치함을 잘 알고 있는 듯하다. "환각된 어느 순간에 서서/우리는 결코 빠져들지는 말자"라고 스스로 말하고 있고, 또 "잠시 방종하던 내 남자에게도" '하늬바람'의 존재가 필요하다는 감각까지도 가지고 있기 때문이다. 하늬바람은 뱃사람들이 서풍(西風)을 두고 하는 말이다. 그 서풍(하늬바람)은 해가 지는 쪽에서 불어오는 바람이고, 그러므로 죽음의 냄새를 느낄 수 있는 바람이다. 그 서풍을 느낄 수만 있다면, 방종이 얼마나 허망한 것인가도 느낄 것이기 때문이다.

이런 감각 또는 인식이 작품 속에 깔려 있으면서도 비유[活喩], 아니 시를 상식적 차원의 내용이 되도록 한 결정적 요인은 시를 사적(私的)인 감정의 표현에 종속시켰기 때문이다. 시는 그 이상이어야 하는 것이다. 만약에 이 시의 작가가 서풍의 탐구에 몰두했다면 어떻게 되었을까를 상상해보라. 아니 유혹이 우리 인간 모두에게 어떤 모습을 한 존재인가를 골똘히 관찰했다고 상상해보라.

V. 인유와 인용적 묘사

가) 인유의 종류

비유법 가운데는 잘 알려진 시가·문장·어구·인명 등을 적절히 인용하여 자기의 의도를 살리는 방법이 있다. 그것을 인유(引喩)allusion라고 한다. 인유는 그러한 역사적·문화적 자신을 끌어들임으로써 과거의 의미와 새로운 의미를 중첩시켜 독특한 의미론적 문맥을 형성하는 것이다.

A) 手術室 밖에는 비가 내렸다.

헝클어진 神經 끝에서

七十年 前을 보는 醫師의 안경
보이는 건 때묻은 흰옷뿐이다.

執刀한 손으로
마취된 신경을 뜯는다.
七十年 前 시구문을 빠져나간
金玉均, 혹은 흰옷의 사내.

人跡 끊긴 종로통을
더운 불빛들이 기어다닌다.
실은 가운을 적시는 피
죽어버린 흥분이다.

가위로 잘린 몇 개의 상투와
벗어던진 보선짝,
눈물에 젖은 薔花紅蓮이
수술실 문밖에 서 있다.

七十年 前 거리를 비를 맞으며
쓸쓸히 걸어가는 흰옷의 사내. —오세영, 「薔花紅蓮」[43]

B) 눈동자 속에 가득한 꽃
그 중 薔花紅蓮을 읽는다

부러진 가로수 가지에서 안개가 피어나고 무진의 장화가 걷는다. 몇 군데 가게를 들러 미래의 아기옷을 사들고 문을 여는 순간 비칠 쓰

---

43 오세영, 『가장 어두운 날 저녁에』, 문학사상사, 1982, p. 73.

러졌다. 홍련은 마구 뛰었다. 어느 낯선 민가의 문을 밀치고 들어섰다. 기다리던 장쇠는 이미 칼을 거두었다. 안개가 덮여 왔다. 자욱히 숨막히게 그녀의 바람에 날려다녔다.

교외의 쓰레기 처리장에서는
장미가, 연못에서는
연꽃이 썩는다
내 눈동자로 썩어들어간다. —최두석, 「장화홍련」[44]

C) 그래도 동해물과 백두산이
마르고 닳도록
페가서스 날개 냄새에
취해, 나는
우리네 굴뚝마다 꽃을 꽂으리 —정현종, 「세월의 얼굴」[45]

D) 늦저녁 시장에서 사온 순대를 먹고 나서
그걸 쌌던 비닐은 미련없이 버리듯이
아, 비닐 같은, 버려지는 비닐 같은 허무한 소모,
너의 이 소금 같은 슬픔을 맛보느냐?*
* R.하겔시탕게의 「소금」에서 인용 —장석주, 「따뜻한 악몽 같은 내 인생」[46]

위의 A) B) C) D)가 인유의 전형적인 예들이다. A) B)는 고대소설의 작중인물, C)는 애국가의 가사와 그리스 신화에 나오는 천마(天馬), 페가서스가 인유이며, D)는 *된 구절이 인유이다. 그러나 A) B) C)에는 출처가 밝혀져 있지

44 최두석, 『대꽃』, 문학과지성사, 1984, p. 47.
45 정현종, 『달아 달아 밝은 달아』, 지식산업사, 1982, p. 165.
46 장석주, 『새들은 황혼 속에 집을 짓는다』, 나남, 1987, p. 33.

않다는 점에서 암인법(暗引法)이며, D)는 출처가 명시되어 있다는 점에서 명인법(明引法)이라는 차이가 있다.

A) B)는 현대사회에서도 고통받는 여인 또는 사람의 이야기를 우리나라 고대소설의 등장인물인 장화·홍련을 빌어 부각시키고 있다.[47] C)는 작가의 꿈을 드러내는 데 필요한 시간(애국가의 가사)과 비상의 의지를 상징적으로 표현하는 '페가서스'(그리스 신화에 나오는 날개가 돋친 신마[神馬])를 통해 노래하고 있으며, D)는 다른 사람의 표현(인용)을 통해 하고 싶은 말을 간접적으로 제시하고 있다.

나) 인용적 묘사

A) 예비군편성및훈련기피자일제자진신고기간
자 : 83, 4. 1~지 : 83. 5. 31 —황지우, 「벽·1」[48]

B) **김종수** 80년 5월 이후 가출
소식 두절 11월 3일 입대 영장 나왔음
귀가 요 아는 분 연락 바람 누나
829-1551

이광필 광필아 모든 것을 묻지 않겠다
돌아와서 이야기하자
어머니가 위독하시다

---

47 인유로 나타난 같은 고대소설의 인물들이 작가·작품에 따라 어떻게 그것이 기능하는가를 살펴볼 필요가 있다. (그래서 A) B)는 전문 인용한다). A)는 한국의 고전적 여인상, 그중에서도 비극적 여인상인 장화·홍련과 닮은 현대의 여인상을 부각시키고 있으며, B)는 장화·홍련을 비극 속으로 몰아넣는 어떤 것(성민엽은 그것을 사회에 숨겨져 있는 테러리즘의 참혹함이라고 지적한다), 즉 '장쇠'로 대표되는 폭력에 의한 참혹한 현실(마지막 연을 보라)을 부각시킨다.

48 황지우, 『새들도 세상을 뜨는구나』, 문학과지성사, 1983, p. 67.

조순혜 21세 아버지가
기다리니 집으로 속히 돌아와라
내가 잘못했다

나는 쭈그리고 앉아
똥을 눈다 —황지우, 「심인」[49]

C) 1. '양쪽 모서리를
함께 눌러 주세요'
나는 극좌와 극우의
양쪽 모서리를
함께 꾸욱 누른다

2. 따르는 곳
⇩

극좌와 극우의 흰
고름이 쭈르르 쏟아진다

3. 빙그레!

—나는 지금 빙그레 우유
200ml 패키지를 들고 있다
빙그레 속으로 오월의 라일락이

49 같은 책, p. 29.

서툴게 떨어진다 —오규원, 「빙그레 우유 200ml 패키지」[50]

D) —MENU—

샤를르 보들레르 800원
칼 샌드버그 800원
프란츠 카프카 800원

이브 본느프와 1,000원
에리카 종 1,000원

가스통 바슐라르 1,200원
이하브 핫산 1,200원
제레미 리프킨 1,200원
위르겐 하버마스 1,200원

시를 공부하겠다는
미친 제자와 앉아
커피를 마신다
제일 값싼
프란츠 카프카 —오규원, 「프란츠 카프카」[51]

위 A) B) C) D)는 내가 인용적 묘사(引用的 描寫)라고 부르는 형태이다. 그 차이점을 찾아보면, 첫째, 인용을 하고 있다는 점에서는 인유와 비슷하지만 인용의 출처가 모두 우리 주변에 흔한 레디메이드(기성품)에서 따온 것이다. 즉 A)는 공고문을 그대로 옮겨놓은 것이며 B)는 신문의 심인 광고(또는 심인 광고

50 오규원, 『가끔은 주목받는 생이고 싶다』, 문학과지성사, 1987, p. 99.

51 같은 책, p. 116.

의 틀)가 작품의 대부분이며, C)의 1, 2, 3이라고 표시된 부분은 우유 패키지의 문안을 그대로 옮겨온 것이며, D)는 식단표의 틀을 이용한 것이다. 둘째, 인유는 작품 또는 시구의 부분적 비유이지만, 인용적 묘사는 작품 또는 시구의 부분적 수사가 아니라 작품 또는 시구 그 자체이다. 인용적 묘사는 그 부분을 삭제하면 시가 되지를 않는다.

이런 인용적 묘사로 작품을 쓰는 행위 뒤에는 미술에서 잘 알려진 관념 예술conceptual art이나, 팝아트pop art의 영향이 도사리고 있다. 관념 예술을 설명하는 데는 마르셀 뒤샹의 작품이 적절하다. 뒤샹은 양변기 하나를 그대로 작품 전시회에 옮겨놓고 「샘」이라는 작품 제목을 붙였다. 뒤샹의 행위에 의해 양변기(레디 메이드)는 실용 공간에서 예술 공간으로 공간 이동을 하고, 그와 동시에 양변기는 실용성을 상실하고 우리가 감상해야 하는 순수한 대상으로 바뀌었다. 이때 작가 뒤샹이 한 일은 그린다는 행위가 아니라 대상을 새롭게 해석한 그 인식이다. 작가의 관념적인 행위에 의해 예술 작품이 탄생하였으므로 그것은 관념 예술[52]이다. 그러나 A) B)와 C) D)는 전혀 다른 관점에서 인용적 묘사를 사용하고 있다.

A)의 「벽·1」은 뒤샹과 같은 행위의 산물이다. 공고문을 옮겨놓고 제목을 붙인 행위 속에는 그 공고문의 내용이 하나의 '벽'과 같은 이미지를 지니고 있다는 작가의 인식이 도사리고 있다. B)는 A)와 같은 인용적 묘사에다 "나는 쭈그리고 앉아/똥을 눈다"는 별도의 연을 몽타주 기법처럼 나란히 붙여놓아, 신문을 보고 있다는 사실을 연상시킴과 동시에, 두 개의 국면(신문 기사와 화자의 대변 보기)이 서로 병치되어 풍자성을 얻고 있다.

C)는 이와 달리 상품에 표시되어 있는 문안을 인용적 묘사로 옮겨놓되, 작가가 그 사이사이에 개입하여 직접 해석의 방향을 제시해놓고 있다. 숫자로 표시된 1, 2, 3과 별도로 사이사이에 "나는 극좌와 극우의/양쪽 모서리를/함께 꾸욱 누른다"라든지 "극좌와 극우의 흰/고름이 쭈르르 쏟아진다"라든지 하는 것이 직접 해석을 가한 부분들이다. 그러므로 이것은 몽타주가 아니라 해석이

---

52 이에 대해서는 필자의 「인용적 묘사와 대상」, 『문예중앙』, 1987 여름호, pp. 165~66 참조.

다. D)는 식단표의 음료수(또는 음식) 이름 자리에 사람의 이름을 대신 넣고 있다. 이런 행위 속에는 사람(또는 사람의 이름) 또한 상품으로 취급된다는 비판이 숨어 있다.

나) 인유와 인용적 묘사의 활용

다음의 예들을 살펴보자.

a) 놓아준다는 주제넘은 자비에, 얼레레.
그 여린 것들은 나비되어
나비되어 폴폴, 취한 바다로 날아가고

끼룩대는 바다를 타고 앉아, 운다.
눈물 닦아주는 내 손이 그저 감사스러워,
도대체가 감격스러워,
석가님의 실수로고, 석가님의 실수로고.
그냥, 바다가 되어 운다. 운다. —「放生」•

b) 체력은 국력이다고 팔뚝에 불그러진
힘줄을 기특히 여겼고, 힘줄은 곗돈 낼 아내의 돈줄이고
배고파 보채는 아이들의 밥줄이고
이름 없는 족보의 생명줄이다. 그러나
기특한 힘줄도 밤마다 反亂을 일으켰고
찬물 찜질로 진압하기에도 지친 날
시뻘건 피 한 사발을 게워냈었다. —「勞」•

c) 옥수수 이랑 옆,
어머니는
농협에서 구입한 배추씨앗이

싹이 트지 않는다며
읍내에서 새로 사온 씨앗을 뿌리셨다.

벼 낱알도 여물지 않았는데
철 모르는 참새들
논 위에 떼지어 날아

"올 봄엔 소쩍새도 그리 울지 않았는디
저것 때문에 그렸나!" —「팔월의 오후」•

d) 비가 내린다
어머니, 오래도록 이불호청을 꿰매시고
눅눅한 정오의 허기가 실과 같이 꿰어진다

미이야리눈물고오개니미넘던이별고오개

부르시는 노래 속으로 파고드는 여름 속의 비
방문을 열자
줄달음쳐 갈증의 여름 들판으로
쏠려가는 여름 속의 비 —「여름 속의 비」•

e) 화를낸다는것은죄를더하는일이다시간이해결해준다참기힘든분노도쏟아지는눈물도시간은위안이된다시간이지나고나면화를낸다는것이더욱죄가된다는것을알게된다분노가가라앉기전에눈물이마르기전에모든것에숨겨진내죄를발견하게된다하늘에계신우리아버지이름을거룩하게하옵시며나라에임하옵시며뜻이하늘에서이룬것같이땅에서도이루어지이다오늘날우리에게일용할양식을주옵시고우리가우리에게죄지은자를사하여준것같이우리의죄를사하여주옵시고우리를시험에들지말게하

옵시고다만악에서구하옵소서나라와권세와영광이아버지에게영원히있사옵니다아멘. —「죄」•

a)는 '석가'가 인유로 등장하고 있다. '주제넘은 자비'로 한 방생(放生)으로 바다로 되돌아간 고기들이 '그저 감격스러워' 운다는 이 시구들은 자기 도취적 감상에 불과하다. 그러므로 "석가님의 실수로고"를 반복하는 시구에 등장하는 '석가'도 그러한 감상에 물들어 있다. 깊은 인식이 없는 한갓 현학적 인용이다.

b)의 '체력은 국력이다'라는 구절은 암인법의 인유이다. 그러나 그것이 우리 사회에 널리 알려진 표어라는 것을 다 알고 있다. 이 잘 알려진 표어가 원래 의미하는 바는 국민 건강과 체력 증진에 있다. 그러나 이 작품 속에서는 체력 하나로 살아가는 노동자의 실상을 대비적으로 드러내는 데 큰 역할을 하고 있다. 즉, 표어의 일반적인 의미 뒤에 숨겨져 있는 전혀 다른 면을 극적으로 드러내고 있는 성공적인 인유이다.

c)의 큰따옴표의 표현은 인유가 아니다. 이 구절은 시 속의 어머니가 한 말을 직접 제시하는 형태이다. 그러니까 그렇게 하는 것이 작가가 다르게 표현하는 것보다 시적 효과가 더 강하리라는 판단에서 작가가 따로 만들어 넣었거나 또는 들었던 말을 적절히 구성해 넣은 것이다.

d)는 유행가 가사의 일부를 인유로 차용함으로써 시 속의 어머니의 심정과 어떤 여름날의 정서를 다 함께 잘 살린 예이다.

e)는 주기도문the Lord's Prayer이 작품의 절반 이상을 차지하고 있다. 알다시피 주기도문은 예수가 그의 제자들에게 가르친 모범 기도문이다. 이러한 인용이 인유냐 인용적 묘사이냐는 관점에 따라 달라질 수가 있겠지만, 이 인용 부분을 삭제해도 「죄」라는 시가 작품이 된다는 점은 변화가 없으므로 인유로 보는 게 타당할 것 같다. 그러나 주기도문을 뺀 나머지 시도 상식의 범주를 벗어나지 못하고 있어 이 주기도문도 함께 평범한 인유로 그 비유의 가치가 떨어져 있다.

f) '89-2 장학생 명단

(해당자 없음)

—89년 2학기 성적표—

황진이(8902001)　　FA
김종삼(8902002)　　FA
김수영(8902003)　　FA

김소월(8902004)　　FA
정지용(8902005)　　FA

백석(8902006)　　FA
윤동주(8902007)　　FA
한용운(8902008)　　FA
이상(8902009)　　FA
[……]

시를 가르치겠다는
선생이 앉아
성적을 매긴다
'89-2 장학생은
[……]　　—「시인학교」•

이 작품은 앞서 살펴본 「프란츠 카프카」와 많이 닮아 있다. 인용적 묘사를 주로 하는 시 가운데 실험성이 강한 작품은 그 누구도(그런 시를 처음 쓴 시인 자신도) 그와 유사한 형태로 쓰면 즉각 모방이 된다. 그 실험적인 틀 자체가 바로 그 시의 생명이기 때문이다. 그러므로 「시인학교」는 모작일 뿐이다. 보기와 달리, 실험적인 시는 시 뒤에 튼튼한 논리적 무장을 감추고 있다. 이 점을 모르고 밖으로 드러난 형태만 보다가는 실패하기 십상이다.

VI. 제유와 환유

가) 제유와 환유의 특징

제유(提喩)synecdoche는 사물의 일부로써 그 사물의 전체를 나타내는 비유이다.

> A) 노래하리라 비오는 밤마다
> 우리들 서울의 빵과 사랑
> 우리들 서울의 전쟁과 평화 —정호승, 「우리들 서울의 빵과 사랑」[53]

A)의 시구에서 '빵'은 음식물 모두를 말하는 제유이다. 그러나 다음을 보라.

> B) 그때 몇몇 사람들이
> 풀 먹인 白衣를 걸쳐 입고
> 고운 손으로 이 나라의 겨울을
> 녹이고 있었다 —김선굉, 「大同江·5—그해 겨울」[54]

B)의 시구에서 '백의'는 백의민족(한국인)의 정신을 나타내는 환유이다. 환유(換喩)metonymy는 사물의 일부로써 사물의 전체를 나타내는 것이 아니라, 사물의 일부로써 그 사물과 관계가 깊은 다른 어떤 것을 나타낸다. 이 점이 제유와 환유의 차이이다. 이 차이를 다시 확인하기 위해 요약해보면 다음과 같이 된다.

a) 빵(음식물의 일부) → (음식물의 전체)—제유
b) 백의(옷의 일부) → (백의와 관계 깊은, 한국인의 정신)—환유

---

53 정호승, 『서울의 예수』, 민음사, 1982, p. 56.
54 김선굉, 『장주네를 생각함』, 민족문화사, 1985, p. 107.

a)에서는 일부와 전체이지만 사물 그 자체를 나타내는 데는 변화가 없다. 그러나 b)에서는 옷(백의)이 옷과 전혀 다른 한국인의 정신을 나타낸다. 이와 같이 제유와 환유는 둘 모두 보조관념만 나타나 있고 원관념(음식물, 한국의 정신)이 숨어 있다는 점에서 상징과 유사한 속성을 지니고 있다. 상징과 다른 점이 있다면 숨어 있는 원관념을 쉽게 알 수 있고, 상징과 달리 원관념이 여럿일 수가 없다는 점이다. 즉, 상징의 원관념과 보조관념이 다수(多數):1이라면, 제유와 환유는 1:1의 관계이다.

다른 또 하나의 특성은, 제유와 환유는 인접성의 비유figures of contiguity라는 점이다. 앞서 살펴본 비유들이 유사성의 비유figures of similarity, 즉 차이성 속의 유사성이 비유 발생의 근거가 되었지만, 이들 경우에는 일종의 인접 상태가 비유의 근거가 되고 있는 것이다.[55] 빵은 음식물과 다른 존재, 즉 차이성이 있는 것이 아니라 음식물 그 자체이다. 즉 음식물(유개념)의 하나(종개념)이다. 다른 수많은 음식물들과 마찬가지로 음식물이라는 유개념을 둘러싸고 있는 인접 사물의 하나이다. 흰옷[白衣]은 한국인과 유사성이 있는 것이 아니다. 흰옷과 한국인은 그 자체로서는 사실상 차이성 속의 유사성이 별로 없다. 그러나 흰옷은 전통적으로 한국인이 즐겨 입는 의상인 것이다. 그러니까 흰옷[白衣]하면 한국인의 정신이 연상되는, 그렇게 관계가 깊은 것(인접 사물)이다.

C) 감투는 외롭다.
스스로에게 王처럼 명령하고
노예처럼 일해야 하는. —조정권, 「감투·2」[56]

D) 유리창 앞에서 물끄러미
하나의 별이었던 우리들을 본다

55 R. Wellek & Warren, *Theory of Literature*, p. 183, 그리고 R. Jakobson, 『문학 속의 언어학*Selected Writings*』, 신문수 역, 문학과지성사, 1989, pp. 92~116 참조.

56 조정권, 『허심송』, 영언문화사, 1985, p. 95.

新安 앞바다 소금밭에서 소금을 구워먹고
冬至가 지나면 지리산으로 벌목하러 가던,

—최하림, 「浮浪者의 노래·2」[57]

E) TIME誌는 모르리
몸둘 바 모를 슬픔의 중중모리를
아예 모르리
아으, 하고 넘어가는 아홉 고비를
낭군 찾아 거북고개 넘어
가고 가는 그대를 모르리 —윤후명, 「外誌」[58]

F) 가지는 가지를 쳐 뻗어가고
무성한 잎들은 울창한 숲을 이루고
겨레 위에 누리 위에 퍼져 나가고
그 짙은 숲그늘 흔들며
數萬 새떼의 노래소리가
오늘은 祝祭의 音樂이 되어
塔 위로 하늘로 퍼져 오른다 —정한모, 「巨大한 塔」[59]

C)와 D)는 제유, E)와 F)는 환유의 예들이다. C)의 감투(말총 따위로 만들어 머리에 쓰는 옛 의관의 하나)는 벼슬 전체를, D)의 겨울의 일부인 동지는 겨울 전체를 나타낸다. E)의 TIME지는 외국인을, F)의 탑은 역사를 나타내는 환유들이다. 위에서 보는 바처럼 C) D)는 부분이 전체를 드러내고, E) F)는 어떤 부분이 그와 관계 깊은 다른 사물과 세계를 나타내고 있다.

57 최하림, 『작은 마을에서』, 문학과지성사, 1982, p. 76.
58 윤후명, 『명궁』, 문학과지성사, 1977, p. 29.
59 정한모, 『아가의 방 별사』, 문학예술사, 1983, p. 149.

시인이 구태여 제유니 환유니 하는 비유를 사용하는 것에 아직도 의문이 남아 있는 사람은 다음을 보고 생각해보기 바란다.

F-1) 오늘은 祝祭의 音樂이 되어
塔 위로 하늘로 퍼져 오른다

F-2) 오늘은 祝祭의 音樂이 되어
역사 위로 하늘 위로 퍼져 오른다

F-2)와 같이 '역사'라고 썼을 경우, 그것은 관념적인 파악이다. 그러나 F-1)은 사실적인 이미지(실제로 탑 위로 음악이 퍼져오르는)일 뿐 아니라 관념적인 해석(탑으로 비유된 역사)까지도 살아 있다. 그만큼 사실성과 해석(관념적인 인식)이 함께 어울려 강한 시구를 형성한다. 이 점을 이해하는 것이 중요하다.

나) 제유와 환유의 활용

이번에는 습작기의 작품에서 그 활용을 보자.

a) 밭고랑을 타고 앉은
어깨 너머로
해바라기가 흐르며 꿈꾸고
노동은 바다를 이뤘다.
돛대로 출렁이는 호미는
육지 그리워 멀미해도
바람 한 점
구름 한 점
쉬어가지 않았다. ―「밭매기」•

b) 온통 위장색의 부시중사는 껌을

짜악짝 씹으며 찝차를 몰고 후암동 군작전
지역으로 가고 있을 때
남대문 경찰서 김수경은 닭장차 옆에서 식판의
밥을 닭처럼 쪼다 멀뚱히 쳐다본다 —「풍경」•

c) 사람들은 담배를 나누어 피울 상대를 찾지 못한 채
전화박스 속에서 수없이 실패하고
무릎을 끌어안은 나무는 검은 잎들을 피우며
가슴이 타는 냄새를 맡는다 —「종로 2가」•

d) 소금기 절은 아버지의 뒷주머니서 구충제 다섯 알이 나왔지만 하나가 남았다 시집 갔다 돌아온 누이는 바퀴벌레가 되어 발밑을 기어다녔고 끝내 그 약을 먹지 않은 채 하늘로 힘껏 내쳤다 전라남도 구례땅 달님이 되어 어린 조카의 흰 이마를 비춰주는 구충제
조카는 구충제를 보며 제 어미를 떠올릴 수 있을까 —「가계보고」•

a)의 '돛대'는 제유가 아니다. 밭고랑 사이에서 일하고 있는 어머니가 쥐고 있는 호미가 마치 돛대처럼 보인다는, 그러니까 은유이다(원관념인 호미가 뒤에 밝혀져 있다). 그렇다고 하더라도, 호미가 '육지를 그리워'하며 '멀미'를 한다는 상상은 지나치게 작위적이다. 이 작위적 표현 때문에 이 작품은 설득력이 없다.

밭고랑을 타고 앉아
어머니가 일하신다
가끔 이쪽 저쪽으로 기우는
어깨 너머로
뚝 너머 해바라기가 흔들리며 꿈꾸고
넓은 밭은 바다처럼 까마득하다
어머니가 풀을 캐낼 때마다

돛대처럼 끄덕끄덕 움직이는 호미
바람 한 점
구름 한 점
쉬어가지 않는 날 —「밭에서」

최소한 이 정도의 사실적 감각 위에서 작품이 되었다면「밭매기」같이 어색하지는 않았을 것이다. 이 개작 속의 '돛대'는 보는 바처럼 직유이다.

b)의 '부시중사'와 '김수경'은 제유이다. '부시'는 미군을 '김수경'은 한국 경찰을 각각 나타내는 대비적 존재이다. 미국이라는 강대국을 배경으로 하고 있는 '부시'와 한국이라는 가난한 나라를 딛고 있는 두 존재의 차이가 잘 드러나 있다.

c)의 '담배'는 환유이다. 이 시구 속의 '담배'는 '친구' 더 좁게 말해서는 그냥 '말상대'이다. '담배'가 사물의 부분으로 사물 그 자체의 전체를 나타내는 게 아니라 관계 깊은 존재인 '말상대'를 표현하고 있으므로 환유이다. 그러나 이때의 '담배'는 '친구,' 더 좁게는 '말상대'를 드러내기에는 너무 편협하고(담배를 아니 피우는 친구를 삭제하고 있으므로 그렇다) 다음에 이어지는 '검은 잎' '가슴이 타는 냄새'가 과장되어 있어, 둘이 어울려 더욱 어색하기만 하다.

d)의 '소금기'도 '가난'을 표현해주는 환유이다. 어떤 삶의 국면을 진솔하게 표현하고 있으므로 환유도 살아 있다. 발밑을 기어다니는 '바퀴벌레' 같은 누이의 존재, "전라남도 구례땅 달님이 되어 어린 조카의 흰 이마를 비춰"준다는 구충제, 그리고 찌든 아버지가 함께 어울려 그 삶의 국면이 구체화되어 있기 때문이다.

VII. 풍유와 우화

가) 풍유와 우화의 특징

풍유(諷諭)allegory란 의도하는 바 본래의 의미는 숨기고 다른 말 또는 이야기를 내세워 본래의 의미를 암시하는 비유법이다. 그러므로 첫째 풍유는 표면적으로 전개되는 구체적 사실 또는 정황과 이면에 숨겨진 추상적 의미의 층이 통상적으로 존재하고, 둘째 원관념(추상적 의미)이 숨고 보조관념(구체적 사실 사건)만 나타나 있으므로 상징과 유사한 형태를 보여주나 풍자·비판·교훈성을 적극 띠고 있는 점이 다르다.

A) 어제 나는 내 귀에 말뚝을 박고 돌아왔다
오늘 나는 내 눈에 철조망을 치고 붕대로 감아 버렸다
내일 나는 내 입에 흙을
한 삽 처넣고 솜으로 막는다

날이면 날마다
밤이면 밤마다
나는 나의 일부를 파묻는다
나의 증거 인멸을 위해
나의 살아 남음을 위해 —황지우,「그날그날의 현장검증」[60]

B) 예수가 낚싯대를 드리우고 한강에 앉아 있다. 강변에 모닥불을 피워놓고 예수가 젖은 옷을 말리고 있다. 들풀들이 날마다 인간의 칼에 찔려 쓰러지고 풀의 꽃과 같은 인간의 꽃 한 송이 피었다 지는데, 인간이 아름다와지는 것을 보기 위하여, 예수가 겨울비에 젖으며 서대문 구치소 담벼락에 기대어 울고 있다.

[……] —정호승,「서울의 예수」[61]

C) 몽당숟갈 하나 없이 만나 십년 만에 주택공사 아파트 열세 평에 입주하는 날 우리 부부는 오색 테이프를 준비하였읍니다. 뭐, 준공식이 따로 있읍니까. 남강댐 공사보다 못할 건 또 어디 있읍니까. 나도 흰 장

60 황지우,『새들도 세상을 뜨는구나』, 문학과지성사, 1983, p. 26.
61 정호승,『서울의 예수』, 민음사, 1982, p. 45.

갑 끼고 스테인리스 가위 들고 제법 당당하게 웃었지만, 왜 이리 죄송스러운지. 송산냇과 원장님께서 어머니의 진료를 거부하셨을 때 그 빤빤한 통일주체대의원 아랫배 한 대 콱 질러박지 못하고 철지난 남방셔츠 땟국물에만 신경이 쓰여 죄송스럽게 병원문을 나섰던 십년 전 가을 그때부터 국어 영어 수학 일반사회 국사 모두 대학입시와 똑같은 과목인데 괜스리 아는 사람 만날까 몸둘 바를 몰랐던 지방행정서기보 시험장에서까지 죄송스러움은 항상 나의 밥이었읍니다. 오늘 우리 가족 입주식. 죄송스러워야 하는 마음이야 사실 그렇게 죄송스러울 건 없지 않은가 이 악물고 오색 테이프 뭉텅 잘랐읍니다. —이윤택, 「계층론」[62]

A)는 '말뚝' '철조망' '붕대' '흙' '솜'이 본래의 의미를 숨기고 있는 풍유이다. 이 구체적인 사물들은 그 이면에 '귀막음·눈가림·입막음'이라는 관념적 의미의 층을 숨기고 있다. 물론 이 모두는 '살아 남음을 위해'라는 변명 위에 행해진 우리들의 비겁함이라는 작가의 질타이다.

B)는 '예수'가 풍유가 되는 것은 아니다. '예수' 그 자체만으로는 인유이다. 풍유가 되는 것은 나타날 수 없는 곳에 나타난 예수의 행위, 즉 서울에 나타난 예수가 풍유이다. 예수가 나타남으로써 서울은 '말세'의 의미를 갖게 되는 것이다. 다시 말하면, 작가가 서울에 의도적으로 예수를 등장시킴으로써 풍유가 발생한 것이다.

C)에서는 시 속의 이야기 자체가 풍유이다. 열세 평짜리 아파트 입주식을 오색 테이프를 자르며 한다는 사건 자체가 시대적 상황(집 마련하기의 어려움)을 극명히 보여주기 때문이다. 그리고 열세 평 아파트에 입주하는 날 '이 악물고' 뭉텅 자르는 그 '오색 테이프'도 개별적인 풍유가 된다. 이 오색 테이프는 '남강댐' 공사 준공식의 오색 테이프와 맞먹는 의미를 가지고 있다. 그것은 개인사적 측면에서 볼 때 기념비적 사건이며, 그러므로 그것은 끝없었던 죄송스러움을 이겨낸 '자부심'의 존재이다.

---

62 이윤택, 『춤꾼이야기』, 민음사, 1986, p. 88.

위에서 보는 바처럼 시 속의 어떤 사물이나 구체적 정황이 숨겨진 관념을 전달하는 형태를 관념의 풍유allegory of ideas라고 한다. 이와 달리 축어적 의미를 가진 인물이나 행위가 다시 역사적 인물이나 사건을 풍유할 때는 역사적·정치적 풍유historical, political allegory라고 한다. 그러나 시에서는 이런 유형은 그 보기가 그렇게 흔하지 않다. 시가 일정한 역사적·정치적 인물이나 사건만을 겨냥하고 있는 경우가 드물기 때문이다.[63]

우화(寓話)fable는 동식물을 주인공으로 하여 인간의 삶을 암시하는 이야기 형태이다. 그러니까 우화의 보조관념은 모두 비인격적(非人格的)인 동식물이며 원관념은 인격적인 것이 된다. 잘 알려진 『이솝우화』, 조지 오웰의 『동물농장』을 떠올려보면 그런 점을 간단히 이해할 수 있게 된다.

> A) 여름날 파랑새는 나뭇가지 사이를 날아다니며 즐거운 노래를 불렀읍니다. 하느님 주신 천직 고은 목청 힘껏 뽑아 신명을 다하여 불렀읍니다. 하늘의 아버지도 땅 위의 사람도 파랑새의 노래에 귀기울이고 흐르는 이마에 땀을 씻으며 이따금 이 세상 사는 아름다운 의미를 생각하곤 했읍니다.
>
> 들판의 들쥐들도 파랑새의 노래를 공으로 들으며 열심히 겨울살이 알곡들을 실어나르며 하늘의 아버지가 파랑새의 몫으로 남겨놓으신 나뭇가지 빨간 열매까지 몰래몰래 물어다 쌓았읍니다.
>
> 이윽고, 겨울이 오고 눈이 내리고 추위와 굶주림에 지친 파랑새는 들쥐의 집을 찾아갔지만 그는 깔깔 웃으며 목에 힘주며 "안돼지 안돼 일하지 않은 자는 먹지 말아야지 아버지가 그렇게 일러 주었지" 뚱뚱하고 뚱뚱한 배를 흔들며 연신 깔깔 웃었읍니다.
>
> 불쌍한 파랑새는 물론 옛날 이솝동화 속의 베짱이처럼 겨울 벌판에서 죽었는데요 오늘은 그 뒷이야기를 마저 하지요. 그렇게 파랑새가 죽은 지 얼마 안 가서 이번에는 무쇠 같던 들쥐가 병이 났지요. 가슴이 답

---

63 M. H. Abrams, *A Glossary of Literary Terms*, pp. 4~5.

답하고 목이 마르고 공연히 숨이 차고 식욕이 없고 꿀처럼 달던 잠도 간 데 없고 식탁에 그득한 산해진미 뜰의 보리나락도 시들했어요. 마음의 동맥경화 빈혈 결핍이 들쥐를 시름시름 앓아 눕게 했지요.

백약이 무효한 병석의 들쥐는 문득 파랑새의 노래가 그리웠어요. 지금은 죽어 이 세상에 없는 파랑새의 노래가 생각났어요. '아 그 노래 한 곡조만 내가 들으면 답답한 가슴 뚫리겠는데' 생각하며 힘없이 보릿단 위에 쓰러졌지요. 그러고는 다시는 눈뜨지 못했지요. 하늘의 아버지가 처음부터 그들의 이야기를 지켜보고 계셨지요.

—홍윤숙, 「동화공부」 '파랑새와 들쥐'[64]

B) 바짝 마른 女子가 살찐 男子를 먹어치운다. 발톱 하나 남기지 않고 깨끗이 먹어치운다. 먹고 나서 또 먹으려고 두리번거린다. 먹으면 먹을수록 마른 女子는 더욱 마른다. 바짝 마른 女子가 이 땅의 살찐 男子들과 살찐 女子들을 모조리 먹어치운다. 그래서 먹혀버린 살찐 男子들과 살찐 女子들은 바짝 마른 女子의 피와 살이 된다. 배고픔이 배고픔을 부르는 배고픈 피와 배고픈 살이 된다. 바짝 마르고 배고픈 여자는 다 먹고도 또 먹으려고 한다. 눈이 점점 커지고 이빨이 점점 날카로와진다. 배고픔은 갈수록 더욱 심해지고, 女子는 견딜 수 없어 땅을 뭉청 잘라 먹는다. 다음엔 제 가슴도 잘라 먹고 제 몸뚱아리도 잘라 먹는다. 눈동자도 빼 먹고 제 白骨도 아드득 아드득 깨물어 먹는다. 자, 이제 얼마 후 태평양이 한꺼번에 그 바짝 마른 女子의 아가리를 향해 돌진하는 것을 보게 되리라. —김혜순, 「먹이의 역사」[65]

A)가 전형적인 우화이다. 이때 '파랑새'와 '들쥐'는 각각 정신노동과 육체노동을 대변한다. 그러니까 '파랑새'와 '들쥐'는 비인격적 존재로 보조관념이

---

64 『한국문학』, 1986. 3, p. 160.

65 김혜순, 『어느 별의 지옥』, 청하, 1988, p. 101.

되어 있고, 그 뒤에 인격적 요소인 '정신노동'과 '육체노동'이라는 원관념이 우화 속에 숨겨져 있는 형태이다.

B)는 우화가 아니다. A)와 반대로 인간이 그 인격적인 요소를 잃고 비인격적인 동물로 나타난 형태이다. 일종의 괴기담(怪奇談)의 형태이다. 이때의 "바짝 마른 女子"는 '욕망'이라는 숨겨진 본질을 드러내는 보조관념이다. 그러니까 이 「먹이의 역사」라는 독특한 작품은 괴기담 형태의 풍유이다.

나) 풍유와 우화의 활용

풍유든 우화든, 문제는 그 비유나 비유담을 얼마나 정확히 이해하고 있는가에 있기도 하지만, 보다 중요한 것은 그 비유와 비유담이 얼마나 가치 있는 세계인가 아닌가에 있다.

다음의 예를 보자.

a) 나도 거기 한 번 앉고 싶었어
거기 앉아 한 바퀴 도는 맛이
그만이라며

허나 이젠
세상의 회전의자에 질린 사람이 많아
회전 목마가 되어 달리고 있어

미칠 듯이 빠르게 돌고 돌리고
나사는 빠져 나동그라져도

그늘도 없는 회색건물 밑
어디서 실려왔는지 모를
회전의자 한 트럭 —「회전의자」•

b) 밤마다 별들이 내려와 작은 꽃에게 말했다. 너는 참으로 아름다워. 그럴 때마다 꽃은 얼굴을 붉히고 고마워하고 행복해했다. 간혹 비가 오거나 눈이 오거나 별들이 찾아오지 않는 밤에는 작은 꽃은 두 손 속에 얼굴을 묻고 외로워 울었다. 그러다 다시 맑은 날이면 행복했다. 지나가는 새들을 잡고 자랑하고 쉬어가는 바람에게도 나는 아름다워 하고 자랑했다. 그래 그래. 모두 그렇게 말했다. 나비도 그렇게 말했다.

—「작은 꽃」•

a)는 '회전의자'가 풍유인 시, b)는 우화 형태의 시이다. 회전의자라는 그것 자체는 '출세'를 나타내는 낡은 풍유이다. 이 낡은 비유(풍유)는 독자를 설득하는 힘이 없지만 3·4연이 표현하고 있는 바와 같은, 출세의 덧없음을 구체화하고 있는 시구가 인상적이다. 그러니까 풍유보다 그 풍유(회전의자)의 사실적 정황(미칠 듯이 빠르게 돌고 돌리는 현실, 나사가 빠져나와 나동그라지는 현실, 그리고 어디서 실려 왔는지 모를 회전의자 한 트럭이라는 시구가 주는 뿌리 없는 현실의 한 단면)이 낡은 비유(풍유)를 어느 정도 살려내고 있다.

b)는 외형적으로 보자면 우화이지만, 실질적으로 보자면 우화가 아니다. 동식물과 같은 비인격적 존재들이 등장하는 것만으로는 우의(寓意)가 생기지 않기 때문이다. 그러니까 평범한 동화 형태의 시이다. 여기에서 '작은 꽃'은 모두가 아름답다고 말하는 사실 그대로의 꽃이다. 다른 숨겨진 의미가 없다.

다음의 예와 비교해보라.

c) 작은 꽃이 하나 있었다. 너무 작아 잘 보이지 않았고 풀에 자주 가려지기도 했다. 그래서 아무도 보아주지 않는다고 자주 울었다. 이곳이 못 생긴 풀들이 사는 풀숲이라서 그래. 내가 있을 장소가 아니야. 작은 꽃은 큰 꽃들 어울려 피고 있는 곳으로 갔다. 나, 여기 있을 테야. 큰 꽃들 옆으로 다가간 작은 꽃이 말했다. 그래. 그렇게 하렴. 큰 꽃은 작은 꽃을 내려다보며 고개를 갸웃했다. 그리고 작은 꽃이 있던 풀숲을 보았다. 작은 꽃이 떠나버린 곳에는 사라진 작은 꽃을 찾는 풀만 무성했다.

> 큰 꽃들 사이에 자리잡은 작은 꽃은 큰 꽃들의 빛과 향기에 눈이 부셨지만 참았다. 사방은 온통 큰 꽃들의 빛과 향기로 가득차 숨이 막혔다. 작은 꽃의 빛과 향기는 그 속에 묻혀 사라지고 큰 꽃들에 가려져 햇빛도 받지 못했다. 병든 작은 꽃은 내 빛, 내 향기, 했지만 때는 이미 늦어 있었다. 넘어지며 기며 제 자리로 돌아간 작은 꽃은 이미 빛과 향기가 없었다. —「작은 꽃」•

c)에서의 '작은 꽃'은 '허욕'이라는 숨겨진 우의가 있다. 그러므로 b)와는 다른 우화인 것이다.

VIII. 성유

가) 의성(擬聲)과 의태(擬態)

성유(聲喩)onomatopoeia는 표현하려는 대상의 소리·동작·상태·의미 등을 음성으로 모사(模寫)하는 비유이다. 그러니까 음성 상징sound symbol이다. 어떤 음(音)이 그 언어가 지시하는 대상·소리·뜻을 함께 드러내주기 때문이다. 우리가 '졸졸졸, 졸졸졸'이라는 표현을 할 경우, 이 성유는 시냇물(또는 그와 유사한 종류)이라는 대상과 소리와 시냇물의 의미까지 모두 나타내고 있는 것이다.

일반적으로 성유라고 할 때는 사물(대상)의 소리로 표현하는 의성onomatopoeia과 사물의 동작·상태·모양 등을 본따서 하는 의태mimesis를 모두 지칭하지만, 둘은 다소 차이가 있다.

> A) 아파도 아프지 않은
> 개들이 모여 짖어대고
> 부서져 흩어지는 풀벌레 울음.
> 기다리다 기다리다 고개 저으며
> 나도 네 발로 멍, 멍……머엉…… —이태수, 「멍, 멍……머엉…」[66]

66 이태수, 『우울한 비상의 꿈』, 문학과지성사, 1982, p. 54.

B) 솥텅 솥텅 솥텅텅
솥 속이 비었다고
소쩍새가 우는구나
[……]
집텅 집텅 집텅텅
집집이 비었다고
온동네가 비었다고
[……]
이라자라 이랴 낄낄
휜소리 안 질러도
어허라 이놈의 소
고개고개 잘 넘기며
봄갈이 잘도 헌다
[……]
솥 꽉꽉
동네 꽉꽉
못 살아도 좋으니
사람들을 돌려주소
고개 넘다 죽겠다고
소쩍새가 우는 봄에. —김용태, 「쟁기질」[67]

C) 와글와글 재잘재잘
와글와글 재잘재잘

함경도 낯익은 아바이 사투리 같고

67 김용택, 『섬진강』, 창작과비평사, 1985, p. 74.

평안도 낯익은 에미나이
감자밭 감자 캐는 소리 같고
내 살던 칠성문밖
보통학교 하급반 시절
조선어독본 글 외는 소리 같고 —송수권, 「임진강 오리떼」[68]

D) 영하 속을 흔들리며 떠나는 내 낡은 구두가
저문 고향의 강물 소리를 들려준다.
출렁출렁 아니 덜그럭 덜그럭. —곽재구, 「구두 한 켤레의 시」[69]

E) 요즘 춤은 누가 추나, 칼날 같은 세상
무슨 춤이 필요 있으랴만
어디 없는가 새로운 춤추는 이, 가갸거겨 둥둥
나의 창백한 헛춤이어
너와 나의 잎은 지고 —문충성, 「춤」[70]

A)는 의성이다. 기다리다 지친 자의 심리적 상태를 지친 개가 짖는 소리 "멍, 멍……머엉……"으로 표현하고 있다. 의성 앞에 '나도 네 발로'라는 특정 정황을 부가하여 극적 효과를 얻고 있다.

B)는 소쩍새 울음소리를 '솥이 텅텅 비었다'는 의미의 '솥텅'을 교묘히 연결하여 시의 세계와 조화를 이루며 성공한 성유이다. '집텅'이나 '솥 꽉꽉'도 마찬가지이다. 그러니까 의성과 의태가 합쳐진 형태이다.

C)는 의태이다. 시끄러운 모습을 소리로 재현시킨 성유이기 때문이다. 이 의태가 이어지는 시구에 의해 더욱 강화되고 있다.

---

68 송수권, 『아도』, 창작과비평사, 1985, p. 98.
69 곽재구, 『사평역에서』, 창작과비평사, 1983, p. 85.
70 문충성, 『제주바다』, 문학과지성사, 1978, p. 95.

D)는 강물 소리와 구두 발자국 소리를 극적으로 연결시키고 있다. 의식 속의 "저문 고향의 강물 소리"(출렁출렁)와 현실 속의 구두 발자국 소리(덜그럭덜그럭)가 연결되면서 고향의 강물 소리까지 '덜그럭'거리게 들리도록 하는 연상의 세계를 창조한다.

E)의 "가갸거겨 둥둥"에서 '가갸거겨'는 암시적 의성이다. 통상적인 '가갸거겨'의 의미는 글 읽기라는 것 속에 있다. 그러나 이 작품 속의 그것은 전혀 다른 세계를 표현한다. 즉, '가갸거겨+둥둥'이라는 북소리와 글 읽기가 어울려 독특한 심리적 의성, 그리고 의미를 창출하는 특이한 성유이다.

나) 성유의 활용

성유는 그 비유의 속성상 단순한 말놀이와 같은 측면이 있으므로, 그 단순성·유희성을 이겨내지 못할 경우 장식적이 되어 오히려 시적 내용을 약화시킨다.

a) 옆에 선 여자의 얼굴을 힐끔힐끔 보면서도
길가에 늘어선 꽃에 관심있는 척하고
땀을 질질 흘리다 버스에서 내리면
휴~~~
이렇게 아침의 절반은 넘기고 있었다 —「내 아침의 절반」•

b) 아, 어머니.
햇살같이
까르륵 웃으며 달려오는 어린 아이의
치아가 고와요. —「원점」•

c) 칠 벗겨진 녹색의 대문 밖을 서성이며
우체부를 기다려도 끝내
배달되지 않는 세상의 안부

톡톡 잠을 분지르며 가래가 자지러졌다 —「四季」•

a)의 '힐끔힐끔' '질질' '휴~'는 습관적으로 성유를 사용한 본보기이다. 그러니까 성유로서의 아무런 효과도 없는, 분류상 성유로 분리해볼 수만 있는 그런 것들이다. 시 속에 있는 시적 화자의 동작을 다소 과장해주는 정도이다. 이 시구 속에서 본다면, 이와 같은 성유는 없는 쪽이 더 바람직하다. 성유에 대한 아무런 인식 없이, 습관적으로 차용한 경우이다.

b)는 '까르륵'이라는 성유 자체에 문제가 있는 것이 아니라, '까르륵' 앞에 '햇살같이'라는 직유가 함께 있다는 데 문제가 있다.

이 시구는 다음과 같이 읽어볼 수 있다.

① 햇살같이 까르륵 웃으며

② 햇살같이 (까르륵) 웃으며

③ 햇살같이 (까르륵 웃으며) 달려오는

그 어느 쪽으로 읽어도 장식적으로 느껴진다. 즉, 직유(햇살같이)와 성유(까르륵)가 나란히 병치되고 연결되어 지나치게 화려하게 과장되고 있는 것이다.

아, 어머니
까르륵 웃으며 달려오는 어린 아이의
치아가 고와요

라고, 차라리 '햇살같이'를 생략하는 쪽이 시구를 선명히 하고 성유(까르륵)도 살리는 표현으로 보인다.

c)의 '톡톡'이라는 성유는 성공한 예에 속한다. '잠을 분지르며' 앞에서 가지가 부러지는 소리를 앞세워서, 불안한 밤의 토막 나는 잠, 그러한 잠을 만드

는 숨겨진 의식이 암시적으로 드러나기 때문이다.

IX. 희언법

가) 희언과 기상(奇想)의 차이

희언법(戱言法)pun은 같은 소리[同音語]가 나거나, 소리는 유사[類音語]하지만 뜻이 전혀 다른 말을 사용한 비유법이다.

A) 民主
注意(칠!)
내일은 정녕 얼떨떨하고
歷史보다 野談을
사랑하는
사랑하는 그대만
진정 아름다워? —송욱, 「何如之鄕」[71]

B) 푸드득
푸나무 서리
푸르름 하나
이파리 이파리
이파리 파도
이파리의 바다
여름

푸석이는 가을녘
푸르뎅뎅한
눈두덩이며 엉덩이며 풍년을 모아놓고

71 송욱, 『하여지향』, 일조각, 1961, p. 160.

푸닥거리나 한다

날 때는 우리 모두 푸르렇고
날 때는 우리 모두 조그마했고
이제 우리 모두
푸석푸석한 푸나무 몇 단 —민용태, 「푸닥거리·1」[72]

C) 會話 선생 윌리암은
비가 올 때마다 '피'가 온다고 한다.
그에게 내리는 피는 비지만
우리에게 오는 비는 피였다

온몸이 온 마을이 피에 젖는다. —강창민, 「비가 내리는 마을」[73]

A)는 민주주의(民主主義)의 주의를 '주의(注意)'로 바꾸고, 그 바꾸어놓은 말 '주의'에 어울리는 '칠!'을 덧붙여놓았다. 이와 같은 표현의 장치로, '칠!'을 우리가 주의하듯, 민주주의란 '민주'를 주의해야만 한다는 점을 새삼 강조하는 효과를 낳고 있다. 그리고 그 어조는 풍자적 시점에서 나오고 있다. '민주' 다음에 동음이의어(同音異議語)인 '주의(主義)'를 '주의(注意)'로 바꾸고 덧붙인 '칠!'이 그 점을 명백히 알려준다.

이와 같이, 의표(意表)를 찌르는 표현을 통해 우리를 각성하게 하는 수사를 기지(機智)wit[74]라고 한다.

---

72 민용태, 『푸닥거리』, 문학사상사, 1989, p. 129.

73 강창민, 『비가 내리는 마을』, 평민사, 1979, p. 25.

74 기지는 지적(知的)인 표현이다. 그것은 "이질적 사물 속의 동질성을 발견해내는 것"(코울리지)이라든지 "참다운 위트란 수시로 떠올랐지만 제대로 표현하지 못한 것"(포우프)이라는 지적에도 잘 드러나 있다. 일반적으로 기지란 웃음을 자아내게 하는 골계적 표현이나 단순한 재담으로 보는 경우가 있지만, 진정한 의미에서의 기지란 그와 반대이다. 참다운 기지란 결코 웃음을 자아내는 단순한 골계담이나 재담일 수가 없기 때문이다. 이 기지가 현대시에 중요한 역할을 하는

B)는 '푸'와 '파'로 시작되는 단어들이 중심이 된 희언법의 구사이다. 파열음 'ㅍ'이 시 전체의 밑바닥에 깔려 흐르면서 '푸닥거리'의 분위기를 살리고 있다.

C)는 색다른 희언법에 속한다. 회화 선생 윌리암이 말하는 '피'는 '비'이다. 이 잘못된 발음을 그대로 차용함으로써 '비'가 내리고 있다고 생각하는 사람의 세계와 '피'가 내리고 있다고 생각하는 사람의 세계가 극적으로 대비되어 있다.

이러한 희언법에 의한 비유는 가끔 기상(奇想)conceit과 겹치기도 한다. 그러나 기상은 대체로 직유나 은유에서 원관념과 보조관념이 당돌하게 결합되어 있는 경우 또는 파격적인 이미지를 두고 말한다. 이와 달리, 희언법은 어디까지나 동음이의어·유음어를 적절히 구사한 비유이다. 다음과 같은 기상의 예를 보라.

A) 잎새는 겹살로 뭉친 계집의 궁둥이다.
밑동에 남근처럼 처박힌 뿌리.
어디선가 이런 접촉 본 듯하여
속배기를 들추던 손이 부끄러워진다. —강우식, 「배추」[75]

B) 번개처럼 일어나
창문을 열어봅니다,
달빛이 初雪처럼 흘러내립니다,
나의 해골을 집어들고
달빛을 한 바가지 가득 떠서 마십니다,
고해를 하고 성찬을 받은 것처럼
목숨이 더없이 맑아진 것 같습니다 —김승하, 「유서를 쓰며」[76]

"반어irony를 낳는다"(브룩스).

75 『현대시선』, 범한출판사, 1984, p. 29.

76 같은 책, p. 113.

A) B)를 보아서 알겠지만, 희언법과 같이 동음이의어나 유음어를 사용하고 있지 않다. 그러나 그 나름의 독특한 표현이 숨어 있다.

A)에서는 배추의 '잎새'를 두고, "겹살로 뭉친 계집의 궁둥이"라는 당돌한 표현을 하고 있다. 이때의 당돌한 표현이란 신선한 충격을 주는 새로움이 그 속에 있다는 의미이다. 이와 같이, 서로 극히 이질적인 '잎새'(원관념)와 "겹살로 뭉친 계집의 궁둥이"(보조관념)가 결합하는 형태가 기상의 전형적인 모양이다.

B)는 "나의 해골을 집어들고/달빛을 한 바가지 가득 떠서 마"신다는 시구가 기상에 속한다. 이 시구는 직유나 은유의 형태를 갖추고 있지 않다. 그러나 유서를 쓰는 밤의 어떤 심리적 상태, 즉 살아 있는 '나'가 죽은 '나'의 해골을 집어들고 달빛을 받아 마신다는 상상 그 자체가 괴기성을 보여주고 있다.

나) 희언법의 활용

다음과 같은 예를 읽어보자

a) 파리를 보고 싶다
파리는 어디 있는가
파리는 날개가 있어 어디로
날아갔는가
아니면 작아서
보이지 않는가
파리에는
세느강이 흐른다는데
파리의 눈에는
무슨 강이 흘러 저렇게
반짝반짝 물결치는가 —「이곳에 없는 파리」•

b) 텍사스를 지나
샌프란시스코를 지나
친구와 어깨동무를 하고
와싱톤에서
카아—생맥주를 마신다
「숲속의 빈터」에서
별을 헤아리다가
잠들고
「샤갈의 마음을 내리는 눈」
속에 앉아
커피를 마신다 —「오늘 하루」•

a)는 동음이의어인 파리(곤충·도시명)를 사용하고 있다. 프랑스의 도시 파리를 보고 싶은 심정을 날아가고 없는 파리를 생각하는 시각에서 표현하고 있다. 그러나 "파리의 눈에는/무슨 강이 흘러 저렇게/반짝반짝 물결치는가"에는 문제가 있다. 이 시구의 표현은 분명히 '이곳'에 있는 파리를 보고 있는 입장이다. 그렇지만 제목과 시의 전반부를 보면 파리는 '이곳'에 없다. 그렇다면,

파리의 눈에는
무슨 강이 흘러 그렇게
반짝반짝 물결치는가

와 같은, 이곳에 없음에도 불구하고 상상 속에서는 그것이 있음을 알려줄 수 있어야 한다.

b)는 지명을 차용한 점포명, 시적 표현을 빈 점포명이 사실적인 도시와 장소를 연상시키는, 그런 이중적 의미를 가진 단어와 구가 사용되고 있다. 이 또한 일종의 희언법이다. 그러나 시적 내용이 지나치게 단순하다. 술 먹고, 졸고, 커피를 마셨다는 것이 내용의 전부이기 때문이다.

3. 말의 비유

앞서 설명한 바 있듯, 단어 자체 속에서 뚜렷한 문자적 의미(文字的 意味)의 변화를 일으키는 의미의 비유figures of thought와 달리, 말의 비유figures of speech는 단어를 잘 배열함으로써 특별한 효과를 얻는 수사적 표현들이다. 이와 같이 각각 다른 특성 때문에 의미의 비유를 비유적 언어figurative language, 말의 비유를 수사적 비유rhetorical figures라고 부르기도 한다.[77] 그러니까 어순(語順)의 수사적 조절을 통한 의미의 강조와 변화를 창출하는 것이 말의 비유이다.

오늘 밤 길로 서서
내리는 빗발,
가도가도 끝없이
내리는 빗발,
아무도 없이
아무도 없이
보이는 것 다 가두어
아무도 없이 —김형영, 「前夜」[78]

위의 시에서 보자면, "길로 서서/내리는 빗발"이라는 의미의 비유(치환 은유)를 제외한다면[79] 축어적 묘사literal description가 이 작품의 주축을 이루고 있다. 그런데 다음을 보라.

A-1) 길로 서서—내리는 빗발

---

77 M. H. Abrams, 앞의 책, pp. 63, 160 참조.

78 김형영, 『모기들은 혼자서도 소리를 친다』, 문학과지성사, 1979, p. 69.

79 이 치환 은유는 다음과 같이 이해하면 도움이 된다.
'길로 서서' 내리는 것이 '빗발'이다. 그러니까 '빗발은 길로 서서 내리는 것'이라는 A=B라는 치환 은유의 골격을 풀어서 효과적으로 표현한 형태이다.

A-2) 가도 가도 끝없이—내리는 빗발

B-1) 아무도 없이

B-2) 아무도 없이

(보이는 것 다 가두어)

B-3) 아무도 없이

반복되는 '내리는 빗발'은 A-1)에서 A-2)로 이어지면서 의미가 확대되고 있고, '아무도 없이'는 '보이는 것 다 가두어'라는 시구 앞뒤로 반복되면서 비 오는 날의 밤의 정서(빗발만 길로 서서 길을 인도하는)가 강조되어 있다.

이런 A-1) A-2)와 같은 반복, B-1) B-2) B-3)과 같은 반복이 '길로 서서 내리는 빗발'과 같은 의미의 비유와 다른, 말의 비유에 속하는 수사적 표현의 하나이다.

I. 도치

가) 도치의 보기

문장의 정상적인 배열 순서를 바꾸어 어떤 부분을 강조하거나 또는 정서적인 반응(감정)의 강도를 적절히 드러내는 수사법이다. 시적 수사에서 흔하게 나타나는 유형이다.

A) 山 모퉁이 돌아가고 있다.
龍門寺에 두고 온
바람들 —양왕용, 「남해도·2」[80]

B) 잘 가거라, 망가진 수수깡과 여름 속의 평안이여.
살붙이들 속에 굳게 길들여진 세상도

80 양왕용, 『달빛으로 일어서는 강물』, 문장사, 1981, p. 65.

두고두고 우리가 용서해 보내는 것 아니다. —김명인, 「들깨꽃」[81]

C) 어찌 붙잡을 것인가
흔들리는 本質을
흔들리는 빛을
흔들리는 귓가의 소리를 —신협, 「강가에서」[82]

D) 한강은
더 이상 그대 슬픔의 젖줄이 되기를
허락하지 않는다

허락하지 않는다 그대 울음도 그대의 절망도 —김정환, 「한강」[83]

위의 보기에서, A) B) C)는 도치(倒置)hysteron proteron된 구문이 거느리고 있는 시적 내용이 하나이냐 둘이냐는 식의 보기들이다. 즉, A)는 "龍門寺에 두고 온/바람들"이라는 현상이 하나 있는 보기이며, B)는 '마른 수수깡'과 '여름 속의 평안'이라는 두 개의 시적 내용이 있는 보기, C)는 반복되는 '흔들리는'이라는 비유에 묶인 것들이 셋이 있는 보기이다. D)는 정치(正置)와 도치의 혼용의 보기이다.

A)에서 "山 모퉁이 돌아가고" 있다고 강조되고 있는 것은 "龍門寺에 두고 온/바람들"이다. 그러니까 전혀 예기하지 못했던 곳에서 보게 된 '바람'에 대한 놀라움의 표현, 즉 강조이다.

B)의 '잘 가거라'의 정상적 어순은 '~평안이여'의 다음이다. 이렇게 도치를 시킨 것은 '잘 가거라'고 말하는 시적 화자의 감정을 강조하기 위해서이다.

---

81 김명인, 『동두천』, 문학과지성사, 1979, p. 62.
82 신협, 『물가에 앉아서』, 문학예술사, 1985, p. 80.
83 김정환, 『지울 수 없는 노래』, 창작과비평사, 1982, p. 100.

그러니까, 일차적으로는 '망가진 수수깡'과 '여름 속의 평안'을 같은 감정으로 강조하고 있는 형태이다. 그 감정은 보는 바처럼 단순하지 않다. 물론, 그것은 '망가진 수수깡'으로 암시되는 자연적 상황과 '여름 속의 평안'으로 표현되어 있는 심리적 상황을 동시에 느끼는 자의 감정이다. 그러나 다음에 이어지는 "살붙이들 속에 굳게 길들여진 세상도/두고두고 우리가 용서해 보내는 것"이 아니라는 사실을 덧붙여, '잘 가거라'고 하는 표현 속에 강조하고 있는 감정도 용서해서 보내는 것이 아니라는 사실을 알려주고 있다. 그러므로 도치되어 앞으로 나와 있는 '잘 가거라'는 표현은, 용서해 보내는 것은 아니지만, 그럼에도 불구하고 용서해 보내고 싶은 간절한 심정을 이중으로 나타내 강조하고 있는 예이다.

C)는 "어찌 붙잡을 것인가"를 강조하기 위한 도치이다. C)의 정상적인 어순은 "흔들리는 귓가의 소리를" 다음이다. 그러니까 아래와 같은 어순이다.

흔들리는 本質을
흔들리는 빛을
흔들리는 귓가의 소리를
어찌 붙잡을 것인가

이렇게 정상적인 어순으로 시행을 연결했을 때는 '흔들리는' 것들을 붙잡을 수 없다는 작가의 의도가 특별히 강조되지 않는다. 병치된 '흔들리는' 것들이 모두 동격으로 강조되어 있기 때문이다.

D)는 정상적인 어순에 이어, 강조하고자 하는 시적 주장을 반복과 동시에 도치로 연결한 형태이다. 이로 인해 정상적인 어순이 줄 수 있는 지루한 기계적인 리듬이 없어지고, 반복과 도치의 혼합이 시적 주장을 보다 강하게 나타나게 한다.

나) 도치의 활용

당연한 이야기지만, 형태상으로 도치가 되어 있다고 해서, 그 표현들이 다

살아나는 것은 아니다. 다른 비유에서와 마찬가지로, 도치 또한 인식의 깊이와 표현의 적절성 속에서만 의도하는 바의 기능을 한다.

a) 개암나무가 있다
할아버지 발톱 썩은 물 먹고 자란.
낫을 휘두른다
모두 쓰러진다 개암나무에 붙은 쐐기까지
술 한 잔 뿌린 후
큰 절을 드린다. —「벌초」•

b) 보일까 강의 밑바닥으로 뿌리내리던 신중한 가난, 반신불수된 아버지의 흙바람. —「예감」•

c) 잊어버렸다

아침으로 번지는 햇살이
녹음과 엉켜지는 풋풋함을
내 입술로 말하는 법을,

비오는 거리
흩어진 빗방울 사이로
우산 없이 걷는 법을,

안개 위로 젖어드는 불빛이
낮게 도시로 내려앉을 때
두 눈 모아 바라보는 법을, —「3월, 4월, 그리고 5월」•

a)는 "할아버지 발톱 썩은 물 먹고 자란" "개암나무가 있다"가 도치된 형

태이다. 그러니까 '개암나무'가 강조되어 있다. 그 '개암나무'가 강조되는 이유는 물론 "할아버지 발톱 썩은 물"을 먹고 자랐으리라는 인식 때문이다. 바로 이 '발톱 썩은 물'이라는 표현에 문제가 있다. 어째서, 하필이면 '발톱 썩은 물'일까. 그 '개암나무'가 자라고 있는 위치가 돌아가신 할아버지(시신)의 발이 놓인 곳과 가까워서 그랬을까. 그렇다고 해도 어색함은 지워지지 않는다. '발톱' 정도 썩은 것으로야 무엇 하나 제대로 자랄 것 같지도 않거니와 잘 썩을 리도 없는 그런 것이다. '발톱'을 육신의 제유(提喩)로 읽어도 어딘가 어색하다. '발톱'이 육신의 일부분이기는 하지만, '발톱'은 인간의 살과 뼈라는 육신의 이미지보다 동물(포유류·파충류·새 등)의 각질물(角質物)이라는 이미지가 더 강하다.

그러니까 제유로서는 인간적인 냄새가 약하고, 사실적으로 보자니 발톱 → 썩음 → 물로 이어지는 연상이 어색하다. 이 비유, 혹은 이 사실적 표현의 어색함 때문에 도치 또한 아무런 효과를 얻지 못하고 있다.

b)의 경우, "강의 밑바닥으로 뿌리내리던 신중한 가난"과 "반신불수된 아버지의 흙바람", 이 두 시구가 모두 불투명하다. "강의 밑바닥으로 뿌리내리던 신중한 가난"이라는 구절에서 '신중한 가난'이란 도대체 어떤 양상의 가난을 두고 하는 표현인지 알 도리가 막막하다. '강'을 상징으로 보고 '삶·역사' 또는 보다 단순한 '시간'으로 읽어서, 그런 원관념을 머리에 두고,

강(삶·역사 또는 시간)의 밑바닥으로 뿌리를 내리던 가난

으로 읽어볼 수는 있다. 이 경우 다소 막연하지만 그런 삶을 떠올려볼 수는 있다. 그러나,

강(삶·역사·또는 시간)의 밑바닥으로 뿌리를 내리던 신중한 가난

이렇게 읽으면 다시 모호해진다. '가난'을 구체화하는 형용사적 비유인 '신중한'이 가난을 구체화시키기보다 추상화시키기 때문이다.

'아버지의 흙바람'이라는 은유는 무슨 의미일까. 아버지가 일으키는 흙바람? 그렇다면 아버지는 무엇 때문에 흙바람을 일으키는 것일까? '반신불수'이기 때문에, 기어 다녀야 하기 때문에? 그렇다면 그것은 '보일까'라는 표현이 적절하지가 못하다. 당연히 보일 것이고 보이지 않으면 이상하기 때문이다.

이와 같은, 이해의 통로를 막고 있는 표현은 난해한 표현(난해한 표현은 해석하기가 까다롭지만 해석이 가능하다)이 아니라 모호한 주관적 표현일 뿐이다. 이와 같은 모호한 표현 앞에 도치되어 있는 '보일까'는 무엇이 보일까를 말하고 있는지 이해할 수 없으므로, 강조되기는커녕, 공허하게만 들린다.

c)는 '잊어버렸다'가 각 연의 끝에 다 걸린다. 형태상으로는 그 나름의 질서가 갖추어져 있는 도치이다. 그러나 각 연의 시적 내용이 모두 소녀적 감상이다. 결국, 감상적 시구를 강조하고 있으므로, '잊어버렸다'도 감상의 강조에 불과하다.

II. 과장

가) 과장의 종류

의미나 인상을 강조하기 위하여 사실이나 현상을 실제보다 더 보태거나 더 줄여서 하는 수사법이다. 실제보다 더 보탤 경우는 향대 과장(向大誇張) overstatement, 더 축소해서 표현할 경우를 향소 과장(向小誇張) understatement이라고 한다. 그리고 그 과장hyperbole이 비유의 형태로 나타날 때, 그것을 장유(張喩)라고도 한다.

A) 우리 아가
방긋 웃으면
온 世上이
모두 웃네요 —허영자, 「아가의 웃음」[84]

84 허영자, 『신전』, 문원사, 1971, p. 68.

B) 임은 잠이 깊어 듣지 못한다.
무덤은 너무 슬퍼 듣지 못한다.

불러도 불러도 들리지 않는다면
백년 후에 깨어나도 들리지 않는다면
다시 불러야 할 노래.
혼자 불러야 할 노래. —강창민, 「염불 1」[85]

C) 때묻은빨래조각이한뭉텅이空中으로날라떨어진다.그것은흰비둘기의떼다.이손바닥만한한조각하늘저편에戰爭이끝나고平和가왔다는宣傳이다. —이상, 「오감도 詩弟十二號」[86]

D) 뜰 밖의 재가 되고 있는
풀잎과
그녀 손을 피하는 나무 등걸의
피와
그리고
바다 밑 강 밑을 뒤집어 털어내도
한 알의 물방울도 잡히지 않는다
그녀는 더욱 가물어 가고 있어도 —김지향, 「갈증」[87]

A) B)는 향대 과장, C) D)는 향소 과장에 속하는 표현을 그 속에 갖고 있다. A)에서는 "온 세상이/모두 웃네요"의 '온 세상'이 과장이다. 이 과장은 '아가'의 웃음이 주는 순진성을 극적으로 강조하기 위한 표현이다. 그러므로

85 강창민, 『비가 내리는 마을』, 평민사, 1979, p. 8.
86 『이상시전작집』, 갑인출판사, 1978, p. 28.
87 김지향, 『내일에게 주는 안부』, 문학예술사, 1983, pp. 113~14.

그 표현은 살아 있다. B)에서는 '백년'이라는 시간 단위가 과장이다. 이 '백년'은 짐작하기 힘든 오랜 후의 시간을 강조해주고 있다.

C)는 하늘을 "이 손바닥만한한조각하늘"로 축소해서 그려놓고 있다. 이와 같이 대상을 축소하는 의식 속에는 세계에 대한 냉소적인 시각과 비판이 숨겨져 있다. D)의 "한 알의 물방울도 잡히지 않는다"에서, '한 알'이 향소 과장의 예이다. 한 줌의 물도 아닌, '한 알'의 물방울도 찾을 수 없다는 표현 속에는 극단적인 갈증(물론 그 갈증은 심리적인 것이다)을 강조하려는 의지가 드러나 있다.

나) 과장의 활용

과장은, 그것이 향대 과장이건 향소 과장이건, 그 표현의 적절성을 얻지 못할 때는 그 과장에 의해 시가 진지성을 잃게 된다. 시가 진지성을 잃을 때, 그 시의 작가도 성실성을 의심받을 수밖에 없다.

a) 그러자,
석유 보일러보다 견고하던 내 몸뚱이
서서히 녹기 시작하고

지옥 같은 뜨거움
점점 더 정신없이 녹아 흘러내린다 —「아궁이」•

b) 비가 내렸다. 뼈속까지 스며드는 겨울비.
100근이 넘는 바윗돌 같은 엿덩어리를
머리에 인 어머니는 돌아서질 않고 —「어머니」•

c) 여름.
태양이 섭씨 100도의 후라이팬에서
튀겨지고 있다. —「풍경」•

d) 바지랑댕이만치 높다란 하늘
두 팔 벌린 만치 넓다란 하늘 —「가을이라는 간이역」•

e) 어제는 콩알만한 해를 보았다.
나만 보았다 —「그를 지날 때」•

a)는 "석유 보일러보다 견고하던 내 몸뚱이"와 "지옥 같은 뜨거움"이 향대 과장이다. 아니, 더 정확하게 말하면 비유로 된 과장이니까 장유이다. 그러나 '석유 보일러'를 동원한 '몸뚱이'의 과장은, '강철 같은 몸뚱이'와 유사한 기계적 비유이며, "지옥 같은 뜨거움"은 상투적이다. 그 결과, 과장은 살아 있기보다 장식적이다.

b)도, "100근이 넘는 바윗돌 같은 엿덩어리"에서도 '엿덩어리'가 '100근'이 넘는다든지 '바윗돌' 같다는 비유는 지나친 과장이다. 어머니가 머리에 이고 있는 '엿덩어리'가 무겁다는 점을 강조하기에는 지나치게 침소봉대(針小棒大)한 감이 있다.

c)는 성공적인 과장의 한 예이다. 여름날 지글대는 태양을 "100도의 후라이팬에서/튀겨지"는 것으로, 그 열도를 적절히 과장한 비유로 표현하고 있기 때문이다.

d)는 얼핏 보기와는 달리 향소 과장의 장유이다. "높다란 하늘"이 이 시구에 의하면 "바지랑댕이만치"만 높고, "넓다란 하늘"이 "두 팔 벌린 만치"만 넓기 때문이다. 다시 말하면 사실보다 높지 않은 '바지랑댕이'와 넓지 않은 "두 팔 벌린 만치"의 넓이로만 있는 하늘이기 때문이다. 그러나 '바지랑댕이'가 갖고 있는 가늘고 아득한 높이, '두팔'을 벌린 사이의 그 가득한 넓이의 이미지가 어울려 가을의 허허로운 풍경이 기묘하게 드러나고 있다.

e)의 '콩알만한 해'는 향소 과장이다. 이 두 줄의 시구 자체로는 아무런 문제가 없다. '나'만 본 '콩알만한' 해는 있을 수 있는 심리적 현상인 탓이다. 그러나 이 시구에 이어지는 구절을 보라.

어제는 콩알만한 해를 보았다.
나만 보았다.
꼭 그의 가슴만 하다.
그의 가슴은 숨구멍 하나밖에
남지 않았다.
답답해서 난 계단을 뛰어올라가
장독대 위에 서 보았다.
그때 보았다.
콩알만한 해를
난 웃었다. 부끄러움도 모르고
큰 소리로 웃었다.
그가 나를 장독대 위에서
내려놓지 못하도록.

위의 인용을 읽어보아 알 수 있듯, 그 "콩알만한 해"는 결국 '그'라는 어떤 사람을 지칭하고, '그'의 좁은 가슴을 비웃기 위한 것이다. 이와 같은 시적 내용은 '나'와 '그' 사이에는 지극히 중요한 일이겠지만, 제3자인 독자에게는 별다른 의미가 없는 사적(私的)인 기록이다. 독자로서는 '그'에 대해 알 수도 없을 뿐만 아니라 알아야 할 어떤 문제가 있는지 없는지도 알 길이 없는 사적인 세계이기 때문이다. 그렇기 때문에 "콩알만한 해"도 사적인 이야기 속의 한 비유로 끝나고 있다. 사적인 시의 공간과 그렇지 않은 공간을 간단히 구별해보기 위해 다음과 같은 개작을 읽어보라.

어제는 콩알만한 해를 보았다
나만 보았다.
다른 곳으로 떠나는 사람들의
뒷덜미 위에서 보았다.
메마른 숲에서는 삭정이 부러지는 소리가

연이어 들리고
동물들은 하나 둘 짝을 지어 어디론가
쓸쓸하게 떠났다.
밑바닥이 갈라진 저수지와 논밭을 돌며
아직 어딘가 물이 있으리라고 믿는
사내 하나가 끝없이 헤매는 것을 보며
점점 작아지는
콩알만한 해를 보았다
나만 보았다.

위의 작품에서의 '콩알만한 해'는 사적인 이야기 속의 그것이 아니다. 이 시적 공간은 사실적이 아닌 상징적인 공간이다. 범박하게 말해보자면, 메마른 세계를 간략하게 묘사한 공간이다. 그러므로 이때의 '콩알만한 해'는 그 나름의 상징성을 지닌다.

III. 대조와 모순어법

가) 대조와 대구의 차이

대조(對照)contrast는 서로 상반되거나 모순되는 어구를 연결하여 대비(對比)의 느낌을 강조하는 동시에, 그 대비와 대립 자체가 또 하나의 통일을 이루게 하는 수사법이다. 음악의 대위법(對位法)과 같은 원리이다. 그러므로 어조(語調)가 비슷한 말을 병립시키는 대구(對句)와 구별된다.

나라에 큰 슬픔이 있었고 ┐
나에게 눈물이 있었다 ┘— a
[……]
꽃은 피고 해는 지고 —— b
꽃샘바람 부는 침묵의 강가에서
사람들은 거미줄에 매달려 살기 시작하였다

날마다 십자가에는
낯모르는 사내들이 매달렸다 내려왔다. —정호승, 「봄편지」[88]

위의 보기에는 a는 대구이고 b는 대조이다. 대구는 a에서 보듯, 서로 상반되거나 모순되는 단어나 어구를 병립시키지 않고 유사한 어조를 그 바탕으로 한다. 그러나 대조는 대립이 그 바탕이다.

A) 천길 땅 밑을 검은 물로 흐르거나
도솔천의 하늘을 구름으로 날더라도
그건 결국 도련님 곁 아니예요? —서정주, 「春香遺文」[89]

B) 꽃이 핀다
꽃이 피지 않는다
꽃이 진다
꽃이 지지 않는다
꽃이 한 잎 피어난다
꽃이 한 잎 피어나지 않는다
꽃이 한 잎 두 잎 떨어진다
꽃이 한 잎 두 잎 떨어지지 않는다
피어나라 피어나라 해도
피어나지 않는 것은
떨어져라 떨어져라 해도
떨어지지 않는 것은
反逆이다. —홍영철, 「反逆의 詩」[90]

---

88 정호승, 『서울의 예수』, 민음사, 1982, p. 15.
89 서정주, 『서정주시선』, 민음사, 1974, p. 55.
90 홍영철, 『작아지는 너에게』, 문학과지성사, p. 64.

A)는 '천길 땅 밑'과 '도솔천의 하늘'이 대비되어 있고, 또한 천 길 땅 밑의 '검은 물'과 도솔천의 하늘에 나는 (흰)구름도 대비되어 있다. 이와 같은 대비와 대립은 어디에 어떤 존재로 있거나 "결국 도련님 곁"이라는 심정을 훌륭하게 드러낸 극적 표현이다.

B)는 작품 전체가 변주되는 연속적 대조에 의해 축조되어 있는 보기이다. 꽃이 피고 지는 현상을 통해 숨겨진 반역의 생리를 간명한 시의 구조 속에 형상화해 보여주고 있다.

나) 대조와 모순어법의 차이

대조와 유사한 대립의 구조을 갖고 있지만, 모순되는 관념의 결합 상태를 모순어법(矛盾語法)oxymoron이라고 한다. 그러나 이 모순은 외형적일 뿐이다.

A) 두 볼에 흐르는 빛이
정작으로 고와서 서러워라 —조지훈, 「승무」[91]

B) 이것은 소리없는 아우성.
저 푸른 海原을 향하여 흔드는
永遠한 노스탈자의 손수건. —유치환, 「旗ㅅ발」[92]

C) 움직여라
떠나라
멈추지 말아라, 고정불변의 변화여 —송찬호, 「공중정원·2」[93]

91 조지훈, 『저 바람 속에 피리라』, 열음사, 1985, pp. 16~17.

92 『청마시선』, 민음사, 1974, p. 22.

93 송찬호, 『흙은 사각형의 기억을 갖고 있다』, 민음사, 1989, p. 46.

A) B) C)의 예 모두가 모순어법의 표현을 갖고 있다. A)는 형용사 a '고와서'+형용사 b '서러워라'의 결합, B)는 형용사 a '소리없는'+명사 b '아우성'의 결합, C)는 명사 a '고정불변'+명사 b '변화'의 결합이라는 결합 형태를 보여준다.

A)의 시구를 모순어법의 형태를 알아보기 위해 보다 간략하게 해보면 다음과 같이 된다.

(두 볼에 흐르는) 빛이
(정작으로) 고와서 서러워라

이렇게 간략하게 해놓고 보면, '빛'은 곱고 서러운 것이 된다. 하나의 사물 또는 관념(빛)이 상호 모순되는 '곱다/서럽다'라는 표현에 묶여 있는 형태이다. 그러나 그 '빛'이 곱고 서러운 것은 사실에 있어서는 모순되지 않는다. 사물 또는 관념의 양면(다른 측면)을 함께 연결해놓은 것이기 때문이다. '좋아서 죽겠다'라는 우리의 일상적 표현과 마찬가지로 외견상 서로 모순되는 결합이지만, 그 속에는 진실이 도사리고 있다. 이러한 형태의 결합이 모순어법이다.[94]

B)는 '이것(깃발)'이 '소리없는'과 '아우성'으로 표현되어 있다. 소리 없음과 아우성은 서로 모순되는 관념이다. 그러나 깃발은—펄럭이는 깃발을 보라—소리는 들리지 않지만 아우성치는 모습이다. 그러므로 그것은 '소리없는 아우성'이다.

C)는 '고정불변의 변화'가 모순어법이다. '고정불변'이 변화와는 반대 개념이기 때문이다. 따지고 보면, 그러나, 이 우주에서 고정불변으로 보이는 그것 속에 변하지 않는 것이란 어디 있겠는가.

---

94 모순어법과 가끔 혼동되는 구속법(拘束法)zeugma이 있다. '지우그마'의 어원이 '멍에를 지우는 것'이라는 점이 시사하고 있듯, 하나의 형용사 또는 동사가 둘 이상의 명사를 수식하는 수사법이다. 예를 들면 "저렇게 숨찬 기쁨과 절망"에서 '숨찬'은 '기쁨'과 '절망'을 동시에 수식한다.

다) 대조와 모순어법의 활용

다음과 같은 보기들을 살펴보자.

a) 젊은 것은 늙게 마련이고
고운 것은 추해질 때가 있는 법 —「낙엽」•

b) 죽은 자는 가고 산 자는 오는데
봄은 어디까지 왔나
이 반도에 —「봄은 어디까지 왔나」•

c) 입에 착착 감기는 맛이야
기가 막힌다마는

네 얼마나 세차게 던져지고
매운 눈물 떨궜길래
이다지도 작신작신 안겨드느냐 —「낙지」•

d) 발끝을 쫓는 강물 줄기 하나를 키우며
황량한 녹색 정원에 묻어서
이 심장 그대로 두고두고 울며 살 수 없나 —「낮에 나온 반달」•

e) 銀河가 치렁한 山房의 등뒤에서
그 찬란한 젖가슴에
적막의 등불로 밝히며
실하게 쓰러지는 山 —「산지기」•

a)는 대조법이 아니라 대구(對句)이다. 두 시구가 젊은 것 → 늙게 마련, 고운 것 → 추해지기 마련이라는 같은 어조를 밑바탕에 깔고 있기 때문이다. 그

러나 우리가 익히 아는 상식적 대구이다.

b)는 대조이다. 죽은 자는 '가고,' 산 자는 '오는' 서로 대립하는 세계를 바탕으로 하고 있다. 이 평범한 대조가 살아 있는 곳은 '이 반도'에 오지 않고 있는 봄(물론 이때의 봄은 상징이다)을 갈망하는 자의 간절한 정신이, 대조의 시행에 이어 2행에 걸쳐 암시적으로 나타나 있기 때문이다.

c)는 1연과 2연이 대조이다. 1연의 "착착 감기는 맛"과 "작신작신 안겨드"는 모양 사이에는 '낙지'를 바라보는 작자의 이중적(二重的)인 시선이 깔려 있다. 나의 쾌감(1연의 '착착 감기는 맛')과 남의 고통(2연의 '작신작신 안겨드'는 토막진 낙지)이 대조되고 있는 것이다. 여기에 사용되고 있는 착착·작신작신이라는 성유(의태)는 쾌감과 고통을 보다 극적으로 구체화하는 데 큰 역할을 하고 있다. 살아 있는 성유이다.

d)의 "황량한 녹색 정원"은 '황량'과 '녹색'이라는 상호 모순되는 관념이 정원에 함께 걸려 있다. 그러나 이 시구는,

(1) 황량한 녹색 정원(정원의 페인트 색깔)
(2) 황량한 녹색 정원(녹색 숲이 우거진 집)

그 어느 쪽이냐에 따라 달라진다. (1)일 경우는 단순한 수식이며 (2)일 경우는 모순어법이다. (2)가 모순어법이라고 하더라도, "~울며 살 수 없나"라는 감상적 질문이 있는 한, 이 시구는 그런 감상적 세계의 차원을 벗어나지 못하고 있다. '심장 그대로' 그곳에 묻어놓고 '두고두고' 사는 것까지는 납득할 수 있지만, 어째서 '울며' 살 수 없느냐고 질문하는지는 이해하기가 어렵기 때문이다.

e)의 "실하게 쓰러지는 산"에서 '실하다'와 '쓰러지다'는 서로 모순되는 관념이다. '실하다'는 쓰러지거나 넘어지는 것과 반대의 의미를 떠올리는 관념 체계 속에 있기 때문이다. 그러나 그 반대되는 '실하게'라는 한 관념이 '쓰러지는'이라는 관념에 숨겨진 튼튼한 의지를 부여하고 있다. 즉, 은하(銀河)가 치렁한 밤 한때, 산이 누워 있는 건장한 모습('실하게'라는 표현이 그것을 나타낸다)이 모순어법에 의해 드러나고 있는 것이다.

Ⅳ. 반복과 열거

가) 반복과 열거의 차이

반복(反復)repetition은 동일하거나 유사한 어구를 반복하며 그 의미를 강조하고, 동시에 리듬을 살리는 수사법이다. 이와 달리, 열거(列擧)enumeration는 동위(同位)의 어구를 적절히 살려 강조와 리듬을 표현하는 수사법이다.

괜, 찬, 타.……
괜, 찬, 타.……
괜, 찬, 타.……
괜, 찬, 타.……
수부룩이 내려오는 눈발 속에서는
까투리 메추라기 새끼들도 깃들이어
오는 소리……　　—서정주, 「내리는 눈발 속에서는」[95]

위의 보기에서 '괜, 찬, 타'는 반복, '까투리 메추라기'는 열거이다. 보다 자세한 이해를 위해 예를 더 살펴보자

A) 나즉하고 그윽하게 부르는 소리 있어
나아가 보니, 아, 나아가 보니,
조름 잔뜩 실은 듯한 젖빛 구름만이
무척이나 가쁜 듯이, 한없이 게으르게
푸른 하늘 위를 거닌다
아, 잃은 것 없이 서운한 나의 마음
나즉하고 그윽하게 부르는 소리 있어
나아가 보니, 아, 나아가 보니,

95 서정주, 『서정주시선』, 민음사, 1974, p. 59.

아렴풋이 나는 지난 날의 回想같이
떨리는 뵈지 않는 꽃의 입김만이
그의 향기로운 자랑 안에 자즈러지노니!
아, 찔림 없이 아픈 나의 가슴! —변영로, 「봄비」[96]

B) 산마루 올라
눈곱을 뗀다

숲이, 나무가
푸른 별들을 물고
산맥 가까이 몇 낱 길을 이룰 때
정정 울리는 전나무 옻나무
키 작은 산초

산초 번한 가지로 다시
잊지 못할 아버지 적 전장은 바람되어 오는데,

겨울 들녘에 스민 마을과 마을
도시와 구릉
돌처럼 돌돌 구르는
햇살의 관절

산마루에 올라
눈곱을 뗀다

문득 먼 산자락

---

96 정한모 · 김용직 편, 『한국현대시 요람』, 박영사, 1982, p. 97.

남으로 북으로
이저리 분단하는 일들을
하나하나 놓치노라면　—박태일, 「산마루 올라」[97]

C) 6월에는
하늘 높이 나르는 매서운 매와
水草 속 붕어와
잉잉대는 아카시아 꿀벌들과
토끼풀밭 뛰어노는 아이들을 위하여

6월에는
농부들과
청소부와
이름 없는 병사들과
우리가 지켜야 할
自由
平等의
民主主義를 위하여　—엄국현, 「6월」[98]

A)는 반복법의 수사를 축으로 이루어져 있는 작품이다. 1·2연의 1·2행이 동일한 어구의 반복이고, 1·2연의 마지막 행이 유사 어구의 반복이다. B)는 1연과 5연(산마루 올라 눈곱을 뗀다)의 반복과 2연의 끝(산초)과 3연의 시작(산초)과 '하나하나'가 반복이다. 그리고 '숲이, 나무가' '전나무 옻나무 키 작은 산초' '마을과 도시와 구릉'이 열거이다. 그러니까 이 보기는 반복과 열거가 잘 어울린 예에 속한다. C)는 열거가 축이 되고 있다. 1연의 새·붕어·꿀벌·아

97 박태일, 『가을 악견산』, 문학과지성사, 1989, pp. 78~79.
98 엄국현, 『집』, 시로사, 1983, p. 44.

이들이 열거이며, 2연의 농부·청소부·병사들·민주주의 또한 그렇다(자유·평등은 민주주의에 걸려 있으므로 열거 속의 열거, 즉 액자식 열거인 셈이다). 그 대신 1·2연의 '6월에는'은 반복법이다. 열거법의 적절한 변용이 얼마나 아름다울 수가 있는지 보여주는 예이다.

반복에도 몇 가지의 종류가 있다.

A) 돌아오지 않는 것들을 향해서 어둠을 펼쳐 들었다. 까마귀 새끼 한 마리 돌아오지 않는 해변에 하이얀 포말이 계속해서 스러지고 있다. 깜장 고무신을 벗어 멀리 멀리 던지고 深海에 잠길 때까지 우리는 서서 黑髮을 날렸다. 소주병을 들고 서 있다.

돌아오지 않는 것들을 향해서 소주를 마셨다. 광막한 들판 어디선가 피기 시작한 샐비어가 금세 온 들판에 차고 그것들이 함부로 흔들리기 시작했다. 狂亂하는 샐비어밭에 한 사내가 서 있다.

—이건청, 「돌아오지 않는 것들을」[99]

B) 그 기억의 수증기 자욱한 실내에
불쑥 떠밀려 들어가 문이 닫기면
사방은 일시에 정적에 휩싸이고
나는 언제나 非常의 한 모서리

거기 물병 위의 둥근 양파도 삐죽이 자라고
덩달아 삐죽이 자라는 모종의 불안 속
내가 사람도 아니던 그 기억의
참을 수 없는 부끄러움이 자욱한 실내에

99 이건청, 『망초꽃 하나』, 문학세계사, 1983, p. 68.

나는 언제나 非常의 한 모서리 —김갑수, 「그 기억, 참을 수 없는」[100]

C) 때도 없이 가을꽃이 피었다
자갈밭으로 난 작은 길 위에
마른 눈을 들어 들어서
안깐힘으로 버텨선 흔들림으로
가을꽃이 피었다
먼 원시림 속에서 불어오는 바람소리로
한쪽으로 기울어진 건강한 뼈대
자갈밭에 내려 쌓이는
수천의 빛무리를 넘어뜨리며
위태로이 홀로 서서
말라 비틀어진 이 계절의 중심에서
억센 근육을 부러뜨려
때도 없이 가을꽃이 피었다 —강영환, 「여름에 핀 가을꽃」[101]

A)는 수구 반복(首句反復), B)는 결구 반복(結句反復), C)는 수미 반복(首尾反復)이다. A)는 "돌아오지 않는 것들을 향해서"가 반복되는데, 이 반복은 작가의 의식이 열려진 방향을 강조하는 역할도 하고 있다. 이와 함께 연과 연 사이에 "소주병을 들고 서 있다//돌아오지 않는 것들을 향해서 소주를 마셨다"라는 시구의 연결도 음미할 만하다. 연과 연의 독립성과 연관성, 반복의 변용을 잘 살리고 있기 때문이다.

B)는 "나는 언제나 비상의 한 모서리"라는 결구가 반복되고 있다. 이러한 인식을 구체화해주는 정황과 어울려 '비상의' 심리적 세계가 강화되어 있다.

C)는 수미(首尾)의 "때도 없이 가을꽃이 피었다"가 반복되고 있다(작품 가

100 김갑수, 『세월의 거지』, 문학과지성사, 1989, p. 48.

101 강영환, 『칼잠』, 시로사, 1983, p. 93.

운데 5행에도 그 축약형 반복이 있다). 그 반복은 다른 계절, 그것도 '자갈밭'과 '말라 비틀어진' 계절에 피어난 꽃을 바라보는 작가의 심정을 효과적으로 강조하고 있다.

그러나 반복법이 반드시 위와 같은 형태만으로 나타나는 것이 아니다.

D) 소설은 소설
시는 시
드라마는 드라마
교육은 교육
소설이 소설이 아닌
소설이 시가 되고
드라마가 되고
교육이 되는 —박상배, 「쟝르論」[102]

E) 해야 뜨지 마라 해야 뜨지 마라
동해 불끈 쥔 둥근 해야 뜨지 마라
니 떠올라 천지에 빛 환하면
죄 많은 우리 삶 어이해
한 많은 우리 땅 어이해
설움 많은 우리 지붕 어이해 —고정희, 「청산별곡」[103]

D)는 동어반복을 교묘히 살린 반복이며, E)는 연속적인 수구 반복과 4~6행에서 보는 바처럼 열거법을 응용한 유사 반복이 두드러지는 예이다.

열거법에서 가장 흔한 형태는 동위 독립어(同位獨立語)의 반복과 동위 관형어(同位冠形語)의 반복이다.

---

102 박상배, 『모자 속의 시들』, 문학과지성사, 1988, p. 76.

103 고정희, 『이 시대의 아벨』, 문학과지성사, 1983, p. 65.

A) 날개. 봄날. 감기의 뒤끝.

비발디. 초원.

그리고 하느님 나는 당신을 생각한다, 참을 수 없이 —김정란, 「봄」[104]

B) 그 모든 선천적 후천적 가엾음에 대한
본능적 심미적 도덕적 이성적 종교적 물리적
동정
기실
마귀들의 가장행렬이거나
천국 백성들의 소돔성 수학여행 같은
설레임과 들뜸의 삶의 세계
선악과 미추와 성속을 초월하여
일부러 노력하여 병신이 되어가는
〈나〉와 복수화된 〈나〉들의
〈섞음〉〈잠기기〉〈서로닿기〉
〈그 밖에〉〈갑자기〉〈어처구니없이〉
〈비체계성〉〈흐트러짐〉〈제자리 찾아주기〉 등 —김영승, 「반성·序」[105]

A)는 날개, 봄날, 감기의 뒤끝, 비발디, 초원, 하느님이 동위 독립어이다. 이와 같은 동위 독립어는 '나는 생각한다'는, "나는 당신을 생각한다, 참을 수 없이"라는 봄날의 정서 속에 명멸하는 대상들이다.

B)는 동위 관형어와 동위 독립어를 함께 사용하여 풍자적인 세계를 보여

104 김정란, 『다시 시작하는 나비』, 문학과지성사, 1989, p. 86.

105 김영승, 『반성』, 민음사, 1987, pp. 17~18.

주고 있다. "선천적 후천적"은 '가엾음'에 걸려 있는 동위 관형어이며, "본능적 심미적 도덕적 이성적 종교적 물리적"은 '동정'에 걸려 있는 관형어들이다. 이와 달리 '설레임과 들뜸' '선악과 미추와 성속' '나와 복수화된 나', 그리고 '섞음' 이하 '제자리 찾아주기'까지 〈 〉 속의 것들은 모두 동위 독립어이다.

나) 반복과 열거의 활용

다음의 예를 보자.

a) 흔들린다
하늘이흔들리고그아래울퉁불퉁한골목길이
흔들리고골목어귀허리꺾인은행나무가흔들
리고그옆전봇대가흔들린다.

흔들린다
빨간집이흔들리고사방귀퉁이의가구들이흔
들리고그속에사는사람들의마음이흔들리고
마음속가득했던희망이흔들린다.

흔들리는 것들 위로 희뿌연 안개가 머물고
그 안개 속 모든 흔들리는 것들은
처음 의도와는 다른 관념으로 변화되어간다.

흔들리지 않는 것들은 흔들리는 것으로
흔들리는 것들은 흔들리지 않는 것으로. —「흔들리는 풍경」•

b) 장수산에 여름이 쳐온다
독수리 둥우리
휘파람 소리

숲 속에서 생활한 꽃친구
글라디올러스
철쭉과 백합

장수산 발 성북동 골짜기
곧바르게 주—욱
줄 그어보자

여긴 내가 머무르며 살 곳
고향에 가는 길
고향 가는 길 —「내 고향」•

c) 회색빛 조명으로
하루가 시작했다.
회색빛 우비를 입고
회색빛 우산을 들고
회색빛 콘크리트의 상자에서 나와
회색빛 아스팔트 위를
회색빛 물방울 여운 남기며
회색빛 표정의 사람들과 만나
회색빛 마음 열고
회색빛 대화로
회색빛 미소 지으며
회색빛 손 내밀어 안녕 하고.
회색빛 도로 위에
회색빛 차들이
회색빛 연기 뿜으며

회색빛 도시를 오고간다.
회색에 피로해진 눈 들어
쾌색빛 물이 나오는
회색빛 하늘 보면서

내일은
푸른 빛이 나오길……　　—「내일은」•

a)는 '흔들린다'가 1·2연의 첫 행으로 반복되고 있다. 1·2연만 본다면 수구(首句) 반복의 형태이다. 그리고 첫 행의 '흔들린다'는 감각을 구체화해주는 것이 1·2연의 모든 시행이다. 3연은 1·2연의 '흔들리는 것들' 주변을 관찰하면서 4연의 결론적인 시구로 이어진다. 특히 4연은 대조법을 원용한 반복의 형태이다.

이 작품의 반복은 어딘가 산만하게 느껴진다. 어째서 그럴까. 첫째, 1·2연의 붙여 쓰기와 3·4연의 띄어쓰기가 어색하다. 원래의 의도는 '흔들리는 것들'의 흔들림의 속도를 그대로 이어주기 위한 것으로 보인다. 그렇다면 차라리 1·2연을 한 연으로 하고, 다소 변주를 주었으면 보다 정리된 느낌이 될 듯하다. 둘째, 4연의 결론적인 성격을 띤 시행의 깨달음까지 가는 3연이 지나치게 단순하고 개괄적이다. 개괄적이니까 3행의 시구에 나오는 '흔들리는 것들'이 낭비되고 있다는 느낌을 강하게 준다. 또한 3연의 마지막 행이 지나치게 생경하다.

다음을 보라.

흔들린다.하늘이흔들리고그아래울퉁불퉁한골목이
골목어귀허리꺽인은행나무가그옆전봇대가흔들린다,
빨간집이흔들리고사방귀퉁이의가구들이그속에사는
사람들의마음이마음속에가득했던희망이흔들린다

그위로 희뿌연 안개가 머물고

안개 속 모든 것들은
처음과는 다른 모습으로 바뀌고
안개가 내려앉고
사람들과 집의 희망이 흔들리고
나무와 산과 강은 올라서고

흔들리지 않는 것들은 흔들리는 것으로
흔들리는 것들은 흔들리지 않는 것으로

1·2연의 '흔들리고'와 3연의 '흔들리는 것들'이 어떻게 생략되고, 3연의 마지막 시행이 어떻게 바뀌었는가를 참조해보기 바란다.

b)의 1·2연에 나타나 있는 '독수리 등우리'와 '휘파람 소리' '글라디올러스'와 '철쭉과 백합'은 열거이다. 이와 달리 '고향에 가는 길'과 '고향 가는 길'은 유사 어구의 반복이다. 이 작품은 고향을 사랑하는 소박한 감정을 절제된 말로 표현하고 있다. 그러나 첫째, 제목은 「내 고향」보다 「고향 가는 길」이 어울릴 듯하다. 둘째, 2연에서 열거되고 있는 글라디올러스와 백합이 적절하다고 볼 수 없다. 글라디올러스나 백합은 '고향'의 '숲 속에 생활'하는 꽃들이 아니기 때문이다. 고향에 자생하는 꽃으로 바꾸어 열거해야 마땅하다. 그러니까 잘못된 열거이다.

c)는 좀 특이한 형태의 반복과 열거이다. 1연의 2행과 3연의 1·2행을 제외한 모든 시행에는 '회색빛'이 반복되고 병치되어 있다. 이 반복과 병치에 이어지는 조명·우비·콘크리트·아스팔트 등등이 열거되면서 연결되어 있다. 그러나 회색빛에 연결되어 있는 열거(동위 독립어)가 엄격하고 의도적인 선택이라기보다 느슨하고 상식적인 선택이어서 작품 전체가 도시적인 사고의 흔적만 가득 찬 것이 되고 말았다. 3연의 "내일은/푸른 빛이 나오길……" 하는 기계적인 표현으로 희망을 피력하는 것을 보아도 작자가 얼마나 상투적인 의식 속에 있는가를 알 수 있다. 이 작품과 같은 상식적 세계 속에 갇혀 있는 사람들은, 무엇보다 먼저, 이런 세계를 빠져나와 자기 나름대로 세계를 보는 시각부터 길

려야 한다.[106]

V. 반어와 역설

가) 반어와 역설의 차이

반어(反語)irony는 그리스 희극의 한 주인공인 에이론Eiron을 알면 쉽게 이해할 수 있다. 에이론은 자기과시적인 인물인 알라존Alazon과 반대로 '자신을 은폐하는 자'이다. 즉, 의도적으로 자신의 실상을 숨기고 보다 어리석은 체하는 것이다. 이 에이론이 종말에 가서는 알라존을 이긴다. 이 에이론처럼 실상 또는 진실을 안으로 숨기는 수사법이 곧 반어이다. 반어의 어원(語源)인 에이로네이아eironeia도 '은폐'라는 뜻이다. 그러니까 반어는 에이론처럼, 의도적으로 실상 또는 진실을 숨기고 표면적으로는 다르게 말하는 수사법이다. 흔히, 우리는 잘못한 사람에게 반대로 '잘했다'고 한다. 이런 경우가 바로 반어이다.

이와 달리 역설(逆說)paradox은 para(넘어서)+dox(진술)란 어원을 갖고 있다. 표면적으로는 모순되는 것 같지만, 그 표면적인 진술 너머에서 진실을 드러내고 있는 수사법이다. 이와 같이, 표현된 것과 은폐하고 있는 표현의 구조가 반어와 유사하므로, 역설을 반어의 한 종류로 보기도 한다.

A) 용기도 없고
사랑도 없고
기쁨도 없다
눈도 없고
코도 없다
밑빠진 나날
입도 없다
입도 없다
아아 사랑했던

---

106 이 문제에 대해서는 「대상과 인식 과정」을 참조할 것.

너의 얼굴도 없고
기차도 없고
다리도 없고
건너야 할
다리도 없고
오늘도 없다
오늘도 없는
것들을 위하여
시를 쓴다
시를 어떻게 쓰나
망할 놈의 시를
쓸 줄 안다면
얼마나 좋을까 　　—이승훈, 「망할 놈의 시」[107]

B) 전지전능하신 하느님!

이미 알고 계시겠지만 얼마 전에 고층 건물이 하나 쓰러졌읍니다.

강철과 시멘트로 지은 79층, 그 튼튼한 건물이 그처럼 갑자기 무너지리라고는 아무도 생각지 못했읍니다. 저도 물론 예외는 아니었읍니다. 어느 재벌의 소유인지는 몰라도 도심에 우뚝 솟은 그 빌딩은 멀리 떨어진 우리집에서 바라보아도 저것이 국력이거니 마음 든든했고, 언젠가 나도 주머니 사정이 허락하면 저 꼭대기 스카이라운지에 올라가 오렌지 쥬스라도 한 잔 마셔보리라 생각했었읍니다. 그런데 어느날 갑자기 고층 건물이 쓰러진 것입니다.

더구나 그 건물이 우리집 쪽을 향해 쓰러진 덕택으로 그 옥상에 설치되었던 용량 3,000t짜리 냉각탑이 멀리 날아와 우리집에 떨어지며 순식간에 저의 가족과 재산을 앗아가고 말았읍니다. 너무나 놀라운 일이

---

107 이승훈, 『당신의 방』, 문학과지성사, 1986, p. 64.

라 저는 슬퍼할 겨를도 없읍니다. 믿을 수 없는 이 사실 앞에 저는 다만 갈피를 잡을 수가 없을 따름입니다.

아시다시피 저는 선량한 시민이자 모범적 가장으로 평생을 살아 왔읍니다.

저의 이력서 및 신원 조회 서류를 참조하면 아시겠지만 저는 여지껏 한번도 이 사회의 법과 질서를 어긴 적이 없읍니다. 어려서부터 부모님께 효도했고, 스승을 존경했고, 국방의 의무를 다했으며, 처자식을 사랑했고, 세금을 언제나 기일내에 납부했고, 신앙 생활을 돈독히 했으며, 여유 있는 대로 저축을 했고, 우리나라에서도 석유가 쏟아져 나오기를 남달리 속으로 기원했읍니다. 담배도 피우지 않고, 술도 마시지 않고, 여자를 가까이하지 않으며, 요즘 와서는 코오피까지 끊었읍니다. 물론 거액의 방위 성금을 낼 처지는 못 되지만 그래도 육교를 오르내릴 때 계단에 엎드린 거지에게 10원짜리 한 개를 던지지 않고 지나간 적은 없읍니다.

그런데도 졸지에 가족과 재산을 잃은 저는 천벌을 받았음에 틀림없읍니다. 하지만 저는 아직도 알 수가 없읍니다. 제가 과연 무슨 천벌을 받을 죄를 지었읍니까.

하느님. 저에게 이성을 되돌려주시어 저로 하여금 올바르게 생각할 힘을 주옵소서. 잃어버린 저의 가족과 재산을 정당하게 슬퍼할 능력을 저에게 주옵소서. 그리고 계속하여 약속된 미래, 낙원의 땅을 믿게 하여 주옵소서.

아 멘. —김광규, 「少額株主의 祈禱」[108]

A)는 언어적 반어verbal irony, B)는 구조적 반어structual irony를 보여주는 예이다. 언어적 반어는 시적 화자가 의도하는 암시적인 의미와 표면적으로 말하는 바가 다른 진술이다. A)에서 '망할 놈의 시'라는 표현이 바로 그것이다. 이 표

108 김광규, 『희미한 옛사랑의 그림자』, 문학과비평사, 1988, pp. 60~62.

현의 진정한 의미는 물론 그와 반대이다. 그리고 그런 반대의 의미는 "오늘도 없는/것들을 위하여/시를 쓴다"는 구절이 암시하고 있다. '없는 것을 위하여' 시를 쓴다는 것은 시를 쓴다는 것이 창조 행위라는 깊은 자각 위에 행해지는 주장이다. 그러므로 그런 자각 위에서 행해지는 "용기도 없고/사랑도 없고/기쁨도 없다"느니 하는 모든 진술은 사실은 스스로를 낮추는 자학적 향소 과장understatement이다.

B)와 같은 구조적 반어는 작품 속에 작가가 부분적인 언어적 반어를 사용하는 대신 이중의 의미를 지속시켜주는 어떤 구조적 특징을 갖고 있다. 이런 구조를 위한 가장 일반적인 장치는 순진한 주인공naive hero이나 서술자narrator, 대변인spokesman을 등장시키는 것이다. B)의 '소액 주주'가 바로 그런 종류이다. '소액 주주'는 "강철과 시멘트로 지은 79층"이 갑자기 무너진 이유를 알고 있다. 모른 척하고 있을 뿐이다. 그뿐만 아니라 "잃어버린 가족과 재산을 정당하게 슬퍼할 능력"도 가지고 있다. 단지 순진한 척하고 '천벌'을 받아 마땅한 어떤 자들에 대한 비판을 모른 척하는 고백투로 말하고 있는 것이다.

C) 최루탄 터지는 소리는 아카샤 꽃내음보다 더 아름답습니다. 밀려오는 어둠 속에서 조그만 횃불 하나씩을 켜든 집들이 바람에 펄럭였읍니다.

거리와 광장과 지하철과 공사판에서 우리들은 당신을 위하여 기침을 하고 눈물을 흘리고 무릎이 깨졌읍니다. 그렇지만 당신을 위하여 싸우는 이 순간이 우리에게는 제일 행복한 시간입니다. 밀려오는 사랑과 고통과 뜨거움의 파도 속에서 그 옛날 카타콤 무덤 속에서처럼 고요하고 순결한 평화 축복 인사를 서로 나눌 수 있기 때문입니다.

—곽재구, 「평화축복인사」[109]

D) 그날 아버지는 일곱시 기차를 타고 금촌으로 떠났고

---

109 곽재구, 『전장포아리랑』, 민음사, 1985, p. 41.

여동생은 아홉시에 학교로 갔다 그날 어머니의 낡은
다리는 퉁퉁 부어올랐고 나는 신문사로 가서 하루 종일
노닥거렸다 前方은 무사했고 세상은 완벽했다 없는 것이
없었다 그날 驛前에는 대낮부터 창녀들이 서성거렸고
몇 년 후에 창녀가 될 애들은 집일을 도우거나 어린
동생을 돌보았다 그날 아버지는 未收金 회수 관계로
사장과 다투었고 여동생은 愛人과 함께 음악회에 갔다
그날 퇴근길에 나는 부츠 신은 멋진 여자를 보았고
사람이 사람을 사랑하면 죽일 수도 있을 거라고 생각했다
그날 태연한 나무들 위로 날아 오르는 것은 다 새가
아니었다 나는 보았다 잔디밭 잡초 뽑는 여인들이 자기
삶까지 솎아내는 것을, 집 허무는 사내들이 자기 하늘까지
무너뜨리는 것을 나는 보았다 새占 치는 노인과 便桶의
다정함을 그날 몇 건의 교통사고로 몇 사람이
죽었고 그날 市內 술집과 여관은 여전히 붐볐지만
아무도 그날의 신음 소리를 듣지 못했다
모두 병들었는데 아무도 아프지 않았다 —이성복, 「그날」[110]

C)와 D)는 역설의 보기이다. C)에서 "최루탄 터지는 소리는 아카샤 꽃내음보다 더 아름답습니다"라는 주장은 표면상으로는 모순처럼 보인다. 상식적인 차원에서 최루탄 냄새는 결코 아카시아꽃 냄새보다 아름답다고 할 수 없기 때문이다. 그러나 "당신을 위하여 싸우는" 순간이 '제일 행복'한 사람에게는 최루탄 터지는 소리야말로 아름다운 존재일 수밖에 없다. 그것은 싸움의 향기이며, 삶의 향기("카타콤 무덤 속에서처럼 고요하고 순결한 평화 축복 인사를 서로 나눌 수 있기 때문"이라는 표현 속에는 죽음을 두려워하지 않는 자의 삶의 향기가 있다)이기 때문이다.

---

110 이성복, 『뒹구는 돌은 언제 잠 깨는가』, 문학과지성사, 1980, p. 63.

D)에서는 "모두 병들었는데 아무도 아프지 않았다"는 시구가 역설이다. 모두가 병들었다면 당연히 아파야 하기 때문이다. 그러나 자기가 병들었다는 사실을 모르는 사람들은 아프지 않다. 아프다는 감각이 없다. 「그날」에 나오는 모든 시적 정황은 바로 아프다는 감각을 잃고 있는 우리들 삶의 한 국면을 암시적으로 열거해놓은 것이다. "전방은 무사했고 세상은 완벽했다 없는 것이/없었다"고 하는 그날의 그 세상으로 한 발자국만 더 안으로 들어가보라. "그날 역전에는 대낮부터 창녀들이 서성거"리고 있다. "몇 년 후에 창녀가 될 애들"이 병들었음을 모른 체 "집일을 도우거나 어린/동생을 돌보"고 있다. 그 병은 눈에 보이지 않으므로, 육체의 병이 아니므로, 대부분 사람들이 감각할 수가 없을 뿐이다. 그러나 병들었다는 것은 사실이다. "모두 병들었는데 아무도 아프지 않"는 이 현실!

나) 반어와 역설의 활용

아래와 같은 시구를 살펴보자.

a) 촐삭거리는 햇살이
아름안은 철쭉빛보다 진하게
뿔대기에 장난질치고는
삼십육계

얄미운 놈!
우물가를 산들산들 돌더니
애간장을 녹이고 말았구나. —「4월」•

b) 나는
오늘 아침도
카지오Casio 알람alarm시계에
눈을 떴다.

우유는 깨끗하고 툭 불거진
파카 글라스PARKA glass 한 컵cup이었고,
희미하게 잼jam이 뒤엉킨 토스트toast는 두 쪽이었다.
손가락 끝 소니 라디오SONY radio에서는
죠지 마이클George Michael의 패이스faith가 바쁘게 움직였고,
체크check무늬 커피포트coffeepot는
내 입에 충분한 블랙BLACK 물질을
공급해주었다.

나는 떳떳하게 테이블table 위에
제 자리를 차지하고 있는
믹스드 넛츠mixed nuts 깡통을 끌어안고
논노Non-No 잡지를 봤다.

나는 산다. —「나는 산다」•

이상에서 a)는 언어적 반어, b)는 구조적 반어를 포함하고 있는 예들이다. a)의 '얄미운 놈'은 표면상의 의미와는 반대로 쓰이고 있다. 그러나, 보아서 알 수 있듯, 시가 4월의 봄기운을 노래하면서 동화적 수법으로 접근하고 있기 때문에 '얄미운 놈'이라는 반어가 '귀여운 것' 정도의 의미에 머물고 있다. 단순한 언어적 반어이다.

b)는 자질구레한 일상적 삶의 어떤 아침을 가식 없이, 순진한 척 고백하고 있다. 이 고백 속에는 사실상 '이게 사는 게 아닌데'라는 강한 의식이 숨어 있다. 그런 의식은 카지오·알람·파카 글라스·컵·잼·소니 라디오·죠지 마이클·패이스·체크·커피포트·블랙·테이블·믹스드 넛츠·논노를 의도적으로 선택하고 있는 사실에서 추측할 수 있다. 그러니까 b)는 순진한 서술자(나)를 동원하여 비판해야 할 삶을 비판하는 대신 그대로 노출시키는 구조를 갖고 있다. 그런 구조 때문에 마지막 시구 "나는 산다"가 '나는 죽어 있다'라는 자각의 강

한 반어로 읽힌다. (한편에서는, 외래어로 된 사물들을 열거해놓아, 그것들이 현재 우리 삶에 끼어든 서양 문물의 영향을 간접적으로 풍자하는 역할을 하고 있다.) 문제는 이 작품이 갖고 있는 이런 장점에도 불구하고, 죽어 있는 바와 다름없는 어떤 삶의 국면을 반어적으로 드러내는 정황들이 지나치게 단순한 일상의 흔적이어서, 그 반어가 깊이를 얻지 못하고 있다는 점이다. 앞에서 보기로 든 「소액주주의 기도」와 다시 한 번 비교해보기 바란다.

> c) 사진을 보니 사진은 웃고 있고 사람은 울고 있고 거울을 보니 거울은 감정이 없고 나는 무표정하고 아직도 그곳에는 그 꽃이 또 피고 꽃은 피었지만 이미 그 꽃은 졌고 나에게 웃음을 준 계집은 웃음만 남아 있고 실체는 없고 나는 살아 있고 계집도 어디서 살아 있고 이 시에는 쉼표가 없고 이것도 질서라면 이상한 질서이고 이상이 시도한 질서이고 그는 죽었고 죽어도 살았고 [……] ―「마음 행위·2」•
>
> (원작에는 띄어쓰기가 없음)

> d) 뚝에 서서
> 나도 하나의 풍경이 되어
> 정물이 되어
> 바람이 스치면 비로소
> 꿈틀거리는 푸르름, 아
> 살아 있지 못함의 살아 있음이여 ―「오남리에서」•

c)는 "사진은 웃고 있고 사람은 울고 있고" "꽃은 피었지만 이미 그 꽃은 졌고" "그는 죽었고 죽어도 살았고"가 모두 역설들이다. '사진'이 웃고 있다면 사진 속의 '사람'도 당연히 웃고 있어야 함에도 불구하고 사진과 사진 속의 사람은 각각 상반되는 세계를 보여주고 있다. 얼핏 보면, 그러니까 표면상으로는 모순처럼 보이나, 울고 있는 사람을 찍은 사진은 아름다울 수가 있다. 그 아름다운 사진은 아름다운 작품의 세계이므로 웃고 있다고 할 수 있다. '꽃'은 핀

순간부터 지기 시작하므로, 아니, 피는 것이 곧 지는 것이므로 "꽃은 피었지만 이미 그 꽃은" 지고 있었고, 이상(李箱)은 죽었지만 이상의 작품은 살아 있으므로 "그는 죽었고 죽어도 살"아 있다.

이 작품은 세계의 표리 관계를 심리적 측면에서 접근하여 그 나름대로 잘 드러내고 있다. 이 시구 속에서도 나타나 있듯, 이러한 의식의 세계에 대한 탐구는 이상의 시로부터 영향을 받고 있다.

그러나 이러한 시의 세계를 탐구하는 사람들이 알아두어야 할 것이 있다. 이상의 시 한 편 한 편은 개별적 독립성이 있다. 흔히 내면 의식이라고 부르는 이 심리적 세계를 탐구하다 보면 모든 작품이 비슷비슷해진다. 그것은 의식의 세계를 맹목적으로 추적한 결과이다. 어떤 의식도 의식 그 자체로만 존재할 수가 없다. 그러므로 개별적인 시적 대상을 통해 그 의식이 구체화되어야 한다는 점을 알아두어야 한다. c)도 이렇게 한 편만을 보았을 때는 좋지만, 이와 유사한 다른 작품들과 함께 놓고 보면 대개가 비슷해서 한 편 한 편이 개별적인 시적 공간을 확보하지 못하고 있다.

d)의 "살아 있지 못함의 살아 있음"은 역설이 아니라, 앞서 살펴본 바 있는 모순어법이다. 모순되는 두 용어의 결합 형태이기 때문이다. 그러니까 역설은 단순 결합 형태의 모순어법과는 달리, "사진은 웃고" "사람은 울고"와 같은 진술의 형태를 가진다. d)의 시행 속에 나오는 '푸르름'은 젊음 또는 생명 정도의 의미를 숨기고 있는 상징적 표현이다. 그러므로 "바람이 스치면 비로소/꿈틀거리는 푸르름"(젊음·생명)에 대한 자조적 비유(모순어법)가 "살아 있지 못함의 살아 있음"이다. "살아 있지 못함의 살아 있음"을 느끼는 '나'는 풍경 속의 다른 정물들을 '나'와 같은 초라한 존재로 파악하고 있다. 그러나 그 정물들은 실상 그렇지가 않다(모든 정물들은 움직이지 않고 꿈꾼다—고 하면 이해가 가능할까?). 그렇지가 않은 사물들을 그렇게 단순하게 파악하고 있기 때문에 "살아 있지 못함의 살아 있음"을 말하는 시적 화자의 이야기가 공허하게 들린다. 세계를 너무 피상적으로 본 결과이다.

VI. 영탄과 돈호법

가) 영탄과 돈호법의 차이

영탄(咏歎)exclamation은 감정을 강조하기 위해서 '오, 아아……' 등등의 감탄사·감탄조사·감탄형 어미 등을 활용하는 수사법이다.

A) 무수한 꿈이 그녀를 짓밟았다
독한 희망에 그녀는 썩어갔다
그리고 오늘밤 또다시 바람은
하늘 밖에서 그녀를 부르고
오오 벼락치는 그리움에
절망이 번개 광선처럼
그녀의 뇌 속에 침투한다
그녀의 머리통이 깨어지고
꿈이 좌르르 쏟아진다
뇌수와 함께. —최승자, 「술독에 빠진 그리움」[111]

B) 그는 누구인가,
땅을 버리고 쇠를 택한 이 공업도시의
우체국 뒷마당에
닳아서 버린 자동차 바퀴에 저녁 노을에
그의 영혼을 문지르는 사람,
인명사전에도 없고 비망록에도 지워진
오오, 감자꽃 빛깔의 쓸쓸한 프로필!
그는 누구인가, —강현국, 「그는 누구인가」[112]

---

111 최승자, 『이 시대의 사랑』, 문학과지성사, 1981, p. 61.

112 강현국, 『봄은 가고 또 봄은 가고』, 문장사, 1982, p. 30.

C) 새는 바람을 타지만
바람 속에 살아가는
나는 시간을 타고 있구나
강물과 질펀한 황혼과
일출처럼 이제 일몰이 시작된다.
돌아갈 시간이 되면
제 자리를 찾아 바람을 거스리기도 하는
새.
아아
을숙도의 새를 보면서 나는
머리카락이나 흩날리고 싶다. —강남주, 「새와 머리카락」[113]

A)의 "오오 벼락치는 그리움"에서 '오오'가 바로 감탄사를 사용한 영탄법이다. 이때 '오오'는 '벼락치는 그리움'에 적절한 정서를 환기시키며, 작품의 전체를 통해 일고 있는 격양된 감정을 전후반의 가운데에서 고조시켜주고 있다.

B)는 "그는 누구인가"에서 감탄형 어미(~인가), 감탄사(오오), 감탄 부호(!)가 자주 등장하는 쉼표(,)와 어울려 감정의 고저를 잘 살린 보기이다. 감정의 높이를 드러내는 감탄사와 감탄부호, 그 감정을 다시 낮추는 쉼표 사이에 있는 "오오, 감자꽃 빛깔의 쓸쓸한 프로필!"은 음미해볼 만하다.

C)는 "타고 있구나"에서 감탄형 어미(~구나)와 감탄사(아아)가 어울린 경우이다. 이 보기에서,

[……]
새.
아아

113 『목마시선』, 문장사, 1984, p. 122.

라는 행갈이는, 앞의 「그는 누구인가」의 쉼표처럼 감정을 조절하는 역할을 하고 있다.

돈호법(頓呼法) apostrophe은 시문(詩文)의 중간에 갑작스레 사물 또는 사람의 이름을 넣어 정서적 충격을 불러일으키는 수사법이다.

영탄법의 독특한 형태로 볼 수 있다.

> A) 언니야, 저녁이면 집게 부러진 게[蟹]되어 어기적거리는 사내를 본다. 저녁이면 기름 보자기되어 굴러오는 아이를 본다. 또 저녁이면 절름발이 노새되어 덜컹거리는 달구지를 본다. 또 저녁이면 참담한 고기 몇 마리 매달고 헉헉 돌아오는 발동선을 본다. 살갗 터지고 얼굴 부서져 쿨럭이는 헛김만 목소리라고 외쳐대는 막국수 시간, 시린 손에 손을 포개는 모닥불 식구들의 둘레, 複數로 살아 있는 그림자의 움직임을 본다, 언니야. —이가림, 「오랑캐꽃·4」[114]

> B) 그리운 그의 노래 다시 들을 수 없어도
> 맑은 그 숨결
> 들에 숲속에 살아갈지어이.
>
> 쓸쓸한 마음으로 들길 더듬는 行人아.
>
> 눈길 비었거든 바람 담을지네.
> 바람 비었거든 인정 담을지네. —신동엽, 「산에 언덕에」[115]

위의 두 보기에서 A)는 영탄법(언니야)이고 B)는 돈호법(행인아)이다. A)는 처음부터 '언니야'라는 영탄법을 구사하여 감정의 높이를 조절해놓고 있

114 이가림, 『유리창에 이마를 대고』, 창작과비평사, 1981, p. 31.
115 신동엽, 『누가 하늘을 보았다 하는가』, 창작과비평사, 1979, p. 57.

다. 그러니까 갑작스런 표현의 장치가 아니다. 그러나 B)는 '그'에 대한 진술을 하면서 '그'와 무관한 "들길 더듬는 행인"을 불러 정서적 충격을 불러일으키고, 그런 충격 속에서 '그'에 대한 감정을 고조시킨다.

> C) 나는 모든 내 患者를 가장 깊이 안다. 病室의 어두운 告白을 듣고, 그 마지막 熱望과 죽음이 오는 소리를 듣는다. 그래서 죽음이 천천히 혹은 돌연이 찾아왔을 때 나는 肉身을 산산이 나누어 病因을 보고, 마침내 텅텅 빈 腹腔의 虛脫한 空間 속에 내 오랜 沈默을 넣고 문을 닫는다.
>
> 사람이여, 그리웁고 사랑스러운 사람이여. 亡者의 四肢에 힘주던 핏물로써 네 눈을 이제 記憶할 수는 없다. 어느 날 우리의 腹腔에서도 이름 모를 산꽃이 피고 變形된 生涯가 다시 푸릇푸릇 자라면, 그때 이 現世의 散難한 바람을 다스려 우리는 보리라. 산골짜기 냇물 속에서 만나리라, 사람이여. —마종기, 「證例·2」[116]

C)는 중간과 끝에 "사람이여, 그리웁고 사랑스러운 사람이여"와 '사람이여'가 있다. 이럴 경우, 중간에 있는 '사람이여'는 돈호적(頓呼的) 수사이지만, 끝의 '사람이여'는 영탄적 수사로 보아야 한다.

나) 영탄과 돈호법의 활용

다음과 같은 보기를 읽어보자

> a) 난지도에 가서 보면 아버지의 잘려나간 팔뚝이 쓰레기 위에서 평행선을 긋고, 지나온 발자국마다 싹터오는 슬픔이 있다. 그리고 깨어진 우유병, 먹다버린 생선, 다 타버린 연탄……의 얼굴이 낮달처럼 누워 있다. 아, 아버지의 구겨진 작업복이 펄럭이는 난지도는 해가 떠도 어

116 마종기, 『그리고 평화한 시대가』, 지식산업사, 1984, p. 78.

둡다.　—「난지도에서」•

b) 젊고 젊은 친구여 잠에서 깨어나라
붉은등도 꺼지고 노란등도 꺼지어
파란등을 걸었다. 친구여
이제는 침묵 범람하는 신의 거리를
벗어나 우리 사람에게로 가자　—「편지」•

c) 위대한 시민의 발자국에
바로 서 보지도 못한
푹 퍼진 몸뚱이로
지나가는 이를
늙은 작부처럼 불러본다.

나
좀 뽑아
주세요오.　—「풀 스토리」•

d) 벽에 붙어 있는 여배우는
어깨까지만 옷을 내린 채
스톱!　—「살아내기」•

a)는 "아, 아버지의 구겨진~"에서 '아'가 감탄사를 사용한 영탄법. 이 보기의 문제점은 영탄법의 구사에 있지 않고, "아버지의 잘려나간 팔뚝이 쓰레기 위에서 평행선을 긋고"와 "지나온 발자국마다 싹터오는 슬픔"이라는 시구에 있다. 앞의 시구는 사실감보다 어딘가 억지스러운 데가 있고(난지도에 버려진 잘린 팔뚝이 하필이면 내 아버지의 것이라는 표현이 사실성을 죽이고 있다), 뒤의 것은 감상적이다. 오히려 그다음에 이어지는 시행들이 훨씬 더 아름답다.

b)에는 '친구여'라는 호격(呼格) 사용, '깨어나라'에서의 감탄형 어미 사용, '가자'라는 청유형이 보인다. 그러나 "침묵 범람하는 신의 거리"가 피상적이어서 설득력이 모자란다.

c) '주세요오'라는 어미 사용이 독특하다. 그러나 풍자적인 반어법을 사용한 "위대한 시민의 발자국"이라는 표현은 어색하다. 풀은 발자국에 밟히는 것이 아니라 '발'에 밟히기 때문이다. 그러므로,

위대한 시민의 발에 밟혀
푹 퍼진 몸뚱이로

정도가 적절한 표현이다. '지나가는 이'도 '지나가는 사람'이 더 적절하다. '이'는 사람을 가리키긴 하지만 보다 사적(私的)인 친분이 스며 있는 용어이다.

d)는 '스톱'할 때 쓴 감탄부호가 위의 두 시행과 잘 어울린다. 그러나 다음 예로 든 시구와 함께 있는 시행을 보라.

내가 가만이 누워서
죽은 시늉을 할 때,
라면 봉지에 있는 라면은 끓다 말
고,
타자기는 뛰다 말
고,
책상 위에 있는
바다 사진 속의 파도는 치다 말
고, 벽에 붙어 있는 여배우는
어깨까지만 옷을 내린 채
스톱!

보는 바처럼 억지스럽다. "죽은 시늉을 할 때" 이와 같은 사물의 변화가 있

을 가능성이 별로 없기 때문이다. '죽은 시늉'은 죽은 척하는 것이다. 죽은 척한다고 해서 세계가 그렇게 쉽게 그 시늉에 충격을 받으리라고 상상하는 것 자체가 자기중심적인 것이다. 그런 사고 때문에, 더 구체적으로 말한다면 1·2행 때문에, 3~12행의 시적 정황이 모두 그 아름다움을 잃고 있다.

가령, 몇 가지의 예를 든다면,

1) 꽃이 채 피기도 전에 시들 때,
2) 지구가 잠깐 졸다가 자전을 멈출 때,
3) 내가 영원히 눕고 싶을 때
다시 일어나고 싶지 않을 때,
4) 산기슭에 버려진 시체 위에
달이 눈을 둥그렇게 하고 멈출 때,

와 같은 시구가 1·2행에 있다고 가정해보라. 그러면 "죽은 시늉을 할 때"라는 표현이 얼마나 자기중심적인지를 더 쉽게 이해할 수 있을 것이다.

e) 그 강 위로 피어오르는 산그늘에
가지런히 잠겨버린 종이 비행기
밤새 울어대던 거망빛 물결
끝끝내 잠재울 수 없어 묘아
가위에 눌린 밤이 답답하다고
너무 답답해 미이치겠다고
생목 화악 타 번지는 터널 속에서
잠은 톱밥처럼 날리고 —「다시 유년의 강」•

f) 김태종김태석박정규김우섭이심표
옥금이란홍은정이복경박님규박……
우리는 담쟁이처럼 기어오르며

조금씩 썩어가고 있었다.

코스모스여! 겨울에도 피어라
의식주가 어두운 사람들은 먼저
깨어나 새벽별 따라 버려진
나는 폭력의 잠재의식을 집적대고
탯줄 대신 배고플 때만 물던
간사함을 키우고 —「서울 1987」•

e)와 f)는 돈호법이 사용된 보기들이다. e)는 시문 가운데 "형아"라고 느닷없이 일정한 사람을 부르며 정서적 파문을 조장하고 있다. 위의 시구 속에 나오는 '거망빛'은 검은빛과는 다른 느낌을 전달하는 새로운 느낌이나 '미이치겠다' '화악' 탄다는 식의 감정적 표현과 어울려 있어 함께 작위적이라는 인상을 받는다. 즉, '미이치겠다' '화악' 등의 감정적 표현이 '거망빛'까지 그런 감정적 표현의 하나로 보도록 하는 것이다. 물론, 이 보기의 시행 전체까지도 그런 억지스러움 때문에 장식적이라는 느낌을 받는다.

f)는 "코스모스여!"가 돈호법이다. 보기 가운데 앞의 4행은 "기어오르며/조금씩 썩어"간다는 역설에 힘입어 시적 긴장이 살아 있으나, 뒷부분은 "폭력의 잠재의식" "탯줄 대신 배고플 때만 물던/간사함"과 같은 현학적인 표현이 끼여 있어 치명적이다.

VII. 역언법

역언법(逆言法)paralipsis은 어떤 부분을 의도적으로 생략함으로써 오히려 작가가 생략한 의미를 강조하는 효과를 얻도록 하는 수사법이다. 그러므로 그 생략을 충분히 검토된 표현의 하나라는 점을 염두에 두어야 한다.

A) 나는 시방 위험한 짐승이다
나의 손이 닿으면 너는

未知의 까마득한 어둠이 된다

存在의 흔들리는 가지 끝에서
너는 이름도 없이 피었다 진다
눈시울에 젖어드는 이 無名의 어둠에
追憶의 한 접시 불을 밝히고
나는 한밤내 운다

나의 울음은 차츰 아닌밤 돌개바람이 되어
塔을 흔들다가
돌에까지 스미면 金이 될 것이다.

……얼굴을 가리운 나의 신부여, —김춘수, 「꽃을 위한 序詩」[117]

B) 술을 끊기로 한다. 안 끊기로 한다. 술잔 속에는
길이 있어 문득 하늘로 트인다. 그러나
눈을 들어 보면 길은 어디에도 있고
어디에도 없고…… 멀리 가까이, 그의
섬에는 동백꽃, 빨간 꽃잎이 탄다.
비비새와 함께 그는
빈 나무의 얼음꽃 사이로 빗겨 날은다. —이태수, 「또 하루 해는 지고」[118]

C) 나이 40줄에 들어서서도 늘 대책없이 떠돌고, 후회하고, 잘 망가지는

117 『김춘수전집 1 시』, 문장사, 1982, p. 153.
118 이태수, 『물 속의 푸른 방』, 문학과지성사, 1986, p. 71.

한 사내를 위한,

마음의 선이 헐렁한 악기,
삼류극장같이 인간적인,

숨쉬는. —김성춘, 「첼로」[119]

A)는 "얼굴을 가리운 나의 신부여" 앞에 있는 '……'은 하고 싶은 말이 더 있음에도 불구하고 작가가 의도적으로 생략한 표현이다. "존재의 흔들리는 가지 끝에서" "이름도 없이 피었다" 지는 너(꽃)를 보며 "나는 한밤내 운다". 이름도 없이 피었다 지는, 존재의 내밀한 비밀을 알 수가 없는 "이 무명의 어둠" 때문이다. 그리고 '너'가 곧 또 다른 모습의 '나'라는 인식 때문이기도 하다. 그런 인식 때문에 '나'는 '너'를 또 다른 '나'인 '나의 신부'라고 부른다. 그러나 '나'는 하나의 이름 있는 존재(여기에서는 '금'으로 상징화되어 있다)가 되기 위해서는 "나의 울음"이 "돌에까지 스미"어야 한다는 점을 알고 있다. 그 조건이 충족될 때까지는 여전히 '무명의 어둠'이다. 이런 어둠 속에 있기 때문에 "나의 신부"도 "얼굴을 가리"고 있는 불투명한 존재로 보인다. 나와 같은 하나의 존재이며, 동시에 또 다른 '나'이며, '나'라는 존재를 비추어 보여주는 거울인 '너'는, 그럼에도 불구하고 '나' 때문에 함께 '무명의 어둠' 속에 있다. 그러니까 '……'는 이처럼 하고 싶은 말을 생략하고 독자에게 맡겨 우리의 상상력을 증폭시킨다.

B)의 "길은 어디에도 있고/어디에도 없고……"의 '……'은 길과 마찬가지로 어디에도 있고 어디에도 없는 것들과 그것들의 길을 우리에게 보여준다. 아니 상상하게 해준다. 생략함으로써, 표현하지 않음으로써 보다 많은 것을 표현하고자 하는 역언법의 일면이 이 보기에서도 잘 드러난다.

C)는 '숨쉬는' 다음에 피리어드(.)가 찍혀 있다. 이 부분이 역언법의 효과

---

119 김성춘, 『섬 · 비망록』, 청하, 1987, p. 65.

를 잘 내고 있다. 일차적으로 이 시는,

> 나이 40줄에 들어서서도 늘 대책없이 떠돌고, 후회하고, 잘 망가지는
> (그런) 한 사내를 위한
> → 마음의 선이 헐렁한 악기(첼로)
> 삼류극장같이 인간적인
> → 마음의 선이 헐렁한 악기(첼로)
> → 숨쉬는 악기(첼로)

또는

> 한 사내를 위한
> 마음의 선이 헐렁한
> → 악기(첼로)
> 삼류극장같이 인간적인
> (그렇게) 숨쉬는
> → 악기(첼로)

로 읽히기도 한다. 그러나 독립되어 한 연으로 표현되어 있는 "숨쉬는"이라는 표현은 "마음의 선이 헐렁"하다든지, "삼류극장같이 인간적"이라든지 하는 표현보다 훨씬 원초적인 생명 감각을 강하게 발산하고 있다. 그래서 이 시는,

> 나이 40줄에 들어서서도 늘 대책없이 떠돌고, 후회하고, 잘 망가지는
> 한 사내를 위한,
> 마음의 선이 헐렁한 악기,
> 삼류극장같이 인간적인,
>
> 숨쉬는.

과 같이, 1~4행이 한 연으로, 5행이 다른 하나의 연으로 읽힌다. 그러니까 1~4행이 개인적인 경험과 연관된 의식 세계라면 "숨쉬는"이라는 한 연은 그것을 뛰어넘고 있는 의식 세계의 표현으로 읽히는 것이다. 즉, "숨쉬는"이라는 한 연은 '한 사내'와 연관된 것이 아니라, 첼로를 독립적으로 우주 속의 한 생명이라는 느낌을 갖게 한다. 그러니까 그런 감각을 축약하여 역언법의 형태로 표현한 것으로 읽히게 한다. 만약,

숨쉬는,

이라고 쉼표를 찍었다면 이렇게 읽히기가 힘들었을 터이다. 그럴 경우,

삼류극장같이 인간적인,

숨쉬는,

과 같이 되어 "삼류극장같이"라는 표현의 영향을 직접 받을 것이기 때문이다. 아래와 같은 작품을 보자.

안개가 자욱이 깔리고
기름진 도로를 승용차 한 대
간다.
아직은 잿빛인데……

가로수 밑으로는 흙내음
가슴과 땅이 맞닿아
그 고동이 들려오고,
새삼스레 두 눈이 젖는다.

어디일까?
……

그러나 이곳은 서울,
그리고 강변의 아파트단지
문명에 휩쓸리고,
이기에 찌들리고,
그래도 이 아침 맑은 공기는
코 끝 찡하게 밀려들어와,
모두의 걸음을 울려준다.

이곳은 서울
그리고 강변 아파트 단지
그리고 아침 —「아침 이미지」•

위의 보기에 나오는 '……'은 겨우 쉼표(,) 정도의 역할을 하고 있다. 생략의 의도가 그곳에 보이지 않고, 생각이 끊어진 순간을 보여주고 있을 뿐이기 때문이다. 역언법은 표현을 생략함으로써 표현한 것보다 숨겨진 것의 의미가 더 강조되어야 한다.

VIII. 수사적 의문법

수사적 의문법(修辭的 疑問法)rhetorical question은 응답을 바라고 하는 질문의 형태가 아니다. 질문이라기보다 질문의 형식을 빈 주장이다. 그러니까 주장 또는 느낌을 직접 진술하는 것보다 더 큰 효과를 얻기 위한 수사법이다.

A) 편한 몸이 얹힐 데도 없이, 피붙이 챙겨 생계 하나 조붓하게 앉힌
조선철쭉 불뭉치 뜨는 구릉에서

쪼개지고 깨어진 정신을 자식에게 줘?

—황학주, 「조선철쭉 뜨는 구릉에서」[120]

B) 가만이 있어도
무언가 삭아 내린다.

폭양 아래
두엄이 삭아 내리듯……
이렇게 삭아
무엇이 되는가?
우리는

술이 되는가.
배꼽이 되는가.
사랑이 되는가.

바람은 불고 —문정희, 「두엄」[121]

C) 만리 밖에 우리 앓는 소리 들릴까
우리 사라질 허공의 자리도 보일까
貧者여 이 황토는 무섭고
따뜻한 햇볕은 비정해라
만리 밖으로 간 겨울도
우리 눈물 이제는 알까 모를까 —이유경, 「쭉정이의 봄」[122]

---

120 황학주, 『내가 드디어 하나님보다』, 열음사, 1988, p. 15.

121 문정희, 『찔레』, 전예원, 1987, p. 40.

122 이유경, 『초락도』, 문학세계사, 1983, p. 93.

A)의 "쪼개지고 깨어진 정신을 자식에게 줘?"라는 수사적 의문은 응답을 바라고 던져진 질문이 아니다. 그런 정신을 자식에게 줄 수 없다는 강한 의지를 질문의 형식을 빌려 강조하고 있는 것이다. 이 작품 속의 수사적 의문은 그 의지의 강세 때문에 명령형의 어조를 띠고 있다.

B)는 A)와 달리 관조적이고 해석적이다. 때문에 수사적 의문의 형태를 띤 시구들은 스스로 질문해보는 내용의 열거이다.

C)는 A) B)보다 부드러운 어조(語調)의 수사적 의문이다. "우리 앓는 소리 들릴까" "허공의 자리도 보일까"라는 표현은 청유형의 어미(語尾)를 갖추고 있고, 거기에다 의문 부호를 생략하고 있기 때문이다. 독백의 어조를 느끼게 되는 것도 그런 연유에서이다.

다음의 예를 보자.

> 강둑길 사이 상수리나무에 눈이 깎여 나가고 어렵지만 계곡에 기러기 날아가고 집 하나 슬픔처럼 남아서 오늘도 오지 않는 사람을 기다려 겨울을 지키는데 빈 강 나룻배가 앉아서 가난한 저녁에 기우는 하현달을 그린다. 십이월을 접는 산길에 아침을 기다려 우는 한둘의 기러기와 사람의 그림자에 입김이 없다면 남은 겨울이 얼마나 더 추울까 —「십이월」•

위의 보기에서 "아침을 기다려 우는 한둘의 기러기와 사람의 그림자에 입김이 없다면 남은 겨울이 얼마나 더 추울까"가 수사적 의문 형태의 표현이다. 이때 '입김'은 상징이다. "우는 한둘의 기러기와 사람의 그림자"에 있는 '입김'이란 무엇을 의미하는 것일까? '우는 기러기'의 입김과 '우는 사람'의 입김일까, 아니면 '우는 기러기'와 '우는 사람'을 싸안는 다른 존재의 입김일까? 이 시행 속에서 살아 있는 존재는 '기러기'와 '사람'이므로 그들의 '입김'임에 틀림없다. 그 '입김'은 따스함을 지니고 있는 그 무엇이다. 그러니까 그것은 사랑일 수도 있고, 살아 있음을 증명하는 체온일 수도 있고, 또 다른 그 무엇일 수도 있다. 어떻든 그 '입김'은 '남은 겨울'을 더 춥지 않게 하는 존재이다.

그러니까 당연히 있을 수밖에 없는 '입김'을 '없다면' 하고 가정하는 행위 자체가 이미 그것의 존재와 중요성을 알고 있다는 증거이며, 그것을 수사적 의문법으로 표현하는 것도 일종의 강조이다. 그러나 "빈 강 나룻배가~"에서는 '빈 강 나룻배도'로 해야 어울린다. 그것은 "오지 않는 사람을 기다"리는 집과 같은 정서의 등가물이기 때문이다.

IX. 완곡어법

완곡어법(婉曲語法)euphemism은 그리스어 '좋게 말하다to speak well'에 해당하는 말로부터 연유한 것이다. 즉, 불유쾌하거나 무섭거나 비위에 거슬리는 것을 가리키는 데 쓰이는 말 대신 이보다 모호하거나 우회적인, 또는 덜 일반화된 말을 사용하는 수사법이다.

A) 할아버지. 할머니. 작은 할아버지. 작은
할머니. 내 오촌. 차례로 세상
떠나시고. 오촌 아주머니 집 떠나가고.
그때 산소에 가면 나는 진달래꽃 철쭉꽃
꺾을 생각하면서. 그 전에 큰아버지 은행
급사 때 권련 사다 드리니 증조할아버지 좋아
하시더라는 얘기도 들으면서. 그리고 또 —장영수, 「치악산·VIII」[123]

B) 나 하늘로 돌아가리라
아름다운 이 세상 소풍 끝내는 날,
가서, 아름다웠더라고 말하리라…… —천상병, 「歸天」[124]

C) 그것하고 하고 와서 첫번째로 여편네와

---

123 장영수, 『메이비』, 문학과지성사, 1977, p. 32.
124 천상병, 『주막에서』, 민음사, 1995, p. 88.

하던 날은 바로 그 이튿날 밤은
아니 바로 그 첫날 밤은 반 시간도 넘어 했는데도
여편네가 만족하지 않는다　　—김수영, 「性」[125]

완곡어법은 흔히 죽음에 관한 언급에서 나타난다.[126] A) B)가 그 전형적인 예이다. A)는 죽었다는 말을 "세상/떠나시고"로, B)는 죽는 때를 "이 세상 소풍 끝내는 날"이라는 아름다운 비유로 표현하고 있다. C)의 '그것'과 '하고' '하던'도 완곡어법이다. '그것'은 그 존재를 밝히고 싶지 않는 어떤 여자('그것'이라는 지시대명사를 인간을 가리키는 데 사용하는 것으로 보아 아마도 창녀일)를 우회적으로 지칭한 경우이다. 그리고 '하고' '하던'은 일차적으로 '○○를 하고' '○○을 하던'을 생략법으로 표현한 것이지만, 따지고 보면 모호하게 말을 사용한 완곡어법이기도 하다.

다음의 예를 보자.

a) 나는 온몸에 그 검은 색칠을 한
외국 병사의 어깨 너머로
이태원이 자주 곁눈질하는 것을 보았다
무슨 신호를 보내고 싶은 것일까
휘황하고 찬란한 네온사인 밑으로
거리가 칙칙한 어둠을 몸에 걸칠 때
나는 온몸에 그 검은 색칠을 한
외국 병사의 검은 눈이 고양이처럼
간판 밑으로 기어다니는 것을 보았다
무엇을 보았는지 붉은 혓바닥을

125 김수영, 『김수영전집1 시』. 민음사, 1981, p. 291.
126 M. H. Abrams, 앞의 책, p. 56.

날름거리는 검은 고양이 —「이태원에서」•

b) 숨을 멈추고 관 속에
들어간 사람이여
너는 밖에서 열심히 울고 있는
너의 자식과 친지들의
성의를 보느냐
너는 숨을 멈추기 전에 통곡하며
그렇게 울어보았느냐 —「어떤 사랑」•

a)는 "온몸에 그 검은 색칠을 한/외국 병사"가 완곡어법이다. 흑인 또는 깜둥이라는 말을 보다 우회적으로 표현한 것이다. 이태원의 밤과 거리, 혓바닥을 날름거리는 검은 고양이의 이미지가 어울려 이태원을 어슬렁거리는 흑인 병사가 희화적(戱畵的)으로 그려져 있다. b)는 "숨을 멈추고 관 속에/들어간 사람"이 사자(死者) 또는 시체의 완곡어법이다. 그러나 이 보기는 '열심히 울고' 있다든지, "열심히 울고 있는/[……] 성의를 보느냐"라든지 하는 표현이 억지스럽다. 즉, 죽은 사람을 곁에 두고 '열심히' 울거나 '열심히 우는 성의'를 보일 경우는 아마도 가짜 슬픔일 터이다. 순수하지 못한 울음일 것이기 때문이다. 그러나 이 보기에서 보자면 제목과 "너는 숨을 멈추기 전에 통곡하며/그렇게 울어보았느냐"는 진술이, 그런 '성의'를 사랑으로 보는, 잘못된 의식을 밑바닥에 깔고 있다. '열심히 우는 성의'는 최소한 예의일지는 모르지만 사랑은 아닐 터이기 때문이다. 만약 풍자적인 의도였다면,

숨을 멈추고 관 속에
들어간 사람이여
너는 밖에서 열심히 울고 있는
너의 자식과 친지들의
저 성의를 보았느냐

숨을 멈추기 전에 지난 날
그대가 그렇게 네 아버지의 관 앞에서
열심히 울기는 했듯이

처럼, '열심히 울기는 했듯이'가 가짜 슬픔임을 드러나게 해주듯, 그와 같은 표현을 분명히 했어야 하리라. 그리고 풍자적 의도가 아니고, 사랑의 정서를 표출하고 싶었다면,

숨을 멈추고 관 속에
들어간 사람이여
너는 밖에서 울고 있는
너의 자식과 친지들의
슬픔을 보느냐
너는 숨을 멈추기 전에 통곡하며
그렇게 울어보았느냐

처럼, 사랑의 정서와 어울리지 않는 '열심히'라든지 '성의'라는 말을 삭제하거나 다르게 표현했어야 하리라.

9

시의 구조와 행·연

시의 구조와 행·연*

1. 시의 행과 연

형태상으로 보자면 시의 구조는 행(行)line과 연(聯)stanza으로 되어 있다. 행은 단어·구(句)·절(節) 또는 그것들의 연합으로 구성되고, 연은 하나의 행 또는 행의 연합으로 구성된다. 그러므로 이론상으로는 한 편의 시는 하나의 단어만으로도 가능하다. 왜냐하면 한 연은 한 행으로 이루어질 수 있고, 또 한 행은 한 단어로 이루어질 수 있기 때문이다.

A) 능금이
떨어지는
당신의
地平
아리는
氣流
타고
수수 이랑

* 여기서는 습작기의 작품을 분석하지 않는다. 습작기에는 시의 구조와 리듬의 관계를 잘 파악하고 있지 못하므로 대개 지나치게 방만하거나 그와 반대로 지나치게 형식적 리듬에 기댄다.

까마귀떼

날며

울어라

물매미

울 듯

두 개의

태양　—박용래,「액자 없는 그림」[1]

B) 그 길에 아지랑이가 피듯 태양이 타듯
제비가 날 듯 길을 따라 물이 흐르듯 그렇게
그렇게

天然히

울타리 밖에도 花草를 심는 마을이 있다
오래오래 殘光이 부신 마을이 있다
밤이면 더 많이 별이 뜨는 마을이 있다　—박용래,「울타리 밖」[2]

위의 두 편은 보다시피 한 사람의 작품이다. A)는 각각의 행이 한 단어로 구성된 보기이며 B)는 한 단어(天然히)가 한 행인 동시에 한 연을 이루고 있는 보기이다.

이와 같이 시의 행과 연이 이루어지는 데는 그만한 이유가 있다. 김춘수는 그 이유를 세 가지로 들고 있다. 리듬의 단락(段落)strope, 의미의 단락, 이미지의 단락이 그것이다.[3] 즉, 리듬을 중시할 경우와 의미를 중시할 경우, 그리고 이미

---

1 박용래,『먼 나라』, 창작과비평사, 1984, p. 119.

2 같은 책, p. 203.

3 김춘수,『김춘수전집 2 시론』, 문장사, 1982, p. 403; 같은 책, pp. 187~95.

지를 중시할 경우에 따라 행의 구분이 달라지는 것이다.

앞의 A)는 리듬을 중시한 경우이다. 만약 의미를 중시했다면 의미를 단락대로 행을 구분하여,

> 능금이 떨어지는 당신의 地平
> 아리는 氣流 타고
> 수수 이랑 까마귀떼 날며
> 울어라
> 물매미 울 듯 두 개의 태양

과 유사한 형태가 되었으리라. 이처럼 되었을 때는, 작가가 원래 선택하고 강조하고 있는, 하나하나의 단어와 그 이미지, 그리고 시 전편에 걸친 경쾌한 리듬이 죽게 된다. 그러니까 작가가 처음부터 의미의 단락을 중시했다면 문체(文體)나 어휘 선택이 지금과는 달라졌을 것이다.

B)는 '천연히'가 한 연으로 놓여 있다. 그만큼 이 말 하나로 작가가 강조하고 싶은 것이 있었기 때문이다. 그러니까 이 작품 속의 '천연히'는 앞과 뒤에 있는 각 연과 맞먹는 '이미지의 중량(重量)'[4]을 작가가 부여하고 있다고 말할 수 있다. 이 작품 속의 '마을'은 결국 '천연히'라는 한마디 말의 이미지(이 이미지를 구체화해주는 것이 앞뒤의 연이다)로 부각되어 있는 셈이다. 실제로 이 이미지는 한 행의 기능(機能)을 충분히 수행하고 있을 만큼 효과적이다.

2. 시의 형태와 행·연

원칙적으로 시의 행과 연은, 앞에서 잠깐 살펴본 바와 같이, 작가의 의도에 따라 결정된다. 그러나 그렇지 못할 경우가 있다. 시의 형태가 제약을 가할

4 김춘수, 앞의 책, p. 227.

수도 있기 때문이다.

시를 형태상으로 구분해보면 정형시(定型詩)·자유시(自由詩)·산문시(散文詩)로 나누어진다. 이 세 가지의 형태 가운데 정형시는 "형태가 먼저 있어가지고 시가 되는 것"[5]이다. 그러므로 정형시는 자유시나 산문시와 달리 형태가 우선하므로 그 형태로부터 작가가 자유로울 수가 없다. 작가의 의도가 형태보다 먼저일 수가 없는 것이다.

A) 비오자 장독간에 봉선화 반만 벌어
해마다 피는 꽃을 나만 두고 볼 것인가
세세한 사연을 적어 누님께로 보내자 —심상옥, 「鳳仙花」[6]

B) 어여쁨이야
어찌
꽃뿐이랴

눈물겹기야
어찌
새 잎뿐이랴

창궐하는 疫病
罪에서조차
푸른
미나리 내음 난다
긴 봄날엔—

---

5 김춘수, 같은 책, p. 128.

6 정한모·김용직 편, 『한국현대시 요람』, 박영사, 1982, p. 727.

숨어사는
섧은 情婦
난쟁이 오랑캐꽃
외눈 뜨고 내다본다
긴 봄날엔— —허영자, 「긴 봄날」[7]

C) 그는 밖으로 나갈 때 방안에서 문을 노크한다. 보다 넓게 폐쇄된 공간으로, 열리는 문을 그는 보는 것이다. 세상으로부터 소외된 자, 노크할 권리 있는 존재, 즉 인간임을 주장하기 위해 그는 노크한다. 그러나 과연 아귀지옥에서도 살아 남아 사람들과 원만하게 어울릴 수 있는지를 그는 늘 걱정하고 복면을 쓴 사람들을 두려워한다. 그는 너무 착하다. 남에게 조금도 해 끼치지 않으려고, 그는 문을 벽으로 만들어놓고 똑, 똑, 똑, 섬세하게, 문을 노크한다. 그러니까 그는 밖으로 나가는 법이 없다. 그는 그렇게 혼자, 자물통 속 정신병원에서 죽어간다.

—최승호, 「어느 정신병자의 고독」[8]

형태상으로 보자면 A)는 시조(時調) 그러니까 정형시, B)는 자유시, C)는 산문시이다.

A)의 시조는 정형시이므로 정형시로서의 틀(형식)이 먼저 정해져 있다. 알다시피 시조의 기본적인 틀은 3장 6구, 총 자수 44자 내외이다. 이것을 보다 자세히 도표화하면 다음과 같다.

장(章)	구(句)	자수(字數)	조(調)
초장(初章)	1구(3 · 4) 2구(3 · 4)	7자 7자	3 · 4조 3 · 4조

7 허영자, 『어여쁨이야 어찌 꽃뿐이랴』, 범우사, 1977, pp. 10~11.
8 최승호, 『진흙소를 타고』, 민음사, 1987, p. 17.

장(章)	구(句)	자수(字數)	조(調)
중장(中章)	1구(3 · 4) 2구(3 · 4)	7자 7자	3 · 4조 3 · 4조
종장(終章)	1구(3 · 5~6) 2구(4 · 3)	8~9자 7자	3 · 5(3 · 6)조 4 · 3조

이 표와 A)를 대조해보아 알 수 있듯, A)의 시조는 이 틀을 거의 그대로 따르고 있다. 이 표와 다른 곳이 있다면 중장의 2구가 4·4조로 되어 있는 정도이다. 시조는 종장의 1구가 반드시 3자로 되어 3·5 또는 3·6조가 되지만, 그 나머지는 다소간의 변화를 허용하고 있다. 즉 다른 장의 구는 7자 내외이므로 3·4 또는 2·4, 2·2·2, 3·3, 3·3·2, 4·4조 등으로 변화를 줄 수가 있는 것이다. 그러므로 A)의 중장 2구가 4·4조로 되어 있다고 해도 파격은 아니다.

어떻든, 시조에서 보는 바처럼, 정형시는 틀이 우선하므로 행과 연은 그 틀을 벗어날 수가 없다. 그런 만큼 틀이 우선하고 작가의 의도는 그다음이다. 정형시의 행과 연은 그 틀에 따라 결정될 수밖에 없는 것이다.

그러나 다음을 보라.

a-1) 돌이켜 펼쳐 보니
그림은 鮮然한데
푸짐한 눈요기만
허기는 여전하이
선물로
안겨 주는 것
안타까움뿐이여 —이희승, 「送年賦」[9]

a-2) 흙묻은

9 『'70한국시조선집』, 금강출판사, 1970, p. 72.

사금파리
햇살에 눈을 뜬다

날품팔이 바람이
흩고 가는 고요 곁에

낮꿈을 자아올리는
하늘빛의 낮은 숨결 —이근배, 「패랭이 散調」[10]

a-3) 어루만지듯
당신
숨결
이마에 다사하면

내 사랑은 아지랑이
春三月 아지랑이

장다리
노오란 터밭에

나비
나비
나비
나비

—이영도, 「아지랑이」[11]

10 『동해 바닷속의 돌거북이 하는 말』, 새글사, 1982, p. 12.
11 『석류』, 중앙출판공사, 1968, pp. 22~23.

원래 창사(唱詞: 시조창의 가사)였던 시조가 노래 가사가 아닌 시로 탈바꿈한 현대시조의 모습이 a-1)·2)·3)이다. 시조가 창사로서의 지향성을 버린 만큼 현대시조는 행과 연의 구조가 달라지고 있다. 이와 같은 시조의 변모는 시의 구조에서 행과 연이 어떻게 기능하는가 살피는 데 좋은 보기이다.

a-1)은 3장을 각각 행갈이의 기본으로 하던 시조 본래의 형식을 6구를 중심으로 한 형태로 바꾼 모습이다. 단지 종장의 첫 구 3자를 별행으로 잡아 7행이 되어 있을 뿐이다. 이와 같은 변화는 한 장에 2구씩(한 구가 하나의 의미 단락이다) 되어 있던 것을 한 구 한 구를 독립시켜 보다 분명한 의미의 단락을 보여주고, 또 단락별 리듬을 형성하고 있다. 이때의 한 행 한 행은 의미의 단락인 동시에 리듬의 단락을 형성하는 기능을 하고 있다.

a-2)는 a-1)에서 한걸음 더 나아가, 3장을 3연으로 구분하고 있다. 각 행은 음수율(3·4조)에 기초한 리듬을 형성하고, 각 장은 각장 나름의 이미지의 중량을 보다 분명히 하는 연으로서의 기능을 하고 있다.

a-3)은 보다 회화적인 형태이다. 그러니까 시행의 리듬을 시조의 음수율에 기대기보다는, 음수율을 뒤로 숨기고 시각적으로 행을 배열하여 회화적 리듬을 살리고 있다.

결국, 시조 본래의 음수율을 기초로 하고 있되, a-1)은 의미의 단락에, a-2)는 이미지의 중량에, a-3)은 회화적 리듬에 알맞게 행과 연이 기능하도록 표현되어 있는 셈이다.

B)는 자유시이므로 틀이 우선하지 않는다. 틀로부터 자유롭다. 행과 연은 작가의 의도에 맡겨져 있다. 그럼에도 불구하고 B)는 전편에 리듬이 깔려 있다. 그것은 작가가 유사한 어구나 어절을 사용하고 있기 때문이다.[12] 더 구체적으로 적자면, 1·2연의 "여여쁨이야/어찌/꽃뿐이랴"와 "눈물겹기야/어찌/새 잎

---

12 Friedman & McLaughlin, *Poetry—An Introduction to Its Art*, Harper-Low, 1963, p. 14 참조. 이승훈은 그의 『시작법』에서, 위의 책을 참고로 하여 "자유시의 리듬은 (1) 음수율 · 음보율보다 어구나 어절의 리듬에 기초한 음악적 유형, (2) 통사 구조의 반복과 변수, (3) 이미지들의 체계로 정의된다"고 요약해놓고 있다.

뿐이랴"라는 유사 어절의 반복, 3·4연의 서술형(난다, 본다) 시구와 이어져 있는 '긴 봄날엔—'이라는 동일 어구의 반복이 리듬을 형성하고 있는 것이다. 이런 사실을 통해서 알 수 있듯, 리듬이란 반드시 정형의 틀에서만 생겨나는 것이 아니라는 것에 주목해야 한다.

C)는 문체상으로 산문(줄글)으로 되어 있다. 그러니까 작가가 의도적으로 운문(마디글)의 행이 형성하는 리듬을 파기하고 있다. 리듬보다 의미에 보다 중점을 둔 시이기 때문이다. 또 한편으로 보자면 시에 산문적 리듬(산문 자체의 리듬이라기보다 운문이어야 하는 시가 산문적 구조를 가짐으로써 생기는 상대적인 또는 이질적인 리듬)을 가미하고 있다고 할 수 있다.

3. 리듬과 행·연

에즈라 파운드는 시를 음악 시melopoeia · 회화 시phanopoeia · 의미 시logopoeia로 나눈 일이 있다.[13] 시가 언어의 음악적 성질 그것만으로, 회화적 이미지 그것만으로, 또는 의미 그것만으로 되어 있지 않는 만큼, 이는 어떤 시가 어떠한 것을 중시하고 있느냐에 따른 구분이다. 이에 따라 시의 구조가 달라지기 때문이다. 김춘수가 시의 행과 연을 리듬·이미지·의미의 단락에 따라 달라진다고 하는 것도 그 때문이다. 행과 연이 맡은 기능이 변하는 것이다. 그렇다면, 이번에는 리듬·이미지·의미를 각각 중시하는 유형에 따른 시의 구조와 행과 연의 관계를 알아보자.

---

13 Ezra L. Pound, 『현대시학입문*ABC of Reading*』, 이덕형 옮김, 문예출판사, 1984, p. 287. 이 책을 보면 위의 세 가지 종류의 시는 다음과 같은 특징을 갖고 있다. (1) 멜로포에이어: 어떤 종류의 음악성이 충전되어 있으며, 그 음악성이 의미의 방향 내지 동향을 결정한다; (2) 파노포에이어: 시각적 상상 속에 이미지를 형성시킨다; (3) 로고포에이어: 어휘의 무리 속에서의 지성의 무도(舞蹈).

1. 외국 시와 우리 시의 정형률

시의 리듬rhythm이란 언어를 음악적 효과가 나도록 소리를 유형화한 것이다. 소리와 의미의 복합체인 언어를 "의미를 수식하고 변형시키고"[14] 의미를 확충하도록 소리를 작품 속에 조직하는 것이다.

그런 시의 리듬은 정형시의 그것과 자유시의 그것과는 다르다. 정형시의 리듬은 압운(押韻)rhyme과 율격(律格)meter을 기본으로 한다. 압운은 영시(英詩)나 한시(漢詩)에서 볼 수 있는 바처럼, 시행의 시작·끝·중간에 유사한 소리를 내는 음절을 반복시키는 것이다. 그 반복은 단순한 소리의 반복이 아니라 엄격한 체계를 가진 소리의 반복이라는 점에 유의해야 한다. 그 체계는 음절 단위를 기초로 하여 형성되어 있다. 그러나 첨가어(添加語)[15]인 우리 언어는 음절 의식이 약해서 소리의 반복이 음수 또는 음보 단위로 형성된다. 그러니까 우리의 정형시에서는 압운 형태의 구조를 주장하기가 힘들다.

꽃가루와 같이 보드라운 고양이의 털에
고운 봄의 香氣가 어리우도다

금방울과 같이 호동그란 고양이의 눈에
미친 봄의 불길이 흐르도다

고요히 다물은 고양이의 입술에
포근한 봄 졸음이 떠돌아라

날카롭게 쭉 뻗은 고양이의 수염에
푸른 봄의 生氣가 뛰놀아라 —이장희, 「봄은 고양이로다」[16]

---

14 V. Erlich, 『러시아 형식주의*Russion Formalism*』, 박거용 옮김, 문학과지성사, 1984, p. 289.

15 체언(體言)+조사(助詞), 용언(用言)의 어간(語幹)+어미(語尾)와 같이, 조사와 어미 등이 붙어야 그 기능을 하는 언어. 그러니까 음절 단위가 수시로 달라진다. 교착어(膠着語)라고도 한다.

16 『신문학60년대표작전집 1』, 정음사, 1968, p. 37.

위에서 보는 바와 같이, 영시나 한시에서 사용하는 압운과 유사한 형태가 보인다. 즉 ○표를 친 곳은 두운(頭韻), ×표를 친 곳은 각운(脚韻)의 모습을 하고 있다. 그러나 이 작품에 나타나 있는 리듬은 압운 체계로 보기보다 자유시에서 흔히 나타나는 유사 어구(고양이의 털에, 눈에, 입술에, 수염에)와 유사 종결어미(~다, ~라)의 반복의 효과로 보아야 한다. 앞서 말했듯이 우리의 시에서는 압운 체계를 찾기 힘들기 때문이다.[17]

율격은 말소리의 변별적 단위(음수·고저·장단·강약)가 규칙적으로 반복하는 것이다. 로츠가 구분한 율격의 형태를 따른다면 음수율은 순수 음절 율격pure-syllabic meter이고, 고저율tonal meter · 장단율durational meter · 강약률dynamic meter

---

17 참고로, 이승훈이 그의 『시작법』, p. 124에서 영시의 압운 형태를 요약해놓은 주를 그대로 여기에 옮겨보면 다음과 같다.

C. H. Holman, *A Handbook of Literature*, 4th ed., Bobbs-Merill Educational Publishing, 1980 참고. 영시에서는 두운alliterarion, 각운rhyme, 자음운consonance, 모음운assonance이라는 용어가 다음과 같이 사용된다. 첫째로 두운은 계속되는 낱말들의 첫머리에서 동일한 자음이나 모음이 반복되는 현상을 뜻한다. 둘째로 각운은 둘 이상의 시행 속에서 서로 상응되는 위치에 있는 강세 음절들이 동일하거나 유사한 음으로 나타나는 현상을 뜻한다. 이때 소리의 상응은 강세 음절의 모음과 계속되는 자음에 토대를 둔다. 이러한 모음-자음의 연결은 그 밖의 상이한 자음들을 소유하는바, 보기로는 fan-ran을 들 수 있다. 각운은 두운이나 모음운과 관계되지만, 흔히 전자는 위치가 고정되며, 후자는 다양한 위치에서 상대적인 자유를 소유한다. 각운은 시행 후의 위치에 따라 (1)시행 끝에 나타나면 말운end rhyme, (2)시행 중간에 나타나면 중간운internal rhyme, (3)시행의 첫 음절에 나타나면 시작운beginning rhyme으로 불리운다. 또한 동일음이나 유사음이 발생하는 음절수에 따라 (1)소리 상응이 fan-ran처럼 최후 강세 음절에 한정되면 남성운masculine rhyme, (2)소리 상응이 lighting-fighting처럼 두 연속 음절에 나타나며, 두 연속 음절 가운데 후자에 강세가 없을 때 여성운feminine rhyme 혹은 이중운double rhyme, (3)소리 상응이 glorious-victorious처럼 세 개의 연속 음절에 나타날 때는 삼중운triple rhyme으로 불린다. 셋째로, 자음운은 낱말들의 최후 자음이 일치하나, 그 앞에 있는 강세 모음이 다른 것으로 add-read, bill-ball, live-love, lean-alone, pitter-patter 등이 보기이다. 때로는 반운half rhyme 혹은 경사운slant rhyme으로도 불리운다. 넷째로 모음운은 강세가 있는 음절 속에서 동일하거나 유사한 모음들이 반복되나 그 자음들은 상이한 경우로 lake-fate, bride-quietness 같은 보기를 들 수 있다. 그러나 lake-fake는 각운에 해당된다. 흔히 모음운은 말운end rhyme으로 대치되며 자음과 모음의 관계를 간단히 줄여 말하면 자음 두운은 CV1-CV2, 모음 두운은 VC1-VC2, 각운은 C1VC-C2VC, 자음운은 V1C-V2C, 모음운은 VC1-VC2로 나타낼 수 있지 않을까 한다.

은 복합 음절 율격syllabic-prosodic meter에 속한다.[18] 복합 음절 율격이란 순수 음절 율격인 음절수에 고저·장단·강약의 운율적 자질이 함께 규칙화된 리듬이다.

고저율은 성조율(聲調律) 또는 평측률(平仄律)이라고 불리는 것으로 중국 시에 나타난다. 소리의 고저가 규칙적으로 교체 반복되며 형성되는 리듬이다. 그러나 고저의 변별적 자질을 우리말은 갖고 있지 못하다. 장단율은 소리의 장단이 규칙적으로 교체 반복되는 것으로 고대 희랍 시나 로마 시에 나타난다. 강약률은 영시에서 주로 볼 수 있다. 강세가 있는 강한 음절accent syllable과 강세가 없는 약한 음절unacccent syllable이 규칙적으로 반복되는 것으로, 강약률의 기본 단위를 음보foot라고 한다. 이 음보는 약강격·강약격·약약강격·강약약격, 이렇게 4가지로 분류되며, 음보수는 한 행에 나타나 있는 그것의 수에 따라 1음보에서 8음보까지 있다.

이상과 같은 율격의 이론에서 우리 시에 적용할 수 있는 것은 순수 음절 율격인 음수율뿐이다. 그러니까 앞서 인용한 김상옥의 「봉선화」를 음수율로 다시 적어보면,

비오자	장독간에	봉선화	반만 벌어
3	4	3	4

해마다	피는 꽃을	나만 두고	볼 것인가
3	4	4	4

세세한	사연을 적어	누님께로	보내자
3	5	4	3

와 같이 되어, 초장·중장의 1·2구는 모두 3·4(또는 4·4)조의 음수율을 갖추고 있으며 종장은 1구가 3·5조, 2구가 4·3조의 음수율을 갖추고 있음을 알 수 있다. 즉, 시조의 행은 3·4조를 기조로 하는 음수율에 따라 조정되어야 하는 것

18 John Lotz, "Metric Typology", *Style in Language*, A. Sebeok(ed.), The M. I. T. Press, 1975, pp. 140~48 참고.

이다. 이런 시조의 음수율은 한국어의 어휘가 2음절과 3음절로 된 것이 압도적이어서 이와 같은 2음절 또는 3음절의 어휘에 조사(助詞) 또는 어미(語尾)가 붙어 형성된 첨가어 특유의 3~4음절을 적절히 소화한 음수율의 틀이다. 그리고 우리 시가가 2·3조, 3·3조, 3·4조, 4·4조, 3·3·2조, 3·3·3조, 3·3·4조의 음수율을 갖추고 있는 것도 위와 같은 한국어의 특성 때문이다.

그러나 그 음수율은 변화가 심하다. 고시조를 예로 들어 말해도 정형시로서의 틀을 갖춘 그 속에서 음수율이 300여 가지나 될 만큼 다양하다.[19] 음수율은 음절수가 고정되어야 보편타당한 율격의 개념을 확립할 수 있는데, 우리의 사정은 그렇지가 못하다. 그래서 음보율(音步律)foot meter로 율격을 읽는다.

음보율은 음보(音步)가 그 기본 단위이다. 그 음보는 음절수와 관계없이 율독할 때의 시간적 등장성(等張性)이 단위가 된다.[20] 그러니까 앞서 나온 시조를 음보율로 보면 다음과 같이 된다.

비오자/장독간에/봉선화/반만 벌어
해마다/피는 꽃을/나만 두고/볼 것인가
세세한/사연을 적어/누님께로/보내자

즉, 초·중·종장이 음절수와 관계없이 4음보로 된 리듬을 갖추고 있는 것이다. 이와 같은 예로서 알 수 있듯, 우리 시가에서 말하는 음보는 강약률을 기저로 하는 영시의 음보와 전혀 다른 것이다.

---

19 김준오, 『시론』, 이우사, 1988, p. 73.

20 김준오는 같은 책(p. 76)에서 음보를 다음과 같이 설명하고 있다. "우리말의 어휘는 2음절과 3음절로 된 것이 압도적이다. 여기에 조사나 어미가 붙어 실제로 운용되는 어절은 3음절 내지 4음절이 된다. 따라서 시가에도 3음절 내지 4음절이 리듬의 기본 단위가 된다. 통사적으로 배분된 어절이 끝난 다음에 휴지(休止)가 와서 3음절 내지 4음절을 휴지의 한 주기로 기대하게 된다. 음보란 이렇게 휴지에 의해서 구분된 문법적 단위 또는 율격적 단위이다."

II. 자유시의 리듬

자유시는 정형시와 달리 일정한 틀(형식)을 갖고 있지 않다. 일정한 틀이 없기 때문에 시의 행과 연은 자유롭다. 그러니까 시의 리듬을 창조하는 일은 전적으로 작가에게 맡겨져 있다.

자유시에서 리듬을 창조하는 데는 크게 세 가지의 방법을 살펴볼 수 있다. 첫째가 전통적인 시의 율격을 적절하게 변형시켜 운용하는 방법이다.

A) 별똥 떠러진 곳,

마음해 두었다

다음날 가보려,

벼르다 벼르다

인젠 다 자랐오. —정지용, 「별똥」[21]

B) 山에는 꽃 피네
꽃이 피네
갈 봄 여름 없이
꽃이 피네.

山에
山에
피는 꽃은
저만치 혼자서 피어 있네.

---

21 『정지용시집』, 건설출판사, 1932, p. 112.

山에서 우는 작은 새는
꽃이 좋아
山에서
사노라네.

山에는 꽃 지네
꽃이 지네
갈 봄 여름 없이
꽃이 지네.　　—김소월, 「산유화」[22]

C) 늦은 저녁때 오는 눈발은 말집 호롱불 밑에 붐비다

늦은 저녁때 오는 눈발은 조랑말 발굽 밑에 붐비다

늦은 저녁때 오는 눈발은 여물 써는 소리에 붐비다

늦은 저녁때 오는 눈발은 변두리 빈터만 다니며 붐비다

—박용래, 「저녁눈」[23]

A)는 2음보(음수율은 3·3), B)는 3음보(음수율은 3·3·4조), C)는 4음보(음수율은 2·3조)로 된 시들이다. A)는 음수율로 따지자면,

<u>별똥</u> <u>떠러진 곳,</u>//<u>마음해</u> <u>두었다</u>
2　　4　　3　　3

22 정한모·김용직 편, 『한국현대시 요람』(박영사, 1982), pp. 116~17.
23 박용래, 『강아지풀』, 민음사, 1975, p. 50.

와 같이 불안정하게 읽히지만,

별똥/떠러진 곳,//마음해/두었다
1 1 1 1

와 같이 2음보로 읽으면 우리의 전통 시가의 율격을 금방 느낄 수 있다. 2음보로 된 한 행을 각각 한 연으로 놓고 있어, 한 행 한 행에 여운(餘韻)이 감돈다.

B)는 3음보를 적절히 변화시킨 시행으로 되어 있다. 즉, 규칙적인 3음보의 율격을 새롭게 하고 있다. 이를 도식화해보면 다음과 같다.

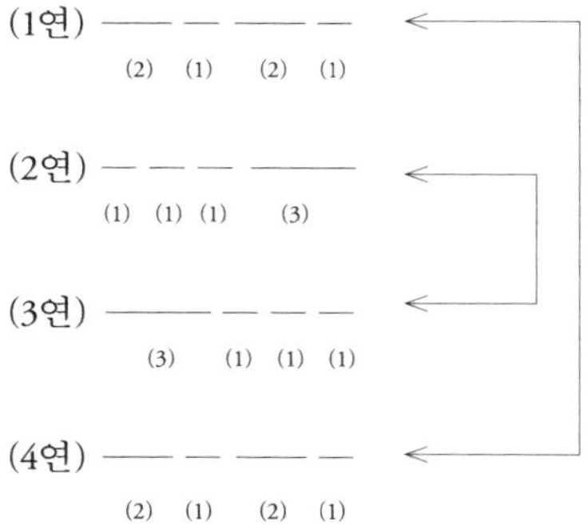

그러니까, 1연의 2음보+1음보의 반복은 4연의 그것과 대응하게 되어 있고, 2연의 1음보+1음보+1음보+3음보는 3연에 가서 역순으로 되어 있는 3음보+1음보+1음보+1음보와 대응하고 있다.

C)를 "늦은/저녁때/오는/눈발은/말집/호롱불/밑에/붐비다"와 같이 읽으면 8음보가 된다. 그러나 이 작품의 리듬은 '붐비다'라는 경쾌함과 각 행을 각 연으로 독립시킨 정적인 분위기의 이중 구조 속에 있으므로,

늦은 저녁때/오는 눈발은/말집 호롱불/밑에 붐비다—/

와 같이 읽는 게 어울린다. 그러므로 4음보를 그 축으로 하는 율격 구조로 시행과 연을 가르고 있다고 보아야 한다.

자유시에서 리듬을 살리는 방법 가운데 둘째는 전통적인 시가·무가·민요 등의 양식 또는 그 어투를 적절하게 차용하는 것이다. 다음을 보라.

A) 바람이 바람을 불러 바람 불게 하고

물이 물을 불러 물 불게 하고

마음이 마음을 불러 마음 부풀게 하고

—최석하, 「바람이 바람을 불러 바람 불게 하고」[24]

B) 늙어빠진조강지처정한수에나있는가
아으 동동 내 아들
(손 끊어진 종손집에 양자간 신디기)

안골사는젊은과부속곳속에나있는가
아으 동동 내 아들
(소 팔아 불안고친 일자무식 신디기)

딸랑딸랑방울점쟁이방울속에나있는가
아으 동동 내 아들
(처녀귀신 붙었구나 쾌갱쾌갱 신디기)

아으 동동 내 아들

24 최석하, 『바람이 바람을 불러 바람 불게 하고』, 문학과지성사, 1981, p. 87.

엉덩이큰술집여자눈웃음속에나있는가
(전답 잡히고 조합 빚 얻어 집떠나는 신디기)

아으 동동 내 아들
아으 동동 내 아들 —강현국, 「고향·2·信德이」[25]

C) 月城荒天 도깨비도 나오너라
密本法師 六環에 찔린
불여우도 나오너라
황천벌 惡龍도 나오너라
극락세계 善龍도 나오너라
북망산 굽이굽이 원기들도 나오너라
완도땅 서리서리 초분귀신 나오너라
은도깨비 홍도깨비 청도깨비
나오너라 은도깨비 형님 홍도깨비 형님
청도깨비 형님도 나오너라 —고정희, 「세 마당 푸닥거리」[26]

D) 말많은놈 엮어엮어 뒷골큰놈 엮어엮어
눈깔큰놈 엮어엮어 귀밝은놈 엮어엮어
이리 엮고 저리 치고
요리 얼렁 조리 뚱땅
돈 발라 탈 섹스 발라
분 발라 탈 디올 발라 —김지하, 「탈」[27]

---

25 강현국, 『봄은 가고 또 봄은 가고』, 문장사, 1982, p. 23.
26 고정희, 『초혼제』, 창작과비평사, 1983, p. 104.
27 김지하, 『타는 목마름으로』, 창작과비평사, 1982, p. 105.

A)는 시조의 리듬을, B)는 「정읍사(井邑詞)」의 "어긔야 어강됴리 아으 다롱디리"와 같은 조흥구(助興句)인, 즉 흥을 돋구는 '아으 동동' 등의 삽입, C)는 무가(巫歌), D)는 판소리의 사설(辭說)의 어투를 빌고 있다. 이 모두는 전통적인 음보를 밑바탕으로 하고 있지만, 시의 리듬을 보다 생생하게 하는 것은 그 어투이다. 즉, 그 각각의 독특한 양식의 어투가 그 양식의 리듬을 시 속에 살려놓는 것이다.

A)는 3행이라는 시행(또는 연)과 "바람이/바람을 불러/바람/불게하고"와 같이 4음보로 읽혀, 그 구조와 어투 속에 시조의 리듬을 은연중에 끌어들인다.

B)는 각 연의 1행에 띄어쓰기가 없다. 즉, 한 음보로 단숨에 읽어야 한다. 이와 반대로 2행은 "아으/동동/내 아들"과 같이 3음보로 읽혀서 자주 휴지가 온다. 즉, 호흡이 재조정되는 것이다. 그리고 후렴구처럼 붙어 있는 4음보는 ( ) 속에 표현되어 있다. 즉, 속으로 읽으라는 뜻이다. 이런 시행의 조정을 통해 속요(俗謠)의 리듬을 작품 속에 살려놓은 것이다.

C)는 무당의 푸닥거리에서 볼 수 있는 어투를 그대로 차용하여 무가(巫歌)의 리듬을 살리고 있다. 무가투로 언어와 시행을 운용하고 있는 것이다. 그러나 작가의 의도는 무가를 쓰고자 하는 것은 아니다. 무가의 어투로 하는 것이 작가의 의도를 잘 살릴 수 있다거나 또는 무가의 어투를 시 속에 살려보고 싶다거나, 그런 의식에서 차용하고 있을 따름이다.

D)의 판소리의 사설투도 마찬가지이다. D)와 같은 어투를 읽다 보면, 어느새 "계집년은 ᄋᆞ를 써셔 들병장ᄉᆞ 막장ᄉᆞ며 낫붙임 넉장질에 돈양 돈관 모와노면 허망ᄒᆞ야 ᄃᆡ냥닉기 방ᄶᅡ리기 두량픠에 가고ᄒᆞ기 갑ᄌᆞ쏠리 여슈ᄒᆞ기 미골회픠 퇴기질 호홍호빅 쌍륙치기 장군 멍군 장긔두기"(변강쇠·申本)를 들을 때와 같은 리듬이 작품 속에서 살아나는 것이다.

자유시에서 리듬을 살리는 방법 가운데 셋째는, "동일한 형태소·낱말·이미지·어절·통사 및 그 형식의 반복"[28]이다. 이에 대해서는 이승훈이 그의 『시

28 Friedman & McLaughlin, 앞의 책, p. 14.

작법』에서 요령 있게 설명하고 있다.[29] 그가 든 보기와 설명을 요약 정리하면 다음과 같다(이미지 부분은 별도의 장을 두므로 여기서는 생략한다).

가) 형태소(形態素)morpheme의 반복이란 간단히 적으면 어미(語尾)와 접사(接辭)의 활용이다.[30] 한 낱말을 이루고 있는 의미소(그 낱말의 뜻을 나타내는 부분)와 형태소(실제 운용에서 나타나는 갖가지 변화)가운데, 형태소인 어미·접사를 리듬의 창조에 활용하는 것이다.

A) 넓적다리 뒷살에
넓적다리 뒷살에
말이 빼라지
손에서는
손에서는
불이 나라지
수챗가에 얼어빠진
수세미모양
그대신 머리는
온통 비어

---

29 이승훈, 『시작법』, 문학과비평사, 1988, pp. 135~46 참조.

30 어미·접사를 간단히 설명해보면 다음과 같다.

① 어미(낱말)—(의미소)—(형태소·어미)

먹다 —— 먹 —— ~다(종결어미)
~고(연결어미)
~기(전성어미)

② 접사(낱말)

무관심 —— 무
무기력 —— 〃 ├ 접두사
무의식 —— 〃

선생 —— ~님
~답다 ├ 접미사

움직이지도 않는다지
그래도 좋아
그래도 좋아 —김수영, 「쌀난리」

B) 이야홍 이야홍
이야홍에 닐니리
닐니리에 무관심
닐니리에 무기력
무기력에 무책임
무책임에 무의식
무의식에 무사상
무사상에 호기심
호기심에 반창고
눈에발라 귀에발라 코에발라 입에발라
발라 발라 발라 발라 —김지하, 「탈」

A)는 동일한 낱말·어구·어절의 반복과 종결어미의 반복이 어울려 있다. B)는 접두사 '무—'의 반복, 동일한 낱말·어구의 반복이 리듬의 중심이 되고 있다.

나) 동일한 낱말의 반복, 또는 낱말의 동일한 형식의 반복은 위의 두 편의 보기에서도 어느 정도 그 활용을 알 수 있다. 그러나,

흰달빛
紫霞門

달안개
물소리

大雄殿
큰보살

바람소리
솔소리

浮影樓
뜬그림자

흐는히
젓는데

흰달빛
紫霞門

바람소리
물소리 ― 박목월, 「佛國寺」

와 같은 보기에서는 명사와 합성어의 반복이 독특한 리듬을 형성하기도 한다.

다) 동일한 어구phrase와 어절clause, 또는 그 형식의 반복.

A) 별안간 따분해
찾아간 게 아니다
그런 게 아니다
별안간 천둥이 쳐
비가 내려
꽃잎이 떨어져
찾아간 게 아니다

그런 게 아니다
그런 게 아니다
별안간 너래도
만나고 싶어서
기막힌 치욕이
와락 나를 껴안고 —이승훈, 「별안간」

B) 바위는 푸념을 듣지 않고
바위는 잔소리를 듣지 않고
바위는 잠꼬대도
하지 않고

산으로 가는 길을 막고
바다로 가는 길을 막고
하늘로 가는 길을 막고
집으로 가는 길을
막고 선
바위는 —박의상, 「바위는 저의 길을 가로막는다」

A)는 2음보 위에 부사구(1행·10행·11행), 부사절(4행·5행·6행·12행·13행)의 반복과 유사 구문의 리듬을 창조하고, B)는 3음보에 부사절이 행의 변화를 일으키며 리듬을 형성한다.

라) 동일한 문장이나 그 형식의 반복. 즉, 서술문·명령문·의문문·청유문·감탄문 등의 문장 형식을 반복함으로써 리듬을 창조하는 것이다.

A) 내가 웃으면 모두가 웃음으로 돌아왔다.
내가 걸어가면 모두가 따라왔다.
하늘 속에 화살을 쏘아 올리면

地上의 모두는 하늘 속으로 뛰어올랐다.
내가 사도신경을 외우면
일체의 붉은 惡鬼가
겨울 헛간의 구석으로 몰려섰다가
반추하는 황소의 힘을 뽑는다.
내가 노래할 때
세상은 노래 속에 잠기고
고귀한 생명이 하나 탄생한다. —박이도, 「메아리」

B) 바람도 없는 공중에 수직의 파문을 내이며 고요히 떨어지는 오동잎은 누구의 발자취일까.

지리한 장마 끝에 서풍에 몰려가는 무서운 검은 구름의 터진 틈으로 언뜻 보이는 푸른 하늘은 누구의 얼굴입니까.

꽃도 없는 깊은 나무에 푸른 이끼를 거쳐서 옛塔 위에 고요한 틈으로 스치는 알 수 없는 향기는 누구의 입김입니까.

근원은 알지도 못할 곳에서 나서 돌뿌리를 울리고 가늘게 흐르는 작은 시내는 구비구비 누구의 노래입니까.

연꽃 같은 발꿈치로 가이 없는 바다를 밟고 옥 같은 손으로 끝없는 하늘을 만지면서 떨어지는 해를 곱게 단장하는 저녁놀은 누구의 시입니까.

타고 남은 재가 다시 기름이 됩니다. 그칠 줄 모르고 타는 나의 가슴은 누구의 밤을 지키는 약한 등불입니까. —한용운, 「알 수 없어요」

C) 구름 발바닥을 보여다오.
풀 발바닥을 보여다오.
그대가 바람이라면
보여다오.
별 겨드랑이를 보여다오.
별 겨드랑이의 하얀 눈을 보여다오. —김춘수, 「들리는 소리 II」

A)는 서술문, B)는 의문문, C)는 청유문의 보기이다. A)는 조건절+주어+서술어의 구문, 즉 "(조건절)내가 웃으면+(주어)모두가+(서술어)웃음으로 돌아왔다"라는 형식의 구문이 반복되고 있다. B)는 6행 모두가 관형절+주어+관형어+서술어라는 의문문의 형식으로 되어 있다. 이승훈의 도식을 그대로 이용하되 한 곳(의문형 서술어미)만 따로 적어보면,

행	관형절	주어	관형어	서술어	의문형 서술어미
1		오동잎	누구의	발자취	입니까
2		푸른 하늘	〃	얼굴	〃
3		향기	〃	입김	〃
4		작은 시내	〃	노래	〃
5		저녁놀	〃	시	〃
6	(변주)	나의 가슴	〃	등불	〃

와 같은, 동일한 형식을 반복하고 있다. C)는 6행 전문 가운데 1행의 변주를 제외하고 5행 모두 청유형 종결어미를 사용하고 있다. 이 반복은 3음보 율격을 밑에 깔고 있어 더욱 효과를 얻고 있다.

지금까지 살펴본 바와 같이, 시의 행과 연은 작가의 의도를 껴안은 채 리듬을 창조하는 방향에서 운용된다.

4. 이미지와 행·연

1. 이미지의 개념

문화적 용어로서 이미지는 대개 3가지의 의미로 사용된다. 첫째, 넓은 의미로 시나 그 밖의 문학 작품에서 축어적 묘사나 암시 또는 직유·은유에 사용되는 보조관념들로 언급된 감각적 지각의 모든 대상과 특성들을 의미한다. 둘

째, 좁은 의미로 시각적 대상이나 장면의 묘사만을 의미한다. 셋째, 비유의 보조관념들을 의미한다.[31]

A-1) 화냥기처럼
설레는
봄,
봄날이다
종다리는 까무라치게
자꾸 울어쌓고 —이수익, 「봄날에·2」[32]

A-2) 나무마다 하나씩 마음을 걸어두고
노을을 받으며 드러눕는 그림자
돌아갈 것이 없는 빈 몸이다.
뒷산은 뒷산은 내 몸이다. —신달자, 「뒷산」[33]

B-1) 헬리콥터가 떠 간다
철뚝길 연변으론
저녁 먹고 나와 있는 아이들이 서 있다
누군가 담배를 태는 것 같다
헬리콥터 여운이 띄엄하다
김매던 사람들이 제집으로 돌아간다
고무신짝 끄는 소리가 난다
디젤 기관차 기적이 서서히 꺼진다 —김종삼, 「文章修業」[34]

---

31 M. H. Abrams, *A Glossary of Literary Terms*, pp. 78~79.

32 이수익, 『그리고 너를 위하여』, 문학과비평사, 1988, p. 48.

33 『현대시선』, 범한출판사, 1984, p. 257.

34 김종삼, 『북치는 소년』, 민음사, 1979, p. 68.

B-2) 서울특별시 용산구 후암동 134-119
崔眞有씨 집 담벼락
영화 람보2 선전벽보.
어제 새장가 든 실베스타 스텔론이
주연인 모양이다. 후암동 가랑비에 젖어
후줄근해서 가는

이두박근
삼두박근 —장경린, 「이두박근」[35]

C-1) 빨치산에 겁탈당한 열아홉 내 누이다.
알몸되어 소름돋친 살갗을 떨다
모랫벌에 혀를 박은 내 누이다.
원통하게 핏빛으로 까헤쳐진 밑구멍이다. —강우식, 「해당화」[36]

C-2) 저처럼
종종걸음으로
나도
누군가를
찾아나서고
싶다…… —황인숙, 「비」[37]

A-1)과 A-2)는 '감각적 지각의 대상과 특성'을 보여주는 예이다. A-1)에서 감각적 지각 대상은 '봄'과 '종다리'이며, 그 둘은 "화냥기처럼/설레는" 특

35 장경린, 『누가 두꺼비집을 내려놨나』, 민음사, 1989, p. 56.
36 『현대시선』, 앞의 책, p. 28.
37 황인숙, 『새는 하늘을 자유롭게 풀어놓고』, 문학과지성사, 1988, p. 46.

성과 '까무라치게' 우는 특성을 갖고 있다. A-2)는 '그림자'라는 하나의 감각적 지각 대상에 "마음을 걸어두고"와 "드러눕는"이라는 두 개의 특성이 연결되고 겹쳐 있는 형태이다.

B-1)과 B-2)는 '시각적 대상과 장면의 묘사'이다. 루이스C. D. Lewis의 말을 빌린다면 "낱말들로 만들어진 그림"[38]에 해당하는 이미지이다. B-1)은 원경(遠景), B-2)는 근경(近景)이다.

C-1)과 C-2)는 '비유의 보조관념들'로 된 이미지의 보기이다. C-1)에서 원관념은 제목인 '해당화'이고 보조관념은 '내 누이'이다. 그러나 그 누이(감각적 지각 대상이기도 한)는 "빨치산에 겁탈당한" "모랫벌에 혀를 박은" "피빛으로 까헤쳐진 밑구멍"을 한 '내 누이'의 특성을 갖고 있다. 그러므로 1행, 2·3행, 4행이 각각 특성을 달리하는 정황인 동시에, 긴밀한 연관성을 갖는 이미지(보조관념)들이다. C-2)는 「해당화」처럼 a는 b이다라는 식의 은유 구조를 갖고 있지 않다. 즉 풀어져 있는 은유이다. 제목이기도 하고 원관념이기도 한 '비'는 "저처럼/종종걸음으로/나도/누군가를/찾아나서고/싶"은 것이라는 지각을, 그냥 "싶다……"라는 어투로 바꾸어놓고 있기 때문이다. 이때 지각 대상인 '비'의 특성은 "종종걸음으로" "누군가를/찾아나서는" 것이다.

여기에서 혼란의 여지가 있는 시 속의 의미와 이미지와의 관계를 잠깐 언급하자. 이미지란 의미와 동떨어진 어떤 것이 아니라, 의미이긴 하되 시에서 나타나는 독특한 형태의 의미이다. 앞에서 나온 예에서 다시 정리해보면 이미지는 다음과 같이 나타난다.

① 드러눕는 그림자
→ '지각 대상'으로서의 이미지 (그림자)
→ '특성'으로서의 이미지 (드러눕는)

② 디젤 기관차 기적이 서서히 꺼진다
→ 시구 전체가 '낱말들로 만들어진 그림'으로서의 이미지

38 M. H. Abrams, 같은 책, p. 78.

③ 해당화는 빨치산에 겁탈당한 열아홉 내 누이이다
└> '비유의 보조관념'으로서의 이미지

위에서 우리에게 가장 익숙한 시 속의 의미는 ③이다. 해당화라는 원관념(이미지로 볼 때는 지각 대상)에 시인 나름의 새로운 해석적 의미를 부여하고 있기 때문이다. 그러나 ①과 ②에는 그런 해석적 의미가 직접 드러나 있지 않다. 감각적인 체험을 그대로 형상화(形象化)하고 있기 때문이다. 이때의 시적 의미(詩的意味)는 그 형상화 된 이미지 속에 숨 쉬고 있다. 그것은 ③과 같이 해석적 형태로 표현할 수 없는, 하나의 해석적 의미나 관념적 의미로 표현되기를 거부하는, 그런 의미이기 때문이다. 그러니까 ①②와 같은 이미지는 감각적·표상적 의미, ③과 같은 이미지는 해석적·관념적 의미의 성격을 띤다.

이런 연유로, 우리가 이미지라는 말을 사용할 경우나 읽을 경우는, 통상적으로 사용하는 의미라는 말로는 포괄할 수 없는 독특한 감각적·표상적 의미를 강조하려는 의도가 있으며, 의미라는 말은 해석적·관념적 의미를 강조하려는 의도로 수용하면 가장 무난하다. 마찬가지로, 시의 행·연이 리듬·이미지·의미의 단락에 의해 달라진다고 할 때, 이미지의 단락은 감각적·표상적 의미를 강조하는 경향으로 단락이 결정되고, 의미의 단락은 해석적·관념적 의미를 강조하는 쪽으로 결정된다고 보아야 한다(이와 같은 의미와 이미지의 특성 때문에, 이미지의 단락이 곧 의미의 단락이 되고, 의미의 단락이 곧 이미지의 단락이 되기도 한다).

II. 이미지의 강조와 행·연

앞서 살펴본, A-1)과 A-2)는 그 시의 행과 연의 단락이 사뭇 차이가 난다. 이는 감각적 대상과 특질인 이미지를 하나씩 강조하고자 하는 의도와, 그러한 이미지로서 하나의 의미를 끌어내고자 하는 의도와의 차이이다. 즉,

A-1) 화냥기처럼/설레는/봄,/봄날이다
　　종다리는/까무라치게/자꾸/울어쌓고

A-2) 나무마다/하나씩/마음을/걸어두고

노을을/받으며/드러눕는/그림자

에서 보는 바처럼, 시행의 밑바닥에 깔린 기본 음보는 두 작품 모두 4음보이다. 그러나 봄날의 특성을 살린 이미지를 강조하여 드러내고자 하는 A-1)은

화냥기처럼
설레는
봄,
봄날이다

와 같은 별행으로 배열하는 시행이 이루어진다. 그러나 '뒷산=내몸'이라는 의미에 중점을 두고 있는 A-2)는 이와 달리 감각적 특성보다 그림자 → 빈 몸 → 내 몸이라는 의미를 따라가다 보니, 감각적 특성은 시행 속에 숨고, 의미의 단락을 분명히 하는, 보다 논리화된 시행을 이룬 것이다.

B-1) B-2)의 시행이 다른 것도 이유가 있다. B-1)은 원경이니만큼, '낱말들로 만들어진 그림' 속에서 정황들이 하나(2·3행)를 제외하면 모두 각각 한 행을 차지하고 있다. 즉, "헬리콥터가 떠 간다"나 "누군가 담배를 태는 것 같다"나 "김매던 사람들이 제집으로 돌아간다"는 등의 개별적 정황들이 한 행으로 처리되어 있다. 그 이미지들은 모두 동격의 회화적 리듬을 형성하고 있다. 단지 2~3행만 정황의 서술이 길어져 두 행을 차지하고 있을 뿐이다. 그러나 B-2)는 다르다. 즉, 담벼락 → 영화 람보 선전 벽보 → 실베스타 스텔론 → 이두박근, 이런 식으로 근경의 초점이 모아지고 있다. 실베스타 스텔론의 이두박근과 삼두박근, 더 구체적으로 적자면 가랑비에 젖고 있는 이두박근과 삼두박근의 이미지가 이 시의 초점이다. 그렇기 때문에 그것들이 각각 별행으로 독립한 행으로 되어 있고 강조되어 있다. 물론 이 '이두박근 삼두박근'은 "어제 새 장가를 든" 것과 "후암동 가랑비에 젖어/후줄근해져 가는" 모습의 겹침 속에

서 언제나 영화 람보에 나타나는 그 이두박근과 삼두박근일 수 없음을 새삼 강조하는 이미지이다.

C-1)은 시행이 별개의 정황과 특성을 드러내는 보조관념 단위로 이루어져 있다. 그러나 C-2)는 보조관념이 하나밖에 없으므로 그 개별적 특성을 강조하는 특성별 이미지 단위로 시행을 구분하고 있다. 그것은 또한, 김춘수가 이미지의 움직임[移行][39]을 표현하고 있다는,

나의 내부에도
몇 마리 새가 산다.
隱喩의 새가 아니라,
기왓골을
쫑,
쫑,
쫑,
옮아 앉는
實存의 새가 살고 있다. —박남수, 「새」[40]

에서의 '쫑, 쫑, 쫑'과 같이, 종종걸음의 이미지로 시행을 모두 분행(分行)하고 있다고 보아진다. 이미지의 이행, 특히 지각 대상의 특성이 곧 움직임을 열거하는 형태가 되어 전편을 통해 반복·변주로 나타나는 경우도 있다.

다음을 보라.

한 개 詩를 만들기 위하여
앉았다가
섰다가

---

39 김춘수, 『김춘수전집 2 시론』, 문장사, 1982, p. 189.

40 같은 책에서 재인용, p. 188.

또
섰다가
앉았다가
아주 누워 있다가 있다가
또또
앉았다가
섰다가
그냥
그
대
로
나가
떨어져 있다가 있다가
앉았다가
섰다가
또또또
섰다가
앉았다가
아주 누워 있다가 있다가
한 개 詩를 만들기 위하여 —박상배, 「바람난 詩·1」[41]

Ⅲ. 이미지의 종류와 행·연

보아서 알 수 있듯, 시에서의 이미지란 경험 사실의 감각화 또는 육화(肉化)이다. 이와 같은 이미지는 언어 발달의 단계에 따라 정신적 이미지mental image, 비유적 이미지figurative image, 상징적 이미지symbolic image로 나누기도 하고,[42] 관념

41 박상배, 『모자 속의 시들』, 문학과지성사, 1988, p. 89.

42 Allex Preminger(ed.), *Princeton Encyclopedia of poetry and poetics*, p. 563.

에 봉사하느냐 아니하느냐에 따라 서술적(敍述的) 이미지와 비유적(比喩的) 이미지로 나누기도 한다.[43]

정신적 이미지는 감각기관(시각·청각·촉각·미각·후각 등)에 의해 이루어진 정신 현상이다.

1) 분수처럼 흩어지는 푸른 종소리(김광균, 「外人村」)
2) 꽃처럼 붉은 울음(서정주, 「문둥이」)
3) 금으로 타는 태양의 즐거운 울림(박남수, 「아침 이미지」)
4) 흔들리는 종소리의 동그라미 속에서(정한모, 「가을에」)[44]

위의 보기에서 ○표는 시각 이미지, ×표는 청각 이미지이다. 1)~4)는 모두 시각과 청각의 이미지가 결합된 형태이다. 이렇게 두 개 이상의 다른 감각이 합해진 형태를 공감각(共感覺)이라고 한다.

비유적 이미지는 비유의 보조관념, 상징적 이미지는 상징적 표현 그 자체가 이미지가 된다.[45] 서술적 이미지와 비유적 이미지의 차이는 다음과 같은 시에서 잘 이해할 수 있다.

눈 속에서 초겨울의
붉은 열매가 익고 있다.
서울 近郊에서 보지 못한
꽁지가 하얀 작은 새가
그것을 쪼아먹고 있다.
越冬하는 忍冬잎의 빛깔이
이루지 못한 人間의 꿈보다도

43 김춘수, 같은 책, pp. 243~50 참조.
44 김준오, 『시론』, p. 99에서 재인용.
45 비유와 상징은 「비유와 활용」 참조.

더욱 슬프다.　　—김춘수, 「忍冬잎」[46]

1행부터 5행까지는 감각적인 정경(情景)만 있고 그 뒤에 숨겨놓은 관념이나 사상이 없다. 그러나 6행부터 8행까지는 어떤 관념이 스며 있다. 그러니까 6~8행은 어떤 관념에 봉사하는 역할을 하는 이미지이다. 이와 같은 차이에서 전자(1~5행)는 서술적 이미지, 후자(6~8행)는 비유적 이미지이다.

그러나 시의 행과 연은 이미지의 종류에 따라 달라지기보다, 첫째는 앞서 설명한 바 있는 개별적 이미지 또는 이미지의 단락에 주어지는 작가의 강조에 따라 다르고, 둘째는 회화적 구성에 따라 달라진다.[47]

Ⅳ. 회화적 구성과 행·연

회화적 리듬은 그 특성상 시각적 형태로 강조된다. 그런 시각적 형태를 드러내는 데는 대체로 세 가지의 방법이 사용되고 있다. 사실적 구성과 기하학적 구성, 그리고 기성품을 모방한 구성이 그것이다. 사실적 구성은 한 편의 시가 한 폭의 풍경화가 되도록 언어를 구사하는 방법이다. 그러니까 언술 형태로 보자면 묘사에 의존하게 된다. 먼저 사실적 구성의 예부터 보자.

A) 디딤돌이 달빛에 젖어 있다.
아내의 한쪽 발이 놓인다.
어디선가 가을 귀뚜리가 운다.
無重力狀態의 한없이 먼 곳에
아내는 떠있는 느낌이다.　　—김춘수, 「디딤돌 I」[48]

---

46 김춘수, 『처용』, 민음사, 1974, p. 99.

47 이승훈은 '리듬'의 사전적 정의를 넷으로 정리하고, 그 넷 모두를 포함한 리듬을 광의의 개념으로 읽고 있다. 그 넷은 (1)율동이라는 일반적 개념, (2)운율이라는 문학적 개념, (3)박자라는 음악적 개념, (4)선·형·색의 반복이 이루는 회화적 리듬의 개념이다. 위에서 필자가 사용하는 회화적 구성이란 대체로 선·형이 주축이 되는 구성적 리듬이다. 언어에서는 색채가 제 구실을 하기 힘들기 때문이다.

48 김춘수, 같은 책, p. 107.

B) 활주로는 군데군데 금이 가, 풀들
솟아오르고, 나무도 없는 넓은 아스팔트에는
흰 페인트로 횡단로 그어져 있다. 구겨진 표지판 밑
그인 화살표 이지러진 채, 무한한 곳
가리키게 놓아 두고.

방독면 부서져 활주로변 풀덤불 속에
누워 있다. 쥐들 그 속 들락거리고
개스처럼 이따금 먼지 덮인다. 완강한 철조망에 싸여
부서진 총기와 방독면은 부패되어 간다.
풀뿌리가 그것들 더듬고 흙 속으로 당기며.
타임지와 팔말 담배갑과 은종이들은 바래어
바람에 날아가기도 하고, 철조망에 걸려
찢어지기도 한다, 구름처럼
우울한 얼굴을 한 채.

타이어 조각들의 구멍 속으로
하늘은 노오랗다. 마지막 비행기가 문득
끌고 가 버린 하늘. —이하석, 「부서진 활주로」[49]

A)와 B)는 모두 언어로 그려진 한 폭의 그림이다. 그러나 A)는 개괄 묘사, B)는 세밀 묘사라는 각각 다른 묘사법에 의해 그려져 있으므로 상당한 차이가 난다. 개괄 묘사는 생략을 적절히 살린 표현이므로 한 행과 한 행 사이에 여백이 느껴진다. 시행도 그런 여백을 살리면서 각각 독립한 형태로 배열되어 있다. 이와는 달리 B)는 그려낼 수 있는 것을 모두 사실화(寫實化)한다. 그만큼 언

49 이하석, 『투명한 속』, 문학과지성사, 1980, p. 13.

어는 보다 치밀한 묘사에 동원되고, 시행 또한 묘사의 호흡에 따라 이어지고 끊긴다. 연 또한 화면의 구도처럼 활주로·풀밭·하늘로 구분되어 전개된다. A)에 동양화와 같은 여백이 있다면 B)는 서양화처럼 꽉찬 구도이다.

기하학적 구성은 시행을 적극적으로 시각화하는 형태이다. 사실적 구성이 언어의 표현 방법에서 찾아진다면 기하학적 구성은 시행 그 자체의 배열에서 찾아진다.

A) 이슬
방울
속의
말간
세계
우산을
쓰고
들어가
봤으면 — 최하림, 「이슬방울」[50]

B) 廣漠한地帶이다기울기
시작했다잠시꺼밋했다
十字型의칼이바로꼽혔
다堅固하고자그마했다
흰옷포기가포겨놓였다
돌담이무너졌다다시쌓
았다쌓았다쌓았다돌각
담이쌓이고바람이자고
틈을타凍昏이잦아들었

50 최하림, 『우리들을 위하여』, 창작과비평사, 1976, p. 86.

다포겨놓이던세번째가

비었다. —김종삼, 「돌각담」[51]

C)

who

Are you

Who is born

In the next room

Those to my own

That I can hear the womb

Opening and the dark run

Over the ghost and the dropped son

Behind the wall thin as a wren's bone?

In the birth bloody room unkown

To the brun and furn of time

And the heart print of man

Bows no baptism

But dark alonee

The wild

child —Dylan Thomas, "Vision and Prayer"[52]

D)

벽·4

1984년은 쥐띠 해이다

재앙의 날들이여

조금만 더

---

51 김종삼, 『북치는 소년』, 민음사, 1979, p. 30.

52 『김춘수전집 2 시론』, p. 242에서 재인용.

조금만 더

버텨다오

―황지우, 「오늘 오후 5시 30분 일제히 쥐(붉은 글씨)를 잡읍시다」[53]

E)

― 第4聲

―박남철, 「地上의 人間」[54]

A)는 마치 이슬방울들이 떨어지는 모습처럼 시행을 시각적으로 배열하고 있다. 이와 같은 배열은 1음보의 호흡과 함께 경쾌한 리듬을 형성하고 있다.

B)는 돌각담을 쌓듯 시행을 쌓고 있다. 띄어쓰기조차 무시한 그 견고한 모습은 빈틈없이 돌을 쌓아올린 돌담의 중량감과 리듬을 전해준다.

C)는 탄생의 순간을 기하학적 시행으로 표현한 시이다.[55] 그러니까 자궁에서 빠져나오는 인간의 모습을 단순화시켜 도형화한 시행인 셈이다.

---

53 황지우, 『겨울―나무로부터 봄―나무에로』, 민음사, 1985, p. 45.

54 박남철, 『지상의 인간』, 문학과지성사, p. 50.

55 김춘수는 이 시의 대의를 다음과 같이 옮겨놓고 있다(앞의 책, p. 243).
대의―옆 방에서 출산하려고 하는 당신은 누군가? 내 방까지 소리높이 자궁이 열려 암흑이 정령과 잉태한 어린애를 짓밟는 것이 들린다. 굴뚝새의 뼈처럼 앓은 벽 저쪽에서 시간과 연소와 회전, 또 사나이의 마음의 자욱에는 인연이 없는 이 탄생의 피에 젖은 방에서는 다만 어둠 외는 세례(洗禮)로 축복하는 것은 없는 그 사나운 아이.

D)는 고딕체를 사용하여 시각적인 강조를 함과 아울러, "조금만 더/조금만 더/버터"달라는 간절한 호소를 시행의 배열로 표현하고 있다. 즉, '조금만 더' '조금만 더' '버텨다오'를 옆으로 밀리는 형태로 비껴놓아, 그 호소의 절박함을 나타내고 있다.

E)는 상하(上下)로 글자가 뒤집히고, 뒤집힌 글자가 두꺼운 그림자처럼 되어 있어, 지상에 사는 인간의 비극적 형상이 나타나 있다.

한편 기성품ready-made을 모방한 구성에는 다음과 같은 예가 있다.

A) 公 告

오늘 講師陣

음악 部門
모리스·라벨

미술 部門
폴·세잔느

시 部門
에즈라·파운드
모두
缺講.

金冠植, 쌍놈의새끼들이라고 소리지름. 持參한 막걸리를 먹음.
教室內에 쌓인 두터운 먼지가 다정스러움.
金素月
金洙暎 休學屆

全鳳來

金宗三 한 귀퉁이에 서서 조심스럽게 소주를 나눔. 브란덴브르그 협주곡 제5번을 기다리고 있음.

校舍.

아름다운 레바논 골짜기에 있음.　　—김종삼, 「詩人學校」[56]

B)　　—MENU—

샤를르 보들레르	800원
칼 샌드버그	800원
프란츠 카프카	800원
이브 본느프와	1,000원
에리카 종	1,000원
가스통 바쉴라르	1,200원
이하브 핫산	1,200원
제레미 리프킨	1,200원
위르겐 하버마스	1,200원

시를 공부하겠다는
미친 제자와 앉아
커피를 마신다
제일 값싼
프란츠 카프카　　—오규원, 「프란츠 카프카」[57]

---

56 김종삼, 『북치는 소년』, 민음사, 1979, pp. 94~95.

57 오규원, 『가끔은 주목받는 생이고 싶다』, 문학과지성사, 1987, p. 116.

A)는 공고판(公告板)의 형식을, B)는 식단표(食單表)의 형식을 빌린 시행의 배열이다. 이런 구성에는 규격화된 형태의 표현이 주는 익숙한 리듬을 시 속에 재현함으로써 역으로 시에서 보지 못했던 낯선, 그러므로 새로운 느낌을 받는다는 점을 이용하고 있다고 보아야 한다.

5. 의미와 행·연

1. 의미와 양태

시 속에 나타나 있는 의미란, 한마디로 말하자면, 시라는 예술 작품 공간에 자리 잡고 있는 모든 표현의 내용이다. 그 내용은 시적 언술의 특성답게 묘사되어 있거나 진술되어 있다. 그러니까 시 속에 묘사되어 있는 것 또는 진술되어 있는 것이 곧 의미이다.[58] 그것은 또한 장르(시)적 특성을 띤다는 점에서 시적 의미라고 부를 수도 있다.

묘사되어 있는 것이라고 하더라도 서경적·서사적·심상적인 작품 구조에 따라 다르게 나타나 있기도 하고, 그것들은 또 축어적으로 표현되어 있기도 하고 비유적으로 표현되어 있기도 한 만큼 그 의미의 가시적 양태는 다양하다.[59] 진술되어 있는 것도 마찬가지이다. 독백적·권유적·해석적으로 드러나 있기도 하고, 서로 섞여 있기도 하다.[60] 그러므로 시 속에 나타나 있는 의미란 시만큼 다양하다고 보아야 한다.

너는 광야를 걸어가는
질경이꽃

58 앞서 나온 파운드의 의미 시logopoeia에서 의미란 형이상학적 경향의 시를 가리키는 협의의 개념이다.

59 앞의 「묘사의 구조와 시점」 참조.

60 앞의 「진술의 구조와 시점」 참조.

아리랑을 부르는
광야의 바람

이 세상 끝까지
어둠이 내린 나라

얼어붙은 빛과
목숨의 고향

네가 슬프고
내가 아플 때까지

마침내
죽음이 오더라도 영원히

한 번 피면 시들지 않는
아리랑꽃 —정호승, 「너에게」[61]

이 시는, 시적 언술의 형태로 본다면 진술형의 작품이며, 그중에서도 해석적 진술이다. 대상에 대한 시인 나름의 의미를 탐구하는, 그렇기 때문에 사전에서 우리가 어떤 낱말의 개념을 찾아 읽어낼 수 있듯 '너'의 의미를 읽어낼 수 있게 되어 있다. 즉, 시에 나타나 있는 '너'의 의미는 "광야를 걸어가는/질경이 꽃" "아리랑을 부르는/광야의 바람" 등등이다. 이 시적 언술의 형태가 해석적 진술이고, 이 해석적 진술이 모두 a=b라는 치환 은유의 수법을 빌리고 있어 a(너·원관념)에 대한 의미 b(보조관념)가 명시적으로 드러나 있다. 그 의미는 모두 관조적이다. 다시 말하면 관념적이다. 시에 나타나 있는 표현은 "광

61 정호승, 『새벽편지』, 민음사, 1987, p. 34.

야를 걸어가는/질경이꽃"이라는 식으로 구체적인 사물을 빌리고 있지만 그 '질경이꽃'은 사실적 존재가 아닌 작가의 관념을 대신하고 있는 존재이므로 관념적인 것이다.

이러한 관념적인 해석 또는 관념적인 의미에는 우리 모두 익숙하다.

그러나 다음과 같은 작품은 다르다.

찬 달빛
길게
누웠는
산자락

빈 논에
가득히
흐르는
벌레
소리

정결한
리디아
선율의
안개
바람

사이에
고이는
종소리 —조창환, 「라자로 마을의 새벽·*秋夕*」[62]

---

62 조창환, 『라자로 마을의 새벽』, 문학세계사, 1984, pp. 65~66.

보는 바처럼, 위의 시에서는 앞의 작품 「너에게」와 같은 관조에 의한 해석, 즉 관념적인 해석 또는 의미 추구가 3연을 제외하고는 없다. 3연은 "정결한/리디아/선율"이 '안개 바람'의 보조관념인 은유이다. 즉,

정결한 리디아 선율의 = 안개 바람
(보조관념) (원관념)

과 같은 비유 구조를 갖고 있으므로, 안개 바람에 의미가 부여되어 있다. 그러나,

① 찬 달빛 길게 누웠는 — 산자락
② 빈 논에 가득히 흐르는 — 벌레 소리
③ (안개 바람) 사이에 고이는 — 종소리

와 같은 1·2·4연은 지각 대상(산자락·벌레·소리·종소리)과 그 특질(찬 달빛 길게 누운, 빈 논 가득히 흐르는, 사이에 고이는)만 드러나 있는 서경(敍景)이다. 넓은 의미에서, 시에서 이미지라고 따로 구분해 부르기도 하는 바로 그것이다. 앞서, 이미지는, ① 축어적 묘사에 의하건 비유에 의하건 간에 감각·지각의 모든 대상과 특질, ② 생생한 시각적 대상이나 장면의 묘사, ③ 비유에서의 보조관념, 이렇게 3가지 의미로 통용되고 있다고 말한 바 있다.

이 시의 의미가 어떤 형태로 드러나 있는가를 알아보기 위해 이미지들 imagery을 구분해보면 다음 면의 도표와 같이 된다.

이와 같은 이미지 또는 이미저리는, 지식의 한 근원으로서의 감각적 지각 sense perception을 시 속에 구체화한 것이다. 즉, 관념적이 아닌 감각적으로 의미를 드러낸 것이다. 그러므로 ①과 ②의 의미에서의 이미지는 의미를 해석적으로 표현한 것이 아니라 우리의 감각에 그 의미를 가시적 형태로 호소하는 것이다.

결국 시 속의 의미는 묘사에 의하건 진술에 의하건 대체로 관념적인 형태의 해석적 의미와 감각적 형태의 표상적(表象的) 의미로 드러난다고 할 수 있

다.[63] 시인들이 어째서 감각적 형태의 표상적 의미에 집착하는가는 아래와 같은 한 이론가의 주장을 참고해볼 만하다.

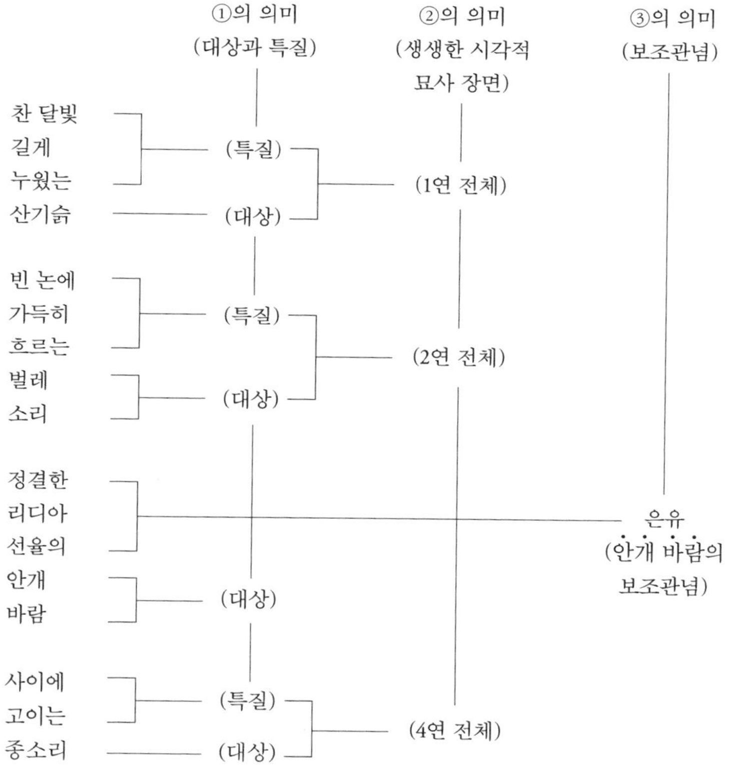

화가가 의문을 탐구하는 것은 물리적 세계로서의 자연이 아니라 우리들이 반응하는 것으로서의 자연이다. 화가는 원인에 대해 관심을 갖는 것이 아니라 어떤 효과의 메커니즘에 관심을 쏟는다. 그가 문제 삼는 것은 하나의 심리적 문제이다. 즉, 우리가 '현실'이라고 부르는 것하고는 그림자 하나

63 이때의 '표상적'이라는 말은 주관적 또는 객관적인 묘사로 되어 있는 것을 한정적으로 표현하는 말이다.

조차도 일치하지 않는데도 그 속에서 설득력 있는 이미지를 추측해내는 그런 문제이다.[64]

앞의 「라자로 마을의 새벽·추석」에서 볼 수 있듯, 우리가 시에 묘사하는 것은 '물리적 세계로서의 자연'이 아니라 우리가 반응한(해석한) 것으로서의 자연이다. 그러므로 어떤 지각 대상이 현실에서 예술 공간인 시 속에 옮겨 앉을 때는, 이미 '현실' 속의 그것과는 다른 작가 나름의 해석을 거친 것이다. 그렇기 때문에 '설득력 있는 이미지'라는 존재가 되고, 드러나 있는 것은 표상적인 의미가 된다.

> 절門 밖에는 언제나 별들이 (싱그러운 포도밭을 이루고) 있었다.
> 빗장을 풀어놓은 낡은 절간 門 위에는 (밤새도록 걸어온) 달이
> (한 나그네처럼) 기웃거리며 포도를 따고 있었다.
> (먹물처럼) 떨어진 산봉우리들이 (담비떼들 같이 떠들며) 모여들고
> 따다 흘린 포도 몇 알이 쭈루룩
> (山을 흘러가다 구슬 깨지는) 소리를 내고 있었다. —송수권, 「靜寂」[65]
>
> * ( )는 필자가 임의로 한 것임.

시인들이 관심을 갖는 것은 물리적 세계로서의 자연이 아니라 반응한 것으로서의 자연이라는 것을, 위의 시는 얼마나 잘 보여주는가. 포도밭이라는 것이 지상에 있는 것만이겠는가. 시인은 하늘의 별들=포도밭이라는 해석을 바탕으로 하여 새로운 자연(반응하는 세계)을 보여주고 있다. 그러므로 각 행은 그 자연을 구축하는 의미의 단락이다. 그 의미의 단락을 구체화하는 대상의 특질과 비유들이 얼마나 중요한 역할을 하는가는 ( ) 속의 시구들을 제외하고 읽어보면 알 수 있다.

---

64 E. H. Gombrich, 『예술과 환영*Art and Illusion*』, 차미례 옮김, 열화당, 1989, p. 69.

65 송수권, 『꿈꾸는 섬』, 문학과지성사, 1983, p. 104.

II. 의미와 연의 기능

연은 행 또는 행이 모여서 이루어진다. 시의 행line이 리듬·이미지·의미의 단락을 나타내므로, 당연히 연은 리듬·이미지·의미의 한 집합이다. 이러한 의미는 'stanza'가 원래 이탈리아어로 방(房)을 의미하고 있다는 사실을 알면 더욱 분명해진다. 방은 하나하나 독립해 있으면서 서로 유기적인 관계를 가지며 한 채의 집을 이룬다. 이때의 집이 한 편의 시인 셈이다.[66] 집이 다른 크기와 다른 모양과 다른 숫자의 방으로 되어 있듯, 시 또한 마찬가지이다. 정형의 시행을 가진 형태가 아닌 모든 시에서는 연은 작가의 의도에 맡겨져 있다(그러나, 앞서 이야기한 바 있지만, 작품 속의 의미[관념적·해석적 의미]와 이미지[표상적 의미]란 각각 다른 표현 형태의 시적 의미라는 점을 염두에 두고 있어야 한다.

A) 푸른 것은 늘 아름답다.

멍은 푸르다.

그러므로 멍은 아름답다.

그러니까 멍든 것은 늘 아름답다. —김승희, 「시계풀의 편지·1」[67]

B) 달빛이 기운다

화요일
너를 그리는 바다

66 김춘수, 앞의 책, p. 227.
67 김승희, 『따뜻한 꽃』, 청하, 1988, p. 86.

철없이 박았던 젊은 날의

못자국이 보인다 —박세현, 「클레멘타인·1」[68]

C) 가느다란 갈비뼈가 가만히 만져지는 한 마리 참새의 여윈 가슴과 같다 햇볕이 오히려 춥다 마지막 술 한사발이 조금씩 조금씩 슬프게 엎질러지고 있다 —정진규, 「봄이 올 무렵」[69]

A)는 의미의 단락이 분명하다. 한 행 한 행이 완결형 의미의 단락으로 되어 있기 때문이다. 삼단 논법(1~3행)과 확대 해석(4행)의 구문으로 이루어져 있는 만큼, 논리적 측면에서도 명징한 시행의 가름이다. 시의 행이 기본적으로 의미의 단락을 어떻게 수용하는가를 잘 보여주는 예이다.

B)는, 그러나, A)와 많이 다르다. 시의 행도, 연도, 의미의 색깔도 모두 다르다. 우선 시의 행은 이미지를 강조하는 방향에서 조절되고 있다. 연은 이 작품의 회화적 구도(달빛-바다-젊은 날의 못자국)에 따라 구분되어 있다. 이렇게 된 까닭은 관념을 짙게 깔고 있는 A)의 시행이 거느리고 있는 의미와 달리, 모두 감각적 이미지로 시의 의미가 구상화되어 있기 때문이다. 그러니까, 의미의 단락을 이루고 있되, 그 의미의 구성이 이미지 형태로 되어 있기 때문에, 이미지의 단락=의미의 단락의 형태를 띠고 있다.

C)는 B)와 반대의 형태를 갖고 있다. 이미지 또는 의미의 단락별로 생각한다면, 이 작품은 다음과 같은 연의 구분이 상식적이다.

가느다란 갈비뼈가 가만히 만져지는 한 마리 참새의 여윈 가슴과 같다

햇볕이 오히려 춥다

68 박세현, 『꿈꾸지 않는 자의 행복』, 청하, 1987, p. 64.

69 정진규, 『따뜻한 상징』, 나남, 1987, p. 226.

마지막 술 한 사발이 조금씩 조금씩 슬프게 엎질러지고 있다

그러니까, 이러한 이미지 또는 의미의 단락을 의도적으로 무시하고 산문적으로 엮고 있다. 그 의도 속에는 단락별의 이미지라든지 의미보다 그것들이 어울려서 얻어지는 전체적인 정서의 질량(質量)을 중시하고 있음을 읽어낼 수 있는 것이다.

III. 의미와 전형적 형태의 행·연

의미를 강조하는 또는 의미의 단위를 묶는 시행의 형태, 즉 연을 살피는 데 좋은 보기가 다음과 같은 작품이다.

무실리
내 마음의 지도
배부른 산 무실리
붉은 딸기밭 한가로운 젖소들
배꽃 능금꽃 복사꽃 눈부시게 흐드러지는 곳
푸른 옻밭 너머론
이 시린 시냇물 뛰어달리는 무실리
배부른 산 무실리
지금은 교도소

없다

폐허의 판잣집 살림에도
소풍 때만은 어머니가 싸주시는
김밥 입에 문 채 동무들 얼싸안고
벗겨낸 솔껍질 향내 맡으며 뛰놀던
뛰놀던 그 하얀 날의 무실리

내 마음의 지도

중학교, 고등학교, 대학 때도 그 뒤까지도
나의 꿈자리, 누워 뒹굴며 꿈꾸던 자리
지금은 교도소

없다

어둡고 춥던 그 긴긴 밤
껴안아 가슴의 불꽃을 지켜준
아아 무실리, 머언 훗날에라도
기어이 찾아갈 빛나는 땅의 꿈
무실리
내 마음의 지도

없다

우두커니 서서
교도소에서 교도소로 돌아온
바람부는 텅빈 내 마음 한복판에
우두커니 서서
나는 지도 읽는 법을 다시 배운다
그 하얀 날의 무실리는 이제
오만분의 일
그 어디에도

없다

내 빈 마음속에, 저 거리거리에
수근대는 소리들, 들끓는 생활의 외침속에
덧없이 스쳐지나는 짤막한 미소 언저리
그밖에는 아무데도 아무데도

이제는
없다 —김지하, 「무실리의 그 하얀 날」[70]

이 작품의 전체 구조를 형태상으로 살펴본다면 아래처럼 된다.

(a)	(b)
1연 ——	1연 ——
2연 (없다)	
3연 ——	3연 ——
4연 ——	4연 ——
5연 (없다)	
6연 ——	6연 ——
7연 (없다)	
8연 ——	8연 ——
9연 (없다)	
10연 ——	10연 ——
11연 (없다)	

(a)는 반복되는 '없다'라는 연을 중심으로 했을 때 나타나는 형태상의 구조이다. 반복되는 '없다'라는 독립적인 연을 생략했을 경우에는 (b)와 같은, 전체가 5연으로 구분되는 구조를 갖게 되는 셈이다. 그러니까, '없다'라는 표현의 반복되는 연은 구조상으로 1연·3~4연·6연·8연·10연의 의미 단위를 따로 분리시키는 동시에 강조하는 이중의 역할을 하고 있다.

이와 같은 의미 집합 또는 의미 단위의 분할이 어떻게 구성되어 있는가를,

70 김지하, 『애린』, 실천문학사, 1986, pp. 93~96.

이번에는 의미상으로 그 구조를 살펴보자.

1연	내 마음의 고향 풍경	무실리의 과거	a
	지금은 교도소	무실리의 현재	b
3연	그곳의 삶(유년기)	무실리의 과거	a
4연	그곳의 삶(청년기)	무실리의 과거	a
	지금은 교도소	무실리의 현재	b
6연	무실리의 의미	나의 꿈	a
8연	현실 속의 갈망	나의 꿈	a+b
10연	현실의 확인	무실리의 현재	b

* a는 긍정적, b는 부정적 의식

위의 임의적인 요약에서 보는 바처럼, 이 작품의 연(2·5·7·9·11을 제외한)은 대상(무실리)에 관한 의식의 이동이 그 구분을 결정하고 있다. 즉, 무실리의 옛 모습과 그와 대비되는 현재(1연) → 그곳의 유년기(3연) → 그곳의 청년기, 이 둘과 대비되는 현재(4연) → 무실리의 의미(6연) → 무실리를 되찾고 싶은 갈망(8연) → 현실의 확인(10연),이렇게 의식이 단속(斷續)된다. 이런 연의 구분을 통해서 우리가 확인할 수 있는 것은, 일반적인 연의 구분은 대상에 관한 의식 이동의 호흡을 따르고 있다는 사실이다. 단지 3·4연은, 한 연으로 묶여질 수 있는 것을 "내 마음의 지도"와 "지금은 교도소"를 1연과는 달리 따로 각각 강조하고 싶은 의도로 보인다.

이 작품을 해석하는 입장에서 본다면, 보아서 즉시 알 수 있듯 2·5·7·9·11연이 '없다'라는 부재(不在)를 강조하는 독특한 형태의 연으로 독립해 있어, "내 마음의 지도"로만 남아 있고 실제로는 없는 '무실리'에 관한 상실감이 극적으로 강조되고 있다고 보아진다.

형태적인 측면에서 보아서 「무실리의 그 하얀 날」에 표현되어 있는 '없다'라는 연을 삭제한 형태가 시의 전형적인 연 구분의 모습이다.

사랑을 잃고 나는 쓰네

잘 있거라, 짧았던 밤들아
창밖을 떠돌던 겨울안개들아
아무것도 모르던 촛불들아, 잘 있거라
공포를 기다리던 흰 종이들아
망설임을 대신하던 눈물들아
잘 있거라, 더 이상 내 것이 아닌 열망들아

장님처럼 나 이제 더듬거리며 문을 잠그네
가엾은 내 사랑 빈 집에 갇혔네 —기형도, 「빈 집」[71]

위의 시에서 보는 바처럼, 각 연은 시행의 다수와 관계없이 의식의 이동 단위로 연이 나누어져 있다. 그러니까, '사랑'을 잃었다는 자각(1연) → "잘 있거라"라고 인사하고 싶은 것들(2연) → 문을 잠그고 빈 집에 갇히는 '내 사랑'을 본 것(3연), 이런 의식의 편차와 단속(단절과 이어짐)이 연으로 구체화되어 있는 것이다.

A) 내 영혼은 상처입었다
가거라, 잎사귀를 흔들며
나의 임종을 맞이할 나무는 지금
어느 언덕에 뿌리를 뻗고 서 있느냐
모래들의 집은 모두 바다에
잠기고 춤출 줄 아는 새들은 언덕
아래로 내려갔다 저녁의 숲
그리고 독수리의 것이 아닌 태양

71 기형도, 『입 속의 검은 잎』, 문학과지성사, 1989, p. 77.

그리고 모래의 것이 아닌 바다
그리고 나무의 것이 아닌 숲

나는 더 머무를 수 없다
얼마나 많은 날들을 우두커니
서서 잠들었는가, 있지 않는 것을
바라보던 나의 꿈 발딛을 때마다
절벽 무너지고 갈길없이
해매는 영혼 위하여 그물집
짓고 있는 왕거미 저녁의 숲
그리고 불꽃나무의 것이 아닌 별
그리고 절벽의 것이 아닌 대지
그리고 거미의 것이 아닌 나 ─하재봉, 「몽상의 숲」[72]

B) 꿈의 夜魔天에서 떨어지리라
땀에 찬 몸뚱어리는 흔적도 없이 흩어져 버리리라
나의 얼굴이 꿈에 보이는 者에겐 황폐를 주리라
떨어져 죽은 자리엔 햇빛도 못 들리고
적막한 九重의 추위만이 나의 혼을 사랑하리라
몇 번이고 나는 죽으리라
꿈이나 생시나
1천년 전으로 돌아가서도 나는
죽으리라
나의 이름을 부르는 자에겐 잠속에서도 가윗날처럼
달려드리라
여름날의 마른번개로 피를 말려 버리리라

---

72 하재봉, 『안개와 불』, 민음사, 1988, p. 87.

겨울날의 우뢰로 두개골을 부수어 버리리라. —박제천, 「孤獨」[73]

A)는 전형적인 연의 구분에 후렴과 같은 시구를 연결한 형태, B)는 연의 구분을 없앤 형태이다. 후렴은 일반적으로 동일한 어구 또는 어절을 반복하지만, A)에서는 유사 어절을 나란히 병치해놓아 색다른 일면을 보여준다. 정형의 틀이 없는 한, 시에서 반드시 연을 나누어야 할 이유는 없다. 특히 B)와 같이, 일정한 대상(고독)에 관한 의식의 집중이 빠른 호흡으로 연결될 경우는 연을 나누지 않는 것이 훨씬 어울린다. B)는 대상(고독)에 관한 흘러넘치는 의식을 집중적으로 진술하고 있으므로, 예를 들어,

꿈의 夜魔天에서 떨어지리라

땀에 찬 몸뚱어리는 흔적도 없이 흩어져 버리리라

나의 얼굴이 꿈에 보이는 者에겐 황폐를 주리라

라는 형태로 표현했을 때는 연과 연 사이에 휴지(休止)가 생겨 작품의 구조가 느슨해진다.

IV. 양행 걸침과 행·연

양행 걸침enjambment이란 일상적 구문의 형태가 시행에서 의도적으로 분절되어 두 행에 걸치는 것을 두고 일컫는다. 즉 일상적인 구문과 시행의 구문이 동일하지만 행의 배열이 달라지는 것이다.

잠들지 말아야지
우리 잠든 사이 눈은

---

73 박제천, 『어둠보다 멀리』, 오상, 1987, p. 86.

더욱 깊게 내릴 것이며
우리들의 숲은 더욱 굳게
노을 속으로 잠길 것이리

우리 잠들지 말아야지
우리 잠든 사이 강물은
어느새 저만큼 흘러가리
우리들의 새들도
저문 숲을 건너서 날아가리 —김수복, 「우리 잠든 사이」[74]

위의 작품 가운데 1연을 일상적인 구문의 형태로 시행을 배열해보면,

1) 잠들지 말아야지
우리 잠든 사이 눈은 더욱 깊게 내릴 것이며
우리들의 숲은 더욱 굳게 노을 속으로 잠길 것이리

라는 문장 단위가 되든지, 아니면

2) 잠들지 말아야지
우리 잠든 사이
눈은 더욱 깊게
내릴 것이며
우리들의 숲은
더욱 굳게 노을 속으로
잠길 것이리

74 김수복, 『새를 기다리며』, 민음사, 1988, p. 36.

와 같은 리듬 단위가 될 수 있다. 그러니까 1)과 같은 일상적 구문의 형태를 2)와 같이 배열했을 때, 일상적인 구문과는 다른 효과가 나타난다. 억양의 변화와 일상적 리듬에서 벗어나는 구문이 새로운 의미론적 뉘앙스로 창출된다. 그 중에서도 특히,

우리 잠든 사이 눈은
더욱 깊게 내릴 것이며

에서 눈은 앞의 시구 "우리 잠든 사이"와 뒤에 오는 "더욱 깊게 내릴 것이며"에 동시에 영향을 끼쳐, 양행에 걸쳐 의미의 파장을 형성한다. 일종의 낯설게 하기defamiliarization의 수법이다.[75]

이와 같이 기계적인 리듬만 파괴하는 것이 아니라 두 행에 걸쳐 각각 대상과 특질의 의미를 강조하는 양행 걸침의 시구가

우리 잠든 사이 눈은
더욱 깊게 내릴 것이며

우리 잠든 사이 강물은
어느새 저만큼 흘러가리

라는 시행이다. 물론, 이러한 시행의 배열은,

잠들지/말아야지/—
우리/잠든 사이/눈은
더욱/깊게/내릴 것이며
우리들의 숨은/더욱/굳게

75 러시아 형식주의의 이론에서 나온 말. 기계적인 리듬을 부수고 소리와 의미에 충격을 주어 새로운 의미론적 뉘앙스를 형성하는 원리. V. Erlich, 앞의 책, pp. 283~84 참고.

노을/속으로/잠길 것이리

라는 3음보의 리듬에 호응하여 형성된 형태이다.

이와 같은 양행 걸침이 적극화되면 다음과 같은 형태가 된다.

사립대학교 국문과 아이들 코펠과
바나나를 들고 산으로 쌀과 지도책을 들고
산으로 어째서 반달곰이 지금까지 남아 있었을까
아직도 바다에는 젊은 부인을 좋아하는 식인상어가
있을까 유적지엔 관광객과 휴지통이 너무 많고 도로는
확장되지 않았는데 어째서 여승들은 목탁을
두들길까 대리석 건물은 종일토록 웅장하다 본관
가는 길 금싸라기 같은 분숫물이 떨어지고 봄에는
봄꽃과 진달래가 피는 길 승용차와 군중이
오고갔다 그만 휴학이나 할까 교수님은 어깨를
분필로 누르고 사립대학교 사학과 아이들
노래를 부른다 밤새 동상은 달빛에 젖었다 몇 명의
복학생은 일찍 잠이 들고 문리대의 여왕은 집으로
돌아갔다 종이 울었다 아이들은 목이 다
쉬었다 산중턱으로 초록별이 지고 눈꺼풀과
땀방울이 내려 앉는다 양철문을 열고 산으로
다시 행군은 시작되었다 — 박덕규, 「수학여행」[76]

보는 바처럼, 의도적으로 거의 모든 시행을 일상적인 구문과 다르게 양행에 걸쳐놓고 있다. 낯선 리듬은 구문을 새롭게 보게 한다. 시의 의미를 강조하는 또 하나의 방법인 셈이다.

---

76 박덕규, 『아름다운 사냥』, 문학과지성사, 1984, p. 36.

V. 의미의 강조와 해체

김춘수는 시행과 의미의 관계를 설명하면서 다음과 같이 이야기 하고 있다.

> 나는거울없는室內에있다. 거울속의나는역시外出中이다. 나는至今거울속의나를무서워하며떨고 있다. 거울속의나는어디가서나를어떻게하려는陰謀를하는中일까.

> 이것은 이상씨의 「詩第十五號」라는 산문시의 제1장이다. 이 시는 정서나 감각보다는 내부 즉 의식을 분석하고 비판하고 있는 그러한 시다. 시가 퍽 토의적 성격을 띠게 되었다 할 것이다. 이런 경우에는 [……] 의미나 이미지의 치밀하고도 미묘한 단락을 통한 암시보다는 보다 논리적 연결을 구(句)와 구, 절(節)과 절이 요구되니까 행 구분이 불필요해지는 것이다.[77]

그러니까, 산문시의 형태는 정서나 감각을 강조하기보다 의미의 논리적 연결이 요구되는 쪽으로 흔히 사용할 수 있는 시행의 배열 방법이라는 주장이다. 이와 같은 방법이 나타내고자 하는 의미를 보다 분명하게 강조할 수 있기 때문이다. 그러나, 앞서 살펴본 바 있듯, 「봄이 올 무렵」과 같이, 정서나 감각을 주로 하는 작품도 산문시 형태를 취한다. 이 경우는 하나하나의 이미지보다 그 개별성을 약화시켜 전체의 이미지를 강조하고자 하는 의도라고 말한 바 있다. 어떤 특정한 시가 논리적 연결을 요구하고 있건 서사적 연결을 요구하고 있건, 또는 전체적 이미지를 강조하고 있건 간에, 시행을 산문의 형태를 취한다는 것은 개별적인 리듬이나 이미지보다 전체적 의미를 강조하고 있다고 보아야 한다.

그러나 아래와 같은 작품은 어떤가.

> A) 성냥개비/하나마다세상하나씩/잠들어있다/어둠속에서/언손을녹

---

77 김춘수, 앞의 책, p. 194.

이며켜든/성냥개비/하나가/한순간의세상을밝힌다/밤눈몇송이/눈을/떠/가볍게공중으로뛰어내리고뛰어내리고/끝끝내/발바닥은보여주지않는다/마침내/불이꺼진다/어디선가/병이깊어열은잠자다깬어린아이울음소리/몇송이/허공을떠도는밤눈속에섞여/어두운땅으로뛰어내린다내린다/뛰어우리는 —장석주, 「겨울, 뛰어내린다, 우리는, 어디로?」[78]

B) 잊혀진 밤—잊혀진 잔치—흰 밤—흰 벌집—물 풀듯 죄 푸시고—흰 쪽두리—흰 너울로—그날의 흰 향기—휘저으시는—우리 어머니—흰 근심—흰 날개—그 위로 섞이는—겁많은 초록—길이 숨쉬어라—초록의 아들—흰 꽃의—그림자에 안겨 —이성복, 「聖母聖月·2」[79]

C) 푸르게, 시리게, 촉, 수, 만, 켜들고, 달려, 가라. 달려,
가라. 전신을, 파, 먹는, 구, 데, 기, 들에겐, 전신을, 주
고, 다리, 사러, 온, 사람에겐, 다리, 팔고, 신나게, 경매를
외쳐라. 토하고, 싸고, 흘리며, 모두, 모오두, 나눠, 줘라.
네, 심지를 꺼내 보여라. 뛰어라. 앓는, 몸아, 너를, 부르거
든, 큰, 소리로, 살아있다살아있다, 외쳐, 대라. 도착하진,
말고, 떠, 나, 기만, 하, 거, 라. 주사, 바늘들이, 빠져, 달
아나고, 희디흰, 침대, 가, 다, 부숴지도록, 피똥이, 튀고,
토, 사물과, 악취가, 하늘, 높이, 날리도록, 달리기만, 하
거라. 생명이, 나갔다가들어오고, 출발했다가도착하며, 생,
명, 을, 부렸다가다시, 지고, 또, 다, 시, 달려, 나가는, 앓
는, 몸아! 저기, 저기, 쳐다봐라. 유화, 물감으로, 그려진,
행복이, 액자, 속에, 담겨, 있고, 이제, 막, 기쁨의, 사.
카. 린. 이. 강. 물. 처. 럼. 네. 피. 속으로, 들어가고, 있

---

78 장석주, 『완전주의자의 꿈』, 청하, 1981, p. 74.

79 이성복, 『남해 금산』, 문학과지성사, 1986, p. 49.

구나. 누군가, 살아있냐. 묻거든, 머리를, 깨부수고, 촉
수, 를, 보여, 줘, 라.
잠
꼬
대
만
하
는
앓
는
몸
아
! —김혜순, 「전염병자들아—숨차게」[80]

A)의 경우, 산문시의 형태로 되어 있지만 시행의 곳곳에 행갈이의 표시(/)가 되어 있다. 논문에서 시를 인용할 때 흔히 사용하는 형태이다. 우리가 이와 같은 작품을 읽을 때는 행갈이의 표시(/)에서 대강 두 가지의 경험을 하게 된다. 첫째가, 이곳(/)에는 행갈이가 되어 있다는 논리적 판단이다. 그러니까,

> 성냥개비(행갈이)하나마다 세상이 하나씩(행갈이)잠들어 있다(행갈이)……

이런 식으로 읽히는 것이다. 이런 판단이 앞서의 형태와, 다음과 같은,

> 성냥개비
> 하나마다 세상이 하나씩

80 김혜순, 『아버지가 세운 허수아비』, 문학과지성사, 1985, pp. 14~15.

잠들어 있다

사이에는 엄청난 차이가 있다. 즉 후자의 경우에는 논리적 판단이 끼어들지 않기 때문이다. 두 번째로는, 행갈이의 표시(/)가 시각적으로 단절감을 준다는 점이다. 이 때문에 행갈이의 표시를 단위로 해서, 논리적 판단을 불러오는 측면과 단절 의식이 어울려, 시행의 의미 연결을 방해하는 것이다. 시인이 의도적으로 그런 방해 장치를 해놓고 있다는 사실은, 의미의 강조보다 의미를 해체해서 보여주고 싶기 때문이다. 단절되는 의식의 세계를 가시화해보고자 한다고도 할 수 있다.

伐木丁丁 이랬거니　아름도리 큰솔이 베혀짐즉도 하이　골이 울어
맹아리 소리　쩌르렁　돌아옴즉도 하이　다람쥐도 좃지 않고
뫼ㅅ새도 울지 않어　깊은산 고요가 차라리 뼈를 저리우는데　눈
과 밤이 조히보담 히고녀!　달도 보름을 기달려 흰 뜻은　한밤 이
골을 거름 이랸다?　우ㅅ절 중이 여섯판에 여섯 번 지고　웃고 올
라 간뒤　조찰히 늙은 사나히의　남긴 내음새를 줏는다?　시름
은 바람도 일지않는 고요에　심히 흔들리우노니　오오 견듸랸다
차고　兀然히　슬픔도 꿈도 없이　長壽山속 겨울 한밤내—

—정지용, 「長壽山」[81]

위의 작품과 비교해보면, 그 점은 더욱 분명해진다. 이 작품은 산문시의 형태를 가지고 있지만, 띄어쓰기를 다르게 하여 행갈이와 같은 효과를 해놓고 있다. 즉,

伐木丁丁 이랬거니
아름도리 큰솔이 베혀짐즉도 하이

81 『문장』, 1939. 3.

와 같은 행갈이의 느낌이 들도록 두 자간(字間) 띄어쓰기를 하고 있어, 그곳이 의식의 단절 장치가 없는 휴지(休止)로 살아 있다.[82]

B)는 A)와 달리 단절이 아닌 연결의 장치이다. 그러니까 단절되어 떠오르는 '잊혀진 밤' '잊혀진 잔치' '흰 밤' 등의 돌연한 느낌의 연상을 이어주기 위한 장치이다. 그러니까,

잊혀진 밤
잊혀진 잔치
흰 밤
흰 벌집
물 풀 듯 죄 푸시고
흰 쪽두리
흰 너울로
그날의 흰 향기
휘저으시는
우리 어머니
흰 근심
흰 날개
그 위로 섞이는
겁많은 초록
길이 숨쉬어라
초록의 아들
흰 꽃의

82 오탁번은 이와 같은 형태를 시각을 통해 시의 운율을 조장하고 있다는 견해를 표명하고 있다(「한국현대시사의 대위적 구조—소월시와 지용시의 시사적 의의」, 고려대 대학원 박사 학위 논문, 1982 참조).

그림자에 안겨

라고 행을 배열했을 때 오는 시행과 시행 사이의 단절감을 의도적으로 묶어주는 형태이다. 묶기는 묶었지만, 연결 또는 연상을 이끄는 부호는 한편으로는 '잊혀진 밤' '잊혀진 잔치' '흰 밤' 등을 상대적으로 강조하는 형태가 되어, 각각의 대상들은 여전히 의미상으로는 해체된 세계를 보여준다.

C)는 시행의 구문 속에 쉼표를 넣어 정상적인 호흡을 파괴해놓고 있다.

푸르게 시리게 촉수만 켜들고 달려가라 달려가라 전신을 파 먹는 구데기에겐 전신을 주고

라고 했을 때, 이 시행의 의미는 아무런 방해를 받지 않고 전달된다. 그러나 작가가 의도하는 바는 그것이 아니다. 즉 의미의 전달보다 의미의 전달을 파괴하는 리듬의 구성이다. 의미를 전달하고자 하는 시행과 의미의 전달을 파괴하고자 하는 낯선 구문을 동시에 장치함으로써 작품 속에서 새로운 의미론적 뉘앙스를 노리고 있다고도 할 수 있다.

VI. 일상적 표현 양식의 변용

일상적인 표현 양식들, 예를 들자면 편지·일기·메모 또는 조금 드물기는 하지만 설문지·시간표 등의 틀도 시행 속에 변용된다. 시인이 이런 표현 양식의 틀을 빌리는 것은 독자에게 익숙한 그 틀이 시인이 의도하는 바의 내용, 그러니까 의미를 효과적으로 전달하는 데 적절하다는 판단 때문이다. 회화적 리듬을 살리기 위해 기성품ready-made의 틀을 빌리는 것과 유사하다.

일주일 늦게 도착했네
빈 공원에는 나무들이 길을 내려서고
美術館 천정을 씌운 採光窓에
石像의 廣場에

돌의 催眠이 자리잡기 시작했네

안개 속을 한없이 걸었지
열흘 지나서야 비로소 꿈이 오드군
비로소 모욕과 안정이,
긴 저녁에 희극처럼 명확히 울다가
침대에서 떨어져 뒹굴며 깨닫는
십일월 일일의 눈보라
主語가 없는 그대와 나

칼날처럼 벗은 우리 조국
모양이 비슷한 단추를 이층으로 달고
잃은 머리처럼 눈 속을 걸었네
걸었네 걸었네
精神의 아픔에 한없이 깊은 沈默을 주는
젖은 칼을 머리에 쓰고. —황동규, 「落法—金炳翼에게」[83]

위와 같은 편지 양식의 차용은 일기와 함께 시인들이 가장 즐겨 취하는 일상적 표현의 틀이다. 편지는 통상적으로 개인과 개인 사이의 담화이다. 그러므로 그 양식에는 은밀함 · 사사로움 · 친숙함 등의 정서가 깃들어 있다. 그 양식을 빌린 작품도 그런 정서를 동반하게 되므로 보다 효과적으로 의도하는 바의 의미를 전달할 수가 있는 것이다. 좀 특별한 양식으로는 다음과 같은 것들도 있다.

A) 글을 읽을 줄 모르는 자를 일깨우기는 어렵다
글을 읽을 줄 알면서 책을 읽지 않는 자를 일깨우기는 더욱 어렵다
글을 읽을 줄 알면서 책만 읽는 무지몽매를 일깨우기는 정말 어렵다

---

83 황동규, 『견딜 수 없이 가벼운 존재들』, 문학과비평사, 1988, pp. 123~24.

당위형 어법을 허물고

우리의 체험과 단어를 결합시키는 기술

—「벽돌」을 예로 들면,

벽돌/ 1. ㅂ ㅕ ㄱ 으로 조립된 음표를 해체

2. 직육면체로 떠오르는 이미지를 공중분해

(벽돌만으로는 어떤 의미도 만들 수 없다는 생각으로부터의 출발)

3. 벽돌은 자신이 놓일 장소를 갖는다

4. 벽돌은 자신을 놓을 손을 갖는다

5. 그러니까 벽돌은 장소와 손에 의해 움직이는 풍경이 된다

6. 그러니까 벽돌은 일하는 사람들과 함께 있다

7. 우리는 벽돌을 읽는다

8. 우리는 현실을 읽는다

9. 비로소 벽돌은 읽고 쓰는 기술의 대상이 된다

10. 비로소 벽돌은 우리의 손에 단단하게 쥐어지는 힘이 된다

—이윤택, 「제3세계 시민을 위한 독서법 안내」[84]

B) 나는 시를, 당대에 대한, 당대를 위한, 당대의 유언으로 쓴다.

上記 진술은 너무 오만하다( )

위풍 당당하다( )

위험천만하다( )

천진난만하다( )

독자들은 ( )에 ○표를 쳐 주십시오.

그러나 나는 위험스러운가( )

84 이윤택, 『춤꾼이야기』, 민음사, 1987, pp. 47~48.

얼마나 위험스러운가( )
과연 위험스러운가( )에 ?표 !표를 분간 못 하겠읍니다.
不在의 혐의로 나는 늘 괴로워했읍니다.
당신은 나에게 감시하고 있는가( )
당신은 나를 감시하고 있는가( )
독자들이여 오늘 이땅의 시인은 어느 쪽인가( )
어느 쪽이어야 하는가( ) ○표 해주시고 이 물음의 방식에도 양자택일해 주십시요.
한 시대가 가고 또 한 시대가 왔지만
우리가 우리의 동시대와 맺어진 것은 악연입니다.
나는 풀려날 길이 없읍니다. 도저히, 그러나,
한 시대를 감시하겠다는 사람의 외로움의 질량과 가속도와 등거리도 양지하여 주시기 바랍니다.
죄의식에 젖어 있는 시대, 혹은 죄의식도 없는 저 뻔뻔스러운 칼라텔레비젼과 저 돈범벅인 프로 야구와 저 피범벅인 프로 권투와 저 땀범벅인 아시아 여자 농구 선수권 대회와 그리고 그때마다의 화환과 카 퍼레이드 앞에, —황지우, 「도대체 시란 무엇인가」[85]

C) 23시 45분 : 앓았다. 식빵을 커피에 적셔서 빨아
먹는

25시 26분 : 비가 온다. 아주 많은 비가 아주 큰
밤을 적시고 있다. 비의

26시 34분 : 개고기가 먹고 싶다

85 황지우, 『새들도 세상을 뜨는구나』, 문학과지성사, 1983, pp. 82~83.

29시 51분 : 나의 모든 것을 내가 아닌 모든 것에게 되돌려 주고 싶다. 나의 모든 것이란 내가 아닌 모든 것들이 내게 준 그것이다. 네온사인으로 만든 십자가처럼 확실하게

45시 86분 : 최순호가 쓰러진다. 게임이 잠시 중단된다. 최순호가 일어난다. 재개된다. 이제 고작 3분 정도 남은 시간을 허겁지겁

98시 421분 : 確信이 날 찾아왔다. 나는 그를 달래서 돌려보낸다. 다시는 날 찾지 마라 알겠니?

388시 914분 : 하품을 하다. 하품도 내게는 아픔이다. 삶을 너무 과식했나 보다. 배탈이 날 것 같다. 해탈도 내게는 배탈이다. 과식이

489시 973분 : 기어가고 있다. 숨 죽이고 있는 나는 그가 휘둘러보는 한 폭의 인물화다. 들고 있던 思想으로 내려친다. 바퀴벌레의 흰 내장이 바퀴벌레의 왼쪽 옆구리 밖으로 삐져나온다. 다리처럼 思想을 잘게 끓이며. 나는 시효가 지나 버린 연극 초대권이다.

617시 5245분 : 그렇지 않았다면
　　　　　무엇이
　　　　　시작이나 될 수 있었겠는가?

—장경린, 「이반 데니소비치의 하루」[86]

A)는 메모, B)는 설문지, C)는 시간표의 틀을 차용한 보기이다. A)는 '당위형 어법'에 얽매인 '무지몽매'한 사람을 일깨우기 위한 사고의 '기술'적 접근 방법을 비망록(메모) 형태의 시행으로 배열하고 있다. B)는 설문을 통한, 다시 말하면 설문의 내용을 통해 독자 스스로가 해답을 내리도록 유도하고 있으며, C)는 의식의 흐름을 시간 단위별로 엮고 있다. 보는 바처럼 그 시간은 의식 속의 시간이다.

---

86 장경린, 『누가 두꺼비집을 내려놨나』, 민음사, 1989, pp. 26~27.

10

의도적 의미와 실체

1. 작품과 의미
   - 작품 속의 세 가지 의미
   - 전체적 불명확성과 의도
   - 부분적인 불명확성과 의도
   - 의도와 다른 세계
   - 해석의 가능성과 표현의 방만성

2. 의도와 시작 과정
   - 의도와 작품과의 거리
   - 퇴고의 과정과 실제

의도적 의미와 실제

1. 작품과 의미

1. 작품 속의 세 가지 의미

의식적이든 무의식적이든 한 편의 작품 속에는 작가가 의도한 의미가 있다. 그러나 그 의도가 훌륭하다고 해서 반드시 좋은 작품이 된다는 보장은 없다. 의도는 어디까지나 계획의 차원이고 작품은 실제의 차원이기 때문이다. 습작기에 있는 많은 사람들의 작품에 나타나는 불투명성은 이 의도와 실제의 괴리가 어떻게, 어디에서 발생하는가를 질문해보지 않은 탓으로 보인다. 의도와 실제의 괴리 현상은 궁극적으로는 물론 시에 관한 이해 부족에서 기인하겠지만, 인식적인 측면에서 본다면 미분화적 사고(未分化的 思考)의 흔적이고, 해석적인 측면에서 살펴본다면 한 작품 속에 내재해 있는 의도적 의미intentional meaning, 실제적 의미actual meaning, 해석적 의미prehensive meaning를 구분해 생각해보지 못한 결과이고, 표현의 측면에서 본다면 시적 언술의 특성을 이해하지 못했거나 살리지 못한 결과라고 이야기할 수도 있다.

대체로 의도와 실제의 괴리는 대상을 감지하는 인식 과정이나 감지한 사실을 언어화하는 과정에서 자주 나타나기 마련이다. 창작의 실질적 과정은 위의 두 통로 속에 놓여 있기 때문이다. 이와 같은 의도와 실제의 문제를 보다 자세히 관찰하기 위해, 작품의 의도적 의미 통로와 해석적 의미 통로를 간편한 형태로 다음과 같이 도식화해볼 수 있다.

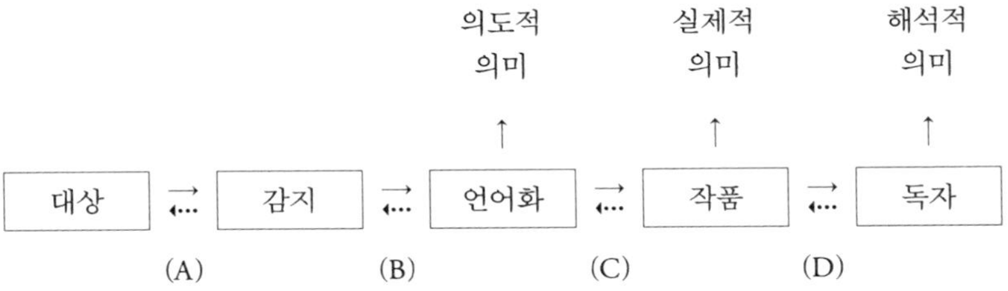

→ 작품의 '의도적 의미' 통로
⇠ 작품의 '해석적 의미' 통로

대상 → 감지 → 언어화 → 작품에 이르는 (A)—(B)—(C)의 통로는 작가의 창작 과정이기도 하고, 독자 → 작품 → 언어화 → 감지에 이르는 (D)—(C)—(B) 는 독자의 감상 과정이기도 하다.

그렇지만 현실적으로 우리가 대면할 수 있는 것은 실제적 의미의 유기적 구조인 '작품'밖에 없다. 나머지는 과정의 단계며 임의적 층위에 불과하다. 그러므로 의도적 의미는 다음과 같은 조건에서 고찰될 수 있다. 첫째 작가가 창작 노트나 비망록 등을 통하여 명시적으로 의도한 바의 의미를 밝혀놓았을 때이다. 둘째 비평가(독자)가 추론적 행위를 통하여 그 의도를 제 나름대로 밝혀놓았을 때이다. 이 경우의 의도적 의미란 사실상 해석적 의미의 하나에 불과하다. 마지막으로 좀 특수한 경우이긴 하지만 창작 실습의 현장에서 분석·감상·비평의 대상이 되는 작품을 작자가 그 의도를 밝힐 때이다.

여기에서 창작 실습의 현장에서 발견되는 의도와 실제의 차이가 어떤 형태로 보이는가를 간략하게 살펴보자.

II. 전체적 불명확성과 의도

우선 작품 한 편을 보자.

잃은 지 오래였다.

낯선 계절 위로 문득 깨어나면 바람이 분다.
나의 키 밑으로 습기가 배어나고
그 구석진 공간으로 가시가 부러지곤 하였다.
나를 실은 트럭이 흔들리는 도시 속으로
사리질 때 나는 꽃이 아니다.

간혀진 비닐 속
낯선 계절에 피어난 거역
나는 결코 꽃이 아니다. —「꽃이 아닌 이유」•

이 작품은 작자에게 그 의도를 물어보지 않아도 제목으로 명시되어 있다. 즉 작자는 이 작품을 통해 '꽃이 아닌 이유'를 제 나름대로 밝혀보려는 의도를 갖고 있다(물론 실습 현장에서 확인되기도 한 의도이다). 그러나 이 작품을 읽으면 다음과 같은 의문이 일어난다.

① 잃은 지 오래였다 → 무엇을?
② 나는 결코 꽃이 아니다 → 왜?

이 두 가지의 의문은 작품 전체를 불투명하게 하고, 그리하여 읽는 사람을 곤혹스럽게 한다.

읽어보면 모두 알 수 있다시피 이 텍스트 속의 '나'는 꽃이다. 즉 가장 고전적인 비유법의 하나인 의인화(활유)이다. 그러므로 의인화된 꽃인 '나'가 직접 화자로 등장하여 시적 내용을 진술하고 있다. 그렇다고 하더라도, 그렇게 보고 읽어도 내가 '꽃이 아닌 이유'는 여전히 불투명하다.

이 작품의 불투명성을 보다 잘 이해하기 위하여 구조적 정황 단위로 구분하여 해설적인 설명과 질문을 붙여보자.

① 잃은 지 오래였다(무엇을?).

② 낯선(익숙하지 못한, 처음 경험하는, 거부감이 느껴지는) 계절 위로(꽃인 내가) 깨어나면(피어나면) 바람이 분다.

나(꽃)의 키 밑(키 밑이니까 꽃봉오리 밑)으로 습기가 배어나고 그 구석진 공간(그 습기가 배어난 공간)으로 가시가 부러지곤 하였다(꽃이 피는 순간에 왜 가시가 부러질까?).

③ 나(꽃)를 실은 트럭이 (여러 가지 의미에서) 흔들리는 도시 속으로 사라질 때 나(꽃)는 꽃이 아니다(왜? 꽃이 흔들리는 도시 속으로 가면 왜 꽃이 아닌가?).

④ 갇혀진 비닐 속(아마 비닐하우스!).

낯선 계절(그러니까 이해되는 것이지만, 제철에 앞서, 철과 관계없이) 피어난 거역(거역? 거역은 행위 주체의 능동적 형태인데, 그렇다면 꽃이 스스로 낯선 계절을 선택했다는 의미가 아닌가?).

나(꽃)는 결코 꽃이 아니다(계절에 앞서거나 온실에서 자란 꽃은 꽃이 아니다?).

이와 같은 해설적 설명과 질문을 통해 우리는 아래와 같은 한 논리를 추론해볼 수 있다.

① 트럭에 실려 도시로 사라질 때 꽃은 꽃이 아니다.

② 비닐하우스에서 계절과 관계없이 핀 꽃은 꽃이 아니다.

③ 비닐하우스(또는 온실)에서 꽃이 재배된 지 오래되었으므로 꽃은 꽃의 속성을 잃은 지 오래되었다.

그러나, 그렇다고 하더라도 ① 어째서 도시로 간 꽃은 꽃이 아니며, ② 비닐하우스에서 핀 꽃은 꽃이 아니며, ③ 비닐하우스에서 핀 꽃은 꽃의 어떤 속성을 잃고 있는지에 관해서는 아무런 지적이 없다. 통상적인 관점에서 볼 때 그러한 꽃들도 엄연히 꽃이라는 사실을 부인할 수 없다. 그렇다면 어떤 측면에서 문제점을 더 확실히 해볼 수 있을까.

첫째, 시의 차원을 벗어나서 말한다 해도, 작자의 주장은 논리적 설득력을 결하고 있다. 작자의 의도대로라면,

① 비닐하우스에서 피는 꽃은 인공적이다. 그것은 야성을 상실한 자연이다.

② 그러므로 그것은 참다운 의미에서 꽃이 아니다.

라는 논리적 근거 위에서 언술이 펼쳐져야만 마땅하다. 그러나 그러한 논리적 핵심(야성의 상실)을 거치지 않고, 또는 지적하지 않고 막연한 느낌(이게 미분화적 사고의 흔적이다)의 상태에서 시의 형태로 언어화하고 있다. 이런 인식의 모호성은 대상을 감지하는 의식의 불철저성을 대변한다. 다시 말하자면 감지한 사실을 언어화하기 이전(그러니까 도표로 보자면 B의 과정 이전), A의 인식 과정부터 문제가 있었다는 점을 지적해낼 수가 있다.

그러니까 이 작품은 그 어느 구석에도 '야성을 상실한 꽃은 꽃이 아니다' 혹은 '인공적으로 재배된 꽃은 꽃이 아니다'라고 주장하고 싶은 작자의 의도를 설득력 있게 보여주는 구절이 없다. "잃은 지 오래였다"는 진술은 직접 간접으로 무엇을 잃은 지 오래였는지 밝혀놓고 있지 못하며, "낯선 계절~가시가 부러지곤 하였다"는 꽃이 피어난 공간과 상황이므로 꽃의 속성 상실과는 무관하며(야생의 꽃도 이와 유사한 공간과 환경에 놓일 수 있다), "나를 실은 트럭이~사라질 때"와 꽃이 아닌 이유와는 필연적 관계가 없으며, "갇혀진 비닐 속~피어난 거역"도 꽃이 아닌 이유가 될 조건으로서는 충분할 수가 없다. 그렇기 때문에 "잃은 지 오래였다"라는 구절은 '무엇을'하는 의문을 낳고 "나를 실은 트럭이~나는 꽃이 아니다"라는 구절은 '왜'라는 의문을 낳고, 이어서 그렇다면, ① 나를 실은 트럭이 사라지지 않으면 나는 꽃인가, ② 흔들리는 도시로 갔다고 하더라도 흔들리는 도시 속의 꽃은 어째서 꽃이 아닌가, 하는 등등의 의문이 연속적으로 일어난다. 이렇게 연속적 의문의 발생 자체가 바로 이 진술이 모순과 혼란을 내포하고 있으며, 인식에 문제가 있음을 예증한다. "갇혀진 비닐 속~결코 아니다"라고 구절도 마찬가지이다.

둘째, 시적 언술의 차원에서 볼 때도 의도와 거리가 있거나 모호한 구석이 있다

① 낯선 계절 위로 문득 깨어나면

이때의 '낯선'은 앞서 지적한 바처럼 '익숙하지 못한, 처음 경험하는, 거부감이 느껴지는' 등등의 정서를 동반하는 말이다. 그러므로 '낯선 계절'은 그러한 정서를 동반하는 비정상적 계절의 비유적 표현이다. 그러나 제철을 벗어나 핀다고 해서 꽃의 속성에 변화가 있는 것이 아니므로(사람이 사는 환경에 모순이 내재한다거나 변화가 있다고 해서 인간의 속성이 바뀌지 않는 것과 마찬가지로), 여기에서는 단지 비정상적 상황 또는 비극적 상황만 느낄 수 있을 뿐이다.

② 그 구석진 공간으로 가시가 부러지곤~

'가시의 부러짐'을 사실적 묘사로 볼 때, 우리는 개화(開花)와 가시의 부러짐은 꼭 동시에 일어나야 할 현상이 아니므로 의도가 무엇인지 의아하게 된다. 또한 가시가 부러져야 할 어떤 필연적 국면도 발견해낼 수가 없다. 작자가 의도한 의미의 측면에서 보아도 그렇고, 표현된 정황의 구조적 측면을 보아서도 그렇다.

단지 이 작품의 의도나 의미 내용과는 아무 상관이 없는 것이지만, 우리가 상상해볼 수 있는 점은 있다. 도시로 꽃을 실어 나르기 위해 사람들이 비닐하우스에 가득 찬 꽃나무 사이로 다니면서 꽃나무를 부러지게 했을 수도 있다는 그런 종류의 것들 말이다. 그러나 그런 정황이 표현되었다고 해도 의도를 구체화하는 작업에 도움이 되었을지는 언어화된 시구를 읽어보지 않고는 판단할 수 없는 일이며, 현실적으로 그런 표현조차 나타나 있지 않으므로 작품에서는 자기 스스로가 부러지는 정황이 되어 있다.

③ 낯선 계절에 피어난 거역

거역(拒逆)은 사전의 해석을 그대로 따르면, 윗사람의 뜻이나 명령 또는 지시를 따르지 않고 거스르는 행위를 일컫는다. 그러므로 윗사람, 다시 말하자면 꽃을 피게 한 존재가 누구이냐에 따라 이 시구는 의미가 전혀 달라진다. 현실적인 윗사람은 물론 비닐하우스의 주인이다. 그럴 경우, 비닐하우스 속의 꽃은 주인의 뜻을 거역하고 피었다는 우스꽝스런 결과를 낳는다. 그러나 윗사람을,

자연을 창조한 조물주로 생각할 경우, 이 시구는 작자가 의도한 대로 읽힌다. 만약 작자가 이런 의도였다면 마땅히 작품을 그런 의식하에서 표현했어야 한다. 예를 든다면,

간혀진 비닐 속
낯선 계절에 피어난 거역
主여
나는 당신의 꽃이 결코 아니다.

라는 식으로 말이다.

「꽃이 아닌 이유」라는 한 작품이 지니고 있는 문제점을 간략하게 다시 정리해보면 아래처럼 될 수 있다.

1연 — 모호한 진술(작품을 통해 잃은 것이 무엇인지 구체화되어 있지 않기 때문).

2연 1·2·3행 — 구석지고 습기 찬 공간에서 인공적인 시간 속에 피어났다는 것밖에 그려져 있지 않다(그런 공간 속의 꽃은 꽃이 아니라는 의도를 살릴 수 있는 사실적·심리적 조건이 결여되어 있다).

2연 4·5행 — 꽃이 도시로 가면 꽃일 수 없다는 주장은 설득력이 없다.

3연 1·2·3행 — 1·2연이 3연의 주장을 구체화시켜주지 않았으므로 의도가 모호해졌다.

그러므로 이 작품은 작자의 의도가 전체적으로 살아 있지 못한 예가 된다. 그리고 그 이유는, 첫째 대상을 감지하는 도표상의 A과정에서 문제가 있었으며, 둘째로 시적 언술의 부정확성이 함께 가세한 결과이다.

III. 부분적인 불명확성과 의도

「꽃이 아닌 이유」가 의도와는 다르게 나타나 있는 부분적인 불투명성은 언어화 과정, 그러니까 도표의 과정을 참조해본다면 감지와 언어화 사이(B과정)에서 발생한다고 보아야 한다. 그리고 이 과정에서 발생하는 대부분의 문제는 시적 표현의 특성을 아직도 제대로 체득하지 못한 결과이다. 습작기에 있는 사람들 가운데 상당수가 아직도 시란 "정서의 자발적 흘러넘침"이란 워즈워드의 말을 자기중심의 편법으로 수용하여 자신의 감정을 솔직히 표현하기만 하면 된다는 식으로 시적 표현을 이해하고 있다. 그러니까 다소 애매한 것은 당연하며 그것은 정당하다는 식의 주장이다. 그러니까 각종의 비유와 수사법에서 발생하는 애매성은 그것의 암시성·다의성에 근거하지만, 자의적이고 자기중심적 언어 사용은 비유의 성립을 방해하고 의미 전달을 불가능하게 하고 있다는 점을 이해하고 있지 못한 것이다.

부분적으로 의도와 동떨어진 예를 하나 보자.

라바라바*를 걸친 원주민들이
천지에 널려 있는 숲으로 들어간다.

멀리 수평선에 가물대던 원양어선이
탄력의 바다에 더욱 힘주고

그들은
A 눈물이 마르기도 전에
새로운 씨를 다시 심는 화산 흙밭.

텐·달러·비치** 해변에는
물묻은 남녀가 모래밭에 미끄러지고
투·달러·비치*** 해변엔
먼저 해가 졌다.

열기가 끓어오르는 한낮이 되면
Rainmaker산에 걸린 구름이 겨워
소나기가 쏟아진다.

B ┌ 아이들의 눈마다
  └ 이국의 머리칼이 살랑대고
C ┌ 그들의 가슴에 심긴
  │ 가녀린 뿌리가 자라서
  └ 바닷가에 닿아 있었다.
발벗고 옷벗은 그들에게서
문명의 때가 밀린다.

드럼통 같은 추장이 들어가는
나무집 작은 문이 덜컹거리며
하늘이 흔들린다. —「사모아섬」•

이 시를 처음 읽을 때는 다소 상투적이고 감상적인 표현이 거슬리기는 하지만 무리 없이 읽힌다. 그러나 작자의 의도를 듣고 나면 A, B, C가 검토의 대상이 된다.

그들은
눈물이 마르기도 전에
새로운 씨를 다시 심는 화산 흙밭.

---

* 라바라바: 원주민의 옷 이름.
** 텐·달러·비치: 지명.
*** 투·달러·비치: 지명.

이라는 구절은 첫 연에 '원주민'이라는 표현이 있으므로,

그들(원주민들)은 A	B	눈물이 마르기도 전에 새로운 씨를 다시 심는 화산 흙밭

이라는 치환 은유로 읽힌다. '그들은 화산 흙밭' 같은 존재이며 "눈물이 마르기도 전에/새로운 씨를" 심어야 하는 고통스런 삶을 영위하는, 문명사회와는 등진, 비인간적 삶을 엮어가는 존재로 읽힌다. B와 C도 작품 전체가 경험을 토대로 한 사실적 묘사로 읽힌다. 즉 B의,

아이들의 눈마다
이국의 머리칼이 살랑대고

에서 '이국의 머리칼'이 아이들의 눈 위로 비치는 또는 눈 위로 나부끼는 그들의 머리칼로 읽히고, C의,

그들의 가슴에 심긴
가녀린 뿌리가 자라서
바닷가에 닿아 있었다.

에서 '가녀린 뿌리'는 그리움·동경·꿈·전통 등을 막연히 연상시킨다.

그러나 작자에 의하면 '그들'은 원주민 여자를 지칭하는 대명사이고, '새로운 씨 심기'는 사모아에 진출한 외래적 사내들과의 사랑 행위이다. 이 얼마나 언어라는 기호를 자의적으로 사용하고 있는가. 일군의 여자들을 가리켜 일상 회화에서는 '그들 좀 봐라'는 식으로 이야기할 수 있고, 그렇게 말해도 이해가 가능하다. 상황이 그 말의 추상성을 보완해주기 때문이다.

그러나 글쓰기에서 우리가 유의해야 할 점은 제3자(독자) 앞에 놓이는 것

은 오로지 '작품'이라는 텍스트밖에 없다는 사실이다. 우리는 작자가 경험한 사실이 무엇인지 그 하나하나를 알 수 없으며, 마찬가지로 작자가 일일이 우리를 따라다니며 보충 설명을 해줄 수도 없다는 점이다. 일상 회화의 표현과 글쓰기의 표현 사이에 놓인 이런 차이점을 이해하지 못한 결과는 위와 같은 표현을 유발한다. 만약 이런 점을 인식하고 있었다면 1연의 "라바라바를 걸친 원주민들"이라는 표현은 '원주민 남녀' 모두를 통칭하는 말이 된다는 것도 알았을 것이다. 그렇다면, 아마도 작자의 의도와의 연관 아래서, 최소한 다음과 같은 정도의 표현이 되었을 것이다.

라바라바를 걸친 원주민 여자들이
그렇고 그런 외국 남자들과
천지에 널려 있는 숲으로 간다

B의 "이국의 머리칼"은 '혼혈아의 머리카락'이고, C의 "가녀린 뿌리"란 '혼혈아의 아버지에 대한 그리움'을 표현한 것이라고 한다. 그러나 '이국'은 '혼혈'과는 전혀 다른 연상 체계 속에 있다. 거친 한 연상 체계를 예로 열거해 보면, 이국(異國)은 낯선 나라—가보고 싶은 곳—낭만이 있는 곳—모험을 부르는 곳—신비가 깃든 곳 등등의 정서적 연상 선상에 있고, 혼혈(混血)은 국제결혼—고아—전쟁—혼외정사—소외 등등을 떠올린다. 그러니까 '이국'이라는 말의 연상 범위 속에서 '혼혈'의 이미지를 발견하기란 어렵다. 결국 혼혈과는 거리가 먼 대유인 '이국'은 원래 의도와는 관계없이 사실적 의미로 이 작품 속에 살아 있게 된 셈이다. 만약 '아이들의 눈 위로 혼혈의 머리카락이 살랑대고'라고 사실적 묘사를 했다면 C의 '가녀린 뿌리'라는 표현도 암시적 은유로 제 기능을 하며 살 수 있었을 것이다.

이런 예를 통해서 알 수 있듯이, 시적 표현은 그 장르의 특징, 즉 쉽게 말해서 자신의 느낌을 짧은 문장 속에 구체화해야 하므로, 한 언어가 가지고 있는 외연과 내포의 크기와 넓이, 문자적 의미와 비유적 의미의 연관 관계, 비유와 수사의 한계를 바르게 파악하고 사용해야 한다. 그것은 결코 쉬운 일이 아니다.

Ⅳ. 의도와 다른 세계

작자의 의도와 전체적으로 또는 부분적으로 달라지거나 불투명해지는 경우와는 달리, 작자의 의도와는 다르지만 작품으로서는 그 자체가 살아 있는 예도 있다.

머물고자 했다
눈 내리는 아침 혜산진 부대
육중한 기갑의 소리처럼
희디흰 눈발이
쌓아지는 침묵 위로 덮이고 있었다
2月 돌아나오는 길목
편도선 부은 하늘의 지대 우리는
어디까지 기다림을 준비하는 것일까
하룻밤 인가의 불빛 속에서
지난 겨울을 헤아리며 몇 번의
헛된 희망도 지워버렸지만
뿌리 내릴 곳은 없었다
면회실 창밖으로 성긴 눈발
쏟아지는 풍경들과 함께 떨며
나의 마을에도
그때쯤 눈이 녹아 내리고 어둠을 넘어
빈 새벽을 걸으며
끝내 아무 말도 하지 못했다
자꾸만 흔들리는 자갈길 지나 혹은
후방의 어느 곳에서
스물두 해가 양처럼 울타리를 넘었을 때
나는 잠들었다 깊고 편안한 잠이었다

라고 말해주고 싶었다 —「율길리 일박」•

이 작품은 '김용성에게'라는 부제가 붙어 있다. 그러니까 특정한 친구에게 보내는 사신적(私信的) 일면도 있다는 뜻이 된다. 어떻든 이 작품 속에 나타난 시적 내용은 친구가 근무하는 부대가 있는 율길리에서 일박하면서 보고 느낀 것이며, 작자는 그것을 통하여 자신의 심리적 근황을 독자인 우리에게(동시에 친구에게) 알리고자 한다. 작품에 나타나 있는 그 근황은 결코 밝지는 않다. 그런 점은 "편도선 부은 하늘의 지대"에서 "우리는/어디까지 기다림을 준비하는 것일까"라고 자문하고 있다든지, "지난 겨울을 헤아리며 몇 번의/헛된 희망도 지워버렸지만/뿌리 내릴 곳은 없었다"라든지, "빈 새벽을 걸으며/끝내 아무 말도 하지 못했다"라고 하는 진술이 일깨워준다. 그렇기 때문에 끝 부분에서 "나는 잠들었다 깊고 편안한 잠이었다"라는 진술은 그 순간까지의 삶을 반성적으로 바라보는 관점에서 발해진 역설적 표현(그러니까 편안한 잠을 결코 이루지 못했다는)으로 읽힌다.

그러나 작자의 주장에 의하면, 작자는 '친구에 대한 애틋한 정'을 노래하고자 했다는 것이다. 그러니까 그것이 그의 의도이다. 작자와 친구(김용성) 두 사람은 율길리에서 공유한 체험이 의식 속에 깔려 있을 것이므로 "끝내 아무 말도 하지 못했다"라든지, "나는 잠들었다 깊고 편안한 잠이었다"라는 진술이 특별한 의미(애틋한 우정)로 작용하겠지만, 그러나 제3자인 우리에게는 두 사람처럼 공유한 체험이 없다. 그러므로 이 작품에 나오는 '우리'는 그냥 나를 포함한 다수로서의 우리라는 보편적 의미이며, '기다림'도 그러한 우리의 기다림이다. "빈 새벽을 걸으며/끝내 아무 말도 하지 못"한 경험도 우리에게는 친구와 함께 걸었다는 가정이나 연상보다는(특정한 사람과 함께 걸었다거나 함께 잤다는 표현이 없으므로) 혼자 걸었다는 느낌이 더 강하며, "나는 잠들었다 깊고 편안한 잠이었다"도 스물두 해를 넘기는 시적 화자가 어떤 순간 경험할 수 있는 특정한 체험으로 읽힌다.

따지고 보면 '김용성에게'라는 부제를 붙이는 행위는 특정한 친구에 대한 따뜻한 애정의 표현이 된다. 그러나 이 작품에 그려져 있는 시적 내용은 작자의 일정한 한 시기의 삶의 기록일 뿐이다.

V. 해석의 가능성과 표현의 방만성

작품의 의도적 의미와 실제적 의미, 해석적 의미는 반드시 일치하지는 않는다. 그것은 해석의 가능성 때문이지 표현의 방만한 자의성 때문은 아니다. 그러므로 작자는 의도하는 바의 의미와 표현된 의미 사이에 있을 수 있는 갖가지 상이점과 문제점을 언제나 깊이 의식해야 한다. 글쓰기란 확실한 것까지 의심해보는 작업의 하나이다.

2. 의도와 시작 과정

I. 의도와 작품과의 거리

시인의 의도와 완성된 작품 사이에 상당한 차이가 있을 수 있다는 점은 앞서 이야기한 바 있다. 이와 같은 의도와 시작(詩作)의 과정에서 생기는 시인의 고뇌, 그리고 완성된 작품에 대한 이해를 도와주는 좋은 예가 김춘수의 「수박에 대하여」라는 글이다. 이 글은 다음과 같은 작품에 관한 자작시의 해설 형태로 발표된 것이다.

네가 뿌리고 간 씨앗은 자라
菜松花가 낮에는 마당을 덮고 있다.
가장 키 큰 해바라기 하나는
해가 다 질 때까지
네 있는 쪽으로 머리를 박고 있다.
수박은 잘 익어 살이 연하다.
바다로 눈을 씻고
오늘밤은 반딧불을 보고 있다.　　—「수박」

이 시에 대한 해설의 전문(全文)을 그대로 여기에 옮긴다.[1] 그만큼 도움이 되리라 여겨지기 때문이다.

> '意圖의 誤謬'란 말이 있다. 作者의 의도와 작품에서 독자가 받아들이는 그 작품 자체의 의도와는 다를 수가 있는데, 그것을 달라져서는 안 된다고 우기는 것은 잘못이란 뜻이다. 미국의 신비평가들이 하고 있는 말이기도 하다. 독자란 천차만별의 식별 능력을 가지고 있기 때문에 어떤 讀者(비평가)가 자기 작품을 두고 무슨 말을 했다고 하더라도 심한 경우가 아니라면 묵살하는 것이 좋다. 한편 훌륭한 독자는 작가가 모르고 한 일까지 지적해 주어 작자에게 어떤 암시와 자극을 주는 법이다.
>
> 나는 누구에게 긴 편지를 쓰고 싶은 심정이었다. 한 15매 정도로 말이다. 그러나 그렇게 길게 쓰자니 자꾸 긴장이 풀어져가는 듯한 느낌이었다. 누구나 길게 쓰는 것은 정력적이고 짧게 쓰는 것은 체력이나 정신력이 허약해서 그런 것처럼 여기고 있는 듯하지만 내 경험으로는 그렇지가 않다. 짧게 쓰는 것이 더 체력과 정신력을 갉아먹는다. 왜냐하면 내 경우는 처음부터 짧게 쓰는 것이 아니기 때문이다. 처음에는 길게 썼다가 자꾸 깎아내고 보면 몇 줄이 안되는 글이 되고 만다. 길게 쓰는 사람은 길게만 쓰면 되지만, 나는 한번 길게 썼다가 그 대부분을 깎아버려야 하기 때문에 그 깎아버리는 시간만큼 체력과 정력이 소모된다. 이런 일을 해본 사람이면 알 것이다. 나는 되도록 침묵하고 싶은지도 모른다. 요설은 내 성미에 안 맞는지, 내 論理에 안 맞는지 모르지만 나에게는 달갑지가 않는 모양이다. 雄辯도 삼가키로 한다. 간결하고 단순한 것—그러나 결과가 이렇게 되기까지는 복잡한 의식의 과정을 겪어야 한다—에 이르려고 한다. 베토벤보다는 모차르트를 나는 좋아한다. 모차르트처럼 나는 때로 일상생활에서 아주 요설적이 되는 수가 있다. 작품에서 깎아버린 부분을 생활에서 지껄이게 된다. 그러나 생활에서도 되도록 말을 적게 하려고 한다. 말을 많이 하다보면 그것처럼 공

---

1 『김춘수전집 2 시론』, 문장사, 1982, pp. 471~74.

허한 일도 없기 때문이다.

이 시의 장면은 다음과 같다. 내가 지금 바다에 와 있다. 내 생가에 머무르고 있다. 거기서 멀리 떨어져 있는 아내나 누구를 생각하면서 편지를 쓴다. 물론 이것은 실지가 그렇다는 것이 아니다. 허구의 한 장면일 따름이다. 이 허구의 한 장면을 위하여 나는 많은 것을 썼다가 지워버렸다. 여름 바다의 생태와 그에 따른 내 심리의 陰影을 상대방의 반응을 생각해가면서 묘사를 지리하게 해갔지만 바다(내—이쪽)와 그 反應(너—저쪽)에 있어 좀처럼 하나의 對位法에 이르지 못할 것을 깨달았다. 사정없이 깎아버리고 오히려 바다를 죽이면서 바다를 살리는 방법을 따랐다. 바다가 제7행에 잠깐 등장할 정도로 바다를 멀리 밀쳐버리고 말았다. 그러나 이것이 오히려 액센트가 되고 있지 않나, 나는 나대로 그렇게 생각한다.

「수박」이라는 제목은 좀 당돌한 느낌일는지 모른다. 내가 제목을 이렇게 붙일 때 스스로 어떤 장난기를 느낀다. 독자와 더불어 수수께끼 풀이 같은 장난을 해보고 싶은 그런 심정이다. 시를 쓰는 재미의 하나, 시를 음미하는 즐거움의 하나가 여기에 있다. 이 당돌한 제목이 한 편의 시 속에서 어떤 작용을 하고 있으며, 어떠한 연상으로까지(시에서는 얼굴을 드러내놓고 있지 않는) 이끌어갈 수 있는가? 생각하면 참 즐거운 일이 아닐 수 없다. 제목이 시의 설명이 되어서는 따분하다. 제목도 시의 한 부분이고, 보다는 시 속의 가장 강한 액센트가 되기도 한다. 두말할 것도 없이 시의 리얼리티와 굳게 손을 잡고 있어야 한다.

이 시에는 다섯 개의 대상이 나오고 있다. 茱松花·해바라기·수박·바다·반딧불이 그것들이다. 漁村이 곧 연상될 것이다. I. A. 리차즈는 시의 의미를 잘못 파악하는 경우를 열 가지나 들고 있는데, 그 중의 하나에 "過去의 記憶에 방해되어 詩의 의미를 잘못 파악하게 되는" 일이 있다고 한다. 수박을 먹을 때는 대개 여럿이 모여 있게 된다. 그때의 분위기 여하에 따라 오래 기억에 남는 장면도 있고 기억에서 사라져가는 것도 있다. 이 시는 수박을 중심으로 반딧불과 바다와 해바라기와 茱松花가 모여들고 있다. 잘 익은 수박의 살이 연하다는 味覺에 대한 서술은 이미 말한 대로 수박이라는 과일을 사이한 몇 개의 情景을 어쩔 수 없이 가져오게 한다. 여름의 낮과 밤이 기억 속에서 한 장면의 光體로 떠오르게 된다. 이때 작자는 실제로 수박을 먹고 있지 않아도 된다. 아니, 먹고 있을 필요는 없다. 수박 그 자체가 기억 속에서 떠오른 하나의 光體일 것이니까…… 독자는 이 시의 장면을 독자의 기억에 따라 읽을 것이지만, 따라서 해바라기나 반딧불이 환기케 하는 감각이나 정서의 질량은 서로 다르겠지만, 해바라기가 독자의 어느 때의 특수한 체험의 기억과 어울려 해바라기의 속성에서는 벗어난 연상을 가져오게 한다면(이 시에서는 별로 그런 일이 없겠지만) 이 시를 잘 읽지 못한 것이 된다. 그러나 그러한 착각이나 비약이 그 시보다도 훨씬 더 아름다울 수도 있고, 더 좋은 시가 될 수도 있다. 좋은 독자는 오히려 얼마큼씩 빗나가게 시를 읽는 사람일는지도 모른다. 말하자면 시에서 缺하고 있는 점을 보완해주는 사람일는지 모른다. 보들레르가 포우를 옳게 읽지 못했다는 것은 매우 다행한 결과를 가져오기도 했다.

시를 쓰는 일이 매우 괴로울 때가 있다. 시에 대한 신념, 시를 어떻게 써야 하나에 대한 올바른 자세가 서 있지 않을 때, 말하자면 시에 대한 懷疑를 거듭하고 있을 때 그렇다. 요즘 내 눈에는 모든 시가 다 시로 보이기도 하고 모든 시가 하나같이 시 아닌 것으로 보이기도 한다. 이 회의를 뚫기 위하여 나는 시 그 자체를 써보려고 한다. 이 시에도 얼마큼 그런 데가 있다.

위의 시 「수박」은 필자가 사용하는 분석의 틀을 이용하면 네 개의 정황이 하나의 국면(시적 공간)을 이루고 있다. 즉,

① 네가 뿌리고 간 씨앗은 자라
　菜松花가 낮에는 마당을 덮고 있다.
② 가장 키 큰 해바라기 하나는
　해가 질 때까지
　네 있는 쪽으로 머리를 박고 있다.
③ 수박은 잘 익어 연하다.

④ 바다로 눈을 씻고
　오늘밤은 반딧불을 보고 있다.

와 같다. 하나하나의 정황은 개별적인 감각적 지각sense perception의 대상(채송화·해바라기·수박·반딧불)을 축으로 하여, 김춘수의 용어로 말하면, 그 대상의 특성이 '서술'되어 있다. 그러니까 대상의 특성이 "낮에는 마당을 덮고 있다"든지 "해가 질 때까지/네 있는 쪽으로 머리를 박고 있다"는 식으로 묘사되어 있다. 이런 서술적 이미지[2]는 정황과 정황이 어울리고 부딪치면서 병치 은유[3]와 같은 독특한 회화적 세계를 창출한다. 그러므로 개개의 정황은 각각 투명하면서도 또한 연상이 가능한 간격(그림을 예로 들자면 교과서에 흔히 나오는 설명적 삽화와 장욱진의 극도로 생략된 데생을 비교한다면 후자와 같은 그림의 여백)을 벌려놓아야 한다. 그렇기 때문에 "짧게 쓰는 것이 더 체력과 정신력을 갉아먹는다"라고 시인이 털어놓고 있다. 시인의 의도가 대상을 해석하거나 의미화하는 데 있지 않고 창조된 자연(그것은 언어화된 풍경으로 나타난다)을 표현하는 데 있는 만큼, 그 의도를 알고 접근해야 한다.

II. 퇴고의 과정과 실제

한 사람의 시인이 한 편의 작품을 완성하는 과정은 개개인의 기질에 따라 다르고, 또 개개의 작품에 따라 다르다. 그러나 일반적으로 초고에 해당하는 원고로부터 거의 모두가 얼마간의 퇴고 작업을 거친다. 그러니까 초고로부터 끝날 때까지가 한 편의 작품이 완성되는 과정인 셈이다. 그 과정을 보여주는 좋은 예를 한 편 보자.

겨울이 위태롭게 쌩쌩쌩 흐르는 고압선 밑에 살던 나는 어이없게 자주도 단전되는 전등 스위치를 내리고, 또 단수인 수도꼭지를 새삼 내려다 보

---

2 「시의 구조와 행 · 연」에서 '이미지의 종류와 행 · 연' 참조.

3 「비유와 활용」에서 '은유의 종류' 참조.

고 하다가 하루는. 아, 반했습니다. 빈 물통을 가득 채우고 아른아른 넘치는 봄. 그래서 나갔습지요, 어슬렁 어슬렁. 금이 간 축대와 축대 위에서 활주하는 종이비행기를 따라. 택지의 금에 접혀 잠든 비탈을 내려왔습지요.

울신문절대사절.이사갔음.침식제공선불됨.수술않고먹는약.남성에게희소식.사교댄스개인교습.컴퓨터중매초혼재혼가.성인만화심야비디오.직접즐길수있는스트립쇼.신장개업전당포.운명감정2천원.주야대기장의사.무엇이든용역.비밀보장.군정종식.대세는

기울어진 전봇대. 오지 않는 청소차를 기다리지 않는 연탄재의 바리케이드. 불편을 드려 대단히 죄송한 일을 방치한 하수도 복개 공사장. 간밤에

一家의 生을 무너뜨린
축대 위의 축대
축대 아래 축대

난청이 된 강변도로 나무 아래서 바람은
새로 건전지를 갈아 끼우고
기형적인 부레만 남은 해는
천호대교와 행주대교의
부실한 다리 사이를 둥, 둥
떠다닙디다요. —양선희, 「흑석동 환상곡」[4]

이 작품은 "빈 물통을 가득 채우며 아른아른 넘치는 봄"에 이끌려, 고압선이 지나가고 있는 흑석동의 산동네에서 시작해서 한강에까지 산책을 나갔다가 본 것과 느낀 것을 묘사해놓은 시이다. 그런 까닭으로 작품은 산동네(1연) → 산동네에서 한강으로 내려가는 도로변의 풍경(2연) → 한강 주변(3연), 이렇게 짜여 있다.

---

4 『현대시학』, 1989. 5, pp. 82~83.

그러나 그 산동네와 한강에 이르는 도로변의 삶과 한강 주변은 "빈 물통을 가득 채우며 아른아른 넘치는 봄"이라든지 "금이 간 축대와 축대 위에서 활주하는 종이비행기"를 따라 나서는 시적 화자인 '나'의 정서와는 현격한 거리가 있다. 그래서 시인은 그런 현격한 차이가 있는 것들을 묘사하고, 봄을 봄으로 느끼지 못하게 하는 그 현실을 드러내면서 다른 한편으로는 봄을 봄으로 느끼고자 하는 '나'의 정서를 강조하기 위하여, 이 시의 제목을 「흑석동 환상곡」이라 붙이고 있다.

이러한 이 작품의 초고를 보자.[5]

새가 날아다니는 곳으로
팔을 뻗치면
해골 같은 손가락 사이사이로
하늘이 휘감겨온다.
유년의 여름날
찬거리로 건져올리던 말같이
앉을 데도 없는 땅으로 자꾸만
뜯겨져온다.
철거 날짜도 모르는 철부지들은
하늘을 밟으며
다져서 만든 비탈진 놀이터에서
꼭대기 산들과 놀고 있다.
저쪽 아파트 뒤로 해가 지면
스카이콩콩을 타던 아이들은 하나씩
불리어서 가는데
그어진 금 안에서
공놀이하던 아이들도 돌아가 갇히는데

5 여기에 나오는 자료들은 시인 양선희 씨가 이 글을 위해 제공해준 그의 노트에서 선택한 것이다.

흙장난을 하는 산동네 꼬마들은
야광인 양
웃음을 펄럭대고 있다. —「흑석동 1」

보는 바처럼, 이 초고는 완성된「흑석동 환상곡」과는 전혀 다르다. 더 자세히 말해보자면, 산동네에 사는 시적 화자가 산책을 나갔다가 '비탈진 놀이터'에서 노는 아이들을 보고 써놓은 일종의 스케치이다. 그렇기 때문에 초고에는 제목조차 '흑석동'으로 되어 있다. 1~9행까지는 산책을 나간 시적 화자가 본 '하늘'이 묘사되어 있고, 10행 이하 끝까지는 아이들의 노는 모습이 감각적으로 묘사되어 있다. 그러니까 초고를 쓴 순간까지는 간략한 메모에 가깝다. 그때까지는 흑석동에서 볼 수 있는 삶의 안팎을 작품화하겠다는 의도가 없었던 것이다.

> 낮게 흐르는 고압선 밑에서도 용케 살던 나는 골목골목 녹아 흐르는 봄 향기에 취해 동작동 국립묘지를 지나 어쩌려고 신반포 아파트 단지까지 나들이를 갔습니다. 잘 가꾸어진 개나리 노란 웃음보다 더 세련되게 웃는 아이들. 넋을 빼앗긴 무슨 바람 한 점은 그만 스카이콩콩에 살점이 뜯긴 채로 돌아오고 있습니다. 무작정 구인광고란만 오려 들고 구로동을 향하던 지난 가을의 내 마음같이 찔끔거리면서 돌아오고 있습니다. 그때까지 비탈진 놀이터에서 꼭대기 산들과 강강수월래를 하는 산동네 아이들. 파닥거리는 웃음으로 종이비행기를 접습니다. 며칠 전에 빌려 본 그림책의 제트기같이 대공원에 가고 싶은 아이들 마음은 반짝이며 별을 불러내고 있습니다. 바지가랭이마다 묻어오는 어둠을 털면서 집으로 가는 아이들. 손가락 사이사이엔 하늘이 몇 폭씩 휘감겨 있습니다. —「흑석동 2」

이 두 번째의 원고에 와서야 흑석동에서 볼 수 있었던 삶의 황폐함을 드러내고자 하는 의도를 엿볼 수 있다. 그런 점은 "낮게 흐르는 고압선 밑에서도 용케 살던 나"며, "무작정 구인광고란만 오려들고 구로동을 향하던 지난 가을의 내 마음" "빌려 본 그림책의 제트기같이 대공원에 가고 싶은 아이들"이 시행 사이에 끼어들고 있음을 보면 알 수 있다. 그러나 이 원고에서도 '고압선 밑'의 산동네에 사는 '나'와 아이들이 주축이다. 즉, '나'와 '아이들'의 삶이 주된 관심사로 그려져 있다.

겨울이 위태롭게 쌩쌩거리며 흐르는 고압선 밑에 살던 나는 어이없게 자주도 단전되는 전등 스위치를 내리고 또 단수인 수도꼭지를 내려다보곤 하다가 하루는. 아, 반했습니다. 빈 물통을 가득 채우며 아른아른 넘치는 봄. 그래서 나갔습지요, 어슬렁 어슬렁. 금이 간 축대와 축대 위에서 활주하는 종이비행기를 지나 땅따먹기 금으로 접혀져 잠든 비탈을 내려 왔습지요.

재개발의 굴착기에 잠결에도 움찔거리는
한강으로의 나들이.
오후 2시의 해는
기형적인 부레만 남아 둥, 둥
천호대교와 행주대교의 부실한
다리 사이로 떠다닌다.
난청이 된 강변도로 나무 밑에서
새로 건전지를 갈아 끼운 바람은
이미 작고하신 강의 장송곡으로 불고. —「흑석동 환상곡 3」

세 번째의 원고에 오면, 1연에서는 단전·단수가 잦은 삶이 묘사되고, 그 대신 '나'와 '아이들'의 구체적인 삶이 삭제된다. 그런 결과로, 산동네의 보편적인(나·아이들만이 아닌 모두의 것인) 삶이 어느 정도 드러나고, 그 속에서도 '봄'에 반할 수밖에 없는 '나'의 정신적인 면이 강조된다. 그리고 여태까지는 '산동네'에서 맴돌았던 산책이 한강에까지 이어진다. 그 결과 2연이 따로 설정된다. 한강에서 본 '해'와 '바람'은 상징적이다. 다시 말하자면 산동네에서 본 현실의 어떤 면이 '해'와 '바람'을 그런 측면의 현실을 상징하는 관념적인 형태로 보도록 하고 있다. 제목도 「흑석동 환상곡」으로 비로소 바뀌고 있다.

그러나, 앞서 본 바처럼, 완성된 원고에 나타나 있는 2연이 이 원고에는 없다. 2연에 점묘되어 있는 각종의 사실적인 안내문·공고문 등은 그 자체가 황폐한 삶을 보여주는 것들이다. 그런 것들의 나열을 통해, 한편으로는 1연에 다 드러나지 않는 삶의 현장성을 보완하고, 다른 한편으로는 산동네에서 한강으로 바로 이어지는 공간 이동의 급격한 변화를 자연스럽게 이어주고 있다. 2연이 따로 설정되었을 때, "재개발의 굴착기에 잠결에도 움찔거리는/한강으로의 나들이"라는 시구는 자연스럽게 재검토될 수밖에 없다. 이제는 그와 같은 억지스러운 연결 시구와 필요성이 없어졌기 때문이다.

「흑석동 환상곡」은 「흑석동 1」이 보여주듯 처음에는 단순한 스케치로부터 출발하고 있다. 이때는 그 스케치가 어떤 의도를 포함하고 있었다기보다 일종의 습관적인 메모였다고 보아야 하리라. 여기에 의도가 개입하면서 몇 번의 퇴고 과정을 거쳐 봄을 봄으로 느끼고자 하는 '나'와 그렇게 하지 못하게 하는 현실의 단면을 함께 보여주는 세계로 완성되고 있다.

색인

1. 습작품

* 괄호 속은 개작(改作)을 뜻함

2. 작가 및 작품

ㅅ

ㅇ

ㅈ

ㅊ

3. 용어 및 인명

ㅇ

ㅈ